Mila Summers

Mit dir bin ich unendlich

Weitere Titel der Autorin:

Verloren sind wir nur allein

Titel auch als E-Book erhältlich

MIT DIR BIN ICH

UNENDLICH

MILA SUMMERS

one

Dieser Titel ist auch als E-Book erschienen

MIX
Papier aus verantwortungsvollen Quellen
FSC® C014496

Originalausgabe

Satz: 3w+p GmbH, Rimpar
Gesetzt aus der Caslon
Druck und Einband: GGP Media GmbH, Pößneck

Printed in Germany
ISBN 978-3-8466-0119-8

5 4 3 2 1

Sie finden uns im Internet unter: one-verlag.de
Bitte beachten Sie auch luebbe.de

Für Mama und Papa

Danke für euren Mut
und eure bedingungslose Liebe

Kapitel 1

Olivia

Es sind genau zweiunddreißig Stufen bis nach unten ins Erdgeschoss. Auf jeder einzelnen verweile ich einen kurzen Moment, bis ich meinem Schicksal doch nicht länger entgehen kann.

Der Geruch von Eiern mit gebratenem Speck liegt in der Luft. Eine leicht süßliche Note mischt sich darunter. Pancakes oder Waffeln. Das Dröhnen des Entsafters ist zu hören.

»Guten Morgen, Rosalia.« Erleichtert atme ich auf, als ich unsere Haushälterin – und damit die gute Seele des Hauses – in der Küche erblicke. Von meinen Eltern fehlt zum Glück jede Spur.

»Guten Morgen, Olivia. Hast du gut geschlafen?«

Trotz der vielen Jahre, die Rosalia nun schon in den USA lebt, hört man noch immer ihren mexikanischen Akzent.

Ihre Stimme ist weich und vertraut. Ich fühle mich von ihrem Klang warm ummantelt und gebe mich einen Augenblick zu lange der Vorstellung hin, alles könnte doch noch gut werden.

»Wie ein Stein«, lüge ich. Kaum dass die Worte meinen Mund verlassen haben, möchte ich sie auch schon wieder zurücknehmen. Es gibt keinen Grund, Rosalia anzulügen. Sie kennt die Abläufe und einstudierten Floskeln, die uns nach außen wie die perfekte Familie wirken lassen. Sie weiß um das aufgesetzte Lächeln, das meine Augen nicht erreicht und durchschaut die gespielte Freude, die nie ein Teil von mir sein wird.

Und dennoch kann ich nicht anders. Zu sehr ist mir das Ganze schon in Haut und Haar übergegangen. So sehr, dass ich es nicht einmal schaffe, mit Rosalia, meiner einzigen Vertrauten, über die Albträume der vergangenen Nacht zu sprechen.

Rosalia nickt. Ich kann den Hauch eines Zweifels auf ihrer leicht gerunzelten Stirn erkennen. Doch sie schweigt. Weiß, dass es besser ist, manche Dinge in diesem Haus ungesagt zu lassen.

Anstatt mich weiterhin Rosalias fragendem Blick auszusetzen, greife ich nach einem der bereitgestellten Teller und lade mir ein paar der frischen Pancakes auf. Am liebsten ertränke ich sie in Ahornsirup. Aber Mom schaut mich dann immer so rügend an. Seit ich denken kann, hält sie Diät. Also halte ich mich zurück, auch wenn es mir nicht besonders leichtfällt.

»Na, Olivia, bist du bereit für deinen ersten Schultag?« Dads Stimme ist plötzlich in meinem Rücken zu hören.

Ich erstarre mit dem Teller in der Hand. Mein Herz springt katapultartig in die Höhe und versucht aus meinem Brustkorb zu hüpfen, während ich nur mühevoll das Zittern meiner Hände unter Kontrolle bekomme. Normalerweise beachtet mich mein Vater beim Frühstück überhaupt nicht. Seine komplette Aufmerksamkeit gilt für gewöhnlich seinem Smartphone oder der Tageszeitung.

»Guten Morgen, Dad«, zwinge ich mich zu sagen, während ich mich mit einem zögerlichen Lächeln auf den Lippen zu ihm umdrehe und mich mit beiden Händen an meinem Teller festhalte.

Auch er lächelt – was allerdings nichts weiter zu sagen hat. Mein Dad ist ein perfekter Schauspieler. Er weiß ganz genau, wann er welchen Gesichtsausdruck aufsetzen muss, um die Leute für sich zu gewinnen. Seit einer gefühlten Ewigkeit arbeitet er in der Politik. Gerade hat er es sich in den Kopf gesetzt, der Gouverneur von South Carolina zu werden. Und ich habe keinen Zweifel daran, dass ihm auch das gelingen wird.

Er klopft mir auf die Schulter als wäre ich einer seiner Wahlhelferinnen. »Mit dieser Portion Pancakes wirst du den ersten Tag sicher spielend leicht überstehen.«

Für jemanden, der meinen Vater nicht besser kennt, klingen seine Worte vielleicht sogar nett. Doch ich weiß es besser, kenne die unterschwellige Botschaft, die darin mitschwingt.

Ein weiteres Versagen meinerseits würde er unter keinen Umständen dulden. Das hat er mir mittlerweile mehrfach deutlich klargemacht, seit ich von der teuren Eliteschule *South Carolina Joel Roberts Poinsett School for Science and Mathematics* in Hartsville geflogen bin.

Auch jetzt, knapp zwei Monate später, träume ich noch immer von seinem Wutausbruch und den Vorwürfen, die er mir beinahe täglich macht. Sosehr ich mich auch bemühe, ich werde es nie schaffen, die Tochter zu sein, die mein Vater sich wünscht. Ich weiß das. Er weiß das. Und dennoch stehen wir uns lächelnd gegenüber. Der perfekte Schein.

Wenn es nach meinem Vater ginge, sollten meine Talente besonders in den Naturwissenschaften und der Mathematik liegen. Aber ich bin kein Roboter, den man per Knopfdruck programmieren kann. Alles, was mit Zahlen zu tun hat, ist für mich wie ein Buch mit sieben Siegeln.

Ich zeichne und male gerne. Meine Leidenschaft sind Landschaften und Tiere. Für meinen Vater ist die Malerei nicht mehr als ein Hobby – ein Zeitvertreib, der mich im Leben nicht weiterbringt. Seine Unzufriedenheit und die grollende Wut über seine untalentierte Tochter lässt er mich deutlich spüren. Nach dem Rauswurf von der Eliteschule hat er mir all meine Zeichenutensilien und sämtliche Malblöcke einfach so wegnehmen lassen.

Mein Dad gibt Anweisungen. Seine Angestellten folgen diesen. Ein einfaches, gut funktionierendes System, das ihn zuverlässig ans Ziel bringt. Während andere nur reden, ist Dad ein Macher. Er lässt sich nicht von so banalen Dingen wie einer Tochter, die so ganz und gar nicht seinen Erwartungen entspricht, aus der Bahn werfen. Oh, nein!

»Rosalia, machst du mir bitte einen Espresso?«

Wer meinem Dad das erste Mal gegenübersteht, hört

den latenten Vorwurf in seiner Stimme nicht. Der weiß nicht, wie sehr er es hasst, auf etwas warten zu müssen. Rosalia hat die Anweisung, Dad sofort nach seinem Erscheinen einen Espresso zu servieren. Ich bin mir sicher, dass sie bestimmt nur höflich sein und unser Gespräch nicht unterbrechen wollte und ihm den Kaffee deshalb noch nicht zubereitet hat.

»Aber natürlich, Sir.« Rosalia wendet sich schnell von uns ab und widmet ihre volle Aufmerksamkeit der Espressomaschine, die mehr gekostet hat als ein Kleinwagen.

Geld spielt in unserer Familie keine Rolle. Mom war in ihren jungen Jahren eine recht erfolgreiche Schauspielerin. Heute ist ihr ihre Vergangenheit ein wenig peinlich, weil sie vor allem in Daily Soaps mitgespielt hat. Aber nicht so peinlich, wie es meinem Dad ist. Wenn es in Gesprächen doch mal um die Karriere meiner Mom geht, lässt er kein gutes Haar daran. Zumindest im familiären Kreis. Sind Fremde dabei, wechselt er einfach das Thema. Er hat das perfektioniert. Ich staune jedes Mal aufs Neue darüber. Dabei kenne ich seine Fähigkeiten schon mein ganzes siebzehnjähriges Leben lang.

»Olivia, mein Schatz, wie siehst du denn aus?« Mom kommt im perfekt sitzenden türkisfarbenen Etuikleid irgendeines namhaften Designers und passenden High Heels wie eine Diva die Marmortreppe hinunterstolziert. Ganz so, als würde ihr hier in der Küche ein Paparazzo auflauern und nur darauf warten, sie endlich abzulichten.

Auch sie lächelt, während sie mich von oben bis unten mustert.

»Heute ist mein erster Schultag an der Beaufort High«, sage ich und hoffe, damit wäre das Thema abgehakt.

Doch Mom wäre nicht Mom, wenn sie sich damit schon zufriedengeben würde.

»Und dort hat guter Geschmack also Hausverbot, oder wie erklärt sich dein mausgraues Outfit sonst?«

Sie setzt sich neben Dad. Sein Blick bleibt derweil auf der Tageszeitung, die Rosalia ihm mit dem Espresso gereicht hat. Er beachtet meine Mom nicht einmal, und dennoch lächelt sie tapfer weiter. The Show must go on!

All diese Kleinigkeiten sind mein Alltag, mein Leben. Fake-Lächeln, Fake-Interesse und Fake-Familie. Das sind wir: die Walshs. Eine schrecklich nette Familie, die ihr Zahnpastalächeln perfektioniert hat und als glückliche amerikanische Vorzeigefamilie im Fernsehen Werbung machen könnte.

»Ich ziehe mich gleich noch mal um«, erwidere ich. Das Letzte, was ich möchte, ist noch mehr im Fokus zu stehen, als ich es ohnehin schon tue.

Mom nickt zufrieden, während ich den ersten Bissen meines Frühstücks nehme.

Rosalia macht die mit Abstand besten Pancakes der Welt. Sie sind fluffig und schmecken ein wenig nach Zimt und Geborgenheit. Sie erinnern mich an das Blackstone's Café. Nur vage, und dennoch spüre ich diesen Kloß in meinem Hals.

Abschätzig schaut Mom mich an, als ich mir die zweite Gabel in den Mund schiebe. »Rosalia!«, ertönt es sofort vorwurfsvoll aus ihrem Mund.

Ich habe Mitleid mit unserer Haushälterin.

»Ja?«, fragt diese mit Besorgnis in der Stimme. »Ist etwas nicht zu Ihrer Zufriedenheit, Ma'am?«

Mom deutet auf meinen Teller. »Wir haben doch darüber gesprochen, dass wir morgens auf übermäßigen Süßkram verzichten wollen. Ich habe ja nichts dagegen, wenn Sie ab und an Pancakes oder Waffeln servieren. Aber Olivia soll eine vernünftige Beziehung zu Lebensmitteln aufbauen. Ein grüner Smoothie ist gut fürs Immunsystem und regt die grauen Zellen an.«

Während Mom das sagt, blättert Dad die Seite um. Statt seiner Familie widmet er sich lieber den wirklich wichtigen Dingen seines Lebens: seiner politischen Karriere.

Die schlechte Stimmung im Raum schlägt mir zusehends auf den Magen, bis mir der Appetit schließlich gänzlich vergangen ist. Mein Blick schweift über meine Armbanduhr. Wie von der Tarantel gestochen springe ich von meinem Platz auf und renne nach oben in mein Zimmer. Es hat mir gerade noch gefehlt, an meinem ersten Schultag zu spät zu kommen.

»Olivia?«, höre ich Moms mahnende Stimme hinter mir herrufen.

Doch ich bin schon oben angekommen. Ich tausche das graue Longsleeve mit dem Rollkragen gegen eine mit Blumen bestickte weiße Tunika und hoffe, sie entspricht mehr den Vorstellungen meiner Mom.

Mit einem zufriedenen »Geht doch« nimmt sie meine Veränderung zur Kenntnis, während ich wenig später meinen Rucksack schultere.

Ich werfe Rosalia einen Blick zu und sehe die Rührung in ihren Augen. Sie ist wahrscheinlich die einzige Person in diesem Haus, die sich darüber freut, dass ich nicht mehr zur Privatschule gehe und wieder zu Hause wohne. Ich habe ihr gefehlt. Und sie mir. Offen würden wir beide nie darüber sprechen. Wir haben gelernt, uns auch ganz ohne Worte zu verständigen.

»Wenn ich den Bus bekommen will, muss ich jetzt los«, rechtfertige ich mich noch schnell für mein hektisches Verhalten.

Dad kann Hektik nicht ausstehen. Er ist der Meinung, nur Menschen, die ihr Leben nicht im Griff haben, brechen in Hektik aus. Bei ihm ist alles exakt geplant und durchgetaktet. Jeden Morgen steht er um sechs Uhr dreißig auf, verbringt genau dreißig Minuten im Bad und kommt im Anschluss daran pünktlich um sieben Uhr zum Frühstück. Wehe Rosalia, wenn sie bis dahin noch nicht alles vorbereitet hat.

»Bus? Das kommt ja gar nicht in Frage.« Dad raschelt mit der Zeitung, während er sie fein säuberlich zusammenfaltet und vor sich auf den Tisch legt. »Mortimer wird dich fahren.«

»Aber Dad …«, begehre ich auf, was ich nur selten tue, weil ich genau weiß, was das für Konsequenzen haben kann.

In diesem Moment kann ich aber nicht anders. Meine neuen Mitschüler werden mitbekommen, wie ich zur Schule kutschiert werde und aus der schwarzen Limousine aussteige. Sie werden mich sofort in eine Schublade packen. Noch bevor ich einen Fuß in meine neue Schule gesetzt habe, werden sie mich als reiches, verwöhntes Mädchen abstempeln, dem Daddy jeden Wunsch von den Augen abliest. Sie werden mich meiden. Und ich bin chancenlos.

Dabei haben sie gar nicht so unrecht. Denn von außen betrachtet muss es wirklich so aussehen, als hätte ich alles, was man sich als Teenager in meinem Alter nur wünschen kann: das neueste iPhone, ein MacBook, einen Chauffeur … Dass es allerdings nicht die materiellen Dinge sind, nach denen ich mich sehne, wird mir keiner abkaufen. Denn sie werden mir nicht zuhören. Ich kenne das zur Genüge. Und ich habe es so satt.

Mein Dad hebt seinen Zeigefinger drohend in die Höhe, während Rosalia vor Anspannung die Luft anhält. Nur meine Mom löffelt mit stoischer Gelassenheit eine Grapefruit aus und lächelt dabei noch immer.

»Mortimer wird dich fahren.« Dads Worte und sein wütender Blick lassen keinen Zweifel zu: Sein Entschluss steht fest.

Wenn ich jetzt Widerworte gebe, rastet er aus und geht an die Decke. »Natürlich«, erwidere ich deshalb fest, auch wenn jede Faser meines Körpers zittert, und ich befürchte, die Schwingungen könnten sich auf meine Stimme übertragen.

Furcht ist in den Augen meines Dads nur etwas für Loser. Und Loser gehören ganz bestimmt nicht zu seiner Familie.

Rosalia atmet erleichtert aus, während Dad gelassen die Zeitung wieder aufschlägt und Mom mir einen hollywoodreifen Luftkuss zuwirft.

Kapitel 2

Nathan

»Mom, weißt du, wo mein blauer Kapuzenpullover geblieben ist?«

Der Duft von frisch aufgebrühtem Filterkaffee weht mir entgegen, als ich schwungvoll in unsere winzige Küche stolpere.

»Auch dir erstmal einen wunderschönen guten Morgen, mein Schatz.« Mom drückt mir einen Kuss auf die Wange, während Dad danebensteht und darauf wartet, dass sie ihm die Krawatte bindet.

»Morgen, Sportsmann.« Dad umarmt mich mit der Linken und hält mir gleichzeitig auffordernd seine rechte Hand entgegen, in die ich einschlage.

»Hey, Dad«, begrüße ich ihn. Ich finde es immer etwas komisch, wenn er mich mit diesem Spitznamen anspricht.

Dad ist toll, und ich liebe ihn sehr, aber seine Begeisterung für Football, Baseball, Basketball und Co teile ich kein bisschen. Mittlerweile kann ich schon gar nicht mehr zählen, wie oft er mich zu einem der Spiele mitschleifen wollte. Dafür erinnere ich mich aber nur zu gut an seine enttäuschten Blicke, die er zwar zu kaschieren versucht, mir aber jedes Mal wie ein rotes Ampelsignal ins Auge fallen.

Mom bindet Dad inzwischen die Krawatte und unterbricht damit die unangenehme Stille zwischen ihm und mir.

»Also, Mom?«, hake ich nach.

»Hm?«, fragt sie, als wüsste sie nicht, worauf ich anspiele.

»Der Pullover«, rufe ich ihr in Erinnerung.

»Ah! Stimmt. Da war ja was.« Sie hält inne und sieht zu mir.

Dad schaut genervt auf die Uhr am Backofen. Wenn er nicht zu spät in der Bank sein will, muss er in wenigen Minuten los.

»Lass mal überlegen«, sagt Mom.

»Elsie«, bittet Dad liebevoll, aber mit ungeduldigem Unterton.

Mom beachtet Dad nicht. Ihre Stirn hat sich gekräuselt. »Meinst du den dunkelblauen oder den anderen Kapuzenpullover mit dem Loch am Ärmel?«

»Den mit dem Loch am Ärmel«, erwidere ich hoffnungsvoll.

»Den habe ich aussortiert.« Dann wendet sie sich, ohne meine Reaktion abzuwarten, von mir ab und setzt zur Freude meines Dads ihre Arbeit fort.

»Was?«, unterbreche ich sie abrupt. »Das war mein

Lieblingspullover. Wie konntest du ihn einfach so wegtun?«

Abermals lässt Mom von Dad ab.

»Nathan, mein Schatz, ich werde dich mit Sicherheit nicht mit einem löchrigen Pullover in die Schule gehen lassen. Was sollen denn die Leute von uns denken?«

Ich zucke mit den Schultern. »Was gehen mich denn die Leute an? Ich will meinen Lieblingspulli zurück.«

Erleichterung macht sich auf Dads Gesicht breit, als Mom ihr Werk vollendet, und das nicht nur, weil sein Krawattenknoten endlich fertig ist. Er weiß, je länger er bleibt, desto wahrscheinlicher wird es, dass er in die Diskussion mit eingebunden wird. Und es gibt für Dad fast nichts Schlimmeres, als Schiedsrichter spielen zu müssen. Hastig verabschiedet er sich von uns und macht sich auf den Weg zur Arbeit.

»Du hast doch so viele Pullover in deinem Schrank. Warum nimmst du nicht einfach einen anderen? Muss es denn ausgerechnet dieser eine sein?«

Bei Moms Worten werde ich hellhörig. »Du hast ihn also noch nicht in die Kleidersammlung gegeben?«

Ich folge Moms Blick, der verräterisch an unserer Kellertür hängenbleibt, und setze mich sofort in Bewegung. Zwei Stufen auf einmal nehmend sause ich die Treppe hinunter, komme an der Waschmaschine und dem Trockner vorbei und wühle mich durch eine Tonne, die etwas abseits steht. In Nullkommanichts habe ich meinen geliebten Pullover wieder. Bingo!

»Nathan!« Mom heißt mich mit in die Hüften gestemmten Armen wieder in der Küche willkommen. »Was soll das?«

»Was soll was?«, gebe ich mich ahnungslos.

»Du weißt ganz genau, was ich meine. Warum hängst du nur so an diesem Pullover?« Sie lässt ihre Hände an ihren Oberschenkeln nach unten fallen. Allmählich scheint sie zu begreifen, dass sie in diesem Kampf nicht als Siegerin vom Platz gehen wird.

»Mom, du kennst meine Einstellung dazu. Warum sollen wir den Pullover weggeben oder wegwerfen, wenn ich ihn doch noch wunderbar tragen kann?« Wie zum Beweis ziehe ich ihn mir über und strecke ihr dann meinen rechten Unterarm entgegen. »Das winzige Loch an der Naht wird niemandem auffallen. Und wenn es dich wirklich so stört, kann ich es ja nähen.«

Mom seufzt resigniert. »Du hattest schon immer einen Dickkopf.« Sie schüttelt leicht mit dem Kopf. »Ach, Nathan. Du bist wahrscheinlich der vernünftigste Junge in deinem Alter, den ich kenne.«

»Mom, ich finde es ist nur unnötige Verschwendung, Kleidungsstücke auszumisten, die noch taugen. Das ist alles.«

Mom stellt mir ein Erdnussbuttersandwich auf den Tisch und sieht mich lachend an. »Wir beide wissen es besser, Mr *Ich-kann-die-Welt-verbessern.*« Als ich mich hinsetze, strubbelt sie mir wie einem Fünfjährigen durchs Haar.

»Das Leben eines jeden Menschen berührt so viele andere Leben«, sage ich und kann mir dabei ein Grinsen nicht verkneifen. Weiß ich doch nur zu gut, dass Mom den Weihnachtsklassiker auswendig mitsprechen kann.

Mom setzt sich mit verklärtem Blick mir gegenüber hin. »Wir haben *It's a wonderful life* in deiner Kindheit jedes Jahr zu Weihnachten angesehen. Ob der wohl noch immer vor den Feiertagen ausgestrahlt wird?«

Ich muss lachen. »Mom, es gibt mittlerweile so bahnbrechende Erfindungen wie DVDs, Netflix und Amazon Prime. Du könntest dir den Film sogar im Hochsommer anschauen, ohne dass jemand etwas dagegen haben würde.«

Mom winkt ab. »Ach, du wieder. Musst du nicht langsam in die Schule? Oder gibt es dafür auch etwas von Netflix, Amazon Prime und wie sie alle heißen?«

»1:0 für dich, Mom«, erwidere ich anerkennend, schnappe mir das Sandwich und angle mir meinen Rucksack vom Boden.

Kapitel 3

Olivia

»Es wird schon nicht so schlimm werden«, ermutigt mich Mortimer, endlich auszusteigen. Wir sind bereits vor einigen Minuten auf dem Parkplatz der Beaufort High angekommen. Wenn ich nicht zu spät kommen will, wird es langsam Zeit den Wagen zu verlassen.

»Nur noch kurz«, wiederhole ich meine Bitte mit flehendem Blick nach vorne in den Fahrerraum. Ich weiß, dass jede Sekunde, die ich hier wie auf dem Präsentierteller in einer schwarzen Limousine sitze, mehr Aufmerksamkeit auf mich zieht. Aber ich kann einfach nicht aufstehen. Meine Beine sind so schwer, als wären sie aus Blei. Meine Knie hingegen so weich wie Wackelpudding. Mir fehlt die Kraft, mich dem Neuen zu stellen. Gleichzeitig weiß ich nur zu genau, dass das hier meine letzte Chance ist. Dad bringt mich um, wenn ich auch das hier vermassle. Also atme ich noch einmal ganz tief durch.

»Soll ich vielleicht mit Ihnen reingehen?«, bietet unser Chauffeur mir an.

Ich schüttle vehement den Kopf. Auf dem Weg hierher habe ich ihn schon gebeten, nicht auszusteigen, um mir die Tür zu öffnen. Von ihm in die Schule begleitet zu werden, wäre mein Untergang. Der absolute Worst Case.

»Das ist nicht nötig«, sage ich schließlich viel selbstbewusster, als ich mich eigentlich fühle.

Vor Mortimer gelingt es mir gerade noch so, Haltung zu bewahren. Aber ihn kenne ich auch schon gefühlt mein ganzes Leben. Ich weiß, dass er es gut mit mir meint. Ganz im Gegensatz zu den unzähligen Augenpaaren meiner Mitschüler, die sich in wenigen Minuten in Mrs Reinolds Klassenzimmer schwer auf mich legen werden. Schon beim Gedanken daran, zieht sich mein Magen schmerzvoll zusammen.

Mit zittrigen Fingern umschließe ich den Türgriff, und mit der anderen Hand kralle ich mich an meinem schwarzen Armani-Rucksack fest. Es nützt ja nichts – ich muss aussteigen.

Zunächst öffne ich die Tür nur sehr zögerlich, dann versetze ich ihr einen Stoß. Im selben Moment höre ich einen lauten Schrei.

»Bist du verrückt geworden?«

Wie erstarrt schaue ich auf den Jungen, der vor mir auf dem Boden neben seinem merkwürdig verdrehten Fahrrad liegt. Ich öffne den Mund, um mich zu entschuldigen. Doch meine Stimme will mir nicht gehorchen. Sosehr ich mich auch bemühe, es kommt kein Ton heraus. Ich schaffe es einfach nicht, etwas zu sagen.

»Ist das alles, was du kannst? Fahrradfahrer mit deiner Luxuslimousine vom Rad holen und sie dann dumm anstarren?« Er schüttelt missbilligend den Kopf, ehe er zurück auf die Füße kommt.

Sein blauer Kapuzenpullover hat ein Loch am Ärmel. Der Arm scheint am Ellbogen aufgeschürft zu sein.

Ich will ihm sagen, wie leid mir das alles tut. *Konzentriere dich!*, ermahne ich mich. *Es ist ganz einfach. Du schaffst das!*

Anstatt in seine vorwurfsvollen Augen zu sehen, bleibt mein Blick an den Grübchen in seinen Wangen hängen. Es sieht so aus, als würde er oft lachen. Nur jetzt nicht. Jetzt hat er alle Hände voll damit zu tun, mich kopfüber in eine Schublade zu stecken und sie fest zu verschließen.

Herzlichen Glückwunsch, Olivia! Dein Vorsatz, nicht weiter aufzufallen, ist schon in der ersten Sekunde gescheitert. Das hier wird sich wie ein Lauffeuer auf dem Schulgelände verbreiten, und spätestens in der Mittagspause wirst du das Hauptgespräch in der Cafeteria sein: Das arrogante reiche Mädchen, das einen Mitschüler mit der Tür ihrer Limousine vom Fahrrad geholt hat. Das nennt man dann wohl eine Punktlandung.

Mein Herz schlägt mir bis zum Hals. Das ist nicht gut. Das ist ganz und gar nicht gut.

Ein letztes Mal sieht mich der Junge mit den wuscheligen braunen Haaren durchdringend an. Dann gibt er einen abfälligen Laut von sich und verschwindet in Richtung des Schulgebäudes.

»Entschuldigung«, kommt es mir schließlich über die

Lippen. Viel zu leise und viel zu spät. Er hat es nicht mehr gehört.

Ich schultere meinen Rucksack und schließe die Tür des Wagens, nicht ohne sie vorher noch mal zu checken. Zum Glück ist kein Kratzer im Lack zu sehen. Das hätte mir gerade noch gefehlt. Nicht auszudenken, wie Dad darauf reagiert hätte. Eine Gänsehaut überzieht beim Gedanken daran meine Arme.

Mortimer fährt davon und hinterlässt eine Staubwolke. Was gäbe ich nur dafür, mit ihm nach Hause fahren zu können? Aber das ist keine Option. Meine einzige Option liegt genau hier.

Ein imposantes Schulgebäude ragt vor mir auf. Vier im Bogen angeordnete weiße Säulen erinnern an ein Rondell. Obenauf tragen sie den Schriftzug *Beaufort Highschool.* Die komplette Fassade ist verglast.

Ehrfürchtig bleibe ich stehen, während der Strom an Schülern an mir vorüberzieht und mich dabei, zu meiner Erleichterung, nicht sonderlich beachtet. Sie lachen und liegen sich nach den langen Ferien in den Armen. Ihre Freude überstrahlt den staubigen Platz. Für sie beginnt nur ein neues Schuljahr – für mich ein neuer Lebensabschnitt.

Vorsichtig setze ich einen Fuß vor den anderen. Aus meiner Hosentasche hole ich einen kleinen gefalteten Zettel hervor. Ich öffne ihn und blicke auf die wohlbekannten Zeilen. Den Inhalt kenne ich mittlerweile auswendig.

Dad hat dafür gesorgt, dass mir mein Stundenplan noch während der Ferien zugestellt wurde. Zudem hat er seine Beziehungen spielen lassen und mir eine Führung durch meine neue Schule ermöglicht. Mein Vater würde wirklich nie etwas dem Zufall überlassen. In gewisser Hinsicht bin ich ihm jetzt sogar dankbar dafür.

Mrs Reinolds Klassenzimmer liegt am Ende des Flurs im Erdgeschoss. Mehr oder minder souverän laufe ich an den Spinden vorbei, mein Ziel immer vor Augen. Nur noch wenige Schritte trennen mich von dem Raum, in dem meine neue Geschichtslehrerin mich gleich meinen Mitschülern vorstellen wird.

Mein Mund ist staubtrocken, und meine Knie sind wieder so weich wie Wackelpudding.

Als ich das Zimmer betrete, wird auch hier viel gelacht und erzählt. Ich laufe außen an den Stuhlreihen vorbei und mache mich dabei so klein wie eine Maus. Nur nicht auffallen! Auf einem der freien Plätze lasse ich mich schließlich nieder, lege meinen Rucksack auf meinen Schoß, öffne ihn und gebe vor, etwas darin zu suchen.

Verstohlen blicke ich mich zu allen Seiten hin um. Auf den ersten Blick sehen meine Mitschüler nett aus. Aber was hat das schon zu heißen? Spätestens wenn sie erfahren, wer ich bin, gehen sie sowieso wieder auf Distanz zu mir. So ist es bisher immer gewesen. Warum sollte es dieses Mal anders sein?

Das eigentliche Problem an der Sache, die Tochter eines bekannten und sehr erfolgreichen Politikers zu sein, ist nicht der Neid meiner Mitmenschen, wie Dad mir immer weißmachen will. Nein, mich belastet vor allem die Vorstellung in ihren Köpfen, ich hätte es besonders leicht im Leben und müsste nur mit dem Finger schnipsen, um das zu bekommen, was ich haben will.

Wenn ich es in der Vergangenheit doch einmal gewagt habe, mich meinen Mitschülern anzuvertrauen, stieß ich oft auf Unverständnis. *Dir geht es doch gut. Du hast doch alles! Ich weiß gar nicht, worüber du dich beschwerst.*

Inzwischen bin ich dazu übergegangen, meine Gefühle ganz fest in mir drinnen zu verschließen.

»Guten Morgen«, begrüßt meine Geschichtslehrerin die Klasse. Ich habe gar nicht bemerkt, dass sie hereingekommen ist.

Die Gespräche verstummen, und mir bleibt das Herz fast bei dem Gedanken stehen, was nun folgen wird. Es gibt keine Möglichkeit, sich dem Unausweichlichen zu entziehen. Ich weiß das. Doch das macht es nicht besser.

Mein Blut rauscht so laut in meinen Ohren, dass ich Mühe habe, den Worten meiner neuen Lehrerin zu folgen. Sie sieht auffordernd in meine Richtung. Also gehe ich davon aus, dass sie die anderen darauf hingewiesen hat, dass es in diesem Jahr eine neue Mitschülerin gibt. Per Handzeichen fordert sie mich auf, zu ihr nach vorne zu kommen.

Jetzt ist es also so weit. Als ich mich von meinem Platz erhebe, höre ich neben mir zwei Mädchen tuscheln. »Hat die Nathan vorhin auf dem Parkplatz nicht vom Fahrrad geholt?« Mein Herz setzt einen Schlag aus. Und zugleich habe ich jetzt einen Namen, der für immer mit meinem unrühmlichen Auftakt an der Schule in Verbindung stehen wird. *Nathan.* »Ja, das ist ganz sicher die mit der prolligen Limousine.«

»Ms Walsh, würden Sie bitte zu mir nach vorne kommen?«

Die anderen fangen an zu kichern. Wie oft meine Lehrerin den Satz wohl schon wiederholt hat? Mir ist die ganze Situation so unangenehm, dass mir schlagartig Hitze in den Kopf schießt. Meine Wangen leuchten bestimmt schon krebsrot. Alle starren mich an. Ich versuche ruhig zu atmen, um die aufkommende Panik in mir nicht hochkochen zu lassen.

»Ms Walsh?«, höre ich Mrs Reinolds erneut sagen.

Sie klingt ein wenig gereizt. Ich kann es ihr nicht verübeln. Schließlich muss es ihr so vorkommen, als würde ich mich gleich zu Beginn ihren Anweisungen widersetzen. Dabei ist das ganz und gar nicht meine Absicht. Aber das Getuschel meiner Mitschülerinnen lähmt mich.

Irgendwie gelingt es mir dann doch, mich zu Mrs Reinolds durchzuschlagen.

Sie schaut mich skeptisch an. »Wenn Sie sich also bitte vorstellen würden?«

Ich nicke und wende mich meinen Mitschülern zu, fixiere dabei einen Punkt an der Wand mir gegenüber, auf dem ein Zeitstrahl zu sehen ist. Er zeigt die Etappen der amerikanischen Geschichte. Meine Augen bleiben an dem Ausdruck *Civil War* hängen.

Allmählich gelingt es mir, mich zu beruhigen. Es fehlt nicht mehr viel, und ich werde die wenigen Sätze, die ich zu Hause genau für diesen Moment auswendig gelernt habe, herunterrattern. Es ist ganz simpel. Nur eine Abfolge von Worten ohne bestimmte Betonung. Das sollte sogar mir gelingen.

Zuversichtlich gehe ich meine Vorstellung noch ein letztes Mal in meinem Kopf durch. Als ich damit zufrieden bin, öffne ich den Mund und warte auf das erste Wort. Doch noch ehe ich zu sprechen beginnen kann, steht *er* in der Tür.

»Entschuldigen Sie bitte meine Verspätung, Mrs Reinolds.«

Ich schlucke beim Anblick des Jungen, von dem ich gehofft hatte, ich würde ihm so bald nicht wieder begegnen.

Als auch er mich sieht, verfinstert sich sein Gesichtsausdruck. Er erkennt mich also wieder.

Natürlich erkennt er dich. Warum sollte er das auch nicht? Du hast ihn schließlich mit deiner prolligen Limousine vom Rad geholt. Und mit deinen vielen Sommersprossen und den feuerroten Haaren bist du ohnehin ganz schön auffällig, macht sich meine innere Stimme über mich lustig.

»Ich bin furchtbar gespannt auf Ihre Ausrede, Mr Johnson.« Mrs Reinolds verschränkt neben mir die Arme vor der Brust.

Sie ist nicht besonders gut gelaunt. Und ich habe daran einen nicht unwesentlichen Anteil. Was mir ein noch schlechteres Gewissen macht. Schließlich habe ich den Jungen nicht nur vom Rad geholt, sondern auch noch dafür gesorgt, dass er zu spät zum Unterricht erscheint und schon zu Schuljahresbeginn den Ärger seiner Geschichtslehrerin auf sich zieht.

Händeringend versuche ich meine Gedanken zu ordnen und einen Satz zu formulieren, der das ganze Chaos um mich herum beseitigt.

»Es gab einen kleinen Zwischenfall auf dem Parkplatz, bei dem ich vom Fahrrad gefallen bin.« Zum Beweis hebt er seinen Arm in die Höhe, streift den Ärmel seines Kapuzenpullovers nach hinten und gibt damit den Blick auf einen weißen Verband frei.

Wieder beginnen einzelne Schüler zu tuscheln, bis ihr

Stimmengewirr allmählich zu einem bedrohlichen Rumoren anschwillt.

»Ruhe!«, ermahnt Mrs Reinolds ihre Klasse. »Nathan, fühlen Sie sich in der Lage, dem Unterricht zu folgen?«, fragt sie schließlich mit leicht besorgtem Unterton in der Stimme.

Erleichtert nehme ich zur Kenntnis, dass unsere Lehrerin gegenüber Nathan jetzt einen anderen Ton anschlägt.

»Das ist nur ein kleiner Kratzer«, behauptet dieser sofort.

»Dann sollten wir jetzt mit dem Unterricht beginnen. Ms Walsh, vielleicht machen Sie sich einfach im Anschluss an diese Stunde mit Ihren Mitschülerinnen und Mitschülern bekannt. Wir haben leider keine Zeit mehr dafür.«

Bei der Nennung meines Namens zucke ich unweigerlich zusammen. Mit hängenden Schultern husche ich zurück zu meinem Platz und lasse mich schwer auf meinen Stuhl sinken.

Ich habe es mal wieder nicht geschafft. Keine Ahnung, warum bei mir die einfachsten Dinge nicht funktionieren. Was ist so schwer daran, den Mund zu öffnen und zu sprechen? Als gäbe es dort in meinem Kopf eine Schranke oder eine Art Zensur, die entscheidet, was und ob ich überhaupt etwas sage.

Nathan lässt sich einige Reihen vor mir nieder. Mrs Reinolds beginnt währenddessen mit dem Unterricht. Sie erklärt den Ablauf, den Lehrstoff, der in diesem letzten Jahr auf uns wartet, und einige andere informative Dinge, die ich unbedingt notieren sollte.

Doch es fällt mir schwer, ihren Worten zu folgen. Meine Gedanken schweifen immer wieder zwischen meiner peinlichen Nicht-Vorstellung und dem Zwischenfall auf dem Parkplatz hin und her. Wenn es mir doch nur möglich gewesen wäre, mich bei Nathan zu entschuldigen. Ich muss es irgendwie schaffen, ihm zu sagen, wie leid mir das alles tut.

Immer wieder fange ich neugierige Blicke meiner Mitschüler auf. Mittlerweile weiß vermutlich auch der Letzte in diesem Raum, wie ich heute Morgen an der Schule ankam. Und dass ich für Nathans Verletzung verantwortlich bin … Kein besonders guter Start an der Beaufort High.

Der Gong ertönt nach einer gefühlten Ewigkeit und lässt mich mit gemischten Gefühlen zurück. Es ist noch nicht vorbei. Nein, es ist gerade erst der Anfang. Voller Sorge blicke ich dem entgegen, was mir heute noch bevorsteht.

Kapitel 4

Nathan

»Hey Nathan. Wie läuft's? Alles klar bei dir?«

Wie meistens sitze ich in der Mittagspause bei den Jungs der Basketballmannschaft. Nicht, dass ich ein Teammitglied wäre. Den einzigen Sport, den ich seit Jahren mit Herzblut betreibe, ist Judo. Aber die Jungs sind echt okay, und dem ein oder anderen konnte ich durch meine Mathenachhilfe ein wenig unter die Arme greifen.

»Ich bin ganz zufrieden«, erwidere ich und nehme einen Schluck Wasser.

»Was hört man von deinem Arm, Bruder?«, fragt Nelson, einer meiner Nachhilfeschüler.

Ich winke ab. »Nichts weiter passiert. Ich hatte nur eine unschöne Begegnung mit einer Autotür.«

Nelson lächelt amüsiert. »Ist es wahr, dass die Tochter

von Richard Walsh für deine Verletzung verantwortlich ist?«

Ich zucke mit den Schultern. »Kann schon sein. Ich weiß nicht, wer das Mädchen war. Sie ist offenbar neu an der Schule.«

Vor meinem geistigen Auge sehe ich sie, wie sie mich mit ihren großen grünen Augen anstarrt. Ich kann die Angst darin erkennen. Wahrscheinlich hatte sie Sorge, sie könnte einen Kratzer in Daddys teuren Wagen gemacht haben. An mich hat sie in diesem Moment sicherlich keinen Gedanken verschwendet – und das, obwohl der Sturz ziemlich heftig war und sie meine Verletzung gesehen haben muss. Viel zu groß war die Furcht vor dem materiellen Schaden. So typisch. So klischeehaft.

»Sie soll ziemlich heiß sein«, höre ich am Ende des Tisches Nowitzki sagen. Er heißt nicht wirklich so wie der langjährige Spieler der Dallas Mavericks. Aber irgendwann hat er sich diesen Spitznamen als bester Korbjäger erarbeitet. Und er trägt ihn voller Stolz, so viel ist sicher.

»Ich hab nicht wirklich hingesehen«, lüge ich und wundere mich dabei ein wenig über mich selbst.

»Ist sie heißer als Amy?«, will Josh neben mir mit einem verschwörerischen Grinsen wissen.

Amy ist so ziemlich das begehrteste Mädchen dieser Schule. Sie sieht echt verdammt gut aus. Man munkelt sogar, sie würde bei der nächsten Staffel *America's Next Top Model* mitmachen. Doch im Gegensatz zu den meisten Jungs dieser Schule habe ich kein Interesse an Amy. Ich habe schon einige Kurse mit ihr besucht und bin einfach nicht auf einer Wellenlänge mit ihr. Sie ist total oberflächlich.

»Keine Ahnung«, erwidere ich folglich ziemlich desinteressiert.

Aber im Grunde kann ich mir gut vorstellen, dass die Neue, von der ich bisher nicht mal den Vornamen kenne, Amy ziemlich ähnlich ist. Wahrscheinlich schmiert ihr Daddy die Schule, damit sie einen 1A-Abschluss hinlegt, um im Anschluss daran einem begabten, aber nicht sonderlich finanzstarken Mitschüler den Platz an einer renommierten Universität vor der Nase wegzuschnappen.

»Zockt jemand von euch *Final Fantasy XIV: Shadowbringers?*«, fragt Nelson, und ich steige endgültig aus dem Gespräch aus.

Irgendwann habe ich für mich entschieden, dass Zocken mir echt viel Zeit raubt und erkannt, dass es mich irgendwie unzufrieden macht. Also habe ich überlegt, was ich Sinnvolleres mit meiner Freizeit anstellen könnte. Seit einiger Zeit schreibe ich nun auf meinem Blog über Themen wie Nachhaltigkeit und Umweltschutz in unserem Land. Außerdem arbeite ich in einem Projekt mit, in dem ich Jugendlichen an drei Nachmittagen in der Woche außerhalb der Schule dabei helfe, ihre Hausaufgaben zu machen und auf dem rechten Weg zu bleiben. Die Arbeit macht mir echt Spaß.

Eine hitzige Diskussion entbrennt am Tisch über das Spiel. Die Jungs sind in ihrem Element, und meine Gedanken fliegen zurück zu dem Mädchen. Diese roten langen Haare, die vielen winzig kleinen Sommersprossen in ihrem Gesicht.

Ich schüttle leicht den Kopf, als ich mir darüber bewusst werde, woran ich da gerade gedacht habe. Ich kenne sie nicht und will daran auch nichts ändern. Auch wenn ich absolut dagegen bin, Menschen in Schubladen zu stecken: Mit dieser Art von Mädchen komme ich einfach nicht klar, denn auf ihre Weise sind sie leider wirklich alle gleich. Uns trennen Welten.

»Was ist, Nathan? Wirfst du nach der Schule noch ein paar Körbe mit uns?« Nowitzki macht die passende Handbewegung dazu.

Ich deute auf meinen Arm. »Heute besser nicht.«

»Verstehe, Mann. Die Kleine hat dich ganz schön fertiggemacht.« Nowitzki kann sein Grinsen kaum unterdrücken.

Die Anzüglichkeit in seinen Worten entgeht mir nicht. Den anderen auch nicht. Sie kichern albern.

»Endlich mal eine, die unseren Grübler aus der Reserve lockt.« Josh boxt mir gegen die Schulter, und der Rest am Tisch johlt.

In dieser Runde gelte ich als so etwas wie ein Spätzünder. Und das nur, weil ich bisher noch nie den Versuch gestartet habe, bei einem Mädchen zu landen. Aber im Gegensatz zu den anderen suche ich nach mehr als nur einem hübschen Gesicht.

Ich will mich mit meiner Freundin über tiefgründigere Themen als den nächsten Schulball unterhalten können. Bisher habe ich dieses eine Mädchen noch nicht gefunden. Aber was nicht ist, kann ja noch werden. Ich habe die Hoffnung noch nicht aufgegeben. Irgendwann wird sie meinen Weg kreuzen und mich komplett aus der Bahn werfen. Da bin ich mir ganz sicher.

Bis dahin gibt es für mich allerdings noch einiges zu tun.

»Ich muss jetzt leider los«, verabschiede ich mich von der Truppe.

»Wie? So plötzlich? Das war Spaß, Alter. Du bist uns doch jetzt nicht böse?«

»Wie könnte ich euch denn böse sein? Ich muss vor der nächsten Stunde noch etwas an die frische Luft. Mein Kopf braucht dringend neuen Sauerstoff. Viel Erfolg beim ersten Training der Saison, Jungs. Macht mir keine Schande.«

Zum Abschied klopfe ich mit meiner zur Faust geballten Hand auf den Tisch.

Ich schnappe mir den Apfel von meinem Tablett, ehe ich es in den dafür vorgesehenen Wagen schiebe, beiße hinein und gehe aus der Cafeteria nach draußen in den Schulgarten.

Kapitel 5

Olivia

Der Schulgarten ist ein verdammt guter Ort, wenn man seinen Mitschülern in der Mittagspause aus dem Weg gehen will. Diese Erkenntnis ist nicht neu. Bereits an der teuren Privatschule ist mir das aufgefallen. Allerdings hätte ich nicht gedacht, dass es auch an einer öffentlichen Schule einen solchen Ort gibt. Merkwürdigerweise verirrt sich auch an der Beaufort High kaum einer nach draußen. Die meisten sitzen lieber in der stickigen und viel zu lauten Cafeteria.

In aller Seelenruhe packe ich die kleine Lunchbox aus meinem Rucksack, die mir Rosalia heute Morgen liebevoll zusammengepackt hat. Rosalia macht nämlich nicht nur die mit Abstand leckersten Pancakes der Welt – auch ihre Sandwiches sind fantastisch. Mein Favorit ist das Serrano-

Avocado-Sandwich mit Ei und Honig-Senf-Sauce. Die Weißbrotscheiben toastet sie hierfür vorher leicht auf dem Grill an. Manchmal garniert sie das Sandwich dann noch mit etwas Kresse.

Aufgeregt öffne ich die Dose und merke gleichzeitig, wie erbärmlich das alles ist. Ist es so weit gekommen, dass mein Mittagessen wirklich zum Highlight meines Tages wird?

Als ich mein Lieblingssandwich und die einzelnen Cocktailtomaten in der Box erblicke, kann ich mich plötzlich nicht mehr so recht darüber freuen. Rosalia hat sich wie immer sehr viel Mühe bei der Zubereitung meines Essens gemacht. Es sieht wunderbar aus. Und trotzdem ist mir der Appetit vergangen.

In meiner Vorstellung vom ersten Schultag ging es mit Sicherheit nicht darum, dass mich alle sofort mit offenen Armen willkommen heißen und mich bitten würden, dass ich mich in der Mittagspause zu ihnen an den Tisch setze. Aber in jedem guten Highschoolfilm gibt es doch dieses eine nette Mädchen, das selbst Probleme damit hat, Anschluss an den Rest zu finden oder viel zu cool für sie ist. Mit ihr könnte ich mich zusammentun. Bisher ist sie mir nur leider noch nicht begegnet.

Resigniert lege ich die Box neben mich auf die Holzbank, die noch ein wenig nach frischer Farbe riecht. Das ist von heute an meine Lieblingsbank, beschließe ich, während ich meinen Blick durch den Garten schweifen lasse.

Der Platz liegt versteckt hinter einem Gebüsch, umgeben von schier unendlich hohen Lebenseichen, die den Zugang wie gewaltige Wächter bewachen. Sie müssen uralt sein. Vielleicht sogar so alt wie die Stadt selbst.

Etwas abseits kann ich ein knutschendes Pärchen sehen, das sich ziemlich unbeobachtet fühlt. Und gerade kommt jemand aus dem Hinterausgang des Schulgebäudes geschlendert. Ich kann ihn auf die Entfernung hin nicht erkennen. Aber da ich eh eigentlich niemanden an der Schule kenne, ist es auch egal, wer er ist. Solange er mich hier in meinem Versteck in Ruhe lässt …

Plötzlich knurrt mein Magen. Highlight hin oder her: Ich habe Hunger. Außerdem wäre es echt eine Verschwendung, wenn ich Rosalias Sandwich verschmähen würde.

Der erste Bissen ist wie immer eine absolute Geschmacksexplosion. Da kann keines der teuren Restaurants, in die uns Dad dann und wann schleift, mithalten. Rosalia gibt all ihren Speisen eine Zutat hinzu, die man nicht lernen kann: eine Mischung aus Hingabe und Liebe.

Während der Wind die Schmatzgeräusche des knutschenden Pärchens zu mir herüber weht, überlege ich, welche Fächer heute Nachmittag noch auf meinem Stundenplan stehen. Soweit ich mich erinnern kann, müssten es Mathe und Sport sein. Beides nicht unbedingt die Fächer, die mich vor Freude in die Lüfte hüpfen lassen.

Vielleicht finde ich dort ja das andere Außenseiter-Mädchen, das viel zu cool für die anderen Schüler der Beaufort High ist. Oder aber ich treffe erneut auf Nathan Johnson. Alle guten Dinge sind ja bekanntlich drei. Oder? Bei meinem Glück werde ich ihm heute ganz sicher noch einmal begegnen. Beim Gedanken daran schließe ich meine Lider.

Schon in wenigen Tagen gibt es ein anderes Gesprächsthema, auf das sich alle mit Begeisterung stürzen werden. Ich weiß das. Schließich kenne ich es zur Genüge. Dank der Karriere meines Vaters durfte ich schon ganze acht Mal die Schule wechseln. Immer wieder neue Mitschüler, neue Lehrer, neue Schulen. Und dennoch gibt es so etwas wie ein ungeschriebenes Gesetz über den Modus Operandi, über die Art und Weise, wie ein Schulgefüge funktioniert. Studienobjekte hatte ich in den vergangenen Jahren wahrlich genügend.

Ganz im Gegensatz zu Freunden. Die waren irgendwie immer Mangelware. Und kaum, dass sich so etwas wie eine Freundschaft entwickeln konnte, bin ich wieder versetzt worden. Bei der letzten Schule nicht ganz freiwillig. Da musste ich schließlich gehen, weil meine Noten und meine Unfähigkeit, den Mund im entscheidenden Moment zu öffnen, einen längeren Aufenthalt an der Eliteschule nicht länger duldeten.

Meine Eltern waren außer sich, als sie die Nachricht erhielten. Ich hätte wirklich Stein und Bein darauf schwören können, dass Dad einen Herzinfarkt erleidet. So sehr hat er sich über die wenigen Zeilen aufgeregt. Und natürlich über mich. Ganz besonders über mich.

In seinen Augen bin ich ein Schandfleck, ein Makel, auf den er gut und gerne verzichten kann. Dabei soll ich doch sein Aushängeschild sein, ihm dabei helfen, den angestrebten Posten des Gouverneurs zu bekommen, indem ich freudig lächelnd und damenhaft winkend in die Kameras dieses Landes schaue. Mein Weg ist vorgezeichnet.

Der erste Gong ertönt. Ich atme einmal tief durch. *Ich werde auch die nächsten zwei Stunden noch durchstehen*, rede ich mir Mut zu. Danach bringt mich Mortimer nach Hause. Für morgen habe ich mir schon eine Stelle ausgesucht, an der er mich rauslassen kann und wo ich von meinen Mitschülern unbeobachtet bleibe. Zu dumm, dass ich mir bei meinem ersten Besuch an der Schule keine Gedanken darüber gemacht habe. Aber besser spät als nie.

Ich klappe die Box zu und höre das Pärchen kichern. Als ich alles in meinem Rucksack verstaut habe, erhebe ich mich leise von meiner neuen Lieblingsbank und steuere mit gesenktem Kopf auf den Eingang der Schule zu. Eine Haltung, die man sich irgendwann angewöhnt, wenn man nicht weiter auffallen will.

Doch plötzlich pralle ich unvermittelt auf ein Hindernis.

»Aua! Hast du keine Augen im Kopf?«, höre ich eine Stimme rufen, während ich mir schmerzvoll die Stirn reibe.

Oh nein. Mein Blick schießt hoch, als ich bemerke, zu wem diese Stimme gehört. Schließlich sind wir uns heute schon zweimal begegnet. *Danke, Schicksal! Danke, Fügung! Danke, wer auch immer! Für rein gar nichts.*

»Du?« Diese zwei Buchstaben dringen wie eine Messerspitze in mein Herz. Ich erkenne Kälte und einen genervten Unterton darin.

Irgendwann habe ich gelernt, die Stimmungslage meines Vaters aus wenigen Worten herauszufiltern. Diese Fähigkeit ist manchmal überlebenswichtig. Besonders dann, wenn es darum geht, ihm aus dem Weg zu gehen und sich für undefinierbare Zeit in Luft aufzulösen. Und wie sich zeigt, lässt sie mich auch jetzt nicht im Stich.

»S-Sorry«, kommt es mir nach einer quälenden Ewigkeit endlich über die Lippen. Ich sollte stolz auf mich sein, dass es mir gelingt, etwas zu sagen. Aber das bin ich nicht.

Ein gestottertes *Sorry* ist nun wirklich nicht das, was ich hatte sagen wollen. Denn schließlich ist Nathan ja genauso in mich reingelaufen, wie ich in ihn.

Doch ich schaffe es nicht, ihm das zu sagen. Die Buchstaben verpuffen wie kleine Rauchwolken in meinem Mund, noch ehe sie sich zu Worten formen können.

»Wow.« Nathan tut beeindruckt. Doch die unterschwellige Verachtung in seiner Stimme kann ich deutlich hören. »Ich hätte gewettet, du würdest mich wieder nur anstarren.«

Verschämt streiche ich mir eine meiner langen roten Haarsträhnen hinters Ohr und weiche seinem Blick aus. Ich zeige Schwäche, anstatt mich zu behaupten. Wie so oft wähle ich den einfacheren Weg und nicke. Im nächsten Moment haste ich auf das Schulgebäude zu.

»Weglaufen, wenn es ernst wird … Oder bist du dir zu fein, um mit mir zu reden? Das ist so typisch für euch Kinder aus reichem Elternhaus.« Die Verachtung schwappt mir jetzt aus jedem seiner Worte wie pulsierende Lava entgegen.

Wider Erwarten bleibe ich stehen, balle meine Hände zu Fäusten und starre den Busch vor mir in Grund und Boden. Schon wieder. Schon wieder ist da jemand, der sich, ohne sich je mit mir unterhalten zu haben – ja, ich weiß, wie verdammt schwierig das ist, wenn man kaum ein Wort sagt –, ein Urteil über mich gebildet hat. Nathan kennt mich doch gar nicht. Wenn ich dasselbe mit ihm machen würde, fände er das mit Sicherheit auch nicht so prickelnd. Nur mit dem winzig kleinen Unterschied, dass er in der Lage dazu wäre, mir seine Meinung zu sagen.

Zur Salzsäure erstarrt, verharre ich noch immer an Ort

und Stelle. Ich sollte dringend reingehen, wenn ich nicht zu spät kommen möchte. Aber ich kann nicht. Denn in mir ist plötzlich ein unnachgiebiger Drang, diese Sache hier zu Ende zu bringen. Das ist neu. Eigentlich gehe ich jedem Konflikt weitestmöglich aus dem Weg. Aber irgendwie finde ich die Vorstellung furchtbar, in Nathans Kopf für den Rest dieses Schuljahres das verwöhnte Mädchen zu sein.

Schließlich nehme ich all meinen Mut zusammen, drehe mich zu ihm um und hebe meinen Kopf Zentimeter für Zentimeter in die Höhe, bis ich ihm in die Augen sehen kann. Es trennen uns nur drei oder vier Schritte voneinander. Ich kann die Verwunderung von seinem Gesicht ablesen, sehe die Neugier, die wie ein Schatten darüber huscht.

Noch immer balle ich meine Hände zu Fäusten. Meine Fingernägel bohren sich in meine Haut. Der Schmerz lenkt ab. Aber er beruhigt mich nicht.

Erwartungsvoll sieht Nathan mich an. Er schweigt. Gerade noch konnte er mir nicht genug Worte entgegenschleudern, um mir zu zeigen, für was er mich hält. Nämlich für eines dieser verwöhnten, reichen, arroganten Mädchen. Er weiß rein gar nichts über mich. Und dennoch steht er mit dieser Selbstsicherheit vor mir, die mich innerlich rasend vor Wut macht.

Noch immer bleibt mein Mund verschlossen. Kalter Schweiß bricht mir auf der Stirn aus. Ich möchte keine Angst zeigen, möchte mich selbstbewusst geben. Aber mein Körper trifft seine ganz eigenen Vorsichtsmaßnahmen und gibt einen Dreck darauf, was ich möchte.

»Und was nun, Prinzessin?« Aus seinem Mund klingt das Wort wie ein Schimpfwort der übelsten Sorte.

»Ich …«, kommt es nach einer gefühlten Ewigkeit endlich aus meinem Mund. Dann stocke ich abermals, als ich das knutschende Pärchen in Nathans Rücken erblicke. Sie knutschen zwar nicht mehr, schauen aber interessiert zwischen Nathan und mir hin und her, während sie eng umschlungen auf das Schulgebäude zulaufen.

Mit so vielen Beobachtern habe ich nicht gerechnet. Und dann entschließe ich mich für die denkbar schlechteste Lösung, drehe mich erneut um und renne los. Meine Beine überschlagen sich dabei beinahe, während mir das Herz bis zum Hals schlägt. Das Rauschen meines Blutes ist wie ein andauerndes Pochen in meinen Ohren zu hören.

Als ich vor dem Klassenzimmer ankomme, macht sich Ernüchterung in mir breit: Ich bin mal wieder ganz grandios an mir selbst gescheitert. Und ich habe mich vor Nathan und dem Pärchen zur Idiotin gemacht.

Eine Schülerin mit langen braunen Haaren, die sie sich zu einem Fischgrätenzopf geflochten hat, geht an mir vorbei in den Raum. Ich folge ihr in ihrem Windschatten, um nicht weiter unnötige Aufmerksamkeit auf mich zu ziehen. Eine friedliche Koexistenz mit Nichtbeachtung meinerseits wäre mir am liebsten. Und Nathan laufe ich bestenfalls auch so bald nicht wieder über den Weg.

Völlig erschöpft lasse ich mich auf einem der Stühle neben der Wand nieder. Ich fühle mich, als hätte ich an einem Marathon teilgenommen.

Als Mr Donald, der Lehrer für Mathematik, den Raum betritt, bin ich mir sicher: So schnell werde ich diesen Tag mit Sicherheit nicht wieder vergessen.

Kapitel 6

Nathan

»Ich begreife das einfach nicht«, schimpft Sammy und schmeißt keine Sekunde später sein Mathebuch mit voller Wucht gegen die Wand.

Ein Mädchen, das dem Buch gerade noch so ausweichen kann, sieht mit weit aufgerissenen Augen zu uns herüber. Ich streife die Ärmel meines Kapuzenpullovers nach hinten und spüre dabei die noch immer leicht verkrustete Stelle am Ellbogen. Eine Woche ist der Unfall jetzt her.

Als die anderen Betreuer unruhig werden, signalisiere ich ihnen, dass ich alles im Griff habe. Auch wenn ich mir da gar nicht mal so sicher bin.

»Sammy, beruhige dich doch erstmal wieder. Wir werden das zusammen hinbekommen. Hörst du?«

Ruhig und besonnen rede ich auf den Achtklässler ein,

der schon öfter negativ wegen seiner Gefühlsausbrüche aufgefallen ist.

Das Mädchen scheint sich schon wieder beruhigt zu haben – ganz im Gegensatz zu Sammy. Er sieht so wütend aus, dass ich befürchten muss, das mit dem Mathebuch war erst der Anfang.

Sammy kommt aus schwierigen Verhältnissen. Seine Eltern leben getrennt. Während seine Mom versucht, die drei Kinder allein durchzubringen, kommt sein Vater alle paar Monate vorbei, um sich ihr Geld unter den Nagel zu reißen und dann gleich wieder abzuhauen.

Sammy ist wütend auf seine Mom, weil sie sich von seinem Dad so ausnehmen lässt. Er ist wütend auf sich selbst, weil er ihm nichts entgegenzusetzen hat. Er ist wütend auf seine kleineren Geschwister, weil sie sich freuen, wenn Daddy nach Hause kommt. Und er ist wütend auf Mathe, weil er das Fach einfach nicht begreift.

Dabei ist er ein echt aufgeweckter Junge. Ein paar Wochen noch, und ich bin mir sicher, er hat den Dreh raus. Nur: Er muss es auch wollen. Ich kann noch sosehr für ihn da sein, ihm Hilfestellungen geben und ihm Algebra erklären. Am Ende des Tages ist es seine Entscheidung, ob er sich der Herausforderung stellen möchte.

Sammys Stirn ist gerunzelt, sein Gesicht wutverzerrt. Seine dunkelbraunen Augen fixieren mich so fest, dass es beinahe wehtut. Ich bleibe ruhig und halte seinem Blick stand. Schwäche zu zeigen, wäre jetzt das denkbar schlechteste Signal, das ich aussenden könnte.

»Nenn mir nur einen Grund, warum ich mich mit so einem Scheiß rumärgern sollte? Ich werde doch eh nie etwas in meinem Leben erreichen. Meine Mom ist Putzfrau, und mein Dad hängt mit seiner Gang ab.« Er schlägt mit voller Wucht mit der Hand auf den Tisch. »Auch wenn ich diesen ganzen Mist lerne und vielleicht irgendwann kapiere, ändere ich ja doch nichts.«

Eine Highschool-Schülerin in meinem Alter, die ebenso wie ich an einigen Nachmittagen in dem Sozialprojekt hier im Gemeindehaus von St. Anne Kindern bei den Hausaufgaben und der Vorbereitung auf Tests hilft, legt das Mathebuch zurück auf unseren Tisch. Sie lächelt mich freundlich an. Ihre Wangen röten sich leicht. Wenn ich mich recht erinnere, heißt sie Kimberly und geht auf meine Schule. »Ich glaube, das gehört euch«, sagt sie.

Ich klopfe Sammy auf den Rücken und gebe ihm zu verstehen, dass ein Dankeschön angebracht wäre.

Er versteht und bringt ein recht widerwillig klingendes »Danke« über die Lippen, ehe er anfängt, alles in seinen Rucksack zu packen und aufzubrechen.

»Hast du später kurz Zeit, bei den Vorbereitungen für die Feier zu helfen? Ein paar Tische müssten verrückt werden, und Pater Benedict wünscht sich das Büffet im Eingangsbereich des Saals.« Kimberly schiebt sich die Brille auf der Nase zurecht und sieht mich dabei erwartungsvoll an.

»Klar«, erwidere ich und halte Sammy im nächsten Moment gerade noch rechtzeitig davon ab, durch die Tür zu verschwinden.

»Hey, Mann. Was soll das?«, frage ich ihn, als ich ihn eingeholt habe. »Du weißt ganz genau, dass du nicht einfach gehen kannst.«

Sammy dreht sich kopfschüttelnd zu mir um. »Ach, nein? Willst du mich etwa daran hindern?«

»Ja, das will ich, Sammy. Aber nicht, weil ich dich ärgern will. Nein, Mann, mir liegt etwas an dir. Und ich weiß, dass du es allen zeigen kannst. Ich weiß, was in dir steckt. Und ich bin mir ganz sicher, dass wir beide das hier zusammen schaffen können. Du bist verdammt schlau, Sammy. Lass dir von niemandem sagen, dass du nicht gut genug wärst. Und glaub ihnen nicht, wenn sie sagen, du würdest es ja eh nicht packen.«

Sammy zögert. Sein Rucksack hängt nur auf einer Schulter. Er krallt sich mit den Fingern am Riemen fest und schaut dabei abwägend zwischen mir und dem Ausgang hin und her.

In den vergangenen zwei Jahren habe ich einige Kinder wie Sammy kennengelernt. Viele Stunden meines Lebens habe ich hier in der sozialen Einrichtung von St. Anne ausgeholfen, um Jugendlichen wie ihm auf den richtigen Weg zu helfen. Bei einigen ist es mir mit Hilfe des ganzen Teams geglückt, ihnen eine Perspektive aufzuzeigen. Einige andere kamen irgendwann nicht mehr, sodass ich nicht weiß, was aus ihnen geworden ist. Und wieder andere haben aufgegeben.

Bei jedem einzelnen Schicksal kämpfe ich dafür, dass die Kids an Selbstbewusstsein gewinnen und aufgeschlossen in die Zukunft blicken, die noch nirgends geschrieben steht und die sie selbst in Händen halten.

Meine Mom nennt mich einen Weltverbesserer, und Dad sähe es eigentlich lieber, wenn ich meine Freizeit dafür nutzen würde, mich auf mein Studium vorzubereiten und nebenbei als Quarterback der Footballmannschaft zu glänzen. Doch ich habe gute Noten, und das ist meinem Dad wichtig, denn er hofft, dass ich mich für ein Stipendium qualifiziere. Außerdem versteht er, weshalb ich mich hier in der Nachmittagsbetreuung engagiere. Meine Eltern sind stolz auf mich. Ich bin dankbar dafür, dass ich Eltern habe, die sich um meine Zukunft sorgen und mir den bestmöglichen Start fürs Leben bieten wollen.

Auch wenn Dad und ich hinsichtlich meiner Zeit hier in St. Anne nicht immer einer Meinung sind, weiß ich, dass er mich immer unterstützen würde. Es muss schrecklich sein, wenn man diesen familiären Halt nicht kennt. Wenn man jeden Tag allein gegen die Widrigkeiten des Lebens ankämpft und nicht weiß, wie es weitergehen soll.

So sehr sich Sammy auch bemüht, ich sehe die Traurigkeit in seinen Augen. Ein vierzehnjähriger Junge sollte sich noch keine Sorgen um seine Mom und seine Geschwister machen müssen. Es ist nicht fair, dass er sich in seiner Kindheit nicht frei entfalten konnte. Dass ihn nie jemand gefördert hat, um ihm zu zeigen, was alles in ihm steckt.

Und dabei ist er klug und noch dazu ein guter Junge. Ich weiß das. Erst vor wenigen Tagen hat er Pater Benedicts Geldbeutel gefunden und ihn ihm zurückgegeben.

Noch immer ist Sammy unschlüssig darüber, ob er mir vertrauen und es noch mal darauf ankommen lassen soll. Er wurde in der Vergangenheit oft enttäuscht, weshalb Vertrauen für ihn fast zu einem Fremdwort geworden ist.

»Ich weiß übrigens aus ziemlich sicherer Quelle, dass es später bei der Feier noch Muffins und Brownies geben wird.« Mit gesenkter Stimme zwinkere ich Sammy verschwörerisch zu.

Seine Mundwinkel zucken. »Das ist doch nur ein jämmerlicher Versuch, mich vom Gehen abzuhalten«, zweifelt er noch immer.

Ich hebe die Hände entwaffnend in die Höhe. »Hey, du kannst mir glauben oder nicht. Das überlasse ich ganz allein dir. Ich weiß genau, dass du nur bleiben und wiederkommen wirst, wenn du es auch willst. Und was den Süßkram angeht: den bekommen wir sicher auch ohne dich weg.«

»Vergiss es!«, platzt es aus Sammy heraus. Doch er klingt nicht mehr wütend, sondern eher belustigt.

»Also, was meinst du? Wollen wir es noch mal mit Algebra probieren?«

Sammy verzieht den Mund und wiegt den Kopf hin und her. »Na gut. Wenn es sein muss, dann eben noch mal Mathe.« Dann hebt er drohend den Zeigefinger in die Höhe. »Aber wehe, das Zeug später schmeckt nicht. Dann kannst du was erleben.«

Ich lache und strubble ihm durchs Haar, wie es Mom so oft bei mir tut. Bei Sammy hoffe ich so sehr, dass meine Bemühungen fruchten werden und er sich dafür entscheidet, sein Leben selbst in die Hand zu nehmen.

Denn auch wenn er oft an sich und seinen Fähigkeiten zweifelt, bin ich der festen Überzeugung, dass er einer der stärkeren Jungs hier ist, der lernen kann, dass das Leben keine Einbahnstraße ohne Wendemöglichkeit ist. Er wird seinen Weg finden. Irgendwann. Und bis dahin bin ich für ihn da. Wenn er mich lässt.

»Calebs Mom hat ein gut laufendes kleines Café in der Scott Street. Sie backt die Cupcakes, Brownies, Cookies und Muffins selbst. Von daher denke ich, dass sie ihr Handwerk verstehen sollte«, offenbare ich ihm, während ich Sammy meinen Arm über die Schultern lege und ihn mit zurück zu unserem Platz nehme.

»Du bist echt schwer in Ordnung, Nathan«, höre ich ihn leise sagen, während wir uns hinsetzen und er das Mathebuch wieder aus dem Rucksack hervorkramt und auf den Tisch legt.

»Du auch, Sammy«, sage ich und schlage das Buch an der Stelle auf, an der er erst vor wenigen Minuten die Beherrschung verloren hat.

Doch dieses Mal bleibt er ruhig, hört sich an, was ich ihm zu sagen habe und löst erst mit mir gemeinsam einige Aufgaben, bis er es selbst versucht. Ich bin sehr stolz auf ihn.

Während andere mit einem goldenen Löffel im Mund geboren werden und rein gar nichts dafür tun müssen, um sich in dieser Welt zu behaupten, muss Sammy immer wieder die Ärmel hochkrempeln und sich durchkämpfen.

Die Welt ist ungerecht, aber es liegt an uns, etwas daran zu verändern.

Kapitel 7

Olivia

Mom zupft an meinem Kleid herum, während ich versuche, den strengen Dutt auf meinem Kopf unauffällig ein wenig zu lockern. Ich bekomme Kopfschmerzen, so fest ist er gebunden. Doch ich wage es nicht, etwas zu sagen oder ihn gar zu lösen. Denn damit würde ich den eng getakteten und präzise geplanten Ablauf stören.

Dad steht vor uns und brieft uns ein letztes Mal über die Veranstaltung, an der Mom und ich als lächelnde Statistinnen Dads Hintergrund verschönern werden. Unweigerlich muss ich mich fragen, ob Mom sich diese Rolle selbst ausgesucht hat und ob sie den Zeiten bei der Daily-Soap nicht doch eine Träne hinterherweint.

»Pater Benedict hat vor zehn Jahren in St. Anne ein Projekt ins Leben gerufen, das Schülern aus sozial schwachen Familien eine Anlaufstelle nach dem Unterricht bieten soll. Die Jugendlichen bekommen hier eine warme Mahlzeit und werden von Highschoolschülern ehrenamtlich betreut, die ihnen bei den Hausaufgaben helfen.« Dad klingt, als würde er einen Wikipedia-Eintrag vorlesen. »Gleichzeitig hält er sie auf diese Weise von den Straßen fern und sorgt dafür, dass dem Steuerzahler keine unnötigen Kosten entstehen.« Dieser Satz stünde vermutlich nicht im Netz.

Als Dad geendet hat, sieht er sich mein buttercremefarbenes Ballkleid, das für einen Mittwochnachmittag eindeutig mehr als overdressed ist, mit einem Hauch von Skepsis an. Seine Stirn runzelt sich. Es kommt nicht oft vor, aber ich bin seiner Meinung: In dem üppigen und viel zu extravaganten Kleid komme ich mir vor, als wäre ich auf dem Weg zum Abschlussball.

Mom zupft zur Antwort erneut an mir herum, während Dad offenbar für sich entscheidet, dass er sich davon nicht aus der Fassung bringen lässt, denn er verliert kein Wort über mein Aussehen.

Ein Politiker muss immer Herr der Lage sein. Er muss Lösungsansätze finden, wo alle anderen nur in Problemen denken und in Panik verfallen. Und er muss zwischen Wichtigem und Unwichtigem unterscheiden können. Die Thematik *Garderobe* ist da wohl eher in letztere Kategorie einzuordnen.

»Neben den Kindern und Pater Benedict wird auch eine Handvoll geladener Politiker zugegen sein. Unter anderem mein stärkster Konkurrent um das Amt des Gouverneurs, Leroy McGinster. Wir beide werden jeweils eine kleine Rede halten, und auch wenn es sich hierbei nur um einen vermeintlich unbedeutsamen Auftritt in einem Gemeindesaal handelt, wäre ich euch doch sehr verbunden, wenn wir diesen für uns entscheiden könnten. McGinster hat durch die Prognosen schon viel zu viel Aufwind erhalten. Ich möchte ihm endlich den Wind aus den Segeln nehmen und ihm beweisen, dass ich mich ihm gegenüber in keinster Weise unterlegen fühle.«

Mom und ich nicken eifrig.

Dad ringt sich sogar mal zu einem Lächeln durch, das nicht für die Kamera bestimmt ist. In solchen Momenten schafft er es dann doch irgendwie, dass so etwas wie ein Gefühl von Zusammenhalt in unserer kleinen Familie entsteht.

Aber so gerne ich mich dieser Illusion auch hingeben möchte, weiß ich es doch besser: Kaum, dass wir diese Veranstaltung hier hinter uns gebracht haben, wird Dad ins Büro fahren. Mom hat einen Termin in ihrem Beautysalon, und Mortimer bringt mich nach Hause. Das »Wir«, von dem Dad mich gerade glauben lassen will, es würde real existieren, ist einzig und allein für die Öffentlichkeit gedacht. Nicht für mich.

»Okay, dann auf in den Kampf!«, stachelt Dad uns an.

Er öffnet die Tür des Seiteneingangs, durch den wir unbeobachtet wie VIPs in das Gebäude gelangen. Schon vom Flur aus kann ich das Lachen und die lauten Stimmen hören. Die Stimmung scheint ausgelassen zu sein. Es sollte also ein Leichtes für meinen Dad sein, hier Sympathiepunkte für sich einzuheimsen.

Das Treiben im Gemeindesaal ist vergleichbar mit dem in einer Schulcafeteria. An der einen Ecke steht eine Gruppe aus gleichaltrigen Mädchen beisammen und unterhält sich angeregt, während sie immer wieder zu einem Jungen hinüberschielen und albern kichern. Ein paar Jungs werfen sich über den Raum hinweg einen Football zu. Ein Mann mit langer schwarzer Robe – ich nehme an, dass es Pater Benedict ist – untersagt ihnen das Spiel. Doch die Jungs bleiben cool und wenden sich dem üppigen Büfett zu, von dem ich nicht einmal einen Krümel kosten werde. Nur der typische Geruch von überbackenem Käse fehlt.

»Walsh, wie schön Sie zu sehen.«

Ein Mann mittleren Alters mit langen dunklen Koteletten und wuchernden Augenbrauen streckt meinem Dad die Hand mit einem übertrieben freudigen Lächeln entgegen. Wie auf Knopfdruck beginnt auch mein Dad wie eine 150-Watt-Glühbirne zu strahlen.

»McGinster! Wie schön, Sie zu sehen!«

Dad reicht seinem ärgsten Rivalen ebenfalls die Hand. Wenn McGinster wüsste, wie Dad zu Hause über ihn spricht …

Ein Mädchen mit langen braunen Locken steht in einem Hosenanzug und weißer Bluse ein paar Schritte hinter McGinster. Sie wirkt ein wenig älter als ich. Sicher studiert sie bereits in Harvard oder Yale. Stanford oder Princeton würde ich ihr auch zutrauen.

Ihre ganze Haltung zeugt von Selbstvertrauen und innerer Gelassenheit, die sie wie einen Funkenregen über den Raum ergießt. Alles glänzt viel mehr, seit ich sie entdeckt habe.

»Das ist übrigens meine Tochter Aria«, erklärt Dads Widersacher gelassen, während sie meinem Vater ebenfalls die Hand entgegenstreckt.

»Es freut mich, deine Bekanntschaft zu machen.«

Dads Händedruck ist fest. Nur ein schwacher Charakter reicht einem eine schlaffe Hand. Mit einer gewissen Anerkennung nehme ich zur Kenntnis, dass Aria seinem Blick und seinem Händedruck standhält.

»Aria besucht ihr letztes Highschooljahr und möchte danach in Yale Jura studieren«, meint McGinster in diesem Augenblick mit einem ehrlich stolzen und warmen Lächeln.

Eine Mischung aus Neid und Resignation macht sich in mir breit. Noch nie in meinem ganzen Leben hat mich Dad so stolz angesehen. Um ihm eine ähnliche Regung zu entlocken, müsste ich wahrscheinlich einen Nobelpreis in Physik bekommen oder die erste weibliche Präsidentin der Vereinigten Staaten werden.

Da ich weder großes Interesse an Physik habe, noch besonders für Politik brenne, wird mir dieser Augenblick, der Aria an diesem unscheinbaren Mittwochnachmittag mal eben zwischen Tür und Angel geschenkt wird, für immer verwehrt bleiben.

Ein wenig fühlt es sich an, als würde mir das Schicksal einen Spiegel vors Gesicht halten, in dem ich das Leben sehe, wie es sein kann. Gleichzeitig zeigt es mir auch, wie es für mich nie kommen wird. Das ist hart. Und ernüchternd zugleich.

»Hey! Ich bin Aria.«

»Hey!«, erwidere ich perplex.

Jeder hat genaue Anweisungen, was er in diesem Spiel zu tun hat. Mom bringt sich mit Small Talk und filmreifen Lachern in das Gespräch ein. Dad glänzt mit seinem schier unendlich erscheinenden Fachwissen. Und ich mache mich so unsichtbar wie nur möglich, halte mich bedeckt und antworte nur, wenn ich gefragt werde. Was meist nicht der Fall ist.

Nicht selten habe ich das Gefühl, dass die Menschen nicht einmal bemerken, dass es mich gibt. Umso mehr verwundert es mich, dass Aria mich anspricht.

»Ich bin Olivia«, stelle ich mich ihr vor.

Aria überlegt kurz. »Bist du nicht auch auf der Beaufort High? Ich glaube, wir haben den Kunstkurs bei Mr Wellington zusammen.«

Jetzt, wo sie es sagt, kommt sie mir auch irgendwie bekannt vor. Der große Nachteil, wenn man in gebückter Haltung und mit gesenktem Kopf durch die Korridore und Klassenzimmer einer Schule schleicht, ist, dass man auch nicht wirklich mitbekommt, was um einen herum so passiert.

Ich lächle zur Antwort und spüre im selben Moment, wie meine Hände schweißnass werden. Die ungewohnte Aufmerksamkeit, die plötzlich auf mir ruht, tut mir nicht gut.

Mein Herz schlägt immer schneller gegen meinen Brustkorb. Es versucht zu fliehen, sich einen Weg zwischen meinen Rippen hindurch zu bahnen. Bloß weg hier.

»Du bist nicht so der gesprächige Typ«, stellt Aria vollkommen richtig fest.

Ich schüttle den Kopf zur Antwort, und sie versteht auch ohne viele Worte.

Noch bevor ich begreife, was sie da tut, zieht sie mich mit sich zum Büfett hinüber. Mom und Dad bemerken es nicht einmal, so angeregt unterhalten sie sich mit Arias Dad. Auf die Entfernung hin sehen sie wie alte Bekannte aus, Freunde aus einem früheren Leben.

Wahre Freunde gibt es in der Politik nicht, sagt mein Dad immer. Jeder konkurriert mit dem anderen. Wenn es darum geht, sich zu verbünden, versucht dennoch jeder für sich den größtmöglichen Profit aus der Angelegenheit herauszuschlagen. So läuft das nun mal.

Ich glaube, deshalb liebt Dad auch Golf. Nicht, weil er besonders gerne Sport treibt oder es mag, in der Natur zu sein. Nein! Beim Golfen könne man Kontakte knüpfen und sich ein Netzwerk aufbauen, erklärte er mir einst. Alles nur Mittel zum Zweck. Golf ist der perfekte Deckmantel: Da ein bisschen Small Talk mit einem wichtigen Großindustriellen und dort ein wenig der Austausch mit der vermeintlichen Konkurrenz. Wobei ich mich bei Dad oft frage, ob er überhaupt der Ansicht ist, dass ihm irgendjemand das Wasser reichen könnte. Er ist so von sich überzeugt, dass er sich sicher nie mit solchen quälenden selbstzerstörenden Gedanken herumschlagen muss, wie ich es ständig tue.

Dream big! Mit viel weniger gibt er sich nicht zufrieden.

»Sehen die Cookies nicht einfach nur superlecker aus?«, sagt Aria und schnappt sich auch schon eine der süßen Köstlichkeiten.

Verunsichert blicke ich mich zu meinen Eltern um. Die beiden haben noch immer nicht bemerkt, dass ich mich unters Volk gemischt habe.

Ich hadere mit mir. Am liebsten würde ich mir einen dieser hübschen Cupcakes mit blauem Zuckerguss und bunten Schmetterlingen darauf nehmen. Aber auch die Brownies oder die Muffins mit Heidelbeeren und Schokostücken lachen mich an. Zu gern würde ich mich einmal durch die ganze Palette probieren. Dad hat nämlich vergessen, mir im Vorfeld Bescheid zu geben, dass heute noch ein Termin ansteht, und ich habe ziemlichen Hunger. Er schiebt die Schuld natürlich auf seine Sekretärin, die nicht ganz so zuverlässig ist, wie er es sich wünschen würde.

»Mmh, der ist so lecker«, meint Aria nach dem ersten Bissen ihres Cookies. Keksbrösel hängen an ihrer Lippe. Sie lächelt selig dabei und streckt mir den angebissenen Cookie entgegen. »Magst du auch mal probieren?«, fragt sie mich wie selbstverständlich. Ganz so, als würde uns unser gemeinsames Schicksal automatisch miteinander verbinden. Als wären wir schon immer beste Freundinnen gewesen. Ist sie vielleicht sogar das eine Mädchen, auf das ich am ersten Schultag so gehofft habe? Sie scheint zwar keine Probleme damit zu haben, Anschluss zu finden, aber sie ist nett. Sehr nett sogar.

Meine innere Stimme rät mir dennoch zur Vorsicht. Vielleicht ist es aber auch nur die gebieterische Stimme meines Dads, die von mir verlangt, auf Abstand zum Feind zu gehen und eine gewisse Distanz zu wahren. In einen von der Gegenseite angebissenen Keks zu beißen, kann man schwerlich noch als Distanzwahren bezeichnen.

Auf der anderen Seite möchte ich Aria aber unter keinen Umständen vor den Kopf stoßen. Sie ist die erste meiner Mitschülerinnen, die einen Schritt auf mich zugemacht hat. Und wenn ich sie zurückweise mit Sicherheit auch die letzte.

Abermals schiele ich über meine Schulter nach hinten zu Mom und Dad. Eine tiefe Furche hat sich auf der Stirn meines Vaters gebildet. Aufmerksam lauscht er den Worten seines politischen Kontrahenten. Ich kann nicht hören, worüber sie sprechen. Aber das Thema scheint sie alle vollkommen einzunehmen. Die drei sind so mit sich selbst beschäftigt, dass sie uns komplett ausgeblendet haben.

Eine weitere Millisekunde verstreicht, in der ich mit mir hadere, ehe ich flink wie ein Wiesel ein Stück von dem Keks abbeiße und mir daraufhin eilig den Mund mit der Hand abputze. Den Blick nach hinten verkneife ich mir.

Als Aria mich erwartungsvoll ansieht, beeile ich mich zu sagen: »Der ist wirklich verdammt lecker.«

Ein Lächeln breitet sich auf ihren Lippen aus. »Sag ich doch!«, erwidert sie zufrieden und streckt mir schon ein eigenes Exemplar entgegen.

Innerlich ringe ich mit mir, ob ich den Keks annehmen soll. Nach außen hin ist es nur ein Cookie. Aria wird sich bestimmt schon Gedanken machen, warum ich so lange zögere. Aber in meiner Familie kann ein Keks gefühlt den Dritten Weltkrieg auslösen. Und das ist etwas, worauf ich so gar keine Lust habe.

Als mein Magen verräterisch knurrt und mir der Hunger schon die Sinne vernebelt, greife ich trotz allem zu.

»Hey, Aria«, begrüßt ein Mädchen meine heimliche Verbündete im Kekskomplott. Sofort fürchte ich, dass sie die Aufmerksamkeit meiner Eltern auf uns lenken könnte und sehe mich vorsichtig um. Doch sie sind nach wie vor ins Gespräch vertieft.

Eine innere Unruhe befällt mich, als ich bemerke, dass mir das Mädchen bekannt vorkommt. Sie ist auch an unserer Schule. Nicht, dass wir schon ein Wort miteinander gewechselt hätten. Wahrscheinlich weiß sie nicht mal, dass es mich gibt. Zumindest lässt ihr unschlüssiger Blick darauf schließen, dass sie mich nicht so recht einzuordnen weiß.

»Hey, Kimberly. Ich wusste gar nicht, dass du hier mithilfst«, meint Aria ehrlich überrascht.

»Ach, nein?«, erwidert Kimberly mit unterschwelligem Vorwurf in der Stimme. »Dabei bin ich schon etwas mehr als ein Jahr dabei.«

»Wow! Das ist wirklich lange«, bemerkt Aria anerkennend. »Dein Engagement ehrt dich.« Dann stielt sich ein verschmitzter Ausdruck in ihre Augen. »Oder hat deine Arbeit hier vielleicht auch ein wenig mit Nathan Johnson zu tun?«

Eine zarte Röte breitet sich in Kimberleys Gesicht aus. Verlegen schiebt sie sich die Brille auf der Nase zurecht. »Quatsch! Nathan ist überhaupt nicht mein Typ«, behauptet sie wenig überzeugend.

»Da bist du ja«, zischt Mom in diesem Moment wie eine Kobra in meinem Rücken.

Panisch streiche ich mir mit den Fingern über den Mund, um auch den letzten Krümel aus meinem Gesicht zu verbannen. Für einen Außenstehenden muss mein schlagartig verändertes Verhalten leicht hysterisch wirken.

Und meine Einschätzung bestätigt sich, als ich die irritierten Blicke von Kimberley und Aria einfange. Falls ich ihnen in der Schule schon merkwürdig vorgekommen sein mag, dann bestätige ich ihnen dieses Bild gerade überdeutlich.

Es bleibt keine Zeit mehr, ihnen zu erklären, was plötzlich in mich gefahren ist. Moms Blicke in meinem Rücken durchbohren mich. Dad wird sicher schon ungeduldig darauf warten, dass ich mich wieder in seinem Schatten einreihe.

Doch auch wenn ich es ihnen erklären könnte, würden die beiden mich nicht verstehen. Niemand versteht mich.

Anstatt mich also weiter in die Wunschvorstellung zu verrennen, das zwischen Aria und mir könnte in absehbarer Zukunft so etwas wie Freundschaft werden, wende ich mich, ohne noch ein weiteres Wort zu sagen, von ihr ab und drehe mich demütig zu meiner Mom um.

Eine Mischung aus Missmut und Argwohn spiegelt sich im Gesichtsausdruck meines Dads wider, als ich mich auf meinem Platz hinter ihm einfinde.

Mir graut vor heute Abend. Dad hat die Angewohnheit, die Termine, die wir als Familie wahrnehmen, noch am selben Abend bis ins kleinste Detail Revue passieren zu lassen. Dabei kommt jeder noch so winzige Fehler auf den Tisch.

Ich mag mir gar nicht ausmalen, was das für mich bedeuten wird. Vor gar nicht allzu langer Zeit hat mein Dad sich, kaum, dass die Haustür ins Schloss gefallen war, so sehr über einen abgebrochenen Fingernagel meiner Mom aufgeregt, dass mir im Sekundentakt heiß und kalt wurde.

Wenn er sich in einem dieser cholerischen Anfälle verrennt, dann verliert er jeden Bezug zum Wesentlichen. Da wird im Bruchteil eines Augenblicks aus einer Mücke ein Elefant. Und man kann nur hoffen, dass man von diesem nicht im nächsten Moment plattgetrampelt wird.

Kapitel 8

Nathan

»... Es ist mir besonders wichtig, an dieser Stelle den Mann zu würdigen, der diese Einrichtung erst ins Leben gerufen hat. Ohne Pater Benedict hätten viele der Kinder aus sozial schwachen Familien keine Anlaufstelle. Sie würden sich auf der Straße herumtreiben und Unsinn machen. Unsinn, der sie eines Tages um ihre Zukunft bringt.« Dann bedeutet Richard Walsh dem Pater auf die Bühne zu kommen. »Bitte einen Applaus für Pater Benedict, meine sehr verehrten Damen und Herren.«

Die meisten der Anwesenden klatschen brav in die Hände. Pater Benedict verbeugt sich verlegen lächelnd in alle Richtungen, kaum dass er auf der Bühne steht und winkt dabei ein wenig wie der Papst bei einer Rundfahrt durch die Ewige Stadt im Papamobil.

Ich klatsche ebenfalls, um Pater Benedicts Lebenswerk Tribut zu zollen. Schließlich ist das, was er hier in St. Anne geschaffen hat, eine verdammt gute Sache. Gleichzeitig spüre ich, wie Mr Walshs Worte eine Mischung aus Enttäuschung und Wut in mir hochkochen lassen. Die meisten der Kinder, die sich unter der Woche am Nachmittag in St. Anne einfinden, haben zwar ein sehr armes Elternhaus, kriminell sind sie deswegen allerdings noch lange nicht. Wie von allein ballen sich meine Hände zu Fäusten, während ich die unverschämten Worte wie in Endlosschleife in meinem Kopf Revue passieren lasse. Die Überheblichkeit dieses Politikers ist kaum noch zu ertragen. Und dann dieses gekünstelte Lächeln, das allein auf die Entfernung hin schon total verkrampft wirkt.

»Er weiß aber schon, dass wir anwesend sind. Oder?«

Sammy ist tatsächlich geblieben. Gemeinsam haben wir uns durch seine Hausaufgaben durchgearbeitet, dabei Höhen und Tiefen erlebt und uns am Ende gemeinsam auf die Feier gefreut. Doch wenn ich ihn mir so anschaue, dann zweifelt er inzwischen sicher gewaltig daran, ob es wirklich die richtige Entscheidung gewesen ist, zu bleiben.

Ich verspüre zunehmend das Bedürfnis, an die frische Luft zu gehen und einmal ganz tief durchzuatmen. Männer wie Walsh sind eine Schande für die Politik. Sie arbeiten mit den Ängsten der Menschen, säen Zwietracht, wo immer es nur geht, und erschaffen Feindbilder, die überhaupt nicht existieren, anstatt das Positive herauszuarbeiten.

Walsh faselt etwas von Nachbarschaftshilfe und Nächstenliebe. Die Stimmung im Saal wird zusehends bedrückter. Einige der Schülerinnen und Schüler sehen betreten drein. Denn auch wenn der Redner auf der Bühne es womöglich nicht wahrhaben will: Die Kinder sind keine Idioten. Sie verstehen seine Message. Man kann ihnen ihr Unbehagen deutlich ansehen.

Olivia steht zwei Schritte hinter ihrem Dad und lächelt ebenfalls in einer Tour. Das ihr sein Geschwafel nicht peinlich ist? Aber was weiß ich schon über sie? Selbst ihren Namen habe ich erst nach einigen Tagen im Unterricht aufgeschnappt, als Mrs Reinolds sie aufrief.

In den Unterricht bringt sie sich kaum ein. Wenn sie allerdings gezielt von den Lehrern gefragt wird, hat sie meist eine richtige Antwort parat. Die Naturwissenschaften scheinen ihr dabei nicht ganz so sehr zu liegen. Aber auch da bemüht sie sich. Sie wirkt gebildet. Außerdem liest sie offenbar sehr gerne. Ich habe sie schon einige Male in der Bibliothek sitzen sehen. Und auch wenn ich im Garten war, saß sie das ein oder andere Mal dort mit einem Buch auf einer Bank.

Doch für die Cafeteria oder Schulevents wie Football- oder Basketballspiele scheint sie sich zu fein zu sein. Zumindest kann ich mich nicht daran erinnern, sie schon mal dort gesehen zu haben. Sie meidet uns. Wahrscheinlich denkt sie, sie wäre etwas Besseres. Und je länger ich den Worten ihres Dads zuhöre, desto überzeugter bin ich davon.

Nicht, dass mich Olivia Walsh in irgendeiner Form interessieren würde. Sie geht auf meine Schule, besucht einige Kurse mit mir und das war's auch schon. Dennoch kann ich nicht verstehen, wie so ein gebildetes Mädchen sich lächelnd den Stuss ihres Dads anhören kann. Sie muss doch auch spüren, dass das, was da gerade auf der Bühne passiert, nicht richtig ist. Oder?

Wahrscheinlich ist das aber nur wieder mein Weltverbesserer-Gen, mit dem Mom mich immer aufzieht, das da gerade meine Gedanken lenkt.

»Genug der Worte. Lasst uns jetzt ein wenig feiern, das Miteinander genießen und uns darüber freuen, was uns der Herrgott so reich beschert hat«, sagt Pater Benedict mit ausgestreckten Händen, nachdem nun auch Richard Walsh seine Rede beendet hat.

Mr McGinsters Rede war zwar ähnlich trocken wie die seines Kontrahenten, doch im Gegensatz zu der von Olivias Dad war seine fair.

»Endlich!«, stöhnt Sammy neben mir und entlockt mir damit einen Lacher. »Die Cupcakes sind echt der Hammer«, vermeldet er. »Möchtest du auch einen?« Sammy deutet in Richtung der Tische, auf denen sich ein überaus köstliches und vor allem farbenprächtiges Angebot an süßen Köstlichkeiten aneinanderreiht.

»Du hast dir doch schon einen Cupcake geholt«, erinnere ich ihn.

Sammy sieht zu dem Küchlein in seiner Hand.

»Das vielleicht schon. Aber jetzt kann ich ihn auch genießen.« Er zwinkert mir vielsagend zu.

Pater Benedict, die Redner und ihre Familien kommen von der Bühne und mischen sich unter das einfache Volk. Olivias Mom hängt dabei wie eine Klette an dem armen Pater. Auch von Weitem kann ich gut erkennen, dass sie gerade dabei ist, ihm ein Ohr abzukauen. Der Arme kann einem wirklich leidtun.

Olivia wirkt nicht ganz so gelöst wie ihre Mom. Mir

fällt auf, dass das Lächeln auf ihren Lippen ihre Augen nicht erreicht.

»Hey, Bro! Der Ansturm aufs Kuchenbüfett ist echt krass. Wenn du auch noch etwas möchtest, solltest du jetzt besser mitkommen«, ermahnt mich Sammy.

»Ich komme gleich«, vertröste ich ihn, während ich meinen Blick nicht von Olivia abwenden kann.

Sie wirkt so in sich gekehrt, so abwesend. Trotz des Lächelns auf ihren Lippen, werde ich das Gefühl nicht los, dass sie sich mächtig fehl am Platz fühlt. Aber vielleicht liegt das ja an den vielen beinahe-kriminellen Jugendlichen, die sich in diesem Raum aufhalten. Womöglich behagt Olivia diese Gesellschaft nicht.

Und je länger ich darüber nachdenke, desto sicherer bin ich mir, dass sie sich in einer Umgebung wie dieser hier nicht wohlfühlen kann. Madame ist Besseres gewöhnt. Vermutlich sind wir alle unter ihrer Würde.

Doch irgendwie kann ich nichts Herablassendes in ihrem Wesen erkennen.

Warum interessiere ich mich überhaupt so sehr für sie? Wir beide haben rein gar nichts gemeinsam. Wir leben in völlig verschiedenen Welten. Dass wir dieselbe Schule besuchen, grenzt schon an ein Wunder. Für gewöhnlich sind die Sprösslinge aus gutem Haus doch an einer Privatschule untergebracht, wo sie den Kontakt mit dem gemeinen Volk weitestgehend vermeiden, wo sie unter Gleichgesinnten sind.

»Das Mädchen scheint es dir echt angetan zu haben«, meint Sammy in diesem Moment.

Erst jetzt werde ich mir der Tatsache bewusst, dass ich noch immer in Olivias Richtung starre.

»Quatsch! Ich kenne sie nur aus der Schule. Das ist alles«, behaupte ich.

Doch Sammy grinst mich wissend an.

»Klar! Kommst du dann mit rüber? Kimberley wartet schon auf dich. Wenn du mich fragst, hat sie ein Auge auf dich geworfen.«

Bei Sammys Worten muss ich lachen, während wir gemeinsam zum Büfett rübergehen. Der Junge ist fast vier Jahre jünger als ich, und dennoch scheint er ganz genau zu wissen, wie der Hase läuft. Wenn er die Energie, die er für diese zwischenmenschlichen Dinge aufwendet, in naher Zukunft in seine mathematischen Fähigkeiten stecken würde, wäre ich echt glücklich.

»Hey, Nathan«, begrüßt mich Kimberley, deren Wangen sich bei meinem Anblick leicht röten.

»Hey.«

»Wie fandest du die Reden?«, fragt sie mich mit gesenktem Blick, während sie sich die Brille auf der Nase zurechtrückt.

Ich zucke mit den Schultern. »Ich hab schon Bessere gehört«, antworte ich wahrheitsgetreu. »Vor allem die von Richard Walsh war dermaßen überheblich, dass ich mir das Ende sehnlichst herbeigewünscht habe. Ich meine, was denkt der Typ denn eigentlich, wer er ist? Und dann Olivia, wie sie dort auf der Bühne stand und ihm den Rücken gestärkt hat …«

Jemand rempelt mich von hinten an. Ich komme dabei ins Straucheln, stoße jemanden in die Seite.

»Entschuldige, bitte«, sage ich sogleich, noch ehe ich erkennen kann, um wen es sich bei der Person handelt.

Ein grünes Augenpaar sieht mich traurig an. Doch ich

weiß, dass es nicht an der Tatsache liegt, dass ich sie geschubst habe.

Einen furchtbar langen Augenblick stehen Olivia und ich uns schweigend gegenüber. Das Stimmengewirr um uns herum blende ich völlig aus. Mit angehaltenem Atem warte ich darauf, was sie mir auf meine wenig freundlichen Worte antworten wird. Denn dass sie sie gehört haben muss, steht außer Frage. Und dennoch hüllt sie sich in Schweigen.

»Es tut mir leid«, erkläre ich ihr erneut. Doch wir beide wissen, dass es jetzt nichts mehr mit dem Schubser zu tun hat.

Olivias Mund öffnet sich leicht. Nur einen Spaltbreit. Doch noch ehe ich es so recht begreife, schließt sie ihn wieder, senkt den Blick und läuft einfach weiter.

Kapitel 9

Olivia

»Geh mal zur Seite, du Freak!«, blafft mich ein Mädchen mit einem langen schwarzen Zopf an. Ich habe noch nie zuvor mit ihr gesprochen. Sie klingt regelrecht feindselig, während sie sich zwischen mich und den Stapel Tabletts schiebt, vor dem ich stehe. Ohne meine Reaktion abzuwarten, nimmt sie sich eins davon und reiht sich anschließend in die lange Schlange der Wartenden an der Essensausgabe ein.

Ich kann nicht behaupten, dass mich ihr Verhalten besonders verwundert. Die meisten Schüler der Beaufort High machen einen großen Bogen um mich. Hinter vorgehaltener Hand tuscheln sie über mich, fragen sich, was mit mir nicht stimmt. Doch so direkt hat mich noch keiner wissen lassen, was er von mir denkt.

Ein Freak also, schießt es mir durch den Kopf. In der Vergangenheit war ich schon so einiges. Das verwöhnte Mädchen aus reichem Haus, die Spaßbremse, die Heulsuse und die eingebildete Schnepfe – als Freak hat mich bisher noch niemand bezeichnet.

Ich spüre die aufwallende Panik in mir, und meine innere Stimme keift, dass sie es doch gewusst hätte und ich nie und nimmer in die Cafeteria hätte gehen sollen. Aber draußen schüttet es wie aus Eimern. Der Garten war also keine Option. In der Bücherei darf man nicht essen, und mein Magen knurrt mittlerweile schon unüberhörbar laut.

Also habe ich den Weg in die Cafeteria auf mich genommen, mir Mut zugesprochen und mir eingeredet, dass sicher ohnehin niemand Notiz von mir nehmen wird. Und dann das.

Mein Herz überschlägt sich und klopft mal wieder gegen meine Rippen, in der Hoffnung, endlich einen Ausweg aus diesem Körper zu finden. Wenn es doch nur so leicht wäre, dann würde ich auch ein anderes Leben wählen. Eines, in dem ich weniger zur Zielscheibe von den Anfeindungen meiner Mitschüler würde und eine mich liebende Familie hätte.

Ich spüre schon die Tränen hinter meinen Augen, die sich Bahn brechen und jeden Augenblick über meine Wangen kullern werden. Das wäre mit Abstand das Schlimmste, was mir jetzt passieren könnte: ich, flennend in der Cafeteria, umringt von hunderten von Schülern, die mich nicht leiden können.

Ich tröste mich mit der Tatsache, dass mich vermutlich nicht alle von ihnen hassen. Einigen bin ich vermutlich egal. Wieder andere machen sich einfach nur gern lustig über das schwächste Glied in der Kette. Warum dieses Glied nur immer ich sein muss, frage ich mich gerade, als ich eine Stimme in meinem Rücken meinen Namen rufen höre.

Ohne es zu wollen, beginnt mein Körper zu zittern. Händeringend versuche ich ihn unter Kontrolle zu bekommen, doch es will mir einfach nicht gelingen. Wie in Zeitlupe drehe ich mich um, und erblicke Aria, die mich mit einem Lächeln auf den Lippen begrüßt. Seit der Veranstaltung in St. Anne haben wir uns nicht mehr wirklich gesehen. Außer in den Schulstunden, die wir gemeinsam haben. Aber dort haben wir bisher nicht wirklich miteinander gesprochen. Ein wenig kam es mir auch so vor, als wollte Aria nicht mit mir in der Öffentlichkeit gesehen werden. Dem widerspricht allerdings die Tatsache, dass sie mich gerade von sich aus angesprochen hat. Und das in der Cafeteria, dem Hauptumschlagplatz der Gerüchteküche.

»Hey«, erwidere ich schließlich nach einer gefühlten Ewigkeit.

Ich bin mir nicht mal sicher, ob Aria mich überhaupt gehört hat. Meine Stimme gleicht dem leisen Piepsen einer Maus. Dann noch die laute Geräuschkulisse um uns herum: Schüler, die ihren Unmut darüber äußern, dass der Cheeseburger aus ist und sie keinen mehr abbekommen haben, Freunde, die sich über das Wiedersehen in der Pause freuen und Liebespärchen, die engumschlungen durch den Raum wandeln, als wäre das hier das Paradies auf Erden.

Doch Aria lächelt mich noch immer freundlich an.

Wenn ihr meine Befangenheit aufgefallen ist, dann übergeht sie sie einfach. Wofür ich ihr sehr dankbar bin.

»Magst du dich mit mir da hinten an den Tisch setzen?«, fragt sie mich wie selbstverständlich.

Ich zögere kurz, ehe ich schließlich einwillige.

Dann lacht sie, und das gute Gefühl, das ich eben noch verspürt habe, erlischt wie die zarte Flamme einer Kerze, die der Wind ausgeblasen hat.

»Vielleicht solltest du dir erstmal etwas an der Essensausgabe holen?«, schlägt sie mir vor.

Ihre Worte klingen weder herablassend noch besserwisserisch. Sie meint es gut mit mir. Das spüre ich ganz deutlich.

»Ich habe keinen Hunger«, entgegne ich ihr, nicht ganz ehrlich. Wie auf Kommando ertönt auch schon das Knurren meines Magens. Aria wäre es sicher gar nicht aufgefallen, wenn ich aus einem Reflex heraus nicht meine Hand auf den Bauch gelegt hätte.

»Ich habe eine riesige Portion Chicken Nuggets mit Pommes von Mrs Wu bekommen. Manchmal habe ich das Gefühl, sie meint, wir würden ohne sie verhungern. Aber Mrs Wu ist hier an der Schule mit Abstand die netteste Dame an der Essensausgabe. Ohne sie wäre die Cafeteria nicht die gleiche. Also, was ist nun? Ich schaffe mein Essen nie und nimmer allein«, erklärt Aria und hält mir ihr Tablett unter die Nase, ehe sie mit ihrem Kopf in die Richtung nickt, in der wir einen freien Platz finden.

Als wir uns gegenüber hingesetzt haben, ist der Rest des Highschoolzirkuses um uns herum schon fast ein wenig vergessen. Zumindest konzentriere ich mich nicht länger darauf, mich in Luft aufzulösen.

Aria schiebt ihren Teller in die Mitte, sodass wir uns beide etwas vom Essen nehmen können. Gleichzeitig reicht sie mir eine Gabel und fordert mich aufmunternd auf, zu probieren.

Es bedarf keiner vielen Worte zwischen uns. Wir verstehen uns auch ganz ohne. Ich schenke ihr ein zaghaftes Lächeln zum Dank. Die nächsten Minuten verbringen wir mehr oder minder schweigend nebeneinander. Einvernehmlich. Und das ist etwas sehr Schönes.

In der Vergangenheit habe ich von Dad gelernt, dass man mit den meisten Menschen über Gott und die Welt reden kann. Small Talk funktioniert meistens. Zumindest bei den anderen. Nicht unbedingt bei mir. Dafür müsste ich schon mehr reden. Und vor allem den Mut finden, auf andere zuzugehen. Aber schweigend nebeneinander zu sitzen und sich dabei nicht unwohl zu fühlen, ist etwas, was man nur mit sehr wenigen Menschen machen kann. Es freut mich, dass Aria dazugehört. Und irgendwie habe ich es schon bei unserer ersten Begegnung geahnt.

Während wir essen, beobachte ich sie ein wenig. Neben den langen braunen Locken zeichnen sie besonders ihre großen braunen Augen aus. Aber auch ihre Stupsnase und die hohen Wangenknochen machen sie zu dem, was sie ist: nämlich einem sehr hübschen Mädchen.

In der Schule zieht Aria meist lässige Blue Jeans, ein einfarbiges Shirt und bequeme Sneakers an. Ein Outfit, das mir meine Mom nie durchgehen lassen würde. Auch heute nicht. Ich habe einen furchtbar kratzigen blauen Rollkragenpullover aus Wolle mit Schäfchenwolken darauf an, kombiniert mit einem knielangen Tweedrock und schwarzen Stiefeln. Ich bin total overdressed.

»Nervt es dich auch manchmal, dass dein Dad dich auf seine Termine mitschleppt?«, fragt Aria mich plötzlich hemmungslos ehrlich.

Auch wenn ich weiß, dass mein Dad von dieser Unterhaltung nie etwas erfahren wird, hadere ich mit mir: Soll ich einer nahezu Fremden gegenüber wirklich eingestehen, wie sehr ich diese öffentlichen Auftritte hasse? Noch dazu ist sie die Tochter von Dads ärgstem Konkurrenten. Kann ich mich ihr tatsächlich so weit öffnen? Oder sollte ich meine Gedanken besser für mich behalten?

»Es ist nicht immer einfach«, sage ich und wähle damit schließlich einen Kompromiss.

Am liebsten hätte ich Aria mein Herz ausgeschüttet, ihr gesagt, wie erdrückend sich die Last anfühlt und was für ein immenser Druck auf mir liegt. Denn irgendwie bilde ich mir ein, dass sie mich verstehen könnte. Ich vermute, ihr Dad ist ähnlich ambitioniert wie meiner – immerhin haben sie es beide auf das Amt des Gouverneurs abgesehen.

Aria tunkt eines der Chicken Nuggets in die Barbecue-Sauce.

»Ich finde Dads Wahltermine ganz schön nervig. Ständig muss man grinsend irgendwo rumstehen, die Vorzeigetochter spielen, fremden Menschen die Hände schütteln und sich furchtbar darauf konzentrieren, bloß nichts Falsches zu sagen oder zu machen.«

Arias offene Worte lähmen mich ein wenig. Anstatt nur dazusitzen und sie anzustarren, möchte ich ihr beipflichten, mich mit ihr verschwestern und genauso ehrlich über meine Gefühle und Gedanken reden.

Doch tief in mir drin habe ich Hemmungen davor.

Schließlich habe ich beinahe mein ganzes Leben alles mit mir allein ausgemacht. Rosalia weiß viel, ohne dass ich mit ihr darüber rede. Und die wenigen Freundschaften, die ich in den vergangenen Jahren knüpfen konnte, waren nie mehr als lose Blätter im Wind.

Skepsis, Scheu und ein Hauch von Sorge, gespickt mit dem Wunsch nach einer tiefen Verbundenheit und der Angst vor der Realität, schnüren mir die Kehle zu.

Wieder muss ich an das Mädchen an der Essensausgabe denken. Einen Freak hat sie mich genannt. Wenn ich so darüber nachdenke, dann muss es den anderen wohl tatsächlich so vorkommen, als wäre ich irgendwie anders.

Wie lange wird sich Aria noch um mich bemühen und mich freundlich anlächeln? Wird dieses Date hier in der Cafeteria unser einziges bleiben? Werde ich mich später genau an diesen Zeitpunkt zurückwünschen, um alles anders zu machen?

In Gedanken versunken schnappe ich mir ein paar Pommes und beiße lustlos darauf herum. Der Hunger ist mir inzwischen komplett vergangen. Ich schiele zum Fenster hinaus. Es regnet noch immer.

»Ich habe mir da übrigens ein Spiel überlegt«, durchbricht Aria erneut die Stille. Ihre Stimme klingt verschwörerisch.

»Ein Spiel?«, frage ich interessiert.

Sie nickt und lächelt dabei. »Es ist nichts Weltbewegendes oder so. Aber irgendwie lässt es mich nicht ganz gaga werden, während ich dumm rumstehe und immerzu nur lächle.«

Aria zieht dabei so eine lustige Grimasse, dass ich lachen muss. Und sofort frage ich mich, wann ich das letzte Mal aus ganzem Herzen ungezwungen gelacht habe.

»Jetzt hast du mich aber neugierig gemacht«, erwidere ich, noch immer mit einem Lächeln auf den Lippen.

Es fühlt sich ungewohnt an und irgendwie merkwürdig, obwohl ich diese Geste bei all den Auftritten in den letzten Jahren nahezu perfektioniert habe. Und dennoch ist es dieses Mal anders. Denn Aria schenke ich mein Lächeln aus freien Stücken. Keiner zwingt mich dazu. Das Lächeln ist echt.

»Wie gesagt, es ist wirklich nichts Besonderes. Nur ein kleiner Zeitvertreib.«

Erwartungsvoll blicke ich sie an und hoffe darauf, dass sie endlich weiterspricht.

»Ich suche mir bei den Veranstaltungen je nach Länge meist zwei oder drei Menschen aus, auf die ich mich konzentriere.«

»O-Okay«, antworte ich gedehnt. »War das schon alles?«

Aria winkt ab. »Natürlich nicht!«

Ich spüre, wie mein Herz auf einmal viel schneller schlägt. Nur dieses Mal will es mich nicht verlassen. Wir beide sind wissbegierig auf das, was Aria uns gleich verraten wird. Es kommt mir so vor, als würde sie mich in ein Geheimnis einweihen. So wie Freundinnen es eben machen.

»Ich denke mir Geschichten zu den Menschen aus«, lässt sie die Bombe schließlich platzen.

»Geschichten?«, hake ich nach. »Was sind das für Geschichten?«

»Das ist ganz unterschiedlich. Mal überlege ich, was aus

einem kleinen blonden Mädchen mit roter Schleife im Haar mal werden könnte. Dann denke ich über das Leben eines Veteranen nach, reise in seiner Vergangenheit zurück. Ein anderes Mal beobachte ich einen Mann im Anzug, der ständig auf sein Smartphone stiert und von Dads Rede ohnehin nichts mitbekommt. Ich male mir aus, wessen Nachrichten ihn so fesseln, überlege mir, ob er wohl ein treu sorgender Ehemann und Vater ist oder ein Börsenhai, der alte Omas ausnimmt.«

»Und was machst du dann mit diesen Geschichten?«, frage ich interessiert.

Ich bemerke überrascht, wie leicht es mir plötzlich fällt, mich ganz ungezwungen mit Aria zu unterhalten. Kann es denn wirklich so einfach sein?

»Wenn mir die Backgroundstory, die ich mir überlegt habe, gefällt, dann schreibe ich sie auf. Manchmal trage ich sie dann bei einem Poetry Slam vor. Aber dafür müssen sie mich hier treffen.« Aria zeigt auf ihr Herz. »Wenn die Geschichte mich hier nicht berührt, dann wird sie auch keinen anderen für sich gewinnen können.«

»Oh«, erwidere ich schlicht.

Aber ich muss die Fülle an Informationen erst mal verarbeiten, die Aria mir da eben offengelegt hat. Sie überlegt sich also nicht nur Begebenheiten, die ein Leben ausmachen könnten, sondern trägt sie auch vor vielen Menschen vor. Das ist … einfach unglaublich. Und gleichzeitig ist es etwas, was ich nie im Leben tun würde. Niemals. Allein die Vorstellung, vor fremden Menschen auf einer Bühne stehen zu müssen, schnürt mir die Kehle zu. Auch wenn ich es noch so sehr wollte, ich würde nie auch nur ein einziges Wort vortragen können. Da bin ich mir ganz sicher.

»Und? Hältst du mich jetzt für einen Freak?«

»Was?« Mit weit aufgerissenen Augen starre ich sie an. »Warum sollte ich das denn tun?«

»Na ja, weil es nicht unbedingt zu den Standardhobbys gehört, die man in unserem Alter so hat. Aber Cheerleading und im Schulchor mitsingen ... das ist nichts für mich.«

Aria zuckt mit den Schultern. Sie wirkt total entspannt. Ganz so, als wäre sie vollkommen im Reinen mit sich. Ein Zustand, den ich vermutlich nie erreichen werde.

Ohne das Mädchen neben mir länger zu kennen, kann ich doch sagen, dass ich gerne so wäre wie sie. Aria wirkt so tough und selbstbewusst. Eine winzige Scheibe von ihr würde mir für den Anfang schon genügen. Okay, vielleicht lieber doch eine etwas größere. Man kann ja nie wissen, was die nächste Zeit noch auf mich zukommen wird.

»Dann bin ich auch ein Freak. Ich male nämlich.«

Es ist sehr lange her, dass ich irgendjemandem von meinem Hobby erzählt habe. Dad hasst meine Leidenschaft und behauptet, dass sie nicht mehr als Zeitverschwendung sei. Seit er mir meine Farben, Pinsel und Blöcke nach dem Rauswurf an meiner alten Schule wegnehmen lassen hat, fand ich erst wieder den Mut zu zeichnen, als ich an die Beaufort High kam. Was jetzt auch schon wieder fast vier Wochen her ist. Wow! Wie die Zeit vergeht.

Ich zeichne im Garten auf meiner Bank. Manchmal auch in der ein oder anderen etwas langweiligeren Schulstunde. Ein einfacher Bleistift reicht schon. Auch wenn mir meine Aquarellfarben sehr fehlen.

»Uh! Das klingt so herrlich romantisch«, meint Aria überschwänglich begeistert.

Ich kann mich nicht daran erinnern, dass jemand schon mal derart viel Anerkennung für mein Hobby gezeigt hätte. Das ist neu für mich. Schlagartig schießt mir die Hitze ins Gesicht.

»Kannst du mir eines deiner Bilder zeigen?«, bittet sie. »Hast du vielleicht eins in deinem Rucksack?«

Wie einen Schutzschild hebe ich meine Tasche auf meinen Schoß und presse sie ganz dicht vor meine Brust. Meine Bilder enthalten meine intimsten Gefühle. Durch sie schaffe ich es, mit meinem Alltag klarzukommen, mich den Herausforderungen des Lebens zu stellen.

Die Zeichnungen fragen nicht nach dem Warum. Sie sind stumme Zeugnisse meiner stillen Welt, in der jedes Wort zu viel einen Tsunami auslösen könnte. Sie fordern nicht, und sie lassen mich so sein, wie ich bin, wie ich sie erschaffe.

Abwehrend hebt Aria ihre Hände in die Luft, als sie bemerkt, wie sehr mich die Situation mitnimmt.

»Wenn du sie mir nicht zeigen möchtest, dann ist das kein Problem für mich.« Als ich sie zweifelnd ansehe, ergänzt sie noch schnell: »Ehrlich! Ich zeige auch nicht jeden Text, den ich schreibe. Klar, einige davon performe ich auf der Bühne. Aber es liegt immer bei mir, welchen ich mit den Leuten teilen möchte und welchen nicht.«

Arias Worte klingen in mir nach, wecken etwas in mir zum Leben, von dem ich nicht einmal mehr wusste, dass es dort ist. Ich denke über ihr Gesagtes nach und verspüre zunehmend den Drang, meine Bilder mit ihr zu teilen. Ihr zu zeigen, was mir wichtig ist.

Trotzdem dauert es noch einige Atemzüge, bis ich den Reißverschluss meines Rucksacks öffne. Zarge für Zarge. Unendlich langsam. Ich fürchte schon, dass Aria gleich die Geduld mit mir verlieren wird. Dennoch kann ich einfach nicht aus meiner Haut. Quälend langsam ziehe ich schließlich den Block heraus.

Ich blättere ein paar Seiten um, die ich Aria auf keinen Fall zeigen kann. Schließlich befindet sich dort eine Zeichnung von jemandem, den sie mit ziemlicher Wahrscheinlichkeit sofort erkennen würde. Warum ich Nathan gemalt habe, weiß ich selbst nicht mehr. Warum ich es seither immer wieder tue, ist mir ein Rätsel.

Es ist nicht so, als müsste ich ständig an ihn denken. Aber die wenigen Zwischenfälle, die wir bisher miteinander hatten, waren irgendwie einschneidend. Außerdem hat er ein sehr besonderes Gesicht. Das markante Kinn, die deutliche Kontur seiner Wangenknochen, die großen eindrucksvollen dunklen Augen, die etwas unebene Nase. Das alles macht Nathan aus.

Bisher ist es mir leider noch nicht geglückt, ihn so auf Papier zu bannen, wie ich ihn sehe. Aber ich feile daran. Irgendwann wird es mir gelingen.

Etwas unbeholfen blättere ich mit dem Rucksack auf dem Schoß weiter in meinem Block, ehe ich eine Ansicht des Gartens finde, die ich Aria bedenkenlos zeigen kann, wie ich finde. Es scheint nur eine Kleinigkeit, den Block umzudrehen und ihr mein Werk zu zeigen. Aber ich spüre diese innere Unruhe in mir und die Fragen, die mich schier wahnsinnig machen.

Was wird sie wohl dazu sagen? Was mache ich, wenn sie es hässlich findet? Wie reagiere ich auf eine offene Ablehnung? Was sage ich, wenn sie sich darüber wundert, dass ich den Garten gemalt habe? Stempelt mich das Bild nicht vielleicht sogar als Einzelgängerin ab? Außer dem knutschenden Pärchen sehe ich kaum andere Schüler dort. Vielleicht denkt Aria aber auch, ich hätte was mit einem Jungen an der Schule und wäre deshalb …

Stopp!, ruft in diesem Moment eine Stimme in meinem Inneren ganz laut.

Keine Sekunde zu früh. Denn ich bin mir sicher, dass bei dem wirren Gedankenspiel in meinem Kopf in absehbarer Zeit eine Sicherung bei mir durchgebrannt wäre. Ich schließe die Augen und drehe dann kurz und schmerzlos das Bild zu Aria um, die mir noch immer gespannt gegenübersitzt.

Mit geschlossenen Augen warte ich auf eine Reaktion von ihr. Doch es kommt nichts. Warum sagt sie denn nichts?

Meine innere Unruhe wühlt mich furchtbar auf. Das war ein Fehler. Ein schrecklicher Fehler. Wieso habe ich mich bloß geöffnet?

Ich möchte flüchten und bleiben. Alles zur gleichen Zeit. Und dann ringe ich mich endlich doch durch und öffne vorsichtig meine Lider.

Doch mit dem, was ich da vor mir sehe, hätte ich nie im Leben gerechnet: Aria lächelt.

»Wow!«, sagt sie dann und strahlt dabei mit der Herbstsonne in ihrem Rücken um die Wette.

Wo kommt die denn so plötzlich her? Bis eben hat es doch noch geregnet.

Der Gong ertönt, und die ersten Schüler machen sich auf den Weg zu ihren Klassenzimmern. Schlurfende Geräusche sind zu hören. Das Stimmengewirr nimmt ab. Es wird langsam ruhiger.

»Du hast Talent«, höre ich Aria im nächsten Moment voller Anerkennung sagen. Und dann fügt sie etwas hinzu, was mein Herz hüpfen lässt: »Ich beneide dich darum. Jeder Strich ist so ausdrucksstark und gleichzeitig verletzlich. Einfach nur: Wow!«

Ich weiß nicht, wie mir geschieht, und ich bin mir plötzlich sicher: Gleich wird es passieren. Mein Wecker wird klingeln, und ich werde merken, dass alles nur ein Traum war. Dass ich mir das alles hier nur eingebildet habe. Das hier hat nichts mit meinem wahren Leben zu tun. Bis auf das Mädchen mit dem langen schwarzen Pferdeschwanz vielleicht, das mich einen Freak genannt hat.

Bevor Aria aufsteht, schenke ich ihr als Dank für ihre lieben Worte ein unsicheres Lächeln.

Aria schultert im nächsten Moment ihren Rucksack. Aber ich traue mich nicht, aufzustehen, denn ich befürchte, dann wirklich aus diesem wunderschönen Traum aufzuwachen und allein in meinem Bett zu liegen.

Aria sieht mich lächelnd an. »Kommst du? Und sag mal: Hast du jetzt nicht Geschichte bei Mrs Reinolds?«, fragt sie. »An deiner Stelle würde ich mich beeilen. Sie lässt einen fünf Nachmittage nachsitzen, wenn man zu ihren Stunden zu spät kommt.«

»Tatsächlich?«

Aria nickt mir zu und greift dabei nach dem Tablett, um es in den Rollwagen, ein paar Schritte von unserem Tisch entfernt, abzustellen. »Wollen wir uns morgen wieder hier in der Cafeteria treffen?«, meint sie dann, ehe sich unsere Wege auf dem Korridor für den heutigen Nachmittag trennen werden.

Arias Worte überrumpeln mich total. Am liebsten möchte ich laut losschreien und »Ja, unbedingt!« rufen. Innerlich bin ich so weit. Doch nach außen hin bringe ich es nicht fertig, diesen Gefühlsausbruch zu zeigen.

»Gerne«, erwidere ich eine Spur zu verhalten.

Schon im nächsten Moment umarmt mich meine Mitschülerin und verabschiedet sich von mir.

Etwas verwirrt bleibe ich an Ort und Stelle stehen, blicke Aria nach und warte darauf, dass ich aufwache. Aber ich wache nicht auf. Das hier ist wirklich kein Traum. Es ist der erste Tag meines neuen Lebens.

Kapitel 10

Nathan

Mrs Reinolds Geschichtsunterricht ist zwar etwas trocken, aber ich mag ihn dennoch ganz gerne. Vielleicht liegt das aber auch nur daran, weil ich Geschichte mag, und die teils etwas faden Abläufe deshalb in Kauf nehme. So oder so debattiere ich im Unterricht mit Leidenschaft über historische Ereignisse und bin gerne bereit, auch etwas mehr zu tun, als nur den vorgegebenen Stoff zu lernen.

In der vergangenen Woche war ich sogar ein paarmal in der Bibliothek. Die Jungs vom Basketballteam haben mich schon vermisst und nachgefragt, was denn los wäre, weil ich nicht so oft wie sonst mit ihnen die Mittagspause verbracht habe.

Nicht selten verbringe ich auch meine Abende damit, zu Hause zu hocken und zu lesen oder zu bloggen. Ich liebe es, mich in Themen reinzufuchsen, für die ich brenne. Mein Judo-Training ist dagegen eine prima Möglichkeit rauszukommen und Dampf abzulassen.

Dennoch bin ich ganz gern für mich. Eine echt krasse Vorstellung, wenn man bedenkt, dass die meisten Leute in meinem Alter abends entweder auf eine Party gehen oder sich mit Freunden treffen. Und dabei ist es ja nicht mal so, als hätte ich keine Leute, die etwas mit mir unternehmen wollen.

Olivia Walsh kommt gerade mit einem fest vor die Brust gepressten Collegeblock in den Raum gelaufen. Ihr Blick hangelt sich auf dem gesprenkelten Boden entlang, als wäre darauf ein Weg eingezeichnet. Zielsicher und ohne irgendjemanden anzusehen steuert sie auf ihren Platz zu. Dort angekommen legt sie den Block auf den Tisch und stellt ihre Tasche auf dem Boden ab. Sie schiebt den Stuhl etwas nach hinten und nimmt Platz.

Kaum dass sie sich hingesetzt hat, fliegt auch schon ein Papierkügelchen in ihre Richtung. Ein paar Jungs lachen dämlich, und zwei Mädchen in der Reihe vor Olivia tuscheln offensichtlich über sie. So laut, dass sie unter Garantie jedes Wort verstehen kann.

Auf der einen Seite will ich ihr helfen. Keiner hat es verdient, dass man so mit ihm umgeht. Mein Weltverbesser-Gen fordert mich auf, endlich einzugreifen und nicht mehr nur teilnahmslos dazusitzen und mir das Ganze als stiller Beobachter anzusehen.

Aber auf der anderen Seite muss ich daran denken, wer Olivia ist. Wer ihr Dad ist. Meine Erinnerung schweift zu dem Tag in St. Anne zurück, an dem sie ihren heuchlerischen, vorurteilsbelasteten Dad unterstützt hat.

Was sie wohl über Kinder wie Sammy denkt? Verschwendet sie überhaupt einen Gedanken an die Menschen, denen es nicht so gut geht wie ihr?

Sosehr ich auch Mitleid mit ihr haben will, fällt es mir doch schwer, dieses auch nach außen hin zu zeigen. Ich verstehe einfach nicht, warum sie sich nicht einfach zur Wehr setzt, warum sie das alles so stillschweigend hinnimmt. Und überhaupt: Würde es alles vielleicht noch viel schlimmer für sie machen, wenn ich mich einmische? Außerdem möchte ich unter keinen Umständen derjenige sein, der für sie Partei ergreift. Schließlich stehen wir beide für zwei ganz unterschiedliche Welten. Sie lebt ihr Leben und ich meins.

Mrs Reinolds betritt den Raum. Das Papierkügelchenwerfen wird eingestellt, was mich irgendwie beruhigt.

Alle Augen sind jetzt nach vorne auf unsere Geschichtslehrerin gerichtet, die sich gerade vorne an ihrem Pult anlehnt. Ein verschmitzter Ausdruck huscht über ihr Gesicht. Das verheißt meist nichts Gutes. Denn das, was ihr besonders viel Freude bereitet, ist meist mit viel Arbeit für uns verbunden.

»Meine Lieben, heute ist es also soweit. Sie werden sich in Zweiergruppen zusammentun und ein Referatsthema zum Zweiten Weltkrieg bearbeiten.« Sie klatscht motiviert in die Hände.

Die kleine zierliche Person um die sechzig, mit den runden Brillengläsern und dem kurzen schwarzen Bob, erinnert mich ein wenig an Edna Mode aus den *Incredibles.* Ich wage zwar zu bezweifeln, dass sie in ihrer Freizeit hochelastische oder gar schusssichere Anzüge maßschneidert, aber eine gewisse Freude an dem, was sie tut, kann ich ihr nicht absprechen. Auch wenn es in diesem Fall nur darum geht, uns unnötigerweise in Zweiergruppen zu stecken, um ein Referat zu erarbeiten.

Auch wenn ich nicht unbedingt der nerdige Typ bin und mit den meisten meiner Mitschülerinnen und Mitschüler echt gut klarkomme, erledige ich meine Arbeiten für die Schule am liebsten allein. Das soll jetzt nicht heißen, dass ich kein Teamplayer bin. Aber, wenn man mal ehrlich ist: Bei Gruppenarbeiten machen immer manche mehr als andere, und am Ende bekommen alle dieselbe Note. Was nicht besonders fair ist, wenn man zum Beispiel einen eher faulen Partner erwischt.

Plötzlich merke ich, dass mein Blick wie von selbst zu Olivia schräg vor mir gleitet. Ihren Block hat sie inzwischen geöffnet. Sie schreibt etwas hinein.

Neugierig lehne ich mich ein wenig über den Tisch, um besser erkennen zu können, was sie da macht. Wenn ich es richtig sehe, dann schreibt sie nicht, sondern zeichnet gerade Mrs Reinolds als Comicfigur. Und sie hat dabei verdammt viel Ähnlichkeit mit Edna Mode. Was für ein lustiger Zufall! Als ich das bemerke, schüttle ich leicht den Kopf und grinse dabei.

»Ich würde vorschlagen, ich stelle Ihnen die Themen einmal kurz vor. Im Anschluss daran können Sie mir dann per Handzeichen signalisieren, wenn Sie das Referat gerne übernehmen möchten. In Ordnung?«

Gleichgültiges Raunen geht durch den Raum.

»Da ich in diesem Jahr gerne etwas mehr Abwechslung reinbringen und mir nicht zum zehnten Mal in Folge die gleichen Arbeitsschwerpunkte zum Zweiten Weltkrieg anhören möchte, habe ich mir ein paar Aufgaben überlegt, die nicht unbedingt als klassische Referatsthemen bezeichnet werden können.« Mrs Reinolds öffnet eine PowerPoint-Präsentation.

Abermals geht ein Raunen durch die Reihen. Dieses Mal allerdings, da meine Mitschüler kapieren, dass es nicht ausreichen wird, alte Referate von ihren Geschwistern oder Freunden abzutippen. Dieses Mal sind sie selbst gefragt. Es wird zusehends lauter. Die Unterhaltungen finden nicht mehr nur im Flüsterton statt.

Wenn ich mich so umsehe, blicke ich in viele betretene oder genervte Gesichter. Die meisten realisieren sehr schnell, dass das, was Mrs Reinolds da angedeutet hat, mit richtig viel Arbeit verbunden ist. Selbst Olivia hat das Zeichnen eingestellt und blickt zur Tafel.

Wieder beuge ich mich leicht nach vorne, um ihre Regung besser erkennen zu können. Olivia wirkt von jetzt auf gleich aschfahl. Blankes Entsetzen steht ihr ins Gesicht geschrieben. Ihre Augen haben sich unnatürlich geweitet. Panisch fährt sie sich mit den Handflächen über den Stoff ihrer Jeans.

»Ich sehe die Begeisterung in Ihren Gesichtern«, sagt Mrs Reinolds in diesem Moment mit einem verschmitzten Lächeln auf den Lippen. »Aber könnten wir das Reden bitte wieder einstellen? Das mit dem Schreien liegt mir nicht so.«

Die Gespräche verstummen nach und nach. Hier und da ist noch ein Kichern zu hören.

»Also, die diesjährigen Referatsthemen lauten: ›Joseph Desch und seine Desch-Bombe, die zur Entschlüsselung der *Enigma*-Maschine der Deutschen beitrug‹, ›Der Zweite Weltkrieg aus der Sicht der Soldaten an der Front‹, ›Lebensmittelengpässe und Erfindungsreichtum – Aus der Not eine Tugend‹, ›Das …«

Während meine Mitschüler mit ihren Blicken wie festgeklebt an Mrs Reinolds' Präsentation hängen, lehne ich mich ganz entspannt in meinem Stuhl zurück. Von der Desch-Bombe habe ich schon mal etwas gelesen. Die Codes der Deutschen galten als unlesbar. Bis Joseph Desch sie entschlüsselte. Das ist genau mein Thema!

Während sich eine gewisse Unruhe im Raum ausbreitet, sitzt Olivia noch immer stockstarr auf ihrem Platz. Sie bewegt sich kaum merklich. Ihre Hand gleitet zu ihrer Tasche nach unten. Sie öffnet sie und holt ihre Flasche heraus. Dabei fällt der Block auf den Boden. Hastig greift sie danach.

Doch noch bevor sie ihn zurück auf den Tisch legen kann, erblicke ich weitere ihrer Zeichnungen. Die eine Comicfigur hat irgendwie verdammt viel Ähnlichkeit mit mir. Aber kann das wirklich sein?

»Gut, dann beginnen wir also mit der Vergabe«, unterbricht Mrs Reinolds meine Gedanken.

Sie mischt das Feld von hinten auf. Die Desch-Bombe wird also das letzte Referatsthema sein, das sie zu vergeben hat. Aber das soll mir recht sein.

In der Zwischenzeit fliegen meine Gedanken zurück zu der Zeichnung, die ich eben in Olivias Block gesehen habe. Vielleicht zeichnet Olivia ja all ihre Mitschüler und Lehrer und macht daraus eine Wahnsinnsgeschichte. Vermutlich interpretiere ich in die einfache Bleichstiftskizze aber auch einfach nur zu viel rein.

»So, dann bleibt noch das Thema mit der Desch-Bombe. Wer hat denn bisher noch kein Referat abbekommen? Zwei müssten noch übrig sein.«

Ich hebe meine Hand.

»Ah, Mr Johnson. Ich notiere Sie gleich. Wussten Sie eigentlich, dass das mein Lieblingsthema ist?« Mrs Reinolds schmunzelt, während sie meinen Namen in ihr Notizbuch einträgt.

Faszinierend, dass die Frau auch nach all den Jahren noch eine solche Freude an ihrem Beruf hat.

Suchend blicke ich mich jetzt im Klassenzimmer um. Meinte Mrs Reinolds nicht, dass noch eine weitere Person noch ohne Referat wäre? Doch niemand meldet sich. Vielleicht habe ich aber auch Glück, und meine Geschichtslehrerin hat sich getäuscht. Dann würde ich das Thema allein bearbeiten können, müsste mich nicht ständig mit jemandem abstimmen und – je nach Partner oder Partnerin – zu vollkommen unproduktiven Treffen verabreden. Ich sehe mich schon allein Bücher wälzend in der Bibliothek und das Internet nach fundierten Quellen durchstöbernd.

Mrs Reinolds gibt einen verwunderten Laut von sich, der mich aufhorchen lässt. Daraufhin schnappt sie sich den Klassenplan und vergleicht die Daten mit den Einträgen in ihrem Notizbuch.

Die Furche auf ihrer Stirn tritt dabei überdeutlich hervor. Mit dem Finger geht sie Namen für Namen durch. Dann macht sie plötzlich Halt und blickt sich im Raum um. »Olivia Walsh? Ms Walsh, was ist mit Ihnen? Haben Sie es etwa nicht nötig, sich hier einzubringen?«

Plötzlich ist es mucksmäuschenstill im Zimmer. Alle Augenpaare ruhen auf Olivia, die leicht in sich zusammengesunken wirkt. Sie erwidert nichts. Bleibt vollkommen stumm. Ich habe sogar das Gefühl, dass sie etwas zittert. Was ist nur los mit ihr?

»Also?«, hakt Mrs Reinolds nach.

Der wütende Unterton in ihrer Stimme ist kaum zu überhören. Unsere Geschichtslehrerin wird nicht gerne zum Deppen gehalten. Sie hasst es, wenn sich jemand ihrem Unterricht derart verweigert, wie es Olivia gerade tut.

Olivia sollte dringend etwas sagen. Und am besten sollte sie sich gleich noch für ihr Verhalten entschuldigen. Mrs Reinolds kann sehr nachtragend sein.

»Ich …«, fängt Olivia viel zu zaghaft zu sprechen an.

Ihre Stimme ist dabei nicht mehr als ein Flüstern. Ich wage sogar zu bezweifeln, dass Mrs Reinolds sie überhaupt gehört hat.

»Ms Walsh, ich dulde ein solches Verhalten nicht. Finden Sie sich bitte bis zum Ende der Woche am Nachmittag in meinem Klassenzimmer ein. Hier werden Sie ausreichend Zeit finden, um über Ihr Verhalten nachzudenken.«

Die beiden Mädchen, die vor Stundenbeginn über Olivia getuschelt haben, drehen sich abermals zu ihr um und grinsen sie dämlich an. Wie auf ein unbekanntes Kommando hin, fliegen auch wieder Papierkügelchen in ihre Richtung. Warum zum Henker macht sie es sich selbst nur so schwer? Sie hätte nichts tun müssen, als ihren beschissenen Finger zu heben, um ein Referatsthema abzugreifen. Das kann doch nicht so schwer sein.

Oder ist das am Ende vielleicht ein stiller Protest gegen Mrs Reinolds Unterricht? Der beste ist es, wie gesagt, nicht, aber zumindest engagiert sie sich und bemüht sich um ein wenig Abwechslung.

Vielleicht ist Olivia aber auch wirklich einfach nur das verzogene Mädchen, das sich nicht gerne Vorschriften machen lässt. Denn im Grunde ist es ja so: Daddy wird das schon wieder mit einer Spende richten, und dann wird sein liebes Töchterlein nicht einmal zum Nachsitzen kommen müssen.

Was für eine beschissene Welt, in der das einzige, was wirklich zählt, ein gut gefülltes Bankkonto ist! Ich kann und will nicht mitansehen müssen, wie solche Leute für unser Land politische Verantwortung übernehmen. Denn letztlich werden die nichts für Kinder wie Sammy tun. Warum auch? Ihnen kommt es nicht auf das einfache Volk an. Den meisten der vermeintlich ehrbaren Politiker geht es einzig und allein darum, ihr bereits üppiges Konto mit ein paar Dollar mehr anzureichern. Mich kotzt diese ganze Verlogenheit so an.

Und mich kotzt Olivias Überheblichkeit an. Denkt sie denn, sie wäre etwas Besseres als wir? Dass sie es nicht nötig hat, sich in den Unterricht einzubringen? Ich spüre eine innere Unruhe in mir. Auch einige unserer Mitschüler wirken aufgebracht. Ein paar andere lachen dämlich.

Bevor ich abermals Mitleid mit ihr bekommen kann, wende ich mich von Olivia ab und notiere mir den Termin für das Referat. Die Stunde ist ohnehin gleich zu Ende. Und das Mädchen schräg vor mir ist nicht mein Problem.

Der Gong ertönt. Im nächsten Augenblick räume ich schon meine Sachen in den Rucksack. Ich muss gleich rüber zu Sport. Nicht unbedingt eines meiner Lieblingsfächer, aber was soll's. Heute steht Basketball auf dem Stundenplan.

Um mich herum bricht das Chaos aus. Rufe, Pfiffe, das

Verschieben von Stühlen und das Quietschen von Schuhsohlen auf dem Linoleumboden schwängern die Luft.

»Nathan und Olivia, kommen Sie bitte noch kurz zu mir.« Die Stimme unserer Geschichtslehrerin hallt wie ein Donnergrollen durch den Raum. Wenn man die kleine zierliche Person so sieht, würde man nie glauben, was für ein Organ in ihr steckt.

Ein unangenehmes Gefühl beschleicht mich, als ich auf halbem Weg zur Tür kehrt mache, um nach vorne zu ihrem Pult zu gehen. Olivia erscheint nur wenige Sekunden nach mir. Sie hält den Blick nach unten gerichtet, schafft es kaum, einem von uns beiden in die Augen zu sehen. Vielleicht sind wir es aber auch nicht wert, dass sie sich mit uns abgibt. So oder so hoffe ich, dass Mrs Reinolds schnell sagt, was sie zu sagen hat, damit ich zur Turnhalle rüber kann. Coach Sutherfield mag es nicht gerne, wenn wir zu spät kommen.

»Ich weiß wirklich nicht, was da gerade in Sie gefahren ist, Olivia. Bisher habe ich Sie für ein sehr vernünftiges Mädchen gehalten. Möchten Sie mir vielleicht Ihre Gründe nennen?«

Während Mrs Reinolds Olivia in Grund und Boden starrt, stehe ich etwas fehl am Platz daneben. Wenn sie ihr klarmachen will, dass ihr Verhalten so nicht geht, wofür braucht sie dann mich?

Ich mustere meine Mitschülerin und schaue dann zu unserer Lehrerin. Wenn Olivia jetzt nicht gleich den Mund aufmacht, dann wird Mrs Reinolds unter Garantie in weniger als einer Minute explodieren. *Boom!* An ihrer Schläfe pulsiert es bereits verräterisch. Es fehlt nicht mehr viel, und sie zündet.

Mit all meiner Kraft konzentriere ich mich darauf, mich von diesem Ort wegzubeamen. Aber egal, wie sehr ich es auch versuche, ich stehe noch immer neben der schweigsamen Olivia und meiner zunehmend wütender dreinschauenden Geschichtslehrerin. Dabei habe ich nach wie vor überhaupt keinen Plan, warum ich noch hier bin.

»Ich …«, beginnt Olivia wieder zu sagen. Dann kullern ihr wie auf Knopfdruck ein paar Tränen aus den Augen.

Sie hat das wirklich meisterhaft einstudiert. Aber wenn sie glaubt, dass sie damit bei Mrs Reinolds weiterkommt, dann hat sie sich geschnitten. Die wird ganz sicher nicht auf diese Masche hereinfallen.

Mrs Reinolds kann mit ganz anderen Kalibern umgehen. Sie kennt die Tricks der Schüler, hat jahrelang ihre Erfahrungen gemacht. Mit so einer billigen Tour wird Olivia also ganz sicher nicht …

»Was ist denn passiert, mein Kind?«, fragt Mrs Reinolds plötzlich ganz einfühlsam. Das Pochen hinter ihrer Schläfe nimmt ab, und auch die Furche auf ihrer Stirn wirkt weniger tief.

Was zur Hölle geht hier nur vor sich?

»Sorry, Mrs Reinolds, aber ich müsste rüber zu Sport«, versuche ich auf mich aufmerksam zu machen.

Denn noch immer liegt die volle Aufmerksamkeit der Lehrerin auf meiner weinenden Mitschülerin. Aus den wenigen Tränen wird in Nullkommanichts ein reißender Wasserfall. Eins muss man Olivia lassen: Sie hat definitiv ein Talent für das Melodramatische. Auch wenn sie mich damit nicht hinters Licht führen kann.

»Noch ganz kurz«, meint Mrs Reinolds an mich gewandt, während sie sich auf die Zehenspitzen stellt, um mit der Hand Olivias Schulter zu drücken. »Das betrifft auch Sie.«

Eine schreckliche Vorahnung beschleicht mich. Sie wird doch nicht etwa … Nein, das würde sie mir nie antun. Oder? Wie gut glaube ich eigentlich, sie zu kennen? Kann man seine Lehrer überhaupt je gut kennen?

»Olivia hat ein paar Startschwierigkeiten an der Beaufort High.« Ihre Stimme klingt ganz besonnen und fest, während sie das sagt.

Ich möchte am liebsten schreiend den Raum verlassen, kann ich mir mittlerweile doch ziemlich genau vorstellen, was sie gleich sagen wird.

»Es tut mir wirklich sehr leid, Mrs Reinolds, aber mein Projekt mit den Kids in St. Anne am Nachmittag raubt mir schon mehr Zeit, als ich habe.« Kaum dass die Worte meinen Mund verlassen habe, schäme ich mich auch schon dafür.

Egal, wie ausweglos meine Lage auch erscheinen mag, ich sollte nie die Kinder vorschieben, um mich einer Situation zu entziehen. Das ist einfach nicht fair. Auf diese Weise hebe ich mich auf die gleiche Ebene wie Olivias Dad. Und das will ich unter gar keinen Umständen.

»Es geht hier nicht darum, was Sie möchten und was nicht«, findet Mrs Reinolds klare Worte.

Ich weiß, dass ich nicht in der Situation bin, Bedingungen zu stellen. Aber dennoch. Das mit Olivia und mir ist so gar keine gute Idee.

»Sie werden das Desch-Projekt mit Olivia zusammen bestreiten«, bestimmt sie schließlich, und ihr Tonfall macht ganz deutlich, dass Widerrede zwecklos ist.

»Aber ich …«, versuche ich dennoch ein letztes Mal dagegen aufzubegehren.

»Den Termin für die Präsentation haben Sie sich notiert?«, übergeht sie meinen Einwand geflissentlich.

Ich nicke. Und wenige Sekunden später nickt auch Olivia.

»Dann ist ja alles bestens. Ich freue mich schon auf Ihr gemeinsames Referat.« Mit einem Lächeln auf den Lippen wendet Mrs Reinolds sich von mir ab.

Mein Blick fliegt hinüber zu Olivias tränenüberströmtem Gesicht, und plötzlich weiß ich es ganz sicher: Sie ist doch mein Problem. Ob ich will oder nicht. Wir beide werden in den nächsten Wochen viel Zeit miteinander verbringen. Und allein der Gedanke daran fühlt sich so abwegig an, dass ich dringend frische Luft benötige.

Bevor Olivia etwas sagen kann, wende ich mich von ihr ab und stürme nach draußen zur Turnhalle. Noch nie zuvor habe ich mich so sehr auf eine Sportstunde gefreut wie heute.

Kapitel 11

Olivia

Kurz nachdem ich Mrs Reinolds' Klassenzimmer verlassen habe, versuche ich an der Wand gleich neben der Tür etwas Halt zu finden. Die Geschehnisse der letzten Minuten prasseln wie die Papierkügelchen, die meine Mitschüler im Unterricht auf mich werfen, auf mich ein.

Ich sehe die Ungläubigkeit im Gesicht meiner Geschichtslehrerin, als ich mal wieder nicht in der Lage dazu war, die Worte aus meinem Mund in diese Welt zu entlassen. Dabei habe ich es so sehr versucht. Und bin kläglich daran gescheitert. An mir selbst. An niemand anderem.

Es ist so frustrierend, mitansehen zu müssen, wie der eigene Körper sich einem widersetzt. Meine Wut auf mich und mein Unvermögen brechen sich Bahn in noch mehr heißen Tränen, die sich still und leise aus meinen Augen lösen und über meine Wangen laufen.

Wie in Zeitlupe rutsche ich mit dem Rücken an der Wand entlang, bis ich auf dem Boden sitze, meine Arme auf meine Knie lege und meinen Kopf schwer darauf bette.

Ich habe es einfach nicht kommen sehen. Auch wenn es sicher naheliegend ist, dass wir im Unterricht auch Referate halten müssen. Dennoch hat sich mir allein schon beim Gedanken daran, vor meiner Klasse zu stehen und frei reden zu müssen, die Kehle zugeschnürt.

In meinem Kopf schrillte eine Sirene, kaum dass Mrs Reinolds uns in Aussicht gestellt hatte, was sie sich Schönes für uns überlegt hat. Während sie regelrecht euphorisch wirkte und nicht schnell genug von ihrer Idee berichten konnte, spürte ich eine Panikattacke mit der Wucht eines Tsunamis auf mich zurollen. Sosehr ich mich auch darum bemühte, einen klaren Kopf zu behalten, es wollte mir einfach nicht gelingen.

Unsere Gefühle waren vollkommen gegensätzlicher Natur.

Sie hätte das sicher nicht verstanden. Auch wenn ich dort am Pult nach der Stunde auch nur ansatzweise den Mut gefunden hätte, es ihr zu erklären. Spätestens als Nathan ebenfalls vorne bei Mrs Reinolds stand, war es unmöglich für mich geworden, auch nur einen klaren Satz herauszubringen.

Nathans große haselnussbraune Augen, sein dunkles leicht gewelltes Haar und sein markantes Kinn erscheinen wie durch Zauberhand in meiner Erinnerung. Dann sehe ich plötzlich ganz deutlich seinen Gesichtsausdruck vor mir, als Mrs Reinolds ihm eröffnete, dass wir das Referat gemeinsam halten sollen.

Pure Ablehnung …

Wenn er mich jetzt so sehen würde, wie ich wie ein Häufchen Elend auf dem Schulflur kauere, würde er sich sicher noch ein paar weitere erniedrigende Gedanken zu mir überlegen.

Freak!, geht es mir durch den Kopf. Ja, wahrscheinlich bin ich tatsächlich einer.

Ich hasse mich dafür, dass ich nicht so bin wie die anderen. Ich hasse mich dafür, dass mir die selbstverständlichsten Dinge so schwerfallen. Und ich hasse mich dafür, dass ich einfach keinen Ausweg aus meiner Situation finde.

Ich mache mich rund und klein wie ein winziger Golfball, der jeden Moment in einem Loch von der Erdoberfläche verschwinden wird. Nur ein Schlag, und er rollt auf den Abgrund zu.

Ich muss an meinen Dad denken. Was er jetzt wohl zu mir sagen würde, wenn er mich dort in der Schulstunde gesehen hätte? Mein Magen zieht sich allein schon beim Gedanken daran zu einem festen Klumpen zusammen.

»Ist alles okay mit dir?«, fragt plötzlich eine Stimme in die Stille hinein.

Jetzt hat dich jemand entdeckt, du Freak. Warum sitzt du hier auch so erbärmlich auf dem Boden herum? Die Stimme in meinem Kopf ist gnadenlos, und ich spüre, wie sich mein Körper noch mehr verkrampft.

»Olivia, hörst du mich?«, versucht die Stimme erneut ganz vorsichtig zu mir durchzudringen.

Es braucht einen Moment, bis ich realisiere, dass die

Stimme zu Aria gehört. Und es dauert noch einen weiteren Augenblick, bis es mir gelingt, meinen Kopf ein wenig anzuheben, um ihr zu signalisieren, dass … Ja, was? Dass es mir gut geht? Dass es nur eine Kleinigkeit ist? Dass es gleich wieder besser sein wird?

Wem will ich hier eigentlich etwas vormachen? Das Lächeln, das sich auf meine Lippen stehlen will, kann sich auch gleich wieder verziehen. Ich sitze zusammengekauert auf dem Boden des Schulflurs. Meine Augen sind vom Weinen mit sehr großer Wahrscheinlichkeit gerötet. Meine Nase läuft. Und wenn ich nur ansatzweise so aussehe, wie ich mich fühle, braucht es überhaupt keine Worte, um zu erklären, wie es in mir drinnen aussieht.

»Was ist denn passiert?«

Die Tränen haben mir die Sicht verschleiert. Dennoch kann ich Aria deutlich vor mir erkennen. Sie kniet und sieht besorgt aus. Ihre Stirn ist leicht gefurcht, und ihre sorgenvollen Augen ruhen fest auf mir.

Ich weiß, dass ich etwas sagen sollte. Dass es wichtig für unser zart geknüpftes Freundschaftsband ist, offen und ehrlich zueinander zu sein.

»I-ich …«, stottere ich unbeholfen und ernte dafür noch mehr Besorgnis aus Arias Miene.

»Wollen wir ein bisschen raus in den Garten? Es hat vorhin noch mal geregnet, aber jetzt müsste es wieder trocken sein.« Als ich nicht gleich darauf reagiere, setzt sie noch hinzu: »Die frische Luft wird uns guttun.«

Wie selbstverständlich reicht sie mir ihre Hand. Ich nehme sie dankend an, wenn auch etwas zögerlich. Aria hilft mir auf die Beine, und wir laufen schweigend den dunklen, von Spinden gesäumten Gang entlang bis hinaus ins Licht.

Die Luft riecht wie nach einem Sommerregen, nach Erde und Zuversicht. Die Blumen am Rande des Gartens recken ihre Köpfe voller Freude gen Himmel. Der Boden ist schon wieder fast trocken, während das Grün ein wenig grüner erscheint, als noch gestern Mittag, als ich das letzte Mal hier war.

Aria drängt mich zu nichts, was ich ihr hoch anrechne. Und dennoch spüre ich den Druck, ihr endlich zu erklären, was vorgefallen ist.

Doch wie soll ich ihr sagen, dass mich ein anstehendes Referat mit voller Wucht aus der Bahn katapultiert hat? Wie soll ich ihr erklären, dass ich allein beim Gedanken daran kaum atmen, geschweige denn sprechen kann? Wie soll ich jemandem, der bei Poetry Slams nur allzu bereitwillig sein Innerstes nach außen kehrt, glaubhaft vermitteln, dass mich das umbringen würde?

Ich möchte unter gar keinen Umständen, dass Aria Mitleid mit mir hat. Das wäre mir unangenehm. Mehr als das. Mitleid ist keine Basis für eine Freundschaft.

»Heute ist einfach nicht mein Tag«, erkläre ich schließlich nach einer halben Ewigkeit.

Die Aussage sagt rein gar nichts über den Verlauf der letzten Stunde aus. Sie hält alles im Nebel, auch wenn mich tief in mir drinnen eine Stimme noch immer ganz laut dazu anhält, offen und ehrlich mit meiner neugefundenen Freundin zu sein.

Aber manchmal ist der Sprung über den eigenen Schatten größer als über einen reißenden Gebirgsfluss. Sosehr ich es auch will, ich schaffe es einfach nicht, mit Aria über das eben Erlebte zu sprechen. Teils aus Angst vor ihrer Reaktion. Teils aus Angst vor einer Tür, die ich damit öffnen und nie wieder schließen können würde.

Innerlich wappne ich mich schon gegen Arias Enttäuschung. Sie wird sich bestimmt fürchterlich von mir zurückgewiesen fühlen. Mir würde es an ihrer Stelle sicher nicht anders gehen.

Doch gegen meine dunklen Vorahnungen zieht mich Aria in eine Umarmung und streicht mir einfühlsam über den Rücken.

Ich spüre, wie ich mich unter ihren Berührungen allmählich zu entspannen beginne, wie verkrampft sich meine Muskeln anfühlen und wie nach und nach Ruhe in mir einkehrt.

»Manchmal gibt es einfach so Tage, an denen man besser im Bett bleiben sollte. Auch wenn meine Granny behauptet, dass es nichts gibt, was eine heiße Schokolade nicht wieder hinbiegen könnte.« Aria löst sich von mir und sieht mir fest in die Augen, wie um darin nach einem Anhaltspunkt zu suchen, wie es jetzt um mich steht.

Ich will ihr sagen, dass es mir schon viel besser geht, wie gut sie mir tut und wie wohl ich mich in ihrer Nähe fühle. Doch auch das fällt mir schwer.

Händeringend bemühe ich mich, mir die Worte zurechtzulegen. Buchstabe um Buchstabe und Silbe um Silbe füge ich aneinander. Doch schon im nächsten Moment bricht Chaos in meinem Kopf aus. Alles wirbelt wild durcheinander. Wenn ich jetzt den Mund öffne, mache ich mich zur Vollidiotin.

»Ich mag heiße Schokolade«, bringe ich dann doch hervor.

Es ist kaum mehr als ein Flüstern, aber Aria lächelt.

»Der Automat auf dem Gang zur Cafeteria hat heiße Schokolade im Angebot. Sie schmeckt zwar nicht so gut, wie die bei meiner Granny. Aber als Seelenwärmer tut sie es auf jeden Fall. Was meinst du?«

Aria sieht mich lächelnd an. Sie scheint ein sehr feines Gespür für die Bedürfnisse ihrer Mitmenschen zu haben. Zumindest was mich anbelangt, trifft sie jedes Mal mitten ins Schwarze.

In Arias Gegenwart wird alles etwas leichter. Ich schiebe die Gedanken an die letzte Schulstunde immer weiter von mir. Sie werden wiederkommen. Da bin ich mir sicher. Aber jetzt setze ich alles daran, um mich ihnen zu entziehen. Erstaunlicherweise gelingt mir das sogar ziemlich gut, wie ich finde.

Mein Herz springt nicht mehr wie ein Flummi auf und ab. Meine innere Unruhe wird weniger, bis sie fast verklungen ist.

Als wir bei dem besagten Automaten ankommen, schiebt Aria eine Karte rein und wählt eine heiße Schokolade aus.

Als sie den braunen Becher unter der Ausgabe herauszieht, reicht sie ihn mir wie selbstverständlich mit einem Lächeln, ehe sie noch mal auf die Taste drückt und sich selbst ein Getränk auswählt.

»Du musst mir die heiße Schokolade nicht ausgeben«, sage ich voller Rührung, während sich meine Hände um den warmen Becher schließen.

Ich kann mich nicht daran erinnern, dass so etwas in der Vergangenheit schon jemals vorgekommen wäre. Denn es ist nun mal so: Als Kind aus reichem Elternhaus scheint es den meisten Menschen vollkommen undenkbar zu sein, dass ich das nötige Kleingeld für eine heiße Schokolade aus dem Automaten nicht haben könnte. Gleichzeitig scheint es niemanden zu geben, der sich vorstellen könnte, dass es in dieser Sache nicht um die heiße Schokolade, sondern um die Geste an sich geht.

Arias liebevolle Handlung zaubert mir ein Lächeln auf die Lippen. Ich bin so dankbar dafür, dass ich sie kennenlernen durfte und dass sie immer im entscheidenden Moment für mich da ist. Keine Ahnung, womit ich sie verdient habe, aber sie tut mir verdammt gut.

Ich nehme einen ersten Schluck von dem dampfenden Getränk.

»Und? Hat Granny recht?«, fragt Aria.

»Ja, das hat sie. Es ist schon viel besser«, antworte ich.

Das ist es auch. Wirklich!

Kapitel 12

Nathan

»Bro, keine Ahnung, was mit dir los ist, aber der Basketball hat sicher keine Schuld daran. Also lass es lieber etwas langsamer angehen. Okay?«

Nowitzki steht dicht vor mir, die Hände abwehrend in die Höhe gestreckt. Was irgendwie komisch aussieht. Schließlich ist er fast einen Kopf größer als ich. In seinem Rücken sehe ich ein paar verstörte Gesichter. Die Jungs haben mich sicher noch nie so aufgebracht erlebt. Und ich verstehe ja selbst nicht so genau, was da gerade in mir vorgeht.

Wie aus dem Nichts ist da diese Wut in mir hochgekocht. Seit geschlagenen zwanzig Minuten werfe ich den Ball mit voller Wucht gegen die Wand. Mein Shirt klebt klitschnass an meinem Körper. Meine Arme sind schwer, doch mein Geist ist immer noch nicht bereit, einen Gang zurückzuschalten. Ganz im Gegenteil.

Coach Sutherfield, ein Golf-Veteran, steht abseits am Spielfeldrand und verzieht keine Miene. Er hat ein Auge auf mich, während das andere auf dem Rest der Klasse ruht, der gerade die Ballannahme übt.

»Es ist nichts«, behaupte ich Nowitzki gegenüber, der noch immer wie angewurzelt an Ort und Stelle steht.

»Bro, glaub mir, ich weiß, wie nichts aussieht. So auf jeden Fall nicht.«

Im Grunde ist ja wirklich überhaupt nichts passiert. Es ist nicht das erste Mal in meinem Leben, dass ich gemeinsam mit einem Mitschüler oder einer Mitschülerin ein Referat vorbereiten muss. Nach außen hin gibt es also überhaupt keine logische Erklärung dafür, warum ich gerade so austicke.

Aber allein die Vorstellung, dass ich in naher Zukunft eine nicht geringe Zeit gemeinsam mit Ms Superwichtig verbringen muss, verdirbt mir die Laune. Alles in mir sträubt sich gegen die Entscheidung meiner Geschichtslehrerin. Am liebsten würde ich zu ihr gehen und sie bitten, mir einen anderen Partner für das Referat zu geben. Aber das geht nicht. Nicht, wenn ich mich nicht lächerlich machen möchte.

Es ist nur ein Referat, versucht mich die Stimme der Vernunft ein wenig zu besänftigen. Doch noch dringt sie nicht zu mir durch. Noch ärgere ich mich zu sehr darüber, wie leicht sich Olivia aus der ganzen Affäre herausgezogen hat. Wenn Daddy mal nicht dabei ist, dann drückt sie einfach auf die Tränendrüse. Ein äußerst probates Mittel, wie ich heute feststellen durfte.

Aber wenn ich ehrlich zu mir selbst bin, dann geht mein Groll noch viel tiefer. Klar, sie muss nachsitzen, aber ich bin mir ziemlich sicher, dass Mrs Reinolds sie deshalb noch lange nicht auf dem Kieker hat. Ganz im Gegenteil. Wie besorgt sie sie doch am Ende der Stunde angesehen hat. Ich frage mich, ob ich bei einer ähnlichen Zuwiderhandlung auch so behandelt worden wäre. Oder irgendjemand sonst aus der Klasse.

Diese Welt ist so ungerecht. Kinder wie Sammy kämpfen täglich um ihren Platz in unserer Gesellschaft. Der Wille ist da, aber das System schließt sie immer wieder aus. Das ist die eine Seite der Medaille. Auf der anderen sind Kinder aus reichem Haus wie Olivia, denen alles einfach zufliegt. Sie wissen nicht, was es bedeutet, sich jeden Tag aufs Neue behaupten zu müssen. Sie wissen nicht, wie hart die Welt da draußen sein kann.

Wieder schmettere ich den Ball mit voller Wucht gegen die Turnhallenwand. Nowitzki neben mir zuckt leicht zusammen, als hätte er nicht damit gerechnet.

»Hey, Mann. Komm mal wieder zu uns anderen rüber. Der Coach will, dass wir mit dem Spiel beginnen, und ich hab Lust 'ne Runde gegen dich zu zocken«, sagt er dann. »Die arme Wand kann sich schließlich nicht wehren.« Nowitzki grinst mich schief an.

»Wieso nicht?«, erwidere ich, um ihm ein wenig entgegenzukommen.

Er hält mir die Hand zum High-Five hin, und ich schlage ein, hake die letzte Stunde im Geiste ab – zumindest für die nächsten Minuten – und konzentriere mich auf das Spiel mit den Jungs.

Die Einteilung ist schnell erfolgt. Coach Sutherfield

gibt uns das Startzeichen. Ich laufe, renne, dribble, passe und werfe. Alles in einem rasanten Tempo. Meine Beine schmerzen, mein Herzschlag rauscht in meinen Ohren. Der Schweiß auf meiner Stirn tropft zu Boden.

Als Coach Sutherfield das Spiel endlich beendet, hat mein Team knapp vor dem von Nowitzki gewonnen. Dennoch hält mein Kumpel mir abermals die Hand zum High-Five entgegen.

»Gutes Spiel!«, sagt er anerkennend.

Ich nicke. »Danke, Bro«, erwidere ich und meine damit nicht das Spiel.

Aber Nowitzki versteht mich. Er nickt ebenfalls.

Als ich mich mit den übrigen Jungs gerade auf den Weg in die Umkleidekabine machen will, kommt der Coach auf mich zu.

»Johnson«, sagt er, und ich ahne, dass er mir gleich eine Moralpredigt auftischen wird, weil ich mich am Anfang der Stunde so danebenbenommen habe.

Am liebsten möchte ich nur noch in die Umkleidekabine, um mich zu duschen und den Tag in die Kategorie »Kann man vergessen!« einzuordnen. Außerdem warten Sammy und die anderen Jugendlichen schon auf mich. Aber um den Coach nicht noch mehr zu verärgern, sage ich »Ja?« und warte geduldig auf das, was nun folgen wird.

»Es wird immer mal Tage geben, an denen alles beschissen läuft«, findet der Coach klare Worte.

Ich weiß nichts darauf zu erwidern. Also warte ich ab, ob er dem Gesagten noch etwas hinzufügen wird.

»Dann heißt es: den Kopf nicht in den Sand stecken und dranbleiben.«

Man erzählt sich, dass der Coach die Ereignisse im

Krieg nie wirklich verwunden hat. Er ist ein ruhiger Mann Ende Fünfzig, der viel gesehen und noch mehr erlebt hat. Seine Frau ist mit einem anderen abgehauen. Und dennoch wirkt er immer ruhig und besonnen auf mich. Fast ein wenig zu ruhig.

Während ich so dastehe und über den Coach nachdenke, begreife ich erst, wie gerne er selbst vielleicht in manchen Momenten seines Lebens den Ball genommen und gegen die Wand gedonnert hätte. Dass er mich vermutlich also verstehen kann und ein Stück weit vielleicht sogar darum beneidet, so aus der Haut fahren zu können. Denn er hätte wirklich allen Grund dazu.

Plötzlich schäme ich mich für mein Verhalten. Schließlich ging es in meinem Fall um nichts weiter als ein blödes Referat, das ich mit einem Mädchen zusammen bearbeiten muss, das widersprüchliche Gefühle in mir hervorruft.

»Es tut mir leid«, entschuldige ich mich.

Der Coach sieht mich mit gefurchter Stirn an. »Dir braucht doch nichts leidzutun, mein Junge. Ganz im Gegenteil! Ich habe lange gebraucht, um meine Wut und meine Enttäuschung zu kanalisieren. Die Leute, die alles nur in ihrem Inneren mit sich ausmachen, werden irgendwann an dem Ballast zugrunde gehen. Du hast alles richtig gemacht, Johnson.«

»D-danke, Coach«, stottere ich mit einer Mischung aus Verlegenheit und Verwunderung.

***

Als ich in der Umkleidekabine ankomme, sind die meisten der Jungs schon geduscht und fertig angezogen. Ich entledige mich meiner Klamotten, schnappe mir mein Handtuch aus dem Spind und gehe in die Dusche.

Als das heiße Wasser meine Haut benetzt, spüre ich eine gewisse Erleichterung in mir. Meine müden verspannten Muskeln lockern sich allmählich, und ich kann wieder ein wenig klarer denken.

Doch die Worte des Coachs wollen mir einfach nicht aus dem Kopf gehen. Und unweigerlich muss ich dabei wieder an Olivia denken. Was macht dieses Mädchen nur mit mir?

Kapitel 13

Olivia

Die Botschaft auf dem kleinen weißen Notizzettel ist unmissverständlich:

> Heute 15 Uhr in der Bibliothek.
> Sei pünktlich!
> N.

Und dennoch lese ich sie gerade zum gefühlt hundertsten Mal. Als würde ich auf diese Weise doch noch einen Ausweg aus meiner Situation finden. Als würden sich die Worte durch mehrmaliges Lesen in Wohlgefallen auflösen. Denn die Vorstellung, den heutigen Nachmittag mit

Nathan Johnson verbringen zu müssen, schnürt mir beinahe die Kehle zu.

In Gedanken versunken schließe ich die Tür meines Spinds. Ich trage die Bücher für den heutigen Vormittag in meinen Händen. Obenauf liegt der Zettel, den Nathan durch einen der schmalen Schlitze in meinen Spind geworfen hat. Auch im Gehen gleitet mein Blick immer wieder über die feine krakelige Schrift. Er hat ein sehr dominantes Ausrufezeichen an das Ende seines Satzes gepackt. Wie ein Mahnmal steht es da und fordert mich auf, ja nicht gegen Nathans Aufforderung zu verstoßen.

Gleichzeitig spüre ich eine gewisse Feindseligkeit zwischen den Zeilen. Die Nachricht ist kurz und präzise. Kein Wort zu viel. Aber was habe ich denn auch erwartet? Dass Nathan mich höflichst um ein Treffen für die Vorbereitung des Referats bittet?

Die komplette letzte Woche habe ich die Nachmittage mit dem Nachsitzen bei Mrs Reinolds verbracht. Ich habe die Zeit genutzt, um mich mit der Desch-Bombe auseinanderzusetzen. Wenn es nach mir ginge, dann könnte jeder von uns beiden allein an dem Thema arbeiten. Wir müssten uns nur abstimmen, wer letztlich welchen Teil bei der Vorstellung übernehmen möchte.

Allein der Gedanke an die Situation vor der Klasse ist die Hölle. Wenn ich nur irgendwie könnte, dann würde ich das Referat nicht halten. Aber Mrs Reinolds würde mich dann sicher nicht nur mit Nachsitzen bestrafen.

Schlechte Zensuren in Mathe und Physik sind meine Eltern gewohnt. Auch wenn sie sie sicher nicht gut finden und Dad bei der Durchsicht meiner Zeugnisse einen cholerischen Anfall bekommt. Wenn ich nun auch noch mit schlechten Noten in Geschichte aufwarte, dann wird mein Dad sicher restlos aus der Haut fahren. Die Vorstellung ist unerträglich.

Wieder schaue ich auf den Zettel vor mir, achte dabei nicht auf meinen Weg und remple ein Mädchen an, das sich auf dem Flur mit ihrer Freundin angeregt unterhält.

»Entschuldigung!«, beeile ich mich zu sagen, aus Furcht, mehr Aufmerksamkeit zu bekommen, als mir lieb ist.

Das Mädchen winkt beiläufig ab und ist gleich wieder in das Gespräch mit ihrer Freundin vertieft. Sie sieht mich nicht mal an.

»Hey, Olivia«, begrüßt mich in diesem Moment Aria, und mir bleibt fast das Herz stehen.

Seit der Sache mit der heißen Schokolade haben wir noch ein paarmal in der Cafeteria zu Mittag gegessen. Aber ich fühle mich jedes Mal schrecklich dabei. Ich möchte Aria so gerne sagen, wie es in mir drinnen ausschaut. Sie ist mir gegenüber immer so offen und herzlich. Doch sosehr ich mich auch bemühe, es will mir einfach nicht gelingen.

Einerseits spüre ich, dass ich ihr sagen sollte, wie es in mir aussieht, was mir Sorgen bereitet und mit welchen Dämonen ich zu kämpfen habe. Andererseits bin ich mir im Klaren darüber, dass das nichts ist, was man mal eben zwischen Tür und Angel fallen lässt.

Doch es ist nicht nur das. Ich mag Aria und ihre unkompliziert liebevolle Art total gerne. Sie strahlt mit der Sonne um die Wette und versteckt sich selten hinter grauen Wolken. Sie ist tapfer und selbstbewusst, schlagfertig und wortgewandt, klug und beliebt. Aria ist alles, was ich nicht bin.

Ich verstehe einfach nicht, warum sie ihre Zeit mit mir verbringt. Warum riskiert sie mit einer Freundschaft zu mir ihre gute Stellung in diesem Highschoolgefüge? Wir alle wissen, wie der Laden läuft. Es gibt die beliebten Leute, mit denen man sich gerne zeigt, um dazuzugehören. Und es gibt die weniger beliebten Leute, um die man für gewöhnlich einen großen Bogen macht, um ja nicht in ihrer Nähe gesehen zu werden.

In meiner bisherigen schulischen Laufbahn hielten sich alle strikt an diese wichtige Regel. Und wie durch ein unsichtbares Gesetz stand meist schon in der ersten Schulwoche fest, wer in welche Kategorie einzuordnen war.

Aber hier an der Beaufort High scheinen die Uhren anders zu ticken. In einem ganz außergewöhnlichen Takt. Es dauert ein bisschen, bis ich das verinnerlichen werde. Und es wird sicher noch einiges an Zeit brauchen, bis ich mich Aria so weit öffnen kann, um sie hinter meine Fassade blicken zu lassen. Aber irgendetwas sagt mir, dass es so kommen wird und ich ein bisschen zuversichtlicher sein sollte.

Mit einem »Hey, Aria! Wie geht's dir heute?« versuche ich mich gleich ein wenig hoffnungsvoller zu geben. Es fällt mir nicht besonders leicht. Aber ich überwinde mich. Und es fühlt sich gut an.

Aria lächelt und hakt sich zur Antwort bei mir unter. Gemeinsam laufen wir zum Kunstraum. Das Highlight meines Tages ist die Stunde in Mr Wellingtons Atelier. Anders kann ich den Unterricht nicht bezeichnen. Der Mann versinnbildlicht mit seiner Liebe zur Kunst all das, wonach ich mich so sehr sehne.

Noch immer gestatten mir meine Eltern nicht, in meiner Freizeit zu Hause zu malen. Ganz so, als wäre das Malen dafür verantwortlich, dass ich von meiner letzten Schule geflogen bin. Sie haben mich nie gefragt, wie es mir dort ergangen ist, ob ich mich in meiner Klasse wohlgefühlt habe. Nein, sie glaubten einzig und allein den Zeilen des Direktors und meinen schlechten Zensuren, als wären sie Auskunft genug. Dabei lagen die schlechten Noten nicht nur an meinem Unvermögen. Der Druck der Lehrer, das ständige Mobbing meiner Mitschüler und das schlechte Gefühl, das irgendwann zu meinem ständigen Wegbegleiter wurde, waren irgendwann einfach zu viel.

Als wir das Zimmer betreten, kann ich nicht anders: Für einen Moment muss ich die Augen schließen, um den intensiven Geruch von Farbe in mich aufzunehmen.

Ich halte kurz in der Bewegung inne und zwinge Aria dadurch unweigerlich, es mir gleichzutun. Sie lässt mich gewähren, ohne mir irgendwelche Fragen zu stellen. Als wir schließlich unsere Plätze einnehmen und der Unterricht beginnt, liegt der Zettel von Nathan noch immer oben auf meinem Bücherstapel. Doch er hat ein wenig von seiner Bedrohlichkeit verloren. Zumindest für den Moment. Mal sehen, was der Nachmittag für mich bereithalten wird. Doch jetzt erstmal Wasser, Farben, Pinsel und Papier. Alles andere ist vergessen, wenn ich von meinen liebsten Freunden umgeben bin.

***

Wenige Minuten vor der verabredeten Zeit schleiche ich nervös im Korridor vor der Tür der Bibliothek herum. Nathan wird längst drinnen sein und auf mich warten. Ich sollte ihn nicht unnötig verärgern, indem ich zu spät komme. Ich weiß das. Natürlich weiß ich das.

Irgendwo habe ich mal gelesen, dass man sich in solchen Situationen auf seine Atmung konzentrieren soll. Also tue ich das und warte auf eine beruhigende Wirkung. Außerdem soll es wohl super entspannend sein, die Zungenspitze währenddessen gegen den Gaumen zu pressen. Ich folge den Ratschlägen des World Wide Webs und warte ziemlich verkrampft auf die lockernde Wirkung. Doch sie bleibt aus. Wie so viele Male zuvor auch.

Sosehr ich mich auch darum bemühe, ich werde einfach nicht gelassener. Ganz im Gegenteil. Zu der Sorge um das, was mich dort in dem Raum erwarten wird, gesellt sich die Panik davor, was passieren wird, wenn ich zu spät komme. Auch wenn ich gegen dieses Zuspätkommen durchaus etwas machen könnte.

Es ist verrückt! Ich bin verrückt. Ich meine, schließlich ist es doch ziemlich lächerlich, wie ich mich gerade verhalte. Nathan ist einer meiner Mitschüler. Wenn ich ihn richtig einschätze, dann wird er dieses Treffen mit mir so kurz wie nur möglich halten, mir sagen, wie es laufen soll und sich dann wieder von mir verabschieden.

Er wird nicht unnötig viel Zeit schinden, um sie mit mir verbringen zu können. Ganz im Gegenteil! Er wird heilfroh sein, wenn er mich wieder los ist.

Wir hatten einen beschissenen Start. Für den ich verantwortlich bin. Bis zum heutigen Tag habe ich mich nicht dafür entschuldigt, dass ich ihn vom Rad geholt habe. Was mir ehrlich leid tut. Doch danach ergab sich einfach nicht mehr die Gelegenheit dazu. Und irgendwann war der Moment verstrichen, in dem es noch passend erschienen wäre. Na ja, wenn ich ganz ehrlich bin, habe ich vielleicht auch gehofft, dass Nathans und meine Berührungspunkte in diesem letzten Highschooljahr gering ausfallen würden. Klar, weiß ich, dass wir gemeinsame Kurse haben. Aber ein gemeinsames Referat stand definitiv nicht auf meiner Agenda.

Wenn ich so an den Moment vor Mrs Reinolds Schreibtisch zurückdenke, dann bin ich mir fast sicher, dass Nathan auch ziemlich überrumpelt war. Vielleicht lag das aber gar nicht so sehr an mir. Womöglich bereitet er Referate auch einfach lieber alleine vor – was ich absolut verstehen kann.

Die Vorstellung beruhigt mich ein wenig. Auch wenn sie sich nur in meinem Kopf abspielt und ich keine Ahnung davon habe, wie Nathan zu alldem steht. Aber letztlich sollte es mir egal sein, was er denkt. Es geht um eine gute Note in Geschichte. Um nichts weiter.

Ich atme einmal tief durch und straffe meine Schultern. Mein Blick ist fest auf die Tür vor mir fokussiert. Ich gebe den Befehl einen Fuß vor den anderen zu setzen. Noch widersetzt sich mein Körper meinen Anweisungen, aber nicht mehr lange.

Als ich meine Finger auf das kalte Metall der Türklinke lege, keimt neue Panik in mir auf. Die Alarmglocken schrillen, und jede Faser meines Körpers mahnt mich zur Flucht. Es verlangt mir alles ab zu bleiben. Hoffentlich ist das die richtige Entscheidung.

Kapitel 14

Nathan

Anstatt alle paar Sekunden auf das Ziffernblatt meiner Uhr zu schauen, sollte ich die Zeit nutzen und mir passende Lektüre für das Referat raussuchen. Die Idee klingt vernünftig, und dennoch kann ich mich nicht dazu durchringen, ihr nachzugehen.

Seit der Basketballstunde, in der ich all meinen Frust abgelassen habe, ist etwas Zeit vergangen. Ich habe viel über die Sache nachgedacht und mich letztlich dafür entschieden, das Beste daraus zu machen. Denn wenn man es mal ganz logisch betrachtet, dann ist es nur ein Referat. Olivia und ich müssen dabei keine Freundschaft fürs Leben schließen. Nur dieses eine Referat, und dann gehen wir beide wieder getrennte Wege.

Aus dem anfänglichen Widerwillen wurde zunehmend

eine gewisse Akzeptanz. Es gibt ja ohnehin keine Chance, mich diesem Referat zu widersetzen, ohne dabei den Unmut meiner Geschichtslehrerin auf mich zu ziehen.

Wieder schiele ich auf meine Armbanduhr. Als ich sehe, dass es bereits 15 Uhr ist, nehme ich mein Smartphone aus meiner Hosentasche. Heimlich. Handys sind in der Bibliothek nicht erlaubt.

Ich weiß nicht, was ich erwartet habe. Vielleicht, dass sie mir eine Nachricht geschrieben hat, ohne meine Nummer zu kennen, oder, dass die Zeit im Display eine andere ist. Kurz überlege ich, ob ich irgendetwas in meiner Nachricht an Olivia missverständlich ausgedrückt haben könnte. Entscheide mich dann allerdings dagegen. Ich habe mich klar und deutlich ausgedrückt. Daran besteht kein Zweifel.

Schließlich gehe ich einen Schritt weiter und mache mir Gedanken darüber, warum sie dann nicht kommt. Wenn sie schon etwas für heute vorhatte, dann hätte sie mir doch ebenfalls einen Zettel schreiben oder mich in der Cafeteria ansprechen können. Sie war da. Da bin ich mir ganz sicher.

Was soll das also? Warum kommt sie nicht? Ich spüre, wie ich wütend werde. Wahrscheinlich hat Ms Superwichtig einfach vergessen, mir Bescheid zu geben. Aber ich muss das verstehen, schließlich hat sie verdammt wichtige Dinge zu erledigen. Maniküre oder so. Allein der Gedanke lässt mich schon beinahe aus der Haut fahren. Wie kann man nur so selbstsüchtig sein? Ich habe schließlich auch keinen Bock auf das Treffen hier und hab es dennoch angeleiert, als Olivia keine Anstalten machte, sich darum zu kümmern.

Eigentlich sollte sie mir dankbar sein, dass ich das alles

in die Hand genommen habe. Aber wahrscheinlich lacht sie sich gerade mächtig in ihre manikürte Faust. Das Bild brennt sich in meine Gehirnwindungen ein. Ich sehe rot. Greife aus einer Kurzschlussreaktion heraus nach meinem Rucksack und springe von meinem Platz auf.

Wie ein Irrer stürme ich auf den Ausgang zu. Ganz so, als hätte uns gerade ein Feueralarm dazu aufgefordert, das Gebäude zu verlassen. Als ich die Türklinke berühre, drücke ich sie auch schon nach unten und stoße die Tür mit voller Wucht auf.

Ein Schrei ist zu hören. Ein Mädchen liegt auf dem Boden. Olivia. Sie hält sich die Stirn.

»Sorry …«, stammle ich. »Ich wollte dir nicht wehtun.« Ich erinnere mich nur mehr schemenhaft daran, warum ich die Bibliothek nicht schnell genug verlassen konnte.

Olivia hält sich noch immer die Stirn. Als sie die Hand von der Stelle löst, an der sie Bekanntschaft mit der Tür gemacht hat, fließt zum Glück kein Blut. Ich bin erleichtert. Dennoch zeichnet sich dort auf ihrer Stirn eine kleine Beule ab, die sicher schnell größer werden wird, wenn man sie nicht kühlt.

Ohne lange darüber nachzudenken, eile ich zu einem der Getränkeautomaten und ziehe eine kalte Coke. Als ich Olivia diese Dose wenige Augenblicke später reiche, schaut sie mich zunächst etwas verwundert an. Ihre großen grünen Augen sind mit Tränen gefüllt. Als sie begreift, was ich von ihr will, nimmt sie die Dose entgegen und presst sie an die verletzte Stelle.

Mein schlechtes Gewissen wächst mit der Beule um die Wette. Nur gibt es dafür keine kalte Coke-Dose, die ich einfach darauflegen könnte. Gleichzeitig regt sich eine egoistische Stimme in mir, die mir glaubhaft machen will, dass ich nichts Falsches getan hätte. Schließlich habe ich nur die Tür geöffnet. Schnell schiebe ich diesen unfairen Gedanken von mir.

»Geht's schon etwas besser?«, frage ich nach einer halben Ewigkeit, in der Olivia einfach nur auf dem Boden kauert und die Dose an ihre Stirn hält.

Schweigend sitzt sie da, schaut kurz zu mir auf und nickt. Innerlich wappne ich mich für jetzt folgende wütende Worte – doch Olivia sagt nichts. Vielmehr hüllt mich die Stille zwischen uns immer mehr ein. Ich spüre, wie ich ruhiger werde.

Es vergehen weitere quälende Minuten des Schweigens, ehe ich Olivia die Hand reiche, um ihr aufzuhelfen. Ich weiß nicht, ob sie sie nehmen oder ausschlagen wird. Als sie ihre in meine legt, bin ich irgendwie erleichtert.

»Können wir dann rein?«, frage ich viel zu barsch.

Was verdammt noch mal ist aus meinem Mitgefühl geworden? Steht das Töchtern aus reichem Hause etwa nicht zu? Haben meine Eltern mich nicht dazu erzogen, alle Menschen gleich zu behandeln? Das erste Mal, seit ich Olivia begegnet bin, mache ich mir ernsthaft Gedanken über mein Verhalten. Nicht über ihrs.

Wieder nur ein Nicken.

Schon spüre ich den neuerlich anwachsenden Unmut in mir – und ich schäme mich dafür. Aber kann sie denn nicht wenigstens ein paar Worte mit mir wechseln? Was zur Hölle ist bloß los mit ihr, dass sie einen entweder mit diesen großen grünen Augen in Grund und Boden starrt oder sich mit Nicken und Kopfschütteln artikuliert?

Sie kann sprechen. Ich habe sie heute erst beobachtet,

wie sie sich mit Aria McGinster unterhalten hat. Die beiden scheinen sich prächtig miteinander zu verstehen, haben viel gelacht. Aber Politikerdaddys verbinden vermutlich. Wobei Aria ihre Herkunft bisher noch nie in den Mittelpunkt gestellt hat.

Ich sehe den Widerwillen, sich mit mir hier in der Bibliothek zu treffen, förmlich aus jeder ihrer Poren herausquellen. Sie sagt es nicht. Das braucht sie auch gar nicht. Schließlich habe ich Augen im Kopf.

Bevor mich abermals meine Gefühle aus dem Konzept bringen können, lege ich meine Finger auf die Türklinke und beschließe von nun an ganz sachlich an die Materie heranzugehen. Sie möchte nicht mit mir reden? Fein, dann rede ich, mache Vorgaben und lege fest, wer was übernimmt. Ganz einfach. Sie hatte ja ihre Chance. Ihr Problem. Und nicht meins.

Olivia hat offenbar nicht bemerkt, dass ich meine Hand bereits auf die Klinke gelegt habe. Als ihre Finger meine berühren, schaut sie mich entsetzt an und zieht sie so schnell wieder zurück, als hätte sie sich soeben an mir verbrannt.

Ich halte ihrem Blick stand, versuche nachzuspüren, was sie in diesem Moment denkt. Sie wirkt verschüchtert. Eine zarte Röte breitet sich auf ihren Wangen aus. Verlegen schaut sie wie gebannt zu Boden, als stünde dort unser Referat fertig auf dem Linoleumboden geschrieben.

Innerlich hadere ich mit mir, wie ich das hier gerade interpretieren soll. Warum reicht eine winzige, kaum erwähnenswerte Berührung schon aus, um sie dermaßen aus der Bahn zu werfen?

Olivias verschreckter Augenaufschlag, die leicht devot

wirkende Körperhaltung, sowie der Umstand, dass sie noch immer nichts gesagt hat, zwingen mich unvermittelt zum Umdenken.

Spricht sie wirklich so wenig, weil sie sich für etwas Besseres hält? Es ist einfach, an diese Theorie zu glauben. Aber steckt vielleicht noch viel mehr oder etwas ganz Anderes hinter ihrem Verhalten?

Unweigerlich muss ich mir eingestehen, dass ich – der vermeintliche Weltverbesserer –, die Welt in zwei Lager geteilt habe: in die Guten und die Bösen. Was, wenn ich Olivia der falschen Abteilung zugeordnet habe? Was, wenn ich mich in ihr getäuscht habe?

Die Tür öffnet sich von innen. Max, ein Junge aus dem Basketballteam, kommt heraus, sieht kurz zwischen Olivia und mir hin und her. »Hey, Bro. Was geht?«, fragt er und zwinkert mir vielsagend zu.

»Olivia und ich müssen ein Referat vorbereiten«, erkläre ich, als Olivia plötzlich wie zur Salzsäule erstarrt neben mir steht.

Die Coke-Dose hält sie mittlerweile nicht mehr gegen ihre Stirn gepresst. Ich scanne die Stelle mit meinem Blick ab, kann aber keine Wölbung erkennen. Dann sehe ich, wie sich ihre Finger um die Dose krampfen. Was ist bloß los mit diesem Mädchen?

Max verabschiedet sich schließlich, und Olivia und ich schlüpfen in die Bibliothek, an dessen Eingang Mrs Noack sitzt und uns mit dem Zeigefinger vor dem Mund ermahnt, still zu sein. Welche Ironie des Schicksals!

Kapitel 15

Olivia

Der Duft nach leicht modrig riechenden Büchern und der abgestandenen, von Schweiß getränkten Luft hängt schwer im Raum. Ein Fenster gibt es nicht, nur eine monoton surrende Klimaanlage. Das Neonlicht an der Decke ist viel zu grell. Ein paar Schüler sitzen über Bücher gekauert an den dunkelbraunen Holztischen. Als wir uns ihnen nähern, blicken sie kurz auf und vertiefen sich dann schnell wieder in ihrer Lektüre.

Für gewöhnlich empfinde ich die Bibliothek als einen Ort der Ruhe, an dem ich Frieden finden kann. Heute jedoch fühlt es sich hier wie die reinste Qual an. Wenn ich nur irgendwie könnte, würde ich meine Sachen packen und verschwinden.

Aber wenn ich das täte, da bin ich mir ganz sicher,

dann würde Nathan endgültig die Geduld mit mir verlieren.

Jetzt deutet er in eine Richtung. Er will zum Computer. In der Ecke kann man sich ein wenig unterhalten. Gleichzeitig sehe ich dort keine anderen Schüler sitzen. Als ich spüre, wie ich mich innerlich versteife, rede ich mir gut zu. Nathan ist nicht mein Freund, aber er ist auch nicht mein Feind. Es gibt also überhaupt keinen Grund, so verängstigt zu sein.

In diesem Moment erinnere ich mich wieder an den Blick, mit dem er mich bedacht hat, als er aus der Bibliothek herausgestürmt kam. Er war so kalt und abweisend. Ich musste zweimal blinzeln, um mich davon zu vergewissern, dass es nicht Dad ist, der da vor mir steht. Dann war da nur noch dieser Schmerz auf meiner Stirn. Und Nathans Entschuldigung.

Kaum dass er begriffen hat, was er da getan hatte, wurden seine Gesichtszüge viel milder. Sein Blick war voller Sorge, und auch seine Haltung war nicht mehr abweisend oder gar zerstörerisch.

»Ich schlage vor, dass wir uns am Computer erstmal einen Überblick verschaffen und alles zusammensuchen, was es zu Joseph Desch und seiner Desch-Bombe, die beim Dechiffrieren der deutschen U-Boot-Enigmas half, zu finden gibt. Außerdem sollten wir Bücher zu dem Thema hier in der Bibliothek raussuchen und sichten. Am Ende entscheiden wir dann, wie wir den Stoff zwischen uns aufteilen können, damit ihn jeder allein für sich bearbeiten kann.« Nathan schaut mich erwartungsvoll an.

»Das klingt gut«, gelingt es mir zu sagen. Unter den gegebenen Umständen war das alles andere als leicht für mich, aber Nathan geht überhaupt nicht darauf ein. Warum sollte er auch? Es ist schließlich nichts Außergewöhnliches, dass ich ihm eine Antwort auf seinen Vorschlag gebe. Zumindest ist es für die meisten Menschen auf diesem Planeten das Normalste der Welt.

Für mich ist es hingegen ein kleiner Etappensieg. Winzig klein. Und dennoch: Es ist mir gelungen, einen vollständigen Satz zu produzieren, ohne dabei zu stottern oder in Panik zu verfallen. Das ist mehr, als ich mir im Vorhinein über dieses Treffen ausgemalt habe. Vielleicht wird ja doch noch alles gut. Wer weiß …

Nathan achtet nicht weiter auf mich. Er gibt etwas in die Suchleiste des Internetbrowsers ein. Auch er scheint sich nicht ganz wohl in seiner Haut zu fühlen und konzentriert sich lieber auf die Arbeit, als sich mit mir auseinanderzusetzen. Jetzt holt Nathan einen Block und einen Stift aus seiner Tasche. Er notiert ein paar Buchtitel und die Standorte, wo sie in der Bibliothek zu finden sind.

Alles in mir ermahnt mich, mich auch endlich einzubringen. Schließlich sollte Nathan die ganze Arbeit nicht allein machen.

Allerdings habe ich das Gefühl, dass es ihm so, wie es läuft, ganz recht ist. Während ich erwartungsvoll neben ihm sitze, behandelt er mich wie Luft. Anstatt mich zu integrieren, macht er sein eigenes Ding, um mich letztlich vor vollendete Tatsachen zu stellen. Ein Muster, das mir nur allzu gut bekannt ist. Dad lebt schon mein ganzes Leben lang nach dieser Prämisse.

Ich beobachte Nathan ein wenig, nehme sein dunkles leicht gewelltes Haar in Augenschein, bemerke das leichte

Zucken seiner Kieferknochen, die aufeinander mahlen. Hochkonzentriert starrt er auf den Bildschirm.

»Es tut mir leid!«, höre ich mich plötzlich sagen.

Keine Ahnung, wo das eben herkam. Ich kann mich nicht erinnern, diese Worte vorher in meinem Kopf hin und her gewälzt zu haben. Gänzlich ohne mein Zutun waren sie da und sprangen über meine Lippen.

Nathan wendet seinen Blick vom Computer ab. »Was tut dir leid?«, fragt er, während er mich durchdringend mustert. Den Stift hat er auf die Tischplatte gelegt. Seine ganze Aufmerksamkeit ruht nun auf mir.

»Ich …«, sage ich und spüre, wie mir meine Stimme den Dienst im entscheidenden Moment versagen wird.

Das ist so typisch für sie. Nein, das ist so typisch für *mich.*

Nathan starrt mich weiterhin an. Doch je länger ich ihm schweigend gegenübersitze, desto verwunderter wirkt sein Blick.

Ich bin mir sicher, dass ich ihm mit meinem Verhalten tierisch auf die Nerven gehe. Mir würde es an seiner Stelle vermutlich nicht anders ergehen.

»Die Sache auf dem Parkplatz«, sage ich nach einer halben Ewigkeit, in der sich Nathan längst schon wieder dem PC zugewandt hat.

Wenn überhaupt möglich, dann ist sein Blick nun noch eine Spur verwirrter, als er mich trifft. Bis der Groschen schließlich bei ihm fällt.

»Oh«, erwidert er ziemlich wortkarg. »Damit hatte ich schon gar nicht mehr gerechnet.«

Ein zaghaftes Lächeln zeichnet sich auf seinen Lippen ab. Es ist nicht vorwurfsvoll, aber es verzeiht auch nichts.

Anstatt noch mal auf unser erstes Aufeinandertreffen einzugehen, wendet er sich allerdings schon im nächsten Augenblick wieder der Vorbereitung unseres Referats zu.

Enttäuschung macht sich in mir breit, als er wieder zur Tagesordnung übergeht. Aber was habe ich auch erwartet? Dass er mir glücklich um den Hals fällt und mir sagt, wie sehr es ihn freut, dass ich diesen Schritt endlich gegangen bin? Für ihn ist es mit Sicherheit kein großes Ding, sich für eine Sache zu entschuldigen. Dass ich erst jetzt den Mut dazu gefunden habe, würde er sicher nicht nachvollziehen können.

Während Nathan sich weiter mächtig geschäftig gibt und mich einfach links liegen lässt, ziehe ich ebenfalls meinen Collegeblock aus der Tasche.

Als ich ihn auf den Tisch lege und meine Notizen zu unserem Referatsthema aufschlage, wecke ich damit Nathans Aufmerksamkeit. Er überfliegt den Inhalt des karierten Papiers und hebt dabei eine Braue überrascht an. Damit hat er wohl nicht gerechnet. Wahrscheinlich hat er gedacht, ich würde mich nur durchschnorren und möglichst wenig Arbeit mit der Sache haben wollen. Und vielleicht hält er mich jetzt nicht länger bloß für eine eingebildete reiche Göre, die alles auf dem Silbertablett serviert bekommt und sich für jede Anstrengung zu schade ist.

Zum ersten Mal, seit wir uns begegnet sind, habe ich das Gefühl, dass ich ihm eine andere Seite von mir zeigen kann. In meinem Inneren macht sich bei diesem Gedanken eine sanfte Wärme breit. Millimeter für Millimeter nimmt sie jede Faser meines Körpers ein. Es ist ein unbeschreiblich schönes Gefühl. Ich bin stolz auf mich. Und gleichzeitig freue ich mich wahnsinnig darüber, Nathan offenbar von seinem Kurs abgebracht zu haben. Zumindest ein bisschen.

»Das klingt schon mal ganz gut«, sagt er wie zur Antwort auf meine Gedanken. Nathan hat sich schneller wieder gefangen als ich. Er tippt mit seinem Kugelschreiber auf meinen Zettel. »Darauf können wir aufbauen.«

Ich lächele ihn hoffnungsvoll an.

Dann wendet er sich abermals von mir ab. Ich habe schon die Befürchtung, dass wir uns doch keinen Zentimeter aufeinander zubewegt haben. Dabei habe ich es ganz deutlich gespürt. Da war etwas. Ein Hauch von Verbundenheit. Das warme Gefühl in meinem Inneren flaut ab. Ich wappne mich für die aufziehende Kälte.

Doch dann rutscht Nathan mit seinem Stuhl ein wenig zur Seite, damit ich ebenfalls auf den Monitor schauen kann.

Es ist ein Anfang. Mal sehen, was daraus wird.

Kapitel 16

Nathan

»Nathan Benjamin Johnson!«, ruft meine Mom die Treppe hinauf.

Es ist nie ein besonders gutes Zeichen, wenn sie meinen ganzen Namen verwendet. Also erhebe ich mich schnell von meinem Schreibtischstuhl und eile zur Tür meines Zimmers.

»Ja, Mom?«, frage ich.

»Wolltest du nach der Schule nicht noch in St. Anne vorbei? Hier steht ein Junge, der nach dir fragt.«

Neben der Tür hängt ein Wandkalender, auf dem ich bitter vor Augen geführt bekomme, dass ich heute vollkommen außerhalb von Raum und Zeit gelebt habe. Was ist nur los mit mir? Die Kids habe ich doch noch nie vergessen. Kann das Treffen mit Olivia wirklich daran Schuld haben?

Beim Gedanken an den Nachmittag in der Bibliothek sehe ich plötzlich ganz deutlich ihre grünen Augen vor mir, wie sie mich verletzt und gleichsam verschüchtert ansehen. Irgendetwas ist zwischen uns passiert. Aber jetzt ist keine Zeit, um weiter darüber nachzudenken.

»Ich komme gleich runter!«, rufe ich Mom zu, schlüpfe in meine Sneakers und schnappe mir meinen blauen Kapuzenpullover.

Unten angekommen wirft Mom mir einen fragenden Blick zu. Ich gehe nicht weiter darauf ein. Nicht jetzt. Vor der Tür wartet sicher Sammy auf mich, der sich fragt, warum ich heute nicht gekommen bin, um ihm bei der Vorbereitung auf seinen Mathetest zu helfen.

Innerlich möchte ich zerspringen vor Wut auf mich. Wie konnte ich das nur vergessen? Schließlich ist mir so was bisher noch nie passiert.

»Hey, Sammy«, begrüße ich den Jungen auf unserer Veranda.

Er steht mir gegenüber an die Brüstung gelehnt. Sein Blick ist abweisend und kalt. Mom hat ihn sicher ins Haus gebeten. Doch er hat es vorgezogen, hier draußen auf mich zu warten. Ich habe eine Vorahnung, was nun folgen wird, und allein der Gedanke daran zerreißt mich.

»Warum bist du heute nicht gekommen?«, fragt Sammy schließlich mit all der Wut und der Traurigkeit in der Stimme, die ihm zustehen.

»Ich habe es vergessen«, antworte ich ehrlich, ohne irgendetwas zu beschönigen. Es wäre nicht fair von mir, eine Lüge vorzuschieben, um die stürmische See zwischen uns etwas abzumildern. Das hat Sammy nicht verdient.

»Du hast es also einfach so vergessen?« Sammy gibt einen zischenden Laut von sich. Er klingt abfällig und distanziert. Sammy sieht mich an, als hätte ich mit nur einem Satz alles zerstört, was sich in den letzten Wochen ganz langsam zwischen uns entwickelt hat. Ich sehe bildlich vor mir, wie sich das Vertrauen, das er in mich hatte, verabschiedet.

Der Junge, der auf so einem guten Weg war, zieht sich wieder in sein Schneckenhaus zurück. Mein Handeln bestätigt ihn in seinem Glauben, dass er niemandem etwas bedeutet.

»Sammy, es tut mir wirklich total leid. Ich musste etwas für die Schule erledigen«, beeile ich mich zu sagen, während ich spüre, wie Sammy immer weiter dichtmacht.

»Ist schon klar«, sagt er abweisend, auf halbem Weg zur Treppe, um von hier zu verschwinden.

»Warte bitte, Sammy! Kann ich es nicht wiedergutmachen? Morgen bin ich ganz sicher da. Ich bringe auch Cookies mit.«

Wieder dieser abfällige Laut, der mir eine Gänsehaut über den Rücken jagt. In Sammys dunkelbraunen Augen spiegelt sich sein Unmut deutlich wider. Er hat keine Lust mehr dazu, sich vertrösten zu lassen. Ich weiß, dass er das in der Vergangenheit schon viel zu oft über sich ergehen lassen musste.

Da ist sein Dad, der alle paar Monate vorbeischaut, einen auf Best Buddy macht, sich die Kohle der Familie unter den Nagel reißt und schneller wieder weg ist, als man Bye sagen kann. Da ist seine Mom, die leere Versprechungen macht und am Abend lieber mit ihrer Freundin telefoniert, als ihre Zeit mit ihren Kindern zu verbringen. Da ist der Lehrer, der vorgibt, ihm helfen zu wollen und bei einem kriminellen Vergehen an der Schule den Schuldigen längst zu kennen glaubt. Und da bin ich, der ihm versprochen hat, sich um ihn zu kümmern, ihm zu helfen, auf einen besseren Weg zu kommen, der ihn aus dieser unglückseligen Spirale aus Wut, Verzweiflung und Enttäuschung zu befreien versucht, und der ihn letztlich doch hängen lässt. So wie all die anderen.

»Ich weiß noch nicht, ob ich morgen da sein werde.«

Besorgt registriere ich, wie er mir immer weiter entgleitet. Dabei waren wir doch auf so einem guten Kurs. Ich will mir nicht ausmalen, was aus Sammy wird, wenn er nicht mehr zu der Nachmittagsbetreuung bei Pater Benedict kommt.

»Bitte!«, flehe ich ihn an.

Sammy steht auf der obersten Treppenstufe mir zugewandt da. Ein Schatten huscht über sein Gesicht. Noch will ich nicht aufgeben. Ich spüre, wie er sich wünscht, dass wenigstens ich um ihn kämpfe. Und das werde ich auch. Schließlich habe ich ihm versprochen, dass ich ihm helfen werde. Ich halte meine Versprechen.

»Man sieht sich«, sagt Sammy plötzlich, dreht sich um und läuft so schnell in die Dunkelheit, dass ich ihn sogleich aus den Augen verliere.

Mit voller Wucht schmettere ich meine Faust gegen die Brüstung der Veranda.

»Nathan, ist alles okay bei dir? Warum bittest du deinen Freund denn nicht herein?«, fragt Mom in meinem

Rücken. Ich habe gar nicht gehört, wie sie die Tür geöffnet hat.

»Sammy musste leider schon weg«, erkläre ich.

»Ach, wie schade. Vielleicht kommt er ja ein anderes Mal wieder vorbei.«

Ja, das hoffe ich auch. Sehr sogar.

Kapitel 17

Olivia

»Hey, was machst du da?«, fragt Aria und linst neugierig auf meinen Collegeblock.

Aus einem Reflex heraus reiße ich den Block von meinem Schoß hoch und presse ihn gegen meine Brust.

Aria hebt abwehrend die Hände und schaut mich ein wenig irritiert an. Erst jetzt bemerke ich, dass ich maßlos überreagiert habe.

»Sorry, ich habe dich gar nicht kommen hören«, sage ich.

Was auch stimmt. Viel zu sehr war ich in meinen Gedanken versunken. Und es waren zur Abwechslung einmal schöne Erinnerungen.

Ich nehme den Rucksack von meiner Lieblingsbank, und Aria nimmt neben mir Platz. Sie trägt eine braune Papiertüte mit sich herum. Als sie sie öffnet, stiehlt sich ein Lächeln auf ihre Lippen.

»Was sagst du zu einer schönen heißen Schokolade und noch warmen Cookies?« Aria wackelt mit den Brauen.

»Oh!«, mache ich. »Das ist genau das, was ich jetzt brauche.« Rosalias Sandwich habe ich längst verdrückt. Mir stand schon der Sinn nach etwas Süßem, aber dafür hätte ich meine Komfortzone hier im Garten aufgeben müssen. Und das wollte ich nicht.

Lachend gibt mir Aria den Cookie mit einer Serviette. Zwei braune Plastikbecher stellt sie zwischen uns auf die Holzbank.

»Hab ich das gerade richtig gesehen, dass du Nathan Johnson gemalt hast?«

Der erste Bissen des Chocolate-Cookies bleibt mir bei Arias Worten im Hals stecken. Ich verschlucke mich daran, muss husten. Aria klopft mir auf den Rücken, während mir die Hitze in den Kopf steigt. Und das nicht nur wegen des Kekses.

»Ich verrate dich auch nicht. Keine Sorge!« Aria hebt ihre Hand feierlich zum Schwur.

Ich nehme derweil einen großen Schluck von der nur mehr lauwarmen heißen Schokolade und versuche wieder auf normale Betriebstemperatur abzukühlen. Es ist nicht ganz einfach, aber allmählich beruhige ich mich ein wenig.

»Nathan und ich müssen gemeinsam ein Referat bei Mrs Reinolds vorbereiten«, versuche ich eine vernünftige Erklärung für sein Porträt auf meinem Block zu liefern.

»Oh, das erklärt natürlich alles«, meint Aria daraufhin augenzwinkernd. »Wie kommt ihr voran?«, will sie wissen.

Ich zucke mit den Schultern. »Ganz gut, denke ich.

Wir haben uns bis jetzt erst einmal getroffen und den Stoff zwischen uns aufgeteilt. Irgendwann werden wir uns noch mal treffen müssen, um es fertigzustellen.«

Ich gebe mich ganz sachlich, als würde ich den Vorgang der Photosynthese erklären. Dabei lässt mich die Thematik alles andere als kalt.

Seit unserem Treffen in der Bibliothek hat sich nach außen hin nicht viel zwischen Nathan und mir verändert. Aber irgendwie habe ich das Gefühl, dass zwischen uns etwas anders ist – etwas, das man nicht sehen, sondern nur spüren kann. Wir sind zwar grundverschieden. Wie von unterschiedlichen Planeten. Dennoch glaube ich auf eine unerklärliche Weise, dass gerade das mir guttun könnte.

Nein, ich bin nicht perfekt. Und ich bin mit Sicherheit auch kein Vorbild für irgendjemanden. Ganz im Gegensatz zu Nathan, der sich mehrmals unter der Woche nach der Schule in St. Anne um Kinder kümmert, die es nicht so gut getroffen haben. Er macht mit ihnen Hausaufgaben und lernt. Er engagiert sich und macht damit die Welt ein klein wenig besser, während ich die Nachmittage zu Hause damit verbringe, meinen Eltern weitestgehend aus dem Weg zu gehen.

Mein Leben ist ein Trauerspiel in fünf Akten. Ich spiele die weibliche Hauptrolle in einem Stück, das ich mir nie ausgesucht habe. Und ich bin mir ganz sicher, dass Nathan genau wegen dieser Rolle ein Bild von mir hat, das nicht stimmt.

Aber wie kann ich ihm beweisen, dass ich ganz anders bin? Wie kann ich ihn vom Gegenteil überzeugen, wenn es mir kaum gelingt, in seiner Gegenwart einen klar verständlichen und zusammenhängenden Satz zu formulieren? Und warum will ich das plötzlich so unbedingt? Was hat Nathan an sich, dass ich ihn einfach nicht mehr vergessen kann? Warum hat er sich wie ein Parasit in meinen Gedanken eingenistet und verschwindet dort nicht einfach wieder?

»Erde an Olivia«, höre ich da Aria plötzlich wie aus weiter Ferne sagen.

»Ja?«, frage ich aufgeschreckt mit weit aufgerissenen Augen.

»Wo warst du denn gerade?« Sie lächelt und schielt dabei auf den Block, den ich mir noch immer ganz fest vor die Brust presse. »Nathan hat es dir wohl angetan.«

Bei Arias Worten schießt mir abermals die Hitze ins Gesicht. »Ich weiß nicht, was du meinst. Wir müssen eben dieses Referat zusammenmachen. Das ist alles«, beeile ich mich zu sagen.

Selbst in meinen Ohren hört sich meine Erklärung ziemlich erbärmlich an. Schlagartig wird mir noch heißer. Meine Wangen glühen bereits.

Aria lächelt. »Nathan ist schon okay. Er ist einer von den Guten, wie man so schön sagt. Ein kleiner Weltverbesserer. Manchmal vielleicht ein bisschen over the top, aber im Grunde ein wirklich netter Kerl«, bringt Aria ihre Meinung zu Nathan auf den Punkt.

Nun ist es an mir zu lächeln. »Ich glaube auch, dass er ein netter Kerl ist. Aber unser Start war nicht wirklich gut. Außerdem glaube ich, er hat ein vollkommen falsches Bild von mir«, offenbare ich ihr viel zu ehrlich.

Verlegen beiße ich mir auf die Lippe, als ich geendet habe. Zum ersten Mal wage ich es, mich meiner Freundin ein wenig zu öffnen. Bisher habe ich meine Gefühle und das Chaos in mir meist mit mir selbst ausgemacht. Das hier ist ein großer Schritt für mich. Aber mit Aria fühlt er sich fast leichtfüßig an.

»Du sprichst von der Sache auf dem Parkplatz, oder?«

Ich nicke.

»Das ist doch schon Schnee von gestern. Er wird es dir sicher inzwischen verziehen haben. Und das Bild, das er von dir hat, kannst du ja jederzeit ändern. Es liegt an dir.«

Ich seufze. »Wenn es doch nur so einfach wäre.«

Aria hält mir ihren Becher hin, damit ich mit ihr anstoßen kann. »Das ist es«, sagt sie zuversichtlich und zwinkert mir aufmunternd zu.

***

Viel zu spät kehren wir aus dem Garten zurück ins Schulgebäude. Die nächste Stunde beginnt jeden Moment. Diese werde ich allerdings ohne Aria meistern müssen. Bio ist zwar nicht unbedingt eines meiner Lieblingsfächer, aber zumindest verstehe ich es. Im Gegensatz zu Physik oder Mathe. Außerdem kann man es ganz gut lernen, und unsere junge Lehrerin ist wirklich sehr ambitioniert. Sie liebt, was sie tut. Das spürt man auch bei jeder ihrer flammenden Reden für den Umweltschutz.

»Aua!«, jammere ich, als ich um eine Ecke abbiege und geradewegs in jemanden reinrausche.

Meine Bücher, mein Block, die losen Blätter, die ich darin aufbewahre – alles fällt zu Boden. Ein Meer aus Zetteln und Büchern.

»Sorry!«, entschuldigt sich ein großer blonder Junge, der mir bisher noch nicht aufgefallen ist. »Das nenne ich mal einen guten Start an der neuen Schule.« Er grinst und streckt mir seine Hand entgegen. »Hey, ich bin übrigens Lucas.« Noch immer lächelt er mich offen an.

Die Situation überfordert mich total. Anstatt etwas zu sagen, finde ich mich wenige Sekunden später auf dem Boden wieder, wie ich versuche, meine Zettel und Bücher aufzusammeln.

»Lass mich das doch machen!«, bietet Lucas mir an, und schon ist sein Gesicht so dicht vor meinem, dass ich seinen warmen Atem auf meiner Haut spüren kann. Er sieht mir fest in die Augen.

Als wir daraufhin gleichzeitig nach ein und demselben Zettel greifen, berühren sich unsere Hände. Ich ziehe meine Finger schnell zurück, als hätte ich mich an einer heißen Herdplatte verbrannt, klaube den Rest meiner Sachen zusammen und stolpere in Mrs Henris' Klassenzimmer.

Nathan sitzt eine Reihe hinter mir. Als ich mich hinsetze, sieht er mich verwundert an. Offenbar ist ihm nicht entgangen, wie aufgewühlt ich bin. Auf der einen Seite warte ich sehnsüchtig darauf, dass er mich darauf anspricht. (Aber wieso sollte er das tun?) Und auf der anderen Seite möchte ich mich gerade am liebsten in eine Maus verwandeln und in meinem geschützten Mauseloch erstmal zur Ruhe kommen.

Mrs Henris kommt mit einem Lächeln auf den Lippen in den Raum. Sie spricht vom Sezieren von Fröschen, und ein aufgebrachtes Rumoren geht durch die Klasse. Einige deuten an, sich übergeben zu müssen. Ein paar Jungs johlen.

Was die meisten meiner Mitschülerinnen und Mitschüler wohl noch nicht wissen: Seit diesem Jahr wird an der Beaufort High kein unschuldiges Tier mehr sein Leben für Versuchszwecke lassen müssen. In unserem speziellen Fall sind es Simulationsmodelle, sogenannte Syn-Frogs, die den Körper eines Frosches so detailliert und realistisch darstellen, damit man ihn wie ein echtes Tier sezieren kann.

Es hat schon auch sein Gutes, wenn man als Vorbereitung auf die neue Schule im Netz auf Spurensuche geht. Nur erzählen würde ich niemandem von meinem Fund. Die meisten würden mich dann sicher für eine Streberin halten. Streber und Freak wären eindeutig zu viel des Guten.

Während die Stimmen immer lauter werden und Mrs Henris versucht, wieder Ruhe einkehren zu lassen, schweifen meine Gedanken ab. Was war das eben mit Lucas? Warum hat er mir so fest in die Augen gesehen? Wenn ich es nicht besser wüsste, dann würde ich denke, er hätte versucht mit mir zu flirten. Was total abwegig ist. Schließlich bin ich ja ich. Und wir kennen uns überhaupt nicht.

Mrs Henris fuchtelt wild mit den Armen in der Luft herum und lenkt so meine Aufmerksamkeit wieder auf sich. Sie tut mir schrecklich leid. Schließlich ist sie eine der netten Lehrerinnen, die man leider viel zu leicht aus der Bahn werfen kann.

Plötzlich steht Lucas in der Tür. Sein Blick gleitet durch den Raum. Als er mich entdeckt, lächelt er abermals. Kaum dass unsere Blicke sich treffen, schießt mir die Röte ins Gesicht. Er grinst und zwinkert mir zu. Dann läuft er auf Mrs Henris zu und spricht mit ihr. Sie lächelt ebenfalls.

»Leute, hört mir bitte mal kurz zu! Wir haben einen

neuen Mitschüler!«, ruft unsere Lehrerin ganz laut. »Seid so gut und gebt ihm die Chance, sich euch vorzustellen.«

Nach und nach verstummen die Gespräche. Ich beobachte, wie einige meiner Mitschülerinnen beginnen, verträumt mit einer Haarsträhne zu spielen, und höre vereinzelte Kommentare über seinen breiten Oberkörper, die ausgeprägten Muskeln an seinen Oberarmen und den Knackarsch, der mir bisher noch gar nicht aufgefallen war. Albernes Gekicher wird laut. Ganz so, als stünde dort vor uns Kit Harington, der in *Game of Thrones* den Jon Schnee spielt. Wobei bei näherer Betrachtung tatsächlich eine gewisse Ähnlichkeit zwischen den beiden besteht. Nur dass Lucas eben blond ist.

»Lucas, wärst du so lieb und würdest dich kurz vorstellen?«

Das ist der Moment, den ich in der Vergangenheit immer sehnsüchtig heraufbeschworen habe. Wenn es nämlich einen neuen Schüler gibt, dann ist derjenige, der zuletzt kam – also ich – meist aus der Schusslinie. Doch in diesem speziellen Fall bin ich mir nicht sicher, ob meine Rechnung aufgeht. Meine Mitschüler machen nicht den Eindruck, als würden sie Lucas zu ihrem nächsten Mobbing-Opfer ernennen. Wenn ich in die verklärten Gesichter der Mädchen schaue und die anerkennenden Blicke der Jungs sehe, dann bin ich eindeutig noch lange nicht vom Haken.

»Hey!« Lucas hebt ganz leger seine Hand zum Gruß. Das Shirt an seinem Oberarm spannt dabei. Ich kann einige Mädels in meiner näheren Umgebung die Luft zischend einsaugen hören. »Mein Name ist Lucas, ich bin fast 18 Jahre alt, komme aus New York City und werde zusammen mit euch mein letztes Jahr an der Beaufort High rocken.«

Die Menge tobt, als hätte sich Lucas soeben für das Amt des Präsidenten aufstellen lassen.

Nach seiner Begrüßung steuert Lucas geradewegs auf mich zu. Was wird das denn jetzt?!

»Ist da noch frei?«, fragt er, als er direkt vor mir steht.

»Wie bitte?«, erwidere ich ziemlich irritiert, was abermals das alberne Gekicher einiger meiner Mitschülerinnen auf den Plan ruft.

»Ob da neben dir noch frei ist, wollte ich wissen«, fragt er erneut ganz unbekümmert, während er den Blick nicht von mir lässt.

Ich fühle mich beobachtet. Und das nicht nur von Lucas.

Anstatt ihm zu antworten, nicke ich lediglich. Bisher hatte niemand gesteigertes Interesse daran, sich neben mich zu setzen. Außer Aria vielleicht. Aber das auch erst, nachdem wir uns kennengelernt haben.

Einige der Mädels tuscheln. Wahrscheinlich gefällt es ihnen nicht, dass Lucas ausgerechnet mich gefragt hat. In diesem Augenblick bin ich fast ein bisschen stolz. Allein schon, weil es den anderen zeigt, dass es jemanden gibt, der mich gut findet. Vielleicht sogar besser als sie.

Als Lucas sich hinsetzt, merke ich, dass Nathan zu mir rüber schaut. Er sieht mich an. Durchdringend. Schlagartig wird mir heiß und kalt. Was soll das nun wieder bedeuten? Ich kann mich nicht daran erinnern, dass er mich bisher schon mal so angesehen hätte.

In der Bibliothek zum Beispiel klebte sein Blick erst starr auf dem Monitor vor ihm und im Anschluss daran auf den Texten in den Büchern, die wir rausgesucht hatten. Für mich hatte er dabei kein Auge. Na ja, warum auch?

»So, nachdem das jetzt auch geklärt ist, beruhigen wir uns und konzentrieren uns auf die Aufgabe der Stunde«, versucht Mrs Henris die Aufmerksamkeit erneut auf sich zu lenken. Kein allzu leichtes Unterfangen, aber zumindest was die Geräuschkulisse anbelangt, verzeichnet sie deutlichen Erfolg.

Ich sollte mich umdrehen und zu meiner Biologielehrerin schauen, wie es auch die anderen tun. Doch irgendetwas in Nathans Blick hält mich davon ab.

Eine sanfte Furche hat sich auf seiner Stirn gebildet. Sein Blick ist unergründlich, und gleichsam zieht er mich wie magisch in seinen Bann. Sosehr ich mich auch dagegen wehre, es will mir einfach nicht gelingen, mich von ihm loszureißen.

»Darf ich mit in dein Biobuch schauen?«, fragt Lucas in diesem Moment, und der Blickkontakt zwischen Nathan und mir wird unterbrochen.

»Ähm, ja. Klar«, bringe ich hervor.

Lucas strahlt mich freudig an. Keine Ahnung, was der Kerl in mir sieht. Doch je länger er mich so merkwürdig vertraut ansieht, desto unwohler fühle ich mich in meiner Haut. So viel Aufmerksamkeit bin ich einfach nicht gewohnt.

Die Stunde ist mittlerweile durch die unzähligen Unterbrechungen so weit fortgeschritten, dass das Geheimnis um die Simulations-Frösche noch eine Woche weiter bestehen wird.

Als der Gong ertönt, bricht abermals ein lautes Stimmengewirr aus. Die meisten können ihre Sachen nicht schnell genug zusammenpacken, verabreden sich währenddessen für nach der Schule auf ein Eis oder für heute Abend ins Kino.

Mich fragt natürlich niemand, ob ich irgendwohin mitkommen möchte. Aber das ist schon okay. Mom und Dad sehen es ohnehin nicht gerne, wenn ich mich nach der Schule irgendwo aufhalte, wo sie kein Auge auf mich haben können. Sie haben Angst, dass ich mich danebenbenehme und Dads Ansehen dabei schaden könnte.

Früher habe ich dagegen aufbegehrt, mich mit Händen und Füßen gegen mein aufgezwängtes Außenseitertum gewehrt. Aber meine Eltern kennen Mittel und Wege, jede noch so laute Stimme verstummen zu lassen. Dads Karriere geht vor. Immer.

»Was hast du in der nächsten Stunde?«, fragt Lucas in diesem Moment. Mittlerweile rückt mir der Typ fast eine Spur zu sehr auf die Pelle. Die Aufmerksamkeit, die er mir widmet, überfordert mich ganz schön. Vielleicht meint er es ja einfach nur nett und sucht Anschluss. Ich kenne das ja nur zu gut.

»Mathe bei Mr Donald«, antworte ich in dem Wissen, wie er sich als Neuer an der Schule fühlen muss.

»Das ist ja praktisch. Ich auch.«

Ich ringe mich zu einem Lächeln durch, schultere meinen Rucksack und presse meinen Collegeblock wie einen Schutzschild an meine Brust.

Kaum dass ich mich auf den Weg zur Tür mache, ist Lucas auch schon neben mir. »Was hast du denn heute nach der Schule noch so vor? Wir könnten eine Runde in meinem Cabrio drehen.« Lucas wackelt bei seinem Angebot mit den Augenbrauen, und ich bin mir plötzlich nicht so sicher, ob es wirklich eine gute Idee war, mich seiner anzunehmen.

Irgendwas fühlt sich hier komisch an.

»Ich weiß nicht«, erwidere ich schließlich. Ich fühle mich irgendwie unwohl mit ihm und möchte das Klassenzimmer am liebsten sofort verlassen. Aber so einfach ist das nicht.

Lucas versperrt mir den Weg. Erwartungsvoll sieht er mich an, während er sich ganz leger durch die Haare fährt und mir zuzwinkert. »Hab dich doch nicht so! Ist ja nur eine kleine Spritztour. Was soll da schon passieren?« Während er das sagt, greift er nach meiner Schulter, legt seine Hand schwer darauf und übt nicht mehr nur mit Worten Druck auf mich aus.

Je länger er mir so unangenehm nahe gegenübersteht, desto ausgeprägter wird mein Fluchtinstinkt. Ich will von hier weg. Und das am besten sofort. Panik macht sich in mir breit.

Dann wird Lucas von jemandem angerempelt. Sein Gesichtsausdruck verfinstert sich. Das Grinsen ist wie weggewischt, wie eine Maske, die ihm vom Gesicht gerissen wurde. Im nächsten Moment lässt er die Finger von mir und wendet sich dem Übeltäter zu.

»Kannst du nicht aufpassen?«, raunzt er Nathan an.

Dessen Blick ist ernst und gleichzeitig besorgt. Als würde er mich fragen, ob alles in Ordnung bei mir ist.

Ich nicke kurz. Mir geht es gut. Glaube ich. Auch wenn ich noch gar nicht verstehen kann, was da gerade passiert ist.

»Lass Olivia in Ruhe!«, ergreift Nathan offen Partei für mich.

Verwundert starre ich ihn an, während er Lucas maßregelt. Wieso setzt er sich für mich ein?

»Sonst noch was?«, fragt Lucas zur Antwort mit diesem selbstgefälligen Singsang in der Stimme, der mir verdeutlicht, dass er bereit ist, in diesem Kampf bis zum Äußersten zu gehen.

»Lass sie einfach in Ruhe!«, wiederholt Nathan seine Forderung und erntet dafür ein abfälliges Lachen.

»Wer bist du, um mir sagen zu wollen, was ich zu tun und zu lassen habe?« Lucas plustert sich wie ein Gockel vor Nathan auf.

Mir ist die Situation mega unangenehm. Schließlich geht es bei dem Streit ja um mich. Ich sollte etwas sagen und die Streithähne voneinander losreißen. Das wird sonst kein gutes Ende nehmen, befürchte ich.

»Ein Freund«, sage ich so laut, wie es mir nur möglich ist.

Lucas dreht sich irritiert zu mir um, sieht dann zwischen Nathan und mir hin und her.

Nathans Blick ist noch immer ernst und verschlossen. Er sieht mich an, schultert seinen Rucksack und wartet offenbar darauf, dass ich ihm folge, um das Klassenzimmer endlich zu verlassen. Ein neuer Strom an Schülern drängt bereits in den Raum.

Viel zu langsam löse ich mich aus meiner Schockstarre, setze nur beschwerlich einen Fuß vor den anderen, ehe ich es endlich schaffe, Lucas, Mrs Henris und die Frösche hinter mir zu lassen.

Erleichtert atme ich aus, als ich in den dunklen Flur

trete. Der Nachmittag ist bereits vorangeschritten. Nur noch eine Stunde, und dann kann ich nach Hause.

Da werde ich mir der Tatsache bewusst, dass Lucas ebenfalls zu Mathe gehen wird. Mein Magen zieht sich schmerzvoll auf die Größe einer Erbse zusammen.

Als plötzlich jemand von hinten seine Hand auf meine Schulter legt, zucke ich unweigerlich zusammen.

»Alles okay bei dir?«, fragt Nathan in diesem Moment.

Wie in Zeitlupe drehe ich mich zu ihm um. Ich möchte ihm dafür danken, dass er mir geholfen hat. Aber ich stehe nur da wie eine leblose Hülle, während sich in meinem Hals ein riesiger Kloß bildet, an dem vorbei kein Wort mehr kommt.

Es stimmt, was man über Nathan sagt. Er ist ein Idealist. Und er hat viel Feingefühl und spürt, wenn er gebraucht wird. Er war gerade genau zur richtigen Zeit am richtigen Ort.

Jetzt schlendert auch noch Lucas furchtbar langsam an uns vorbei, als wollte er sagen: Es ist noch nicht vorbei. Das ist erst der Anfang. Ich behalte euch im Auge.

Weitere unangenehme Sekunden verstreichen, während Lucas uns längst hinter sich gelassen hat. Nathan sieht unschlüssig drein, als wüsste er nicht mehr so recht, ob er richtig gehandelt hat. Als würde es ihm schon leidtun, für mich Partei ergriffen zu haben. Im nächsten Augenblick öffnet er den Mund, schließt ihn jedoch gleich wieder. Ganz so, als würden ihm seine Worte heute auch nicht gehorchen wollen.

Noch immer stehen wir uns gegenüber. Ich spüre, wie er mit sich hadert, sich fragt, ob er mich nun mir selbst überlassen kann. Das alles ist deutlich von seinem Gesicht abzulesen.

Und ich? Ich fühle mich schrecklich. Vermutlich spiegelt sich dieses Gefühl auch in meinem Gesicht wider. Dabei ist ja nicht mal wirklich etwas passiert. Lucas wollte mich überreden, mit ihm den Nachmittag zu verbringen. Anstatt ihm klipp und klar zu sagen, was ich von diesem Vorschlag halte, verfiel ich in meine gewohnte Schockstarre.

Und dann war da plötzlich Nathan, der sich so unerwartet für mich eingesetzt hat … Das war mal wieder alles viel zu viel für mich.

»Okay, also, ähm, ich muss dann mal.« Nathan ist bemüht. Das sehe ich ihm an. Nur fällt es ihm von Minute zu Minute zunehmend schwerer, während ich ihn doof anglotze und nichts sage.

»Nathan.« Es klingt mehr wie das Quieken eines Vogels, als das gesprochene Wort eines Menschen. Doch immerhin ist es mir gelungen, endlich etwas zu sagen.

»Ja?«, fragt Nathan, der schon im Begriff war, zu gehen. Er hält in der Bewegung inne, sieht mich gespannt an.

Mein Herz rast, die Worte in meinem Mund schlagen Purzelbäume und setzen sich anschließend zu merkwürdigen Konstruktionen zusammen. Nichts, was ich aussprechen sollte, wenn ich mich nicht lächerlich machen möchte. Wenn ich das nicht ohnehin schon getan habe.

Zu meiner Aufregung gesellt sich die gewohnte Angst zu versagen, vermischt mit einer aufkeimenden Panik und garniert mit alldem, was nun folgen könnte. Im Ausmalen von Horrorszenarien bin ich Weltklasse. Da macht mir keiner etwas vor.

Es ist nur ein einziges Wort, rede ich mir ein. *Du schaffst das! So schwer ist das gar nicht. Nathan wartet! Sag es endlich, bevor er endgültig glaubt, du wärst ein Freak.*

Eine andere Stimme mischt sich in meine Gedanken. Eine, die mich nicht so gut wegkommen lässt.

Natürlich denkt er, du bist ein Freak! Die Stimme lacht höhnisch auf. *Was sonst sollte er denn auch von dir denken? Du sprichst nicht und guckst dabei auch noch dämlich.*

»Ich muss dann wirklich«, wiederholt Nathan. »Man sieht sich.« Er hebt die Hand zum Gruß, verschwindet schnell in der Dunkelheit des Korridors. Die Schritte verhallen.

»Danke«, sage ich, als es längst schon zu spät ist, als keine Hoffnung mehr besteht, dass Nathan es noch gehört haben könnte.

Versagen ist ein hartes Wort. Aber ich fühle mich gerade so, als hätte ich auf ganzer Linie versagt. Mal wieder. Der gute Anfang, den wir an dem Nachmittag in der Bibliothek gemacht haben, ist verpufft und steigt wie Rauch auf, der bald schon vom Winde verweht sein wird.

Kapitel 18

Nathan

Als ich einige Meter zwischen die traurigsten Augen diesseits und jenseits dieser Hemisphäre gebracht habe, schiele ich auf meine Armbanduhr. Noch könnte ich es zur Sportstunde schaffen. Doch ich zögere.

Ich muss an den Moment vorhin im Biounterricht denken, als ich meinen Blick nicht von Olivia abwenden konnte. Und sie ihren offenbar auch nicht von mir …

Das Gefühl, das ich in ihrer Nähe verspüre, ist neu und ungewohnt. Vielleicht macht es mir auch ein wenig Angst. Ich weiß es nicht.

Wer ist dieses Mädchen? Wenn ich an Olivia denke und versuche, sie zu verstehen, dann scheint sich jedes Mal ein dunkler Schleier über sie zu legen, und alles ist verschwommen. Es gibt fünfundneunzig Gründe, sie einfach zu vergessen, meinen gewohnten Weg zu gehen und mich nicht länger damit zu beschäftigen, was dieses Mädchen denken oder fühlen könnte. Aber gleichzeitig gibt es diesen einen Grund, der mich einfach nicht das machen lässt, was mein gesunder Menschenverstand mir rät. Dieser eine Grund, der mir seit kurzem bei jeder nur möglichen und unmöglichen Gelegenheit ihr Gesicht deutlich in Erinnerung ruft. Dieser eine Grund, der gerade einen Beschützerinstinkt in mir geweckt hat.

Ich widersetze mich dem Gedanken und schiebe ihn beiseite. Nicht jetzt. Nicht hier.

Anstatt mich in irgendetwas zu verrennen, sollte ich zum Sportunterricht und später rüber zu St. Anne gehen, um Sammy dabei zu helfen, den nächsten Mathetest nicht in den Sand zu setzen. Zumindest das bin ich ihm schuldig, nachdem ich ihn erst vor Kurzem einfach hängengelassen habe.

***

Nach dem Sportunterricht mache ich mich auf den Weg zu meinem Fahrrad.

Vor der Schule steht die gleiche Limousine, mit der ich ungewollt schon mal Bekanntschaft machen durfte. Ich beachte sie nicht weiter, gehe hinüber zu den Fahrrädern und krame meinen Schlüssel aus der vorderen Tasche meines Rucksacks heraus.

Während ich den Schlüssel ins Schloss stecke, höre ich eine aufgebrachte Männerstimme rufen: »Wo zum Teufel bleibst du denn so lange? Ich habe nicht ewig Zeit.«

Es folgt keine Antwort. Doch je länger die Stille anhält, desto mehr wird sie zur Gewissheit.

Ich sollte mich nicht umdrehen, denn das geht mich ja eigentlich gar nichts an. Plötzlich wird der Drang, mich zu vergewissern, aber so übermächtig, dass ich mich nicht länger davon abhalten kann.

Zögerlich schaue ich über meine Schulter und erblicke dort nur wenige Meter von mir entfernt auf dem Parkplatz Olivia. Mit schwer nach unten hängenden Schultern steht sie von mir abgewandt da.

Vor ihr hat sich ihr Dad aufgebaut. Grimmig und missmutig schaut er auf sie herab, während Olivia sich in ihr Schicksal fügt und sich in die protzige schwarze Limousine setzt.

Unweigerlich frage ich mich, ob ich mit meiner Meinung über sie womöglich wirklich vollkommen danebengelegen habe. Ohne Frage: Sie ist die Tochter eines stinkreichen Politikers und genießt mitunter Privilegien, von denen Sammy und ich nur träumen können.

Dennoch stimmt mich diese Szene, die ich nicht ganz freiwillig mitansehen muss, unschlüssig. Ist Olivias Dad am Ende einer dieser machthungrigen Tyrannen, bei denen es niemand wagt, offen und ehrlich seine Meinung zu sagen? Ist sein Verhalten ein Grund dafür, dass Olivia oft nur unbeholfen dasteht und kein Wort über die Lippen bringt?

Als der Wagen wegfährt, lässt er mich mit tausenden Fragen zurück. Ich starre ihm noch immer hinterher, während er längst von meiner Bildfläche verschwunden ist.

Hin- und hergerissen zwischen der Frage, ob Olivias Dad womöglich ständig so mit ihr umgeht oder ob das mehr eine einmalige Sache war, schwinge ich mich aufs Fahrrad. Sammy wartet sicher schon auf mich.

***

»Nathan?«

»Ja?«, frage ich verwundert. Ich habe gar nicht bemerkt, dass Sammy etwas gesagt hat.

»Ich habe dich gerade zum dritten Mal gefragt, ob ich die Aufgabe richtig gelöst habe. Wo bist du mit deinen Gedanken, Mann?« Sammy sieht mich mit einem Hauch von Vorwurf im Blick an. Er deutet dabei mit dem Finger auf die Zahlen in seinem Heft, deren Lösungsweg ich kontrollieren soll.

Nichts leichter als das! Mathe ist logisch. Man findet einen Weg, Aufgaben zu berechnen. Manchmal gibt es auch mehrere Wege. Doch letztlich kommt man an sein Ziel und hat Gewissheit darüber, dass man es richtiggemacht hat.

Im menschlichen Miteinander ist nichts klar. Scheinbar feststehende Gegebenheiten ändern sich ständig. Das passiert einfach, und am Ende steht dort eine ganz andere Erkenntnis, als man zu Beginn einer Analyse vermutet hätte.

»Nathan?«, fragt Sammy erneut, als meine Gedanken abermals abzudriften drohen.

Ich schüttle leicht den Kopf, um mich auf das Wesentliche zu konzentrieren. Doch sosehr ich mich auch auf die Algebra-Aufgabe vor mir zu fokussieren versuche, erscheint doch immer wieder Olivias Gesicht ganz deutlich vor mir.

Sammy lächelt in diesem Augenblick.

»Was ist los?«, frage ich irritiert.

»Nichts weiter«, behauptet er. »Ich habe dich nur noch nie so unkonzentriert gesehen, und ich frage mich, was der Grund dafür sein könnte.« Ein wissendes Schmunzeln umspielt seinen Mund.

»Wir haben einen neuen Mitschüler bekommen«, erkläre ich Sammy, als wäre damit alles gesagt.

Tatsächlich ist Lucas wirklich ein Grund, der einem die Laune verhageln kann. Ich musste ihn vorhin einfach von Olivia fernhalten. Irgendwie hab ich das Gefühl, dass der Typ Ärger bedeutet. Und irgendwas sagt mir, dass er *mir* diesen Ärger bereiten wird.

»So, so, einen neuen Mitschüler, also«, äfft Sammy mich nach und schaut mich dabei so an, als würde er mir nicht glauben, dass das der wahre Grund für meine Unkonzentriertheit ist.

Ich übergehe die ganze Sache und deute auf die aufgeschlagene Seite in seinem Heft. »Hier ist ein kleiner Fehler. Schau dir die Stelle noch mal an!«

Es ist nicht besonders cool von mir, dass ich in dieser Situation den Oberlehrer raushängen lasse. So arbeite ich für gewöhnlich nie mit den Kids. Ich versuche ihnen auf Augenhöhe zu begegnen. Aber gerade geht mir Sammys Grinsen gewaltig gegen den Strich.

Er hat ja keine Ahnung davon, wie verwirrend das alles für mich ist. Und das soll auch so bleiben. Sammy ist hier, damit ich ihm mit seinen schulischen Problemen helfen kann. Er ist nicht da, um mir Ratschläge für was auch immer zu geben.

Sammy schüttelt abfällig mit dem Kopf und sieht mich dabei an, als hätte ich ihm von hinten einen Dolch in den

Rücken gerammt. Im selben Augenblick tut es mir auch schon wieder leid, wie ich mich aufgeführt habe. Schließlich hat er es sicher nur gut mit mir gemeint.

»Sorry«, sage ich, während er längst schon über seinem Rechenweg brütet und sich mächtig vertieft gibt.

Sammy antwortet mir auch in den nächsten Minuten nicht, ist wohl eingeschnappt. Das hat mir gerade noch gefehlt. Irgendwie läuft heute alles aus dem Ruder …

Wieder driften meine Gedanken zu Olivia ab. Ist sie jetzt die eingebildete Zicke, die glaubt, wir anderen wären es nicht wert, dass sie sich mit uns unterhält? Oder liegt mein Gefühl richtig, und es gibt wirklich einen triftigen Grund für ihr Schweigen? Ich muss an den Moment vor nicht einmal einer Stunde denken, als ihr Dad sie mit schroffen Worten zurechtgewiesen hat.

Leider konnte ich dabei nicht in Olivias Gesicht schauen. Vielleicht hätte es mir Auskunft darüber gegeben, ob die Behandlung ihres Dads außergewöhnlich war oder ob sie so etwas gewohnt ist. Wobei ihre hängenden Schultern schon Bände gesprochen haben …

»Passt es jetzt?« Sammy klingt angepisst.

»Sorry«, sage ich mit wachsendem schlechten Gewissen. Anstatt permanent über ein Mädchen nachzudenken, das selbst vermutlich nicht mal einen Gedanken an mich verschwendet, sollte ich mich besser auf das Hier und Jetzt konzentrieren.

Sammy zieht eine Augenbraue hoch.

»Ja, jetzt sieht es gut aus. Perfekt!«, erwidere ich schließlich, nachdem ich mir den neuen Lösungsweg angesehen habe.

»Jetzt sag schon, wie sie heißt«, meint Sammy in diesem Augenblick.

Perplex starre ich ihn an. Der Junge hat mich echt durchschaut!

»Wie kommst du denn auf so was?«, versuche ich mich rauszureden.

»Alter, ernsthaft?« Sammy lacht. »Erzähl mir doch nichts!«

Kurz überlege ich, dass ich mit ihm nicht über solche Themen sprechen sollte. Schließlich bin ich so etwas wie sein Lehrer. Andererseits sind wir auch irgendwie Freunde. Und wenn ich so darüber nachdenke, merke ich, dass ich meine wirren Gedanken gern mit jemandem teilen würde.

»Olivia«, offenbare ich ihm schließlich. »Das war das Mädchen, das mit ihrem Dad und ihrer Mom bei der Feier für Pater Benedict oben auf der Bühne stand.«

»Und?«, fragt Sammy.

»Und, was?«, frage ich zurück.

»Läuft da was zwischen euch?«

Ich verneine.

»Warum nicht?«, will er daraufhin wissen.

Ich zucke mit den Schultern.

»Das ist nicht so einfach.« Plötzlich bin ich mir nicht mehr so sicher, ob ich wirklich über das Thema sprechen will.

Was habe ich mir davon denn erhofft? Dass mir der fast vier Jahre jüngere Sammy dabei helfen könnte, mir Klarheit über Olivia zu verschaffen?

»Atme, Mann! Die Kleine scheint dich ja echt ganz

schön aus der Bahn geworfen zu haben«, meint Sammy daraufhin.

Das hätte ich gar nicht von ihm erwartet. Vielmehr hätte ich gedacht, dass er sich über mich und mein Verhalten wundern, dass er mich vielleicht sogar auslachen würde. Aber nichts davon ist der Fall. Er zeigt ehrliche Anteilnahme, sogar einen Hauch Verständnis. Plötzlich komme *ich* mir vor wie der Schüler.

»Irgendwie schon, aber …«

»… du kannst es nicht richtig benennen«, beendet Dr. Love meinen Satz. »Hast du schon mal mit ihr darüber gesprochen?«, fragt er dann.

»Sie spricht nicht viel«, erwidere ich und gebe dabei einen Laut von mir, der sich am ehesten nach einem Seufzer anhört.

»Dann kann sie bestimmt super zuhören.« Sammy zwinkert mir vielsagend zu und blickt zur Tür, als sollte ich besser jetzt gleich sofort los, um mit Olivia zu sprechen.

»Ich weiß genau, worauf du hinauswillst. Aber so leicht wirst du mich nicht los«, erwidere ich grinsend.

»Verdammt«, meint Sammy in diesem Moment mit einem Lächeln auf den Lippen. »Dabei hatte ich mir das schon so schön ausgemalt, wie ich zu Hause faul auf der Couch rumliege und mir einen Actionfilm reinziehe.«

Wir beide schauen uns an und müssen grinsen. Wie Freunde das eben so machen.

Kapitel 19

Olivia

»Ich habe mich gerade hoffentlich verhört, junge Dame!«

Mom klingt wie aus einem dieser uralten Schwarz-Weiß-Filme, wie ein Relikt aus alten Tagen. Doch leider steht sie ziemlich real mit in die Seiten gestemmten Händen vor mir und sieht mich so vorwurfsvoll an, als hätte ich ihr gerade gebeichtet, dass ich von der neuen Schule geflogen bin.

Dabei habe ich sie nur darum gebeten, den Abend mit Aria verbringen zu dürfen. Ich dachte, sie erlaubt es vielleicht, weil sie sie von Dads Termin in St. Anne kennt. Aber offenbar habe ich mich getäuscht.

Kaum dass ich ihr gegenüber den Mut finde, meine Bitte zu äußern, sieht sie mich an, als wäre ich das undankbarste Kind auf diesem Planeten. Sie hat diesen enttäuschten Gesichtsausdruck nahezu perfektioniert. Enttäuscht und herablassend zugleich. Vermutlich lernt man den gleich in einer der ersten Stunden in der Schauspielschule.

»Ich wollte doch nur …«, setze ich eingeschüchtert an.

Anstatt meiner Mom Widerworte zu geben, sollte ich vermutlich besser schweigen. Ihre rechte Augenbraue ist leicht nach oben gezogen – ein eindeutiger Indikator für ihren Gemütszustand. Müsste man ihn in einer Farbe darstellen, dann wäre er rot. Signalrot!

»Ich denke, wir haben ausführlich über alles gesprochen. Du wirst dich natürlich nicht mit dieser Aria treffen. Wäre ja noch schöner. Da kollaboriert die Tochter mit einem der größten Konkurrenten ihres Vaters.« Ihre vorwurfsvolle, leicht wütend klingende Stimme verfällt schon im nächsten Moment auf eine andere scheinbar einfühlsamere Ebene. Mom streicht mir eine Strähne aus dem Gesicht. »Aber ich weiß natürlich, dass du das nie vorhattest. Du hast dich von dem Mädchen zu etwas überreden lassen.« Jetzt streicht sie mir mit ihrem Handrücken über die Wange.

Ich spüre nichts als Kälte, als sie mich berührt. Und den Wunsch, sie möge ganz schnell wieder damit aufhören.

Dabei kann ich mich noch an eine Zeit erinnern, in der ich es liebte, wenn Mom mir mit ihrer Hand über die Wange strich und mich in ihren Armen hielt. Was ist nur aus dieser Zeit geworden? Warum ist sie so abrupt geendet?

Ohne eine Antwort abzuwarten, verlässt sie das Wohnzimmer.

Ich bleibe mit der quälenden Frage zurück, ob es je anders, je besser werden wird. Doch ich scheue mich, weiter darüber nachzudenken. Zu schmerzvoll ist der Gedanke.

Mein Smartphone vibriert in meiner Tasche. Sicher ist das Aria, die wissen möchte, ob ich mit zu dem Poetry-Slam-Abend kommen werde, zu dem sie mich mitnehmen wollte. Zögerlich ziehe ich es heraus. Was soll ich Aria nur sagen? Ich habe mich so gefreut, als sie mich vorhin nach der Schule gefragt hat, ob ich mitkommen möchte. Verzweifelt versuche ich mir die richtigen Worte zurechtzulegen, ohne dabei meine Freundin vor den Kopf zu stoßen.

Ich weiß, dass es an der Zeit wäre, aus diesem Gefängnis auszubrechen. Aber wo soll ich denn hin? Ich habe keine mich liebenden Großeltern mehr, die mich auf ihrer Veranda mit einer kalten Limonade in Empfang nehmen. Meine Eltern sind beide Einzelkinder, wie ich. Von weiteren Verwandten, sollte es sie denn geben, weiß ich nichts.

Heute vielleicht Lust auf eine Spritzfahrt?

Die Nachricht ist von einer unbekannten Nummer.

Lucas!, schießt es mir da durch den Kopf.

Als ich die wenigen Worte erneut im Display meines Handys überfliege, fangen meine Finger leicht an zu zittern. Warum ist dieser Typ so versessen darauf, sich mit mir zu treffen? Was findet er nur an mir? Habe ich ihm in irgendeiner Form Hoffnungen auf was auch immer gemacht? Er ist mir irgendwie unheimlich. Und das, obwohl ich ihn ja kaum kenne.

Meine freie Hand verkrampft sich zur Faust. Anstatt Nathan die Dinge regeln zu lassen, hätte ich Lucas direkt sagen sollen, dass ich kein Interesse daran habe, mich mit ihm zu treffen. Nun denkt er womöglich, Nathan wäre sein Rivale und er hätte Chancen bei mir.

Mein Smartphone vibriert abermals. Ich zucke leicht zusammen.

Doch diesmal ist die Nachricht von Aria:

> Haben es deine Eltern erlaubt? Soll ich dich später abholen?

Ich seufze. Wie soll ich meiner einzigen Freundin sagen, dass meine Mom den Kontakt zu ihr gar nicht gut findet? Wie soll ich ihr sagen, dass es wohl keinen gemeinsamen Poetry-Slam-Abend geben wird? Wie soll ich ihr erklären, dass das Wort meiner Eltern in diesem Haus Gesetz ist und ich keine Chance habe, mich zu widersetzen?

Als mir die Gedanken zu schwer werden, lasse ich mich auf die riesige Sofalandschaft fallen, die super exklusiv und megateuer war und auf der für gewöhnlich niemand sitzt. Fernsehabende mit der ganzen Familie – womöglich noch mit Chips und Cola – sind in diesem Haus so undenkbar wie Schnee zur Weihnachtszeit in Beaufort. Dabei sieht der super flache und riesige Fernseher da vorne an der Wand geradezu so aus, als wäre er genau für solche Abende gemacht worden.

Wenn ich mich so umschaue, dann ist alles in diesem Raum immer mindestens eine Nummer größer als gewöhnlich und so teuer, dass es sich ein Mensch mit normalem Einkommen sicher nie im Leben leisten könnte.

Angefangen bei der Tapete, die ein Designer extra für das Haus entworfen hat, über den überdimensioniert großen Leuchter an der Decke, bis hin zu den Möbeln, die alle maßgefertigt wurden. Nichts von der Stange. Natürlich nicht.

Manchmal habe ich das Gefühl, dass Mom Angst hat, ich könnte all diese super teuren und exklusiven Möbel und Einrichtungsgegenstände allein schon mit meiner Anwesenheit im Wert sinken lassen. Ich weiß, dass sie es nicht besonders gern sehen würde, dass ich mich gerade hierhergesetzt habe. Wobei das noch zu harmlos ausgedrückt ist. Es scheint ihr vielmehr ein Dorn im Auge zu sein, wenn ich es mir auf der anthrazitfarbenen Couch bequem mache.

Ich schiele hinüber in die große Wohnküche. Rosalia putzt gerade die Schränke und sprayt den Backofen mit einer schaumigen Substanz ein.

Als ich mich dazu entschließe, Lucas nicht zu antworten und mir für Aria erst noch die richtigen Worte zurechtlegen zu müssen, gehe ich hinüber an die Kochinsel, an der zwei Hocker stehen. Auf einem davon nehme ich Platz.

Als Rosalia mich erblickt, huscht ein Lächeln über ihr Gesicht. Wie selbstverständlich streift sie die Gummihandschuhe ab, geht hinüber zum Kühlschrank, öffnet ihn und stellt mir ein Snapple Zitrone hin. Eisgekühlt. Genau wie ich es mag.

Dankend nehme ich die Glasflasche entgegen. Da legt Rosalia kurz ihre warme Hand auf meine und drückt sie. Ich lächle sie an. Wir verstehen uns ganz ohne Worte. Und auch wenn sie gleich wieder damit weitermacht, die Küche zu putzen, fühlt sich dieser kurze Moment zwischen uns für mich unendlich kostbar an. Rosalia war immer für mich da.

Ganz im Gegensatz zu meinen Eltern. Mein Blick schweift zurück zu der Leinwand im Wohnzimmer. Wann waren wir mal zusammen im Kino? Wann haben wir gemeinsam ein Baseball- oder ein Footballspiel besucht, bei dem es nicht nur darum ging, auf Stimmenfang für Dad zu gehen?

Seit zwei Monaten bin ich nun schon an der neuen Schule. Noch kein einziges Mal hat mich einer der beiden gefragt, wie es mir dort gefällt oder ob ich auch klarkomme. Es wird von mir erwartet, zu funktionieren.

Manchmal komme ich mir wie ein Soldat vor, der Befehle entgegenzunehmen und stillschweigend auszuführen hat. Aber während sich der Soldat selbst für dieses Schicksal entschieden hat, habe ich keine Wahl.

Und die einzige Möglichkeit, meinen Gefühlen freien Lauf zu lassen, haben sie mir auch genommen. Noch immer habe ich meine Farben und die Malblöcke samt der Staffelei nicht zurück. Mit Bleistift und blauem Kugelschreiber versuche ich meinen Bildern Leben einzuhauchen. Doch sie bleiben blass, heben sich kaum vom Papier ab. Ein wenig erinnern sie mich an mich selbst.

Aber ich will das nicht länger. Mein Leben soll nicht wie der dünne Strich einer Zeichnung aussehen. Es soll bunt sein. Und voller Lebensfreude.

Es klingelt an der Tür. Rosalia und ich sehen uns perplex an. Wer das wohl sein kann? Dads Termine finden in seinem Büro statt, und Mom trifft sich eigentlich nie mit ihren Freundinnen hier bei uns zu Hause. Sie gehen meist in schicke Restaurants oder Bars.

»Ich mache die Tür auf«, meint Rosalia.

»Nein! Mach du nur hier weiter. Ich werde gehen«,

schlage ich vor und springe vom Barhocker, noch ehe Rosalia etwas erwidern kann.

Es klingelt abermals, als Dad mir zuvorkommt und die Tür auch schon mit Schwung aufreißt.

Ich will schon zurück in die Küche, als ich erkenne, wer dort draußen steht. Mir wird heiß und kalt, während Lucas' Augen mich erspäht haben und sich ein selbstgefälliges Grinsen auf seinen Lippen auszubreiten beginnt.

Dad sieht verwundert zwischen uns beiden hin und her. Ich warte schon auf die vielen Fragen, auf die ich keine plausible Antwort weiß.

»Hey, Olivia«, grüßt Lucas mich überschwänglich von der Schwelle aus.

Dad steht noch immer direkt vor ihm, dreht sich abermals so zu mir um, dass er mich gut im Blick hat. Wieder warte ich auf die Fragen nach dem Warum und dem Wieso. Doch sie bleiben aus.

»Magst du deinen Freund nicht ins Haus bitten?«, meint Dad in diesem Augenblick wie selbstverständlich. Mir bleibt bei seinen Worten fast die Luft weg.

In meinem ganzen Leben war noch nie ein Freund oder eine Freundin bei uns zu Hause. Mir fehlen die Worte. Ich starre zwischen Dad und Lucas hin und her, weiß nicht, was ich auf dieses Szenario, das sich unmittelbar vor meinen Augen abspielt, antworten soll.

»Wie ist dein Name, Junge?«, fragt Dad in diesem Moment viel zu freundlich, während er ihm bedeutet, ins Haus zu kommen.

»Lucas, Sir!«, erwidert dieser und schüttelt meinem Vater höflich die Hand.

»Seid ihr zusammen auf der Schule?«, fragt Dad in meine Richtung.

»J-ja«, stottere ich unbeholfen.

Was geht hier nur vor?

»Warum bietest du deinem Schulfreund nicht etwas zu trinken an?«, fragt Dad mit einem überschwänglichen Lächeln auf den Lippen, das ich nicht so recht deuten kann.

»Das wird nicht nötig sein«, meint Lucas daraufhin ziemlich selbstbewusst.

Ich halte den Atem bei seinen Worten an. Dad kann es nicht leiden, wenn man ihm widerspricht. Sicher wird er jeden Moment aus der Haut fahren. Und morgen weiß es dann die ganze Schule.

Allein der Gedanke daran, dass ich gerade unfreiwillig neuen Gossip liefere, schnürt mir die Kehle zu.

»Ich wollte Olivia nur abholen«, erklärt Lucas, noch immer die Ruhe selbst.

Mein Blick huscht zu Dad hinüber. Doch gegen jede Erwartung grinst er noch immer. Ganz so, als würde so etwas wie das hier jeden Tag passieren.

»Schön, schön«, erwidert Dad und klopft Lucas dabei bekräftigend auf die Schulter.

Bei seinen Worten fällt mir beinahe die Kinnlade herunter. Ich muss mich verhört haben. Oder ich träume. Wahrscheinlich bin ich eben auf der Couch eingeschlafen. Anders kann ich mir das nicht erklären.

»Was habt ihr denn vor?«, fragt Dad, während ich mich unbemerkt hinter meinem Rücken in den Arm zwicke.

Kein Traum. Sondern unerklärliche Realität.

»Ach, nichts Besonderes.«

Lucas zuckt leicht mit den Schultern, während er das sagt.

»Poetry Slam«, sage ich und ernte dafür die fragenden Blicke der beiden.

Gerade noch hat mich die Situation völlig überrumpelt, aber dann kam mir dieser Geistesblitz. Das ist die Chance, auf die ich eben noch gehofft habe. Wenn alles klappt, kann ich das Haus sogar mit Dads Segen verlassen, muss Aria für den Abend nicht absagen und kann mir die Veranstaltung ansehen. Nur einen Wermutstropfen hat das Ganze: Lucas wird dabei sein. Denn irgendetwas sagt mir, dass er sich nicht so schnell abschütteln lassen wird.

Nach wie vor habe ich keine Ahnung, was der Kerl von mir will. Wir haben uns seit seinem ersten Tag nur in den Kursen gesehen, die wir zusammen besuchen. Was ziemlich viele sind, wenn ich recht darüber nachdenke. Sonst gab es aber keinerlei Berührungspunkte zwischen uns. Und jetzt steht er unangekündigt vor unserer Haustür und wird von meinem Dad herzlich willkommen geheißen.

Das Ganze ist äußerst merkwürdig. Und ich habe keine Ahnung, was da gerade läuft. Aber eins weiß ich dagegen ganz sicher: Das ist mein Freifahrtschein aus diesem Haus. Zumindest für einen Abend. Auch wenn ich das Gefühl habe, dafür einen Pakt mit dem Teufel eingehen zu müssen.

»Poetry Slam?«, fragt Dad mit zusammengekniffenen Augen und gerümpfter Nase, als handle es sich dabei um eine hochansteckende Krankheit.

»Das ist eine Art Wettbewerb, bei dem die teilnehmenden Kandidaten einen selbstverfassten Text in einer vorbestimmten Zeit vortragen. Das Publikum kürt am Ende den Gewinner«, referiere ich wie ein sprechender Wikipedia-Eintrag.

Dad sieht mich noch immer skeptisch an, als Unterstützung aus gänzlich unerwarteter Richtung kommt.

»Poetry Slam ist die perfekte Möglichkeit, sich freies Sprechen mal aus einer anderen Perspektive anzusehen. Der Vorschlag kam von mir, Sir. Ich hoffe, Sie nehmen es mir nicht übel.«

Verwundert über Lucas' Worte warte ich gespannt Dads Antwort ab. Ich wage es dabei nicht einmal zu atmen, geschweige denn, mich von der Stelle zu rühren. Auch wenn ich beim besten Willen nicht nachvollziehen kann, warum mir Lucas hilft, hoffe ich, dass Dad seine Einwilligung gibt.

»Poetry Slam, also«, sagt er nach einer gefühlten Ewigkeit und lächelt dabei etwas schwerfällig. Der misstrauische Ausdruck auf seinem Gesicht ist wie weggewischt. »Aber, dass du sie uns bis zweiundzwanzig Uhr heil wieder nach Hause bringst. Morgen ist schließlich Schule.«

Dad hebt mahnend den Zeigefinger, und Lucas beteuert, dass er mich nicht eine Sekunde später zu Hause abliefern wird.

Ich wage gar nicht zu glauben, was sich da gerade abspielt. Kann es denn wirklich wahr sein? Werde ich tatsächlich zum ersten Poetry Slam meines Lebens gehen?

Als müsste ich die Bestätigung schriftlich vor mir sehen, ziehe ich mein Handy hervor und schreibe eine Nachricht an Aria:

Bin unterwegs. Bis gleich!

Kapitel 20

Nathan

Ein Flyer fällt aus Sammys Mathebuch, während er es zusammenklappt und in seinem Rucksack verstaut. Ich hebe den Zettel auf und reiche ihn ihm.

»Hast du Lust mitzukommen?«, fragt er. Als ich nicht gleich verstehe, worauf er hinausmöchte, deutet er auf den Flyer in seiner Hand. »Heute Abend findet im Blackstone's Café ein Poetry Slam statt«, erklärt er mir.

Ich starre auf den Zettel, den er mir vor die Nase hält. »Ich wusste ja gar nicht, dass du auf so etwas stehst«, höre ich mich nach einigen Sekunden sagen.

Sammy schüttelt leicht mit dem Kopf, während er die übrigen Hefte und Stifte in seinem Rucksack verstaut. »Tja, da staunst du. Was?«

»Sorry, Sammy, so war das nicht gemeint. Ich habe

mich nur … ein wenig darüber gewundert. Das ist alles. Und ich war noch nie bei einem Poetry Slam«, offenbare ich ihm.

Sammy grinst mich entschlossen an. »Also? Was ist nun? Kommst du mit?« Er zieht den Reißverschluss zu und schultert seine Tasche.

Meine Alternative für heute Abend wäre die Vorbereitung für das Desch-Referat, die ich schon eine Ewigkeit vor mir herschiebe. Dabei finde ich das Thema nach wie vor total spannend. Aber kaum, dass ich auch nur eines der Bücher oder Texte in die Hand nehme, die ich gemeinsam mit Olivia in der Bibliothek zusammengesucht habe, kann ich nur noch an sie denken. Es ist echt verrückt.

»Klingt gut«, sage ich also und schultere ebenfalls meinen Rucksack.

»Bist du mit dem Wagen da?«, fragt Sammy.

Ich schüttle den Kopf. »Nein, ich fahre meistens mit dem Fahrrad. Ist umweltfreundlicher.«

Sammy schaut mich an, als wäre ich ein Außerirdischer, der eben mit seinem Ufo vor ihm gelandet ist. »Oh«, sagt er dann. »Wusste ich gar nicht.«

Dass du einer von den Spinnern bist, ergänze ich in Gedanken. Ich nehme es Sammy nicht übel.

»Bist du auch mit dem Rad da?«, frage ich zögerlich nach. »Ansonsten schiebe ich meins. Ist kein Ding.«

Sammy fährt sich verlegen durchs Haar. »Ich bin mit dem alten Rad meiner Mom da.«

»Cool«, antworte ich und klopfe ihm dabei auf die Schulter. »Dann lass uns mal losgehen. Wann beginnt die Veranstaltung denn? Und gibt es die Karten vor Ort zu kaufen?«

Sammy schaut auf sein Smartphone. »Wir haben noch knapp eine Stunde. Die Zeit könnten wir nutzen, um im Blackstone's Café eine Kleinigkeit zu essen. Ich hab total Hunger.«

Wie auf Kommando beginnt mein Magen zu knurren. »Wem sagst du das?«, erwidere ich mit einem Grinsen.

»Karten müsste es dort auch noch geben. Ich hab mich, ehrlich gesagt, noch nicht darum gekümmert. Mom wollte heute Abend einen ihrer Lover mit nach Hause bringen. Darauf habe ich so gar keinen Bock.«

Ich kann mich nicht daran erinnern, wann mir Sammy schon mal so etwas Persönliches erzählt hat. Dennoch versuche ich mir meine Verwunderung über seine plötzliche Offenheit nicht anmerken zu lassen. »Na, dann lass uns losfahren.«

Als wir vor dem Gemeindezentrum von St. Anne die Schlösser von unseren Rädern lösen, verstehe ich, warum Sammy lieber nicht mit seinem Rad gefahren wäre. Das vordere Schutzblech ist verbeult, und an vielen Stellen ist es bereits verrostet. Aber das ist mit Sicherheit nicht das, was Sammy an dem Fahrrad am meisten stört.

»Es ist …«, sage ich, als Sammy meinen Blick auffängt.

»… ziemlich pink. Ich weiß.« Genervt schwingt er sein Bein über den Sattel. »Können wir dann los?«

Gehetzt wie ein Tier schaut er sich nach allen Seiten hin um. Es ist unverkennbar, dass er nur ungern mit dem Rad gesehen werden will.

»Willst du mit meinem Bike fahren?«, biete ich ihm an.

Ich kann mir ziemlich gut vorstellen, wie Sammy sich mit dem Damenrad fühlen muss. Irgendwann wird er verstehen, dass es egal ist, welche Sneakers er trägt oder welche Musik er gerne hört. Irgendwann wird er drüberstehen, wenn ihn die Leute wegen des Rads oder wegen was auch immer hänseln. Irgendwann. Aber nicht heute. Sammy ist noch nicht so weit.

»Ist das dein Ernst?«, fragt er ungläubig. »Du willst mit mir tauschen?«

Ich zucke leicht mit den Schultern. »Klar. Warum nicht?«

Sammy überlegt nicht lange, schwingt sein Bein wieder vom Rad und wirft es mir so schwungvoll zu, dass ich gerade noch den Lenker zu fassen bekomme, bevor das Rad zu Boden fallen kann.

»Das Teil ist ja krass!«, bemerkt Sammy anerkennend. »Wie viele Gänge hat es?«

Wie ein kleines Kind, das am Weihnachtsmorgen über seine Geschenke herfällt, betrachtet Sammy mit diesem Leuchten in den Augen mein Bike. Er dreht hier und tippt dort. Es ist toll mitanzusehen, dass ich ihm so eine große Freude mit dem Angebot machen konnte.

»27«, antworte ich.

Sammy sieht mich mit großen Augen an. »Krass.« Er streicht über den Lenker, als wäre es der Kopf eines Hundewelpen. »Und du bist dir wirklich sicher, dass du mich damit fahren lassen willst?« Seine Stimme klingt ehrfürchtig. Auf seinem Gesicht liegt eine gewisse Sorge vor dem, was ich gleich sagen könnte.

»Fahr schon los!«, ermutige ich ihn, endlich aufzusitzen und loszufahren.

Das lässt er sich nicht zweimal sagen. Als er schon einige Meter gefahren ist, ruft er mir nach: »Wo bleibst du denn?«

Ich muss schmunzeln, als ich mich auf das alte Damenrad schwinge, das ächzend seinen Unmut darüber kundtut. Als ich anfahre, muss ich gewaltig in die Pedale treten. Das bin ich von meinem Fahrrad gar nicht gewohnt. Aber mein Bike war auch nicht ganz billig. Ich habe fast fünf Monate Zeitungen ausgetragen und jeden Cent zur Seite gelegt, den ich für die Nachhilfe der Basketballjungs bekommen habe, um es mir leisten zu können.

Wenn ich mir Sammy so ansehe, dann hat es sich definitiv gelohnt.

Kapitel 21

Olivia

Kaum dass wir in Lucas' Wagen gestiegen sind, ist er auch schon auf der Suche nach einem passenden Radiosender. Als wäre dieser besonders ausschlaggebend für den Erfolg des weiteren Abends. Was auch immer er sich davon erhofft.

»W-wo kommst d-du gleich noch m-mal her?«, frage ich nervös, als er sich für einen Soul-Sender entschieden hat.

Das Verdeck ist geöffnet. Trotz der fortgeschrittenen Tageszeit sind es noch immer gut zwanzig Grad. Dennoch ist mir irgendwie kalt. Mir behagt die Situation noch immer nicht ganz.

Wenn ich auf meinen Instinkt hören würde, dann müsste ich auf der Stelle den Gurt lösen, die Tür öffnen und das Weite suchen. Denn dieser rät mir, Lucas nicht zu vertrauen, lieber auf Abstand zu ihm zu gehen. Aber da ist gleichzeitig mein Wunsch, heute Abend Aria zu treffen, und mit ihr den Poetry Slam anzusehen. Was auf gar keinen Fall möglich wäre, wenn ich auf Lucas' Angebot nicht eingegangen wäre.

»Ich komme ursprünglich aus New York City«, erklärt er mir mit einem arroganten Lächeln auf den Lippen, als wäre er etwas Besseres.

»Schöne Stadt«, behaupte ich, auch wenn ich bisher noch nicht dort gewesen bin.

»Die schönste«, erwidert Lucas wieder eine Spur over the top.

Merkt er denn gar nicht, dass ihn diese Art unsympathisch macht? Soweit ich das beurteilen kann, hat er noch nicht wirklich Freunde an der Beaufort High gefunden. In dieser Hinsicht bin ich mit Sicherheit kein Vorbild. Gäbe es Aria nicht, würde ich meine Pausen vermutlich noch immer allein auf der Holzbank im Schulgarten verbringen und darauf warten, dass der erlösende Gong am Ende der letzten Stunde ertönt.

Lucas lässt seinen Blick bedächtig lange über meine Beine gleiten. Ein zufriedenes Grinsen breitet sich auf seinem Gesicht aus, während er aufs Gaspedal tritt und langsam unsere Auffahrt hinunter zum Tor fährt.

Schnell breite ich meine Jacke über meinen Beinen aus. Es gefällt mir gar nicht, wie Lucas mich ansieht. So langsam befürchte ich, dass das hier vielleicht keine so gute Idee war. Aber es ist jetzt zu spät, um einen Rückzieher zu machen. Ich habe eine Entscheidung getroffen und kann jetzt nur hoffen, dass es die richtige war.

»Was ist das für eine Veranstaltung, zu der wir fahren?« Lucas sieht mich erwartungsvoll von der Seite an. Jetzt klingt seine Stimme plötzlich weniger begeistert als vorhin, als er meinem Dad erklärt hat, was Poetry Slam ist.

»Eine Freundin von mir tritt ab und an bei diesen Poetry Slams auf. Sie hat mich gefragt, ob ich mir das heute Abend mal anschauen möchte.«

»Wo genau ist das denn?«

Lucas geht mit keiner Silbe auf den Poetry Slam im Allgemeinen oder meine Freundin im Besonderen ein. Das Ganze scheint ihn nicht die Bohne zu interessieren.

»Im Blackstone's Café«, erwidere ich vorsichtig.

»Wo ist das genau?«, hakt er nach.

»In der historischen Altstadt«, erkläre ich ihm.

Wieder treffen sich unsere Blicke. Lucas' rechter Mundwinkel ist leicht nach oben gezogen. Ich habe das Gefühl, er erwartet irgendetwas von mir. Vielleicht einen Dank oder aber auch etwas ganz anderes. Fieberhaft überlege ich, wie lange wir wohl noch fahren werden, ob Lucas auch die richtige Richtung einschlägt und was ich tun soll, falls wir an einem ganz anderen Ort landen.

Meine innere Unruhe dehnt sich so rasant schnell aus, dass es mir immer schwerer fällt, einen klaren Gedanken zu fassen. Sie nimmt mittlerweile den größten Teil meines Körpers ein. Worauf hab ich mich hier bloß eingelassen?

Vermutlich war ich einfach zu überrumpelt von der Reaktion meines Vaters auf meinen Mitschüler. Noch immer habe ich keine Erklärung dafür, warum die beiden sich auf Anhieb so gut verstanden haben. Mittlerweile frage ich mich sogar, ob ich nicht viel früher jemanden zu mir nach Hause hätte einladen sollen. Würde Dad Aria oder gar

Nathan ähnlich freundlich an der Tür in Empfang nehmen?

Nathan.

Seit dem Zwischenfall mit Lucas in Mrs Henris' Klassenzimmer meidet er mich. Wenn wir uns auf dem Korridor begegnen, schlägt er einen anderen Weg ein. In den Kursen, die wir zusammen haben, würdigt er mich keines Blickes. Und was das Referat bei Mrs Reinolds angeht, habe ich allmählich das Gefühl, dass er lieber eine schlechte Note in Erwägung zieht, als sich noch mal mit mir zu treffen.

Aber Nathans Abneigung mir gegenüber sollte mich nicht verwundern. Ich bin ja selbst schuld daran, dass er zu mir auf Abstand geht. Denn was tue ich? Anstatt mich bei Nathan für seine Unterstützung in der Sache mit Lucas zu bedanken, setze ich mich zu Lucas ins Auto und verbringe den Abend mit ihm.

»Alles klar bei dir?«, reißt Lucas mich aus meinen Gedanken. »Wenn du lieber etwas Ruhiges machen möchtest, könnten wir auch zu mir nach Hause fahren. Meine Eltern sind nicht da. Wir wären also ungestört.«

Lucas sieht mich eindringlich an. In mir schrillen alle Alarmglocken auf. Das Letzte, was ich möchte, ist, mit diesem Typen allein zu sein. Schon beim Gedanken daran sträubt sich alles in mir. So weit darf es unter gar keinen Umständen kommen.

»Aria wartet sicher schon auf mich«, erkläre ich so souverän, wie es mir in diesem Moment nur möglich ist. Meine Stimme klingt ein wenig zittrig. Ich hoffe inständig, der Fahrtwind hat den unsicheren Klang mit sich fortgeweht.

»Ganz wie du magst.« Lucas zuckt unbeeindruckt mit den Schultern.

Wir sind bereits auf dem Weg in den alten Stadtkern von Beaufort. Die Richtung stimmt also. Jetzt kann ich nur hoffen, dass er es sich nicht doch noch mal anders überlegt.

Mein Smartphone vibriert in meiner Tasche. Ich ziehe es vorsichtig heraus, um Lucas' Aufmerksamkeit nicht darauf zu lenken.

Aria schreibt:

Wo bleibst du? Es geht gleich los.

Ich tippe schnell ein

Fast da!

und lasse das Handy wieder in meiner Tasche verschwinden.

»Ich dachte nur, du könntest ein wenig Ablenkung gebrauchen«, sagt Lucas da.

»Ablenkung?«, frage ich nach.

»Na, von diesem Möchtegern-FBI-Agenten, der ständig in der Schule um dich herumschleicht und dich nicht aus den Augen lässt.« Lucas' Miene verdunkelt sich. Seine Stirn legt sich in Falten, seine Augen werden so schmal wie Schlitze.

»Wen meinst du?«, hake ich irritiert nach.

Lucas schlägt aufs Lenkrad. »Na, dieser Proll, der sich am ersten Schultag vor mir wichtigmachen musste. Als wärst du sein Mädchen. Aber ich hab mich informiert. Du bist nicht sein Mädchen.«

Bei diesen Worten löst er seinen Blick von der Fahrspur vor ihm und sieht mich mit einem schmierigen Lächeln auf den Lippen an.

Ich hoffe, dass wir schnell in die nächste Straße in Richtung des Blackstone's Café abbiegen. Es ist nicht mehr weit. Doch jede Sekunde, die ich hier länger auf engstem Raum mit Lucas verbringen muss, fühlt sich an wie die Ewigkeit.

Mittlerweile bin ich mir ziemlich sicher, dass es die falsche Entscheidung war, mich auf Lucas einzulassen. Jetzt wird er glauben, dass ich doch Interesse an ihm habe. Dabei wollte ich doch nur zu Aria und dem Poetry Slam.

Plötzlich fühle ich mich ziemlich schäbig. Ich bin keinen Deut besser als Dad, wenn er Leute für seine Pläne ausnutzt. Als Lucas den Wagen wenige Augenblicke später vor dem Café parkt, muss ich mich unweigerlich fragen, wie ähnlich Dad und ich uns sind.

Der Gedanke schneidet sich wie ein scharfes Messer in mein Fleisch. Erst als ich höre, wie eine Autotür ins Schloss fällt, kann ich mich ihm entziehen.

Ganz Gentleman kommt Lucas auf meine Seite und öffnet mir die Tür. Ich löse den Gurt, nehme die Jacke von meinen Beinen, umklammere meine Tasche wie eine Waffe und nehme seine Hand nur zögerlich.

Lucas sieht mich wieder durchdringend an, als wäre ich ihm etwas schuldig. Er braucht es nicht zu sagen. Ich kann es ganz deutlich spüren.

»Wie gesagt, falls das da drinnen nichts sein sollte, können wir immer noch …«

Weiter kommt er nicht.

Aria stürmt auf mich zu, fällt mir um den Hals und dreht sich mit mir so wild im Kreis, bis mir ganz schwindelig ist. »Du bist gekommen! Ich kann es nicht glauben. Du bist gekommen!«, ruft sie mir währenddessen immer wieder überglücklich ins Ohr.

Sie ist laut und kichert albern. Ein wenig fühle ich mich überrumpelt. So ausgelassen habe ich meine Freundin noch nicht erlebt. Dann jedoch beneide ich Aria fast schon für die grenzenlose Freude, die sie gerade fühlt. Ich möchte es ihr gleichtun, mich nur für den Moment gehenlassen. Für den Wimpernschlag eines Augenblicks lasse ich mich fallen. Doch noch ehe ich es wage, mich dem Gefühl weiter hinzugeben, kommt mir ein anderer Gedanke.

Bestimmt schauen die Leute schon zu uns rüber. Ich zwinge mich, den Moment zu genießen. Arias Nähe. Ihre Freundschaft. Ihre heitere Stimmung. Doch so ganz will es mir einfach nicht gelingen. Ich muss an meinen Dad denken. Was er wohl sagen würde, wenn er mich so albern in der Öffentlichkeit sehen könnte?

Ich bin mir ziemlich sicher, dass er es nicht gutheißen würde. Er würde nicht mal nach den Gründen von Arias Freudenausbruch fragen. Nein, er würde nur sehen, dass wir einen Ruf zu verlieren haben. Und dann käme das Donnerwetter …

Je länger ich über ihn nachdenke, desto lauter wird seine Stimme in meinem Kopf. Wie ein Donnergrollen hallt sie durch meine Gehirnwindungen.

Doch da zerrt Aria mich auch schon mit sich in Richtung des Blackstone's Café. Das alte Gebäude im Kolonialstil ist von außen ganz weiß. Über dem Eingang auf der

Veranda hängen bunte Lampions, die die Umgebung in ein warmes Licht tauchen.

Ich kann mich gar nicht mehr so recht daran erinnern, wann ich das letzte Mal hier in der Altstadt war. Es muss schon einige Jahre zurückliegen. Dabei war ich immer so unglaublich gerne bei Marjorie und Pete im Blackstone's Café.

Ich merke, wie sich ein Kloß in meinem Hals bildet, als ich mir zum ersten Mal seit sehr langer Zeit erlaube, an die beiden zu denken. Sie waren zu mir immer wie die Großeltern, die ich nie hatte. Ab und an war ich mit Mom bei ihnen Frühstücken. Für Mom gab es dann meist Eggs Benedict, und ich durfte mir eine Portion Pancakes mit ganz viel Ahornsirup oder Rührei mit Speck genehmigen. An diesen Tagen schien meine Mom ausgelassener als sonst zu sein, und auch mit ihrer strengen Diät nahm sie es nicht so eng, wenn wir im Blackstone's Café waren.

Doch irgendwann war es nicht mehr vornehm genug, sich dort blicken zu lassen. Ob die Anweisung, das Café zu meiden, von meinem Dad kam oder meine Mom das selbst entschieden hat, weiß ich nicht. Wir haben nie darüber gesprochen. So manches wird in dieser Familie einfach totgeschwiegen.

An der Schwelle zögere ich ein wenig. War das hier wirklich eine gute Idee? Was, wenn mich jemand von Dads Bekannten sieht? Was, wenn ich in irgendeiner Weise negativ auffalle und morgen ganz Beaufort über mich sprechen wird?

Gehemmt halte ich noch einen weiteren Moment inne, während hinter Aria und mir Stimmen laut werden, die uns dazu drängen, endlich reinzugehen. Die Veranstaltung beginnt in wenigen Minuten.

Also überwinde ich mich und betrete das Café.

Die Tische sind weggeräumt worden. In den aufgestellten Stuhlreihen sitzen schon etliche erwartungsfreudige Zuschauer. Im vorderen Bereich gleich neben der Theke ist eine kleine Bühne aufgebaut.

Aria weist mir eine Richtung. Ich lasse mich von ihr führen, sauge dabei den Geruch nach gebratenem Speck, süßen Waffeln und Vertrautheit ganz fest in meine Lunge ein. Es ist so schön, wieder hier zu sein. Die Stimmung im Café könnte nicht besser sein.

Als ich mich gerade setzen will, zieht jemand an meiner Hand. *Lucas.*

»Wohin so eilig?«, fragt er mit tiefer Stimme und festem Blick.

Seine Fingernägel bohren sich in meine Haut. Es schmerzt. Ich will ihm meinen Arm entziehen. Doch er hält mich so fest, dass es mir nicht gelingt.

Aria bekommt von alledem nichts mit. Sie unterhält sich gerade mit einer Mitschülerin von uns.

Lucas lässt mich nicht los, und wir stehen mitten in der Menge, während die meisten bereits Platz genommen haben. Panik steigt in mir auf. Ich spüre, wie mein Herzschlag sich rasend schnell beschleunigt. Das hier ist gar nicht gut …

»Was ist mit euch? Wollt ihr euch nicht langsam hinsetzen?«, fragt Aria da, bevor sie sich auf einen freien Stuhl fallen lässt. Ihr scheint Lucas' finsterer Blick und die Tatsache, dass er meine Hand noch immer festhält, entgangen zu sein.

Lucas' Wangenknochen mahlen. Er sieht sich in dem Raum voller Menschen um und begreift dabei offenbar, dass wir die ganze Aufmerksamkeit unweigerlich auf uns ziehen, da wir als Einzige noch stehen.

Vorne auf der Bühne macht jemand eine Ansage durchs Mikrofon und bittet um Ruhe. Ein aufgeregter Junge in meinem Alter erscheint auf der Bildfläche. Seine Hand zittert leicht, als er das Mikrofon nimmt. Dann beginnt er mit fester Stimme zu sprechen:

»Mein Herz fordert mich auf
Dem Leben einen anderen Lauf
Und mir selbst ein wenig Frieden zu geben
Also füge ich mich in dieses neue Leben,
ohne mir selbst im Weg zu stehen.«

Totenstille. Wie gebannt starren alle nach vorne.

Es ist ein wenig, als würde er diese Worte für mich sprechen. Nur wenige Verse reichen aus …

Als Lucas' Griff kurz nachlässt, entwinde ich ihm meine Hand und setze mich zu Aria.

Auch Lucas nimmt endlich Platz. Allerdings zwei Reihen vor uns, da Aria nur einen Stuhl für mich reserviert hat. Es ist gut, ein bisschen Abstand zwischen uns zu haben. Nach der Einlage von eben könnte er sich auch gut und gerne in Luft auflösen.

»Ich weiß um die Schwächen, die in mir liegen
Kenne die Gedanken, die in mir wiegen
Weiß um die Stimmen, die mich bewegen
Mich in eine andere Richtung heben.

Ich weiß das alles,
Und doch fällt es mir schwer,
Mich zurechtzufinden in diesem Meer
Aus Hoffnung, gutem Willen und so vielem mehr.
Doch ich kämpfe darum,
Bleibe nicht stumm
Ich tu's für mich
Und glaube an dich.«

Tosender Applaus brandet auf. Die Menge tobt. Die Erleichterung ist dem Dichter auf der Bühne deutlich anzusehen. Es muss ein unglaublicher Moment sein, wenn man mit seinem Gedicht endet und auf eine Reaktion des Publikums wartet.

Aria neben mir stampft mit den Füßen, klatscht was das Zeug hält und pfeift dabei auch noch. Schließlich weiß sie ganz genau, wie sich der Redner da vorne fühlen muss.

Mein Blick schweift über die begeisterten Zuschauer. Ich kann noch gar nicht glauben, was um mich herum passiert. Ich kann nicht glauben, dass jemand so viel Beifall dafür bekommt, dass er seine intimsten Gedanken mit uns teilt. Niemand lacht ihn aus. Niemand verurteilt ihn für seine Worte. Das Einzige, was ich von ihren Gesichtern ablesen kann, sind Bewunderung und Begeisterung. Anerkennung für seine Offenheit.

Vier Reihen hinter mir sitzt ein Junge, der im Vergleich zum restlichen Publikum eher kritisch dreinsieht. Er unterhält sich angeregt mit seinem Sitznachbarn, bis sich die Falten auf seiner Stirn straffen und die augenscheinliche Skepsis wie mit einem Tuch von seinem Gesicht gewischt wird.

Als sich sein Freund von ihm abwendet und wieder nach vorne zur Bühne schaut, kann ich ihn erstmals richtig sehen. Nathan sieht mir direkt in die Augen, wirkt verwundert, ja nahezu geschockt.

Jetzt fällt mir auch wieder ein, wo ich den Jungen schon mal gesehen habe. Es muss in St. Anne gewesen sein.

Nathan und ich starren uns an, als wären wir ganz allein im Café. Ich versuche meinen Blick von ihm loszureißen. Aber es will mir einfach nicht gelingen.

»Der war gut. Oder?«, fragt Aria in diesem Augenblick, und der magische Moment zwischen Nathan und mir ist verpufft.

Ich blinzle, unterbreche den Augenkontakt, und schon hat er seinen Blick abgewandt.

»W-was?«

Aria folgt meinem Blick und gibt ein wissend klingendes »Oh« von sich. »Ich wusste gar nicht, dass Nathan auch kommen wollte.«

»Nathan ist da?«, starte ich den kläglichen Versuch so zu tun, als wäre mir dieses winzige Detail bisher noch gar nicht aufgefallen.

Aria schaut mich mit diesem Echt-jetzt-Blick an. »Süße, ich hab da gerade förmlich ein Feuerwerk zwischen euren Blicken gesehen. Wenn du verstehst, was ich meine.«

Aria kichert, und ich werde schlagartig so rot wie das Leder der Stühle, auf denen wir sitzen. Zum Glück ist das Licht gedimmt.

»Kennst du den Jungen, der gerade sein Gedicht vorgetragen hat?«, gehe ich zur Gegenoffensive über.

Aria fährt sich verlegen durch ihr langes braunes Haar. »Paxton und ich waren früher zusammen beim Tennis.

Das liegt aber schon gut zehn Jahre oder so zurück. Im Grunde haben wir seitdem keinen Kontakt mehr zueinander. Würde mich wundern, wenn er mich überhaupt erkennen würde«, behauptet Aria.

Ein wissendes Schmunzeln stiehlt sich auf meine Lippen, und Aria knufft mich in die Seite.

»Jaaa, ist ja gut. Du hast mich durchschaut. Ich bin die Letzte, die dich wegen Jungs-Geschichten aufziehen darf.«

Jetzt muss ich grinsen. Nicht nur, weil Aria und ich uns ganz ohne Worte verstehen, sondern auch, weil es irgendwie schön ist, sich vorzustellen, dass aus Nathan und mir eine *Geschichte* werden könnte.

Bevor wir noch irgendetwas sagen können, steht auch schon die nächste Dichterin auf der Bühne.

Und es folgen noch zwei weitere Interpretationen junger Künstler, ehe das Licht angeht und Marjorie mit Limonade durch die Reihen geht.

»Nehmt euch ruhig! Es ist genug für alle da«, fordert sie uns auf, eines der Gläser von ihrem Tablett wegzunehmen.

Als sie vor Aria und mir Halt macht, schaut sie mich an, als wüsste sie nicht ganz, wo wir uns schon mal begegnet sind.

Ich will ihr von meinem Wackelzahn erzählen, der mir prompt bei meinem ersten Besuch in ihrem Café ausgefallen ist. Will mich bei ihr für die vielen lieben und vor allem aufmunternden Worte bedanken. Will ihr sagen, wie viel Wärme sie mir auf den Weg mitgegeben hat und wie lange ich davon gezehrt habe.

»Olivia?«, fragt sie in diesem Moment, und ein Strahlen macht sich auf ihrem Gesicht breit. Beinahe fällt ihr Tablett zu Boden, aber die beiden Jungs zu meiner Rechten bewahren uns alle vor Schlimmerem.

Ich nicke und strahle ebenfalls mit dem Scheinwerferlicht um die Wette.

Marjorie reicht den verdutzt dreinsehenden Jungs das Tablett auf den Schoß und schlingt ihre Arme ohne Vorwarnung herzlich um mich. Ich kann mich nicht daran erinnern, wann sich das letzte Mal jemand so überschwänglich darüber gefreut hat, mich zu sehen. Außer Aria vielleicht.

An Marjorie haftet der Duft nach frischen Pancakes, Schokolade und Geborgenheit. Während sie mich so fest drückt, dass mir fast die Luft wegbleibt, frage ich mich unweigerlich, ob ich das überhaupt verdient habe.

Es muss der Besitzerin des Blackstone's Café merkwürdig vorkommen, dass ich mich so lange nicht mehr bei ihr gemeldet habe. Früher waren Mom und ich meist zwei- bis dreimal die Woche hier. Und dann von einem Tag auf den anderen war Marjories Café Sperrzone.

»Lass dich ansehen, mein Kind!«, meint Marjorie dann. »Gut siehst du aus! Wie schön, dass du heute Abend da bist.«

Kein Wort des Vorwurfs, keine Nachfrage, wo ich in all den Jahren geblieben bin. Marjories Freude über unser Wiedersehen ist ansteckend. Es zaubert auch mir ein Lächeln ins Gesicht.

»Wirst du heute Abend auch auftreten?« Marjorie sieht mich lächelnd und gleichzeitig erwartungsvoll an.

Anstatt ihr zu sagen, wie schwer es mir fällt, allein schon mit meinen Mitschülern zu sprechen, geschweige denn, etwas vor der gesamten Klasse zu sagen, schüttle ich nur leicht mit dem Kopf.

»Dann wünsche ich dir viel Spaß bei den Darbietungen. Das ist schon die fünfte Veranstaltung bei uns im Haus, und ich bin jedes Mal hellauf begeistert, was die jungen Leute da auf die Beine stellen.«

Als Marjorie abermals lächelt, besehe ich sie mir etwas genauer. Sie ist älter geworden. Falten legen sich wie ein Fächer um ihre Augen und ihre Mundpartie. Doch sie strahlt so liebenswürdig und herzlich wie früher.

Erst jetzt werde ich mir dessen bewusst, wie sehr ich sie vermisst habe. Ich gebe mir selbst das Versprechen, dass ich wiederkommen und ganz in Ruhe mit Marjorie sprechen werde. Auch gegen den Willen meiner Eltern.

»Es geht gleich weiter«, geben die Jungs neben mir zu bedenken.

»Oh, ja. Natürlich!«

Marjorie klingt fast entschuldigend.

»Ich wünsche dir noch ganz viel Spaß, liebe Olivia. Komm mich doch bald mal wieder besuchen«, spricht sie ihre Einladung mit so viel Wärme und Hoffnung in der Stimme aus, dass es mir fast den Atem verschlägt.

»Das werde ich«, beeile ich mich zu sagen, während bereits der nächste Interpret vorne auf der Bühne Stellung bezieht.

Kapitel 22

Nathan

»Können wir dann gehen?«, frage ich Sammy, kaum dass der letzte Poet des Abends die Bühne verlassen hat. Sammy sieht mich mit hochgezogenen Augenbrauen an. »Morgen ist Schule«, ergänze ich und mache damit alles noch viel schlimmer.

»Wie alt bist du? Fünf?«

»Du kannst ja noch bleiben«, erwidere ich, während ich meinen Blick scannend durch den Raum gleiten lasse.

Gerade war Olivia doch noch da. Wo ist sie jetzt? Ob sie wohl schon gegangen ist? Ich ertappe mich dabei, wie mich dieser Gedanke gleichsam irgendwie erleichtert und enttäuscht.

Wenn ich es richtig mitbekommen habe, dann ist sie heute Abend mit Lucas zum Poetry Slam gekommen. Ich dachte ja bis eben, sie hätte kein Interesse an ihm. Anscheinend habe ich mich geirrt …

Sammy wirft einen Blick nach draußen zu unseren Rädern.

»Können wir wenigstens noch ein paar Minuten warten, bis die meisten schon gegangen sind? Du weißt schon … mein Fahrrad …«

Er braucht gar nicht weiterzusprechen. Ich verstehe auch so. »Du kannst gerne wieder meins nehmen und es mir dann übermorgen zur Nachhilfe mitbringen«, biete ich ihm an.

Sammy bekommt bei meinen Worten große Augen. »Ist das dein Ernst?« Er sieht mich an, als wäre ich vollkommen übergeschnappt.

Aber es ist nun mal so: Ich möchte schnellstmöglich von hier weg, bevor ich wieder Dinge tue oder sage, die mir im Nachhinein leidtun könnten. Wenn Olivia im Spiel ist, dann setzt mein Kopf irgendwie aus.

»Können wir dann?«, dränge ich Sammy zum Gehen.

»Lass mich wenigstens noch meine Limonade austrinken«, jammert Sammy, während ich immer unruhiger werde.

Der Raum lichtet sich. Einige der Gäste helfen beim Aufräumen, schieben Tische aus einem Nebenraum zurück ins Café, während ich untätig rumstehe.

Da fällt mir Lucas ins Auge. Er steht etwas gelangweilt abseits an der gegenüberliegenden Wand. Hochkonzentriert starrt er auf sein Smartphone und scrollt über das Display.

Olivia und Aria kann ich noch immer nirgends entdecken. Sie sind nicht bei Lucas – immerhin …

»Ist morgen nicht dieser superwichtige Mathetest?«, versuche ich es abermals, Sammy zum Gehen zu motivieren.

»Sag mal, bist du jetzt meine Mom, oder was läuft hier?«, fragt Sammy nicht mehr ganz so gechillt.

»Sorry, Sammy! Ich bin nur müde und möchte einfach weg von hier. Das ist alles«, lüge ich.

Sammy stellt das leere Glas beiseite.

»Von mir aus können wir jetzt los, alter Mann.«

Gehetzt blicke ich mich ein letztes Mal im Raum um. Hoffnung schwingt mit. Ich könnte sie vielleicht doch noch mal sehen. Nur kurz. Und dann nichts wie weg von hier. Aber sie ist wie vom Erdboden verschluckt.

Lucas schaut von seinem Handy hoch. Als sich unsere Blicke treffen, kann ich den Unmut in seinen Augen erkennen, mich hier zu sehen. Es passt ihm nicht. Willkommen im Club, Alter! Ich freu mich auch kein bisschen darüber, dich hier zu sehen.

»Kennst du den Kerl?«, fragt Sammy in diesem Moment misstrauisch.

»Ein Typ aus meiner Schule. Harmlos«, versuche ich Sammy zu beschwichtigen, der viel zu viele Aggressionen in sich aufgestaut hat, als dass er den unverkennbar herausfordernden Blick von Lucas nicht bemerkt hätte.

»Was glotzt der uns dann so dämlich an?« Sammys Hände ballen sich zu Fäusten.

Lucas lehnt jetzt nicht mehr locker an der Wand. Sein Handy hat er in der Hosentasche verstaut, während er sich zur vollen Größe aufgerichtet hat und weiter zu uns rüber starrt.

»Lass ihn glotzen!«, bemühe ich mich abermals, Sammy

etwas runterzubringen. Er ist ein netter Junge. Aber wenn ich ihn mir so ansehe, dann ist er auch eine tickende Zeitbombe. Wenn er nicht ganz schnell einen klaren Kopf bekommt, dann wird das hier böse enden. »Komm! Lass uns gehen«, fordere ich ihn auf und berühre ihn mit meiner Hand am Arm.

Sammy entwindet sich meiner Berührung, löst dabei aber den Augenkontakt zu Lucas. »Na gut, wenn du meinst …«, sagt er widerwillig.

Ich weise ihm den Weg zum Ausgang und versuche, nicht hinüber zu Lucas zu blicken, der sich gerade bestimmt mächtig toll vorkommt.

Als wir das Blackstone's Café endlich verlassen haben, atme ich erleichtert auf. Der Himmel ist sternenklar. Eine kühle Brise weht mir um die Nase.

Sammy und ich gehen hinüber zu den Rädern. Ein prolliges schwarzes Cabrio parkt so nah an den Fahrrädern, dass ich mein Schloss kaum öffnen kann. Manche Leute sind einfach so ignorant …

»Dann bis morgen«, sagt Sammy in diesem Moment und schwingt sich auf das Rad seiner Mom.

»Hey, nimm doch meins. Hab ich dir doch vorhin angeboten!«, sage ich, als ich mein Bike auch endlich aus der mehr als misslichen Lage befreit habe.

»Das passt schon so«, meint Sammy kurz angebunden.

»Ganz wie du willst«, erwidere ich. Doch bevor er losfahren kann, frage ich noch: »Hey, Sammy. Alles in Ordnung bei dir?«

»Ich fand den Abend mit dir ziemlich cool«, antwortet er. »Sorry, dass es am Ende …«

Ich winke ab. »Alles okay. Wirklich! Mach dir keine

Gedanken. Ich fand den Abend auch sehr cool. Wenn du mal wieder einen Flyer für einen Poetry Slam in die Finger kriegst, sag Bescheid.«

Sammy lacht, und wirkt plötzlich nicht mehr so angespannt. »Das mach ich vielleicht wirklich.«

»Was ist das denn für ein Pussy-Rad?«, höre ich da plötzlich jemanden hinter uns sagen, ehe ein höhnisches Lachen erklingt.

Ein Blick in Sammys Gesicht reicht aus, um mich davon zu überzeugen, dass das genau die Worte sind, die ihn auf hundertachtzig bringen.

»Was hast du da eben gesagt?«, schmettert er Lucas in diesem Moment auch schon entgegen.

»Was meinst du? Die Sache mit deinem Pussy-Rad?« Lucas lacht überheblich und erntet dafür keine Sekunde später Sammys Faust in seinem Gesicht.

Eine Silhouette zeichnet sich in Lucas' Rücken ab. Steht da jemand hinter ihm?

Ich denke nicht weiter darüber nach, denn Sammy braucht meine Hilfe.

Sofort stürzte ich ihm hinterher. Verzweifelt versuche ich, die beiden auseinanderzubringen – doch keine Chance. Lucas verpasst mir einen harten Schlag ins Gesicht. Dann setzt er noch mal nach und trifft genau in die Nierengegend. Ich gehe zu Boden, während die beiden weiter aufeinander einprügeln.

»Aufhören!«, höre ich plötzlich Aria rufen.

Der Schlag ins Gesicht war krass. Das wird bestimmt ein Veilchen. Aber noch viel mehr Sorgen macht mir meine Niere. Vor Schmerz krümme ich mich auf dem Boden.

Wieder ruft Aria: »Hört sofort auf! Was macht ihr denn da für einen Scheiß? Aufhören!«

Lucas und Sammy hören aber nicht. Sie schlagen weiter mit aller Wucht aufeinander ein, als wären sie preisgekrönte Profiboxer. Über mir fliegende Beine, der dumpfe Widerhall von Schlägen … Der Schmerz in meinen Eingeweiden lässt mich schwer atmen. Es kostet mich all meine Kraft, um mich zur Seite zu rollen. Eine Menge Blut tropft in diesem Moment aus Sammys Nase und sprenkelt den Parkplatzboden.

Ich winde mich wie ein angeschossenes Tier, versuche wieder auf die Beine zu kommen, nur um gleich wieder platt wie eine Flunder auf dem Boden zu liegen. Sammy braucht meine Hilfe. Ich muss zu ihm. Schließlich ist er so etwas wie mein Schutzbefohlener. Und er darf keinen Stress kriegen. Nicht schon wieder. Sonst wird es ernst für ihn. Jugendknast. Der Anfang vom Ende. So weit darf es unter gar keinen Umständen kommen. Ich muss etwas unternehmen.

Ich kneife meine Augen zu und versuche, gegen den Schmerz anzuatmen. Es wird langsam ein klein wenig besser, und als ich meine Augen endlich wieder öffne, sehe ich unvermittelt in das besorgte Gesicht von Olivia.

Noch ehe ich etwas sagen oder machen kann, streicht sie mir mit ihrer Hand über die Wange, legt meinen Kopf in ihren Schoß, als wäre es das Selbstverständlichste auf der Welt. Suchend fährt sie mit ihrem Blick über mein Gesicht, anschließend über den restlichen Körper.

»Es geht mir gut«, sage ich und merke erst beim Sprechen, wie beschissen ich mich anhöre.

Olivias Blick wird, wenn überhaupt möglich, noch eine Spur besorgter.

Abermals versuche ich auf die Beine zu kommen. Mit ihrer Hilfe schaffe ich es, mich zumindest hinzusetzen. Mein Sichtfeld auf dem linken Auge schränkt sich immer weiter ein. Nicht mehr lange und es wird komplett zugeschwollen sein.

Noch immer schaut mich das schweigsamste Mädchen, das ich kenne, durchdringend an. Beinahe schon sehnsüchtig warte ich darauf, dass sie etwas sagt. Doch ihre Lippen bleiben verschlossen.

Wieder ist es Aria, die ihre Stimme erhebt, um zu Sammy und Lucas durchzudringen. »Hört sofort auf! Sonst rufe ich die Polizei!«, schreit sie so laut, dass es auch der letzte Einwohner dieser Straße gehört haben sollte. Sofort werden in den umliegenden Häusern Lichter angeschaltet, und an manchen Fenstern erscheinen Menschen.

Aria zerrt an Sammys Arm und versucht anschließend Lucas' Shirt in die Finger zu bekommen. Sie tänzelt um die beiden herum wie ein kleines Kind, das bei einem Spiel der Großen auch unbedingt mitspielen will.

Olivias Gesicht ist nicht mehr nur besorgt. Nein, es wirkt ängstlich. Sie wirft mir einen letzten prüfenden Blick zu, ehe sie mich zurücklässt und zu ihrer Freundin eilt.

Keine Sekunde zu früh. Denn Aria taumelt. Offenbar hat einer der Schläge der Jungs sein Ziel verfehlt. Olivia bekommt sie gerade noch so zu fassen.

Die ersten besorgten Menschen erscheinen auf der Straße. Es ist noch nicht spät. Noch nicht mal zehn Uhr. Aber unter der Woche macht die Stadt um diese Uhrzeit meist den Eindruck, als wäre sie eine dieser verlassenen

Westernstädte, die nach Abflauen der Goldfunde ihrem Schicksal überlassen worden waren. Besonders unter der Woche ist in Beaufort kaum etwas los. So ein Poetry Slam, wie er heute im Blackstone's Café stattfand, ist etwas Außergewöhnliches.

»Hey, ihr zwei!«, mahnt nun ein älterer Herr aus sicherer Entfernung. Doch auch davon lassen sich Sammy und Lucas nicht beirren.

Ich kann nicht länger nur dasitzen. Wenn ich nicht will, dass dieser Abend Folgen für Sammy haben wird, muss ich jetzt aufstehen. Er braucht meine Hilfe. Der Rentner im gestreiften Bademantel zückt schon sein Smartphone. In weniger als zehn Minuten werden die Cops da sein, und dann geht es Sammy erst so richtig an den Kragen.

Mühsam zwinge ich mich zurück auf die Beine. Meine Niere ächzt unter der Bewegung, aber ich schaffe es, aufzustehen.

»Ja, genau. Auf Höhe des Blackstone's Café auf dem angrenzenden Parkplatz beim Walmart«, höre ich den Mann gerade in sein Telefon sagen.

Ich muss handeln, ehe es zu spät ist. Schnell packe ich Sammy beim Kragen und ziehe ihn mit all der Kraft, die mir noch geblieben ist, weg von Lucas.

Doch er schlägt noch immer wie im Rausch wild um sich und wirft mir Schimpfwörter an den Kopf. Lucas grinst hämisch und facht damit abermals das Feuer an. Mit Händen und Füßen wehrt Sammy sich gegen meinen Griff. Doch ich lasse ihn nicht los.

Lucas steht derweil wie der strahlende Sieger da. Über seinem rechten Auge klafft eine Platzwunde, und auch seine Oberlippe hat etwas abbekommen. Sie wirkt doppelt so groß wie seine Unterlippe.

Allmählich wird Sammys Widertand geringer. Dennoch wage ich es noch immer nicht, ihn loszulassen.

»War das etwa schon alles?«, fragt Lucas dämlich grinsend.

Ich spüre, wie Sammy sich unter meinen Fingern wieder verkrampft, sich abermals von mir losreißen will.

Mein linkes Auge ist mittlerweile zugeschwollen. Ich sehe nichts mehr darauf. Ein beklemmendes Gefühl. Gleichzeitig versuche ich mich nicht darauf zu konzentrieren. Erstmal muss ich sicherstellen, dass Sammy hier heil rauskommt.

Aria redet auf Lucas ein. Doch er lacht nur über sie und ihren kläglichen Versuch, ihn endlich ruhigzustellen. Olivia steht wie ein Schatten neben ihr. Sie regt sich nicht, spricht kein Wort. Dann wendet Lucas sich an sie. Ich kann nicht hören, was er ihr sagt.

Gleichzeitig macht sich cinc Wut in mcincm Inncrcn breit, die ich noch nie zuvor so erlebt habe. Nur unter Aufbietung all meiner Willenskraft gelingt es mir, standhaft zu bleiben.

Sirenen ertönen in der Ferne. Jeden Moment werden die Cops da sein. Es wird Aussage gegen Aussage stehen. Dann werden sie feststellen, aus was für Verhältnissen Sammy kommt, und ihr Schuldiger steht fest.

So weit darf es auf gar keinen Fall kommen. Ich muss Sammy dringend von hier wegschaffen. Jede Sekunde zählt.

»Sammy, wir müssen los. Die Cops«, versuche ich ihm zu erklären.

Doch Sammy denkt nicht mehr klar, ist getrieben von seiner Wut. »Sollen sie doch kommen. Ich habe keine Angst«, erklärt er mir aufgeputscht und siegessicher. Er hat jeglichen Bezug zur Realität verloren, ahnt vermutlich nicht einmal, welche Bedeutung der sich nähernde Streifenwagen für ihn hat.

Es ist mir schon fast gelungen, Sammy aus der Schussbahn zu bringen, als Lucas seinen Arm um Olivia legt. Sein Blick sucht den meinen. Als er ihn findet, sehe ich eine grenzenlose Zufriedenheit darin. Dann zieht er Olivia noch etwas enger an sich.

Ich bin wie versteinert, mein Körper versagt mir in diesem so wichtigen Moment seinen Dienst. Also ist meine Befürchtung doch wahr? Olivia und Lucas? Aber warum war sie dann gerade für mich da? Warum hat sie meinen Kopf in ihren Schoß gelegt? Die Gedanken überschlagen sich in meinem Kopf.

Vage nehme ich wahr, wie Aria etwas sagt, wild mit den Armen gestikuliert, als sich plötzlich ein Polizeiwagen in mein Sichtfeld drängt. Zwei Cops steigen aus, die Hand an der Waffe.

Dann geht alles ganz schnell.

Sammy reißt sich von mir los. Wie ein Wahnsinniger stürmt er wieder zu Lucas hinüber. Ich folge ihm auf dem Fuße, versuche ihn erneut zu fassen zu bekommen, greife jedoch nur ins Leere.

Noch ehe die Cops bei Lucas, Aria und Olivia ankommen, erreichen wir die Gruppe.

Olivias grüne Augen sind unnatürlich geweitet. Noch immer steht sie stocksteif neben Lucas, der seinen Arm fest um sie gelegt hat.

Während ich innerlich mit mir hadere, was ich tun soll, löst sich Lucas einen Schritt von Olivia. Sammy muckt abermals auf. Er schlägt zu, und die Cops bekommen ihren Schuldigen auf dem Silbertablett geliefert.

Was für eine Scheiße!

Warum habe ich ihn nicht davon abgehalten? Warum habe ich nicht besser auf ihn aufgepasst?

Die Cops zücken bereits die Handschellen. Lucas freut sich diebisch über das ganze Schauspiel. Das scheint genau das zu sein, was er wollte: Unruhe stiften und für Chaos sorgen.

»Lasst mich sofort los, ihr Wichser!«, ruft Sammy in diesem Moment und zieht damit die Schlinge um seinen Hals immer enger.

»Officers, es ist nicht so, wie Sie denken«, versuche ich ihm zur Hilfe zu eilen.

»Ach, nein?«, erwidert der ältere der beiden mit hochgezogenen Augenbrauen.

»Lassen Sie mich doch erklären«, bemühe ich mich erneut, bei ihm Gehör zu finden. Doch ich blitze ab, sehe nur noch seine Hinteransicht, während er den tobenden Sammy auf den Rücksitz seines Wagens verfrachtet.

»Sammy, ich komme auf die Wache!«, rufe ich ihm zu. Mein letzter Versuch, ihm Mut zuzusprechen.

Als der Wagen an uns vorbeifährt, wirft Sammy mir einen ernüchterten und zugleich ängstlichen Blick zu.

Ein Stich durchfährt mich, als mir endgültig klar wird: Ich habe auf der ganzen Linie versagt. Als Freund und als Mentor.

»Auf die Cops ist halt Verlass«, tönt Lucas selbstgefällig.

Für die gaffenden Anwohner, die sich um uns herum versammelt haben, wirkt seine Ansage, wie ein Weckruf. Sie kehren in ihre Wohnungen zurück.

Und garantiert macht sich keiner von ihnen auch nur ansatzweise Gedanken über Sammy. Ich sollte es ihnen nicht zum Vorwurf machen. Schließlich kennen sie Sammy nicht, wissen nicht, was Lucas für ein Arschloch ist. Und dennoch ist da dieser innere Groll in mir, der kurz davorsteht, sich Bahn zu brechen.

»Halt die Klappe!«, fordere ich Lucas auf, der noch immer nah bei Olivia steht.

»Sonst was?«, hakt Lucas mit diesem auffordernden Unterton in der Stimme nach, der nichts Gutes verheißt.

Ich sollte mich unter gar keinen Umständen auf dieses dämliche Spiel einlassen. Schließlich weiß ich ganz genau, wie es enden kann.

Dennoch überwinde ich die drei Schritte, die mich von Lucas trennen, packe ihn am Kragen und blase ihm meine Worte mit Windstärke zehn entgegen. »Sonst zeige ich dir, was ich in all den Jahren beim Judo gelernt habe.«

Als Antwort ernte ich ein ziemlich abfälliges Gelächter. »Soll ich jetzt Angst haben oder was?«, fragt er kampfeslustig.

Anstatt etwas zu erwidern, schlinge ich meinen Arm um seinen Nacken. Aria zieht Olivia geistesgegenwärtig aus der Schussbahn, während ich Lucas mit einem gekonnten Griff auf den Rücken lege.

»Besser wäre es«, erwidere ich über ihm.

Zur Antwort spuckt Lucas mir ins Gesicht.

Dann sehe ich die großen trübsinnig dreinsehenden grünen Augen und zucke zurück.

Olivia.

Sie sagt kein Wort, als ich aufstehe und ihrem Blick standhalte.

»Es tut mir leid«, entschuldige ich mich bei ihr für einfach alles, was an diesem Abend schiefgelaufen ist.

Olivia schafft einen Sicherheitsabstand zwischen uns, und sieht zu Lucas, der schon wieder dämlich lachen kann. Das versetzt mir gleich doppelt einen Stich.

»Komm, Olivia, ich bringe dich nach Hause!«, sagt Aria in diesem Augenblick. Sie legt ihre Arme schützend um ihre Schultern.

»Ich fahre sie!«, ruft Lucas, der mittlerweile wieder auf den Beinen ist.

Doch Aria bleibt beharrlich. »Ich fahre sie.«

Lucas wirft einen eisigen Blick in Arias Richtung.

Doch diese hält ihm stand. Sie lässt sich nicht von ihm beeindrucken. Sie ist tapfer.

Ganz im Gegensatz zu Olivia. Ihr Gesicht ist aschfahl. Ich möchte meine Hand nach ihr ausstrecken. Doch ich wage es nicht …

Ohne ein Wort des Abschieds laufen Aria und Olivia hinüber zu einem blauen Ford. Aria öffnet die Beifahrertür für ihre Freundin, schließt sie, kaum dass sie eingestiegen ist, und verschwindet anschließend hinter dem Lenkrad.

Das Scheinwerferlicht des Wagens erhellt den kompletten Platz, ehe er anfährt und schon in der nächsten Kurve verschwunden ist.

Ich wende mich ab, als Lucas drohend den Zeigefinger in meine Richtung hebt. »Das war gerade erst der Anfang!«

Doch ich erwidere nichts darauf, wende mich von ihm

ab und laufe hinüber zu meinem Bike. Sammys Fahrrad schließe ich wieder am Ständer ab.

Dabei sehe ich, wie Lucas in das schwarze Cabrio neben dem Fahrradständer steigt. Wieso wundert es mich nicht, dass das sein Auto ist?

Doch bevor ich mich weiter über ihn aufregen kann, setze ich mich auf mein Fahrrad. Ich muss jetzt los. Muss Sammy ein Freund sein und dafür sorgen, dass er schnellstmöglich nach Hause kann.

Schon biege ich vom Parkplatz auf die verlassene Straße und fahre in die Nacht hinaus.

Ich wollte ihm nur zeigen, dass er mir wichtig ist, dass ich meine Zeit auch außerhalb von St. Anne gerne mit ihm verbringe. Und was ist daraus nun bloß geworden …

Habe ich nicht vorhin noch gedacht, dass ich schnellstmöglich aus dem Café verschwinden sollte, bevor ich wieder Dinge tue oder sage, die mir im Nachhinein leidtun könnten?

Lucas hat was gegen mich – und er wusste genau, wie er Sammy provozieren konnte, um mich damit zu treffen. Und dann sein Arm um Olivias Schultern …

Ich trete wie verrückt in die Pedale, als würde ich mit meinen Gedanken um die Wette rasen. Sammy, Lucas, Olivia. Immer wieder Olivia …

Als ich wenige Minuten später völlig außer Atem vor der Wache ankomme, liegt das aus rotem Backstein erbaute eingeschossige Gebäude ruhig vor mir. Doch hinter diesen Mauern, da bin ich mir ganz sicher, bangt ein vierzehnjähriger Junge um seine Zukunft. Ganz allein.

Kapitel 23

Olivia

Auf leisen Sohlen schleiche ich mich wie eine Diebin ins Haus. Meine Schuhe habe ich schon auf der Schwelle ausgezogen, um auch ja keinen verdächtigen Laut zu erzeugen, der Mom und Dad mit Sicherheit sofort auf den Plan rufen würde. Das Haus liegt dunkel vor mir. Ich wage es nicht, den Lichtschalter zu betätigen, also setze ich behutsam einen Fuß vor den anderen und bete, dass ich keine von Moms sündhaft teuren Vasen umschmeiße.

»Olivia, bist du es?«, ruft Mom, kaum dass ich den Flur betreten habe.

Wie angewurzelt bleibe ich an Ort und Stelle stehen. Mein Herz schlägt so laut in meiner Brust, dass ich Sorge habe, es könnte mich verraten.

Was nun? Soll ich schnell hinüber zur Treppe laufen,

Stufe für Stufe nehmen, mich eilig ins Bett legen und so tun, als hätte ich bereits geschlafen? Würde Mom mir das abkaufen? Nie und nimmer!

Was dann? Mich der Situation stellen? Wenn ja, brauche ich dringend eine Ausrede, die meine einstündige Verspätung rechtfertigen würde. Eine Autopanne? Ein Unfall? Ein Streit zwischen zwei Jungs, der eskaliert ist und mit schlagenden Fäusten, Blut und den Cops endete?

Nein, davon kann ich meinen Eltern unter gar keinen Umständen erzählen. Wenn ich auch nur ein Wort darüber verliere, dass ich mehr oder minder mit den Gesetzeshütern in Kontakt gekommen bin, würde Dad sogleich eine Krisensitzung mit seinem Team einberufen und sich mit ihnen über das weitere Vorgehen beratschlagen.

Für ihn wäre es dabei unerheblich, welche Rolle ich in der Angelegenheit gespielt habe. Dad würde mich nicht einmal fragen, wie es dazu gekommen ist. Und noch weniger, wie es mir geht. Er würde nur fragen, ob es Zeugen gibt, die mich gesehen haben könnten. Und er würde sich permanent Gedanken darüber machen, inwieweit mein Fehlverhalten ausschlaggebend für sein Wahlergebnis wäre.

»Olivia?«, ertönt nun auch die mahnend fragende Stimme meines Dads.

Noch immer hadere ich mit mir, was ich tun soll, wie ich das alles erklären kann. In diesem Augenblick geht das Licht an, und Dad steht nur wenige Meter von mir entfernt auf Höhe der offenen Wohnküche.

»Warum sagst du denn nichts?«, fragt er vorwurfsvoll.

»I-ich ...«, beginne ich stotternd zu erklären.

Dad verdreht genervt die Augen. Das dauert ihm alles zu lange. Zeit ist Geld.

»Was ist mit Lucas?«, stellt er die nächste Frage.

»E-er …«, setze ich erneut zu einem Versuch an, mich zu rechtfertigen.

»Warum bist du zu spät?«, wirft Mom nun ein. Sie hat die Arme vor der Brust verschränkt und das Kinn unnatürlich weit in die Höhe gereckt.

Keiner von beiden hat ein liebes oder besorgtes Wort für mich übrig … Ein Mensch, der keine Liebe erfährt, vertrocknet wie eine Blume ohne Wasser. Und ich bin kurz vorm Verdursten.

»Die Veranstaltung dauerte länger, als geplant«, lüge ich, ohne meinen Eltern dabei in die Augen zu blicken.

»Dann weiß ich nicht, was du hier noch so rumstehst. Morgen ist Schule, junge Dame«, erinnert mich Mom.

»Gute Nacht!«, hauche ich, ehe ich hastig zwei Stufen nehmend ins Obergeschoss flüchte.

In meinem Zimmer angekommen, atme ich das erste Mal befreit durch. Kaum dass die Tür ins Schloss gefallen ist, lehne ich mich gegen sie und lasse mich an ihr nach unten gleiten, bis ich auf dem Boden aufkomme.

Ich kann nicht glauben, dass ich so glimpflich davongekommen bin. Schließlich gehe ich sonst nie aus, und dann war ich auch noch später zurück als vereinbart.

Völlig entkräftet schließe ich meine Augen, und schon donnern die Bilder des heutigen Abends wie eine Flutwelle auf mich zu. Ich sehe diesen Jungen, den Nathan Sammy nennt, und Lucas, wie er auf ihn zugeht, ihn provoziert. Ich sehe Nathan, wie er versucht Sammy und Lucas voneinander loszukriegen, wie er zu Boden geht und liegenbleibt.

Mit meinen Händen umschließe ich meine Knie, um daran etwas Halt zu finden. Der Poetry Slam liegt gefühlt schon eine Ewigkeit zurück. So als wäre ich vor einer Woche im Blackstone's Café gewesen. Und nicht heute.

Die Auseinandersetzung dort auf dem Parkplatz überschattet alles.

Ich mache mir Sorgen um Sammy, den die Cops mitgenommen haben. Ob Nathan gerade bei ihm ist?

Und Lucas? Wie wird er mir morgen in der Schule begegnen? Ich wage es nicht, mein Handy aus der Tasche zu holen, um nachzusehen, ob er mir geschrieben hat. Allein der Gedanke an ihn bereitet mir körperliche Schmerzen.

Wie konnte ich nur glauben, dass es eine gute Idee wäre, mit ihm zum Poetry Slam zu gehen? Wie konnte ich nur je einwilligen, bei ihm im Wagen mitzufahren, während alles in mir hartnäckig dazu geraten hatte, auf Abstand zu gehen?

Wäre ich nicht mit ihm hergekommen, wäre das alles nicht passiert, schießt es mir durch den Kopf. Ich vergrabe mein Gesicht zwischen meinen Knien und kann nur mit Mühe ein Schluchzen unterdrücken.

Jetzt muss ich an Aria denken, an meine starke Freundin, die sich um mich gekümmert hat. Ich war so froh, dass sie mich nach Hause gebracht hat.

Die Fahrt in ihrem blauen Ford verlief stillschweigend. Wir beide hingen unseren eigenen Gedanken nach, während weiße vom Laternenlicht der Straßen erhellte Häuserfassaden in Endlosschleife an uns vorbeirauschten. Oder wir an ihnen? Ganz im Gegensatz zu jetzt war mein Kopf im Auto wie leergefegt. Erst Arias »Wir sind da« weckte mich aus meinen Gedanken.

Eine Weile bleibe ich noch so zusammengekauert auf dem Boden sitzen, bis ich mich irgendwann hinüber in mein Bett schleppe, meinen Pyjama anziehe und mich hinlege. Doch an Schlaf ist nicht zu denken. Ich bin einfach zu aufgewühlt von den Ereignissen des Abends. Und ich mache mir Sorgen.

Um Sammy.

Und um Nathan.

Da schießt mir ein neuer Gedanke durch den Kopf: Aria! Wird sie sich darüber wundern, dass ich mit Lucas beim Poetry Slam aufgetaucht bin? Ich hatte es vorher nicht angekündigt. Und sie hat mich nicht darauf angesprochen. Was wird sie von mir denken, nun, wo sie weiß, was für ein furchtbarer Typ Lucas ist? Wird sie sich von mir abwenden, weil sie denkt, dass ich mit ihm befreundet bin? War es richtig von mir, heute überhaupt ins Blackstone's Café zu gehen?

All diese unausgesprochenen Fragen hängen wie langgezogene Kaugummifäden in der Luft. Sie tänzeln, wiegen sich kaum sichtbar im Wind und dennoch weiß man ganz genau, dass sie da sind. Sie kleben zwischen uns.

Irgendwann schlafe ich vor Übermüdung ein. Doch die Nacht ist ruhelos.

Völlig gerädert wache ich am nächsten Morgen auf und stelle mich dem, was unweigerlich folgen wird. Ich habe ja keine Wahl.

Kapitel 24

Nathan

Dad beäugt mich skeptisch, während er sich die Krawatte von Mom binden lässt. »Und du bist dir ganz sicher, dass du nicht mit uns darüber sprechen willst?« Sein Blick haftet auf meinem Gesicht. Besser gesagt auf dem lila-violett schimmernden Veilchen, das sich um mein noch immer leicht angeschwollenes Auge gebildet hat.

»Es ist alles okay«, versuche ich meine Eltern zu beschwichtigen. Doch Moms besorgter Ausdruck sagt alles. Also setze ich noch nach: »Ihr braucht euch keine Sorgen um mich zu machen.«

Mom und Dad tauschen stille, vielsagende Blicke. Ich sehe ihnen an, dass sie mir kein Wort glauben. Gleichzeitig wundern sie sich über mich, fragen sich vielleicht, ob das, was gestern Abend vorgefallen ist, Ausdruck einer späten Pubertät sein könnte, der ich mich bisher ziemlich erfolgreich entzogen habe.

Während ich ähnlich wie die anderen Jungs Pickel und eine tiefere Stimme bekam, habe ich jedoch nie gegen meine Eltern rebelliert. Klar, gab es dann und wann Meinungsverschiedenheiten. Die gibt es bis heute. Aber in unserer Familie wurde immer alles ganz offen zur Sprache gebracht. Bis heute.

Ich will den beiden nicht erklären müssen, wie es zu dem unschönen Fleck in meinem Gesicht kam. Einerseits will ich ihnen keine Angst machen und andererseits weiß ich selbst nicht so genau, wie ich damit umgehen soll, dass Lucas eine Seite in mir weckt, die ich nicht richtig steuern kann.

Es ist ein bisschen so, als würde ich in diesen Momenten die Kontrolle über mich und mein Leben verlieren.

Aber wenn ich ganz ehrlich zu mir bin, ist es fadenscheinig, dass ich Lucas vorschiebe. Lucas hätte diese Macht mit Sicherheit nicht über mich und mein Handeln … wäre da nicht Olivia.

»Du wirst doch nicht anfangen, dich mit anderen Jungs um ein Mädchen zu streiten. Oder?« Dads Stimme klingt bemüht lustig. Wenn er nicht mehr weiterweiß, versucht er über die Humorschiene an mich heranzukommen. Dabei ahnt er vermutlich nicht einmal, dass er mit seinen Worten mitten ins Schwarze getroffen hat.

Ich hebe meinen Blick nur schwerfällig von meinen Cornflakes.

Erwartungsvoll sieht Dad mich an. Dann entscheidet er sich doch dafür, die Flucht nach vorn anzutreten, küsst Mom auf den Mund, verabschiedet sich hastig von mir, und das Nächste, was ich höre, ist die Tür, die ins Schloss fällt.

Was bleibt, ist Moms bekümmerte Miene. »Du würdest es mir doch sagen, wenn du ernsthaft in Schwierigkeiten stecken würdest.«

Es ist wirklich schön zu wissen, wie sehr sie sich um mich sorgt.

Ganz im Gegensatz zu Sammys Mom, die nicht mal vom Fernseher aufsah, als ich ihren Sohn weit nach Mitternacht nach Hause brachte. Es hatte mich einiges an Überredungskunst gekostet, bis es mir gelungen war, Sammys befleckte weiße Weste wieder reinzuwaschen.

Letztlich bin ich mir nicht mal sicher, ob die Cops mir geglaubt haben oder ob sie einfach genug von mir und meinen endlosen Tiraden hatten. So oder so – am Ende zählt nur das Ergebnis, und das fiel in Sammys Fall zum Glück sehr positiv aus.

Der Vorfall findet zwar keine Erwähnung in seiner Akte. Dennoch haben die Cops Sammy mehr als deutlich gesagt, dass sie von nun an ein Auge auf ihn haben würden und er sich besser von Ärger fernhalten sollte.

Leichter gesagt, als getan, wenn ich bedenke, wie schnell Sammy aus der Haut fährt. Ich denke an meine Judostunden und frage mich, ob dem leicht reizbaren Jungen ein Ventil helfen könnte, um bei Kerlen wie Lucas die Ruhe zu bewahren.

»Wirklich, Mom! Du brauchst dir keine Sorgen zu machen. Es ist alles bestens. Das hier …«, ich zeige mit dem Finger auf mein Auge, »… war nichts als ein dummer Unfall.«

Mom sieht mich an, als würde sie mir nach wie vor kein

Wort glauben. Dennoch nickt sie. »Ich will nur, dass du weißt, dass wir immer für dich da sind. Auch wenn aus dummen Unfällen, dumme Zwischenfälle werden, bei denen du überhitzt reagiert hast und am Morgen danach mit einem geschwollenen Auge an unserem Küchentisch sitzt.« Mom lächelt mich an.

Ich antworte nicht, lächle aber dankbar zurück.

»Noch Organgensaft?«, fragt sie mich auch schon im nächsten Moment.

Ich winke mit einem Blick zur Küchenuhr ab. »Nein, danke. Ich muss jetzt los, wenn ich nicht zu spät kommen will«, sage ich, schultere meinen Rucksack, gebe meiner Mom einen flüchtigen Kuss auf die Wange und bin mindestens ebenso schnell durch die Tür verschwunden, wie mein Dad vor wenigen Minuten.

Wahrscheinlich sind wir uns doch ähnlicher, als ich oft denke.

***

Kaum dass ich mein Fahrrad auf dem Parkplatz festgemacht habe und mich auf den Weg zum Schulgebäude mache, legt Nowitzki vertrauensvoll seinen Arm um meine Schultern. Trotz meiner ein Meter fünfundachtzig fühle ich mich neben dem Zwei-Meter-Mann immer wie ein Zwerg.

»Hey, Nathan«, begrüßt er mich. »Wenn dir dieser Typ noch mal dumm kommt, dann lass es mich wissen«, sagt er geheimnisvoll, während ich ihn verwirrt ansehe.

Woher weiß er …?

»Ähm«, antworte ich daher ziemlich überfahren »Welcher Typ?«

»Na, Lucas«, antwortet Nowitzki ganz selbstverständlich.

»Ich verstehe nicht …«, erwidere ich verwundert.

Woher weiß Nowitzki von der Sache mit Lucas?

Wie auf Kommando verspannen sich meine Muskeln. Schlagartig bin ich in Alarmbereitschaft.

»Dann hast du das Video also noch gar nicht gesehen?«

Nowitzki nimmt den Arm von meiner Schulter. Wir beide bleiben stehen.

»Welches Video?«, frage ich immer unruhiger.

»Das von gestern Abend auf dem Parkplatz«, antwortet er irritiert. »Mann, du hast echt keinen blassen Schimmer wovon ich rede. Oder?« Mein Kumpel sieht mich mit einer Mischung aus Besorgnis und Verwunderung an. Offenbar hat er nicht damit gerechnet, der Überbringer der schlechten Nachricht zu sein. Eigentlich wollte er mir nur seine Hilfe anbieten. Und jetzt das.

Zur Antwort schüttle ich den Kopf.

Nowitzki zieht sein Smartphone aus der Tasche, entsperrt das Display und tippt darauf herum. Dann hält er mir das Gerät vor die Nase.

Ein Video auf YouTube. Ein schlecht beleuchteter Parkplatz in Beaufort South Carolina. Trotz der widrigen Lichtverhältnisse kann ich Sammy und Lucas auf den Aufnahmen erkennen. Sammy schubst Lucas. Dieser wehrt sich mit dem ersten Schlag ins Gesicht. Ich stehe scheinbar teilnahmslos daneben.

Jetzt erkenne ich den vermeintlichen Schatten, den ich gestern wahrzunehmen glaubte. Es ist Olivia. Sie steht nur wenige Schritte hinter Lucas. Ihr Gesicht kann ich nicht erkennen. Sie steht mit dem Rücken zu demjenigen, der dieses Video gedreht hat.

Dem Winkel nach zu urteilen, muss es einer der Anwohner gewesen sein, der bequem aus seinem Fenster heraus die Aufnahmen gemacht hat. Als ich mir dessen bewusst werde, bekomme ich eine solche Wut im Bauch auf den unbekannten Typen, der sich auf YouTube *funnyraimond98* nennt. Warum hat er nicht eingegriffen? Warum hat er lieber dort an seinem Fenster gestanden und alles mitangesehen, anstatt zu helfen?

Ich signalisiere Nowitzki, dass ich genug gesehen habe. Er steckt sein Handy zurück in seine Hosentasche und sieht mich erwartungsvoll an. Was will er von mir hören? Dass ich vorhabe, Lucas für den gestrigen Abend einen Denkzettel zu verpassen? Dass ich mich an ihm rächen will?

Ein Teil tief in mir drinnen möchte das. Sehr sogar. Ich sehne mich danach, Lucas vor Augen zu führen, was dieser Zwischenfall gestern Abend für Auswirkungen auf Sammys Leben hätte haben können. Dieser Teil möchte ihn für seine provozierende Art und seine diabolische Freude daran, Sammy leiden zu sehen, bestrafen.

Doch diesem Teil wird es nicht gelingen, mich zu etwas hinreißen zu lassen, was Sammy schaden könnte. Erst gestern Nacht auf der Wache habe ich mir den Mund fusselig geredet, damit der Junge nach Hause konnte und nicht weiter gegen ihn vorgegangen wird. Das Letzte, was ich möchte, ist, ihn erneut zu Lucas' Zielscheibe zu machen. Denn das würde unweigerlich folgen, wenn ich Lucas die Stirn bieten würde.

»Ich weiß, dass du es nur gut meinst und mir helfen willst. Aber Mann, mach bitte einen riesigen Bogen um Lucas. Der Typ bedeutet nichts als Ärger.«

Nowitzki nickt mit undurchschaubarer Miene.

Der Strom an Schülern, die auf das Gebäude zulaufen, nimmt zu.

Nowitzki verabschiedet sich von mir und verschwindet in der Menge.

Es dauert einen Moment, bis ich die Bilder, die ich eben gesehen habe, beiseiteschieben kann. Was immer auch passiert, ich werde Lucas nicht diese Macht über mich geben. Ich habe mich unter Kontrolle und werde ihm aus dem Weg gehen. So der Plan.

Die meisten meiner Mitschüler sind bereits durch die Eingangstür, vorbei an den vier weißen Säulen, in der Schule verschwunden. Ich sollte es ihnen gleichtun. Schließich mag Mrs Reinolds es gar nicht gerne, wenn man bei ihr zu spät kommt.

Kaum dass ich an meine Geschichtslehrerin denke, huscht das Bild eines verschüchtert dreinsehenden Mädchens mit großen grünen Augen, unzähligen Sommersprossen auf der Nase und langem rotblondem Haar vor mein geistiges Auge.

Olivia. Shit!

Ich muss sie sehen, muss mit ihr über gestern Abend sprechen.

Aber wie soll ich es anstellen, dass sie sich mit mir trifft?

In Gedanken versunken, mache ich mich schließlich ebenfalls auf den Weg zum Unterricht. In der nächsten Zeit sollte ich es tunlichst vermeiden, negativ aufzufallen.

In meinem Kopf flackern erneut die bewegten Bilder auf, die Nowitzki mir gerade gezeigt hat. Ich schiebe den Gedanken beiseite, dass Mom und Dad dieses Video ebenfalls sehen könnten. Ich denke auch nicht weiter darüber nach, wie die Cops die Aufnahmen bewerten würden, wenn sie ihnen in die Hände fielen.

Als ich an meinem Spind angelange, kommt mir eine Idee. Ich reiße ein Stück Papier aus meinem Block, schreibe ein paar kritzelige Zeilen darauf und werfe die Notiz in Olivias Spind.

Das hat schon mal funktioniert. Hoffen wir also das Beste.

Kapitel 25

Olivia

»Gab's gestern noch Stress mit deinen Eltern?«

Das ist das Erste, was Aria mich fragt, als wir uns zur Mittagspause an unserem Stammplatz in der Cafeteria treffen. Sie hat eine Pizza und eine Coke auf ihrem Tablett. Sogar ein Dessert gönnt sie sich heute. Vanillepudding.

Vor mir auf dem Tisch liegt Rosalias Lunchbox und eine Flasche Wasser. Mein Sandwich habe ich noch nicht mal angerührt. Ich habe keinen Appetit. Schon den ganzen Tag nicht. Immerzu muss ich an gestern Abend denken, an das Blut, das knirschende Geräusch, wenn Fäuste auf Wangen, Nasen und Rippen trafen.

Ich brauche meine Augen nur zu schließen, und schon setzt sich in meinem Kopf ein Film in Gang, den ich einfach nicht stoppen kann. Ich sehe sie dort alle wieder auf dem Parkplatz stehen, sehe die Wut in ihren Gesichtern, den Hass in ihren Augen.

»Nicht wirklich«, erkläre ich und unterschlage meiner Freundin mindestens einen mittelgroßen Teil der Wahrheit.

Denn auch wenn meine Eltern mich gestern Nacht in Ruhe gelassen haben, ging es heute Morgen am Küchentisch richtig rund. Hausarrest bis 2022 haben sie mir aufgebrummt und mich mit einem Video konfrontiert, das offenbar überall im Netz kursiert.

Dad hat Leute, die solche Sachen für ihn herausfinden, die mich auf diesem Video zweifelsfrei erkannt haben und nichts Besseres zu tun hatten, als am frühen Morgen Alarm zu schlagen.

Mit zitternden Händen saß ich dort in der Küche und sah mir die Bilder an, die mich schon die ganze Nacht über nicht ruhig hatten schlafen lassen.

Rosalia stand wenige Meter von mir entfernt am Herd, briet das perfekte Spiegelei mit deftigem Speck für Dad und wartete mindestens ebenso aufgewühlt und erschrocken wie ich auf seine Urteilsverkündung.

Bis Mortimer mich zur Schule fuhr, wartete ich darauf, dass Dad mich auf Lucas ansprechen und mich fragen würde, was dazu geführt hatte, dass er so ausgerastet war. Lucas' Gesicht war mehrmals eindeutig auf den Aufnahmen zu sehen. Dad musste ihn also erkannt haben. Ich rechnete damit, dass er fragen würde, wie ich mit so einem Kerl nur mitgehen konnte. Aber er sagte kein Sterbenswörtchen über meinen Mitschüler, was so gar nicht zu meinem Vater passen will.

»Dann ist ja gut. Mein Dad war da nicht ganz so locker«, höre ich Aria in diesem Moment sagen. »Er hat mir mit Hausarrest gedroht, weil ich fast zwei Stunden zu spät war.«

Sofort bekomme ich ein schlechtes Gewissen. Wenn Aria mich nicht auch noch hätte nach Hause fahren müssen, wäre das bestimmt nicht passiert.

»Das tut mir so leid, Aria.«

Doch meine Freundin winkt ab. »Mach dir keinen Kopf deswegen. Mein Dad ist eigentlich ganz cool. Ich hatte nur dummerweise vergessen, ihm zu schreiben, dass ich dich noch nach Hause fahre. Aber bei dem ganzen Chaos gestern Abend ist mir das einfach nicht in den Sinn gekommen. Irgendwann wollte ich einfach nur noch weg von dort.«

Ich nicke.

Da ging es mir kein bisschen anders als Aria. Am liebsten wäre ich schon weggelaufen, als ich bemerkte, dass Lucas es darauf anlegte, Sammy zu provozieren. Schon in diesem Moment war ich mir der angespannten Lage bewusst.

Aber dann ging alles so schnell, und plötzlich lag Nathan reglos auf dem Boden. Ich konnte ihn so auf keinen Fall zurücklassen. Mein Fluchtinstinkt war wie ausgehebelt. Nicht existent. Das Einzige, was in diesem Augenblick für mich zählte, war, für Nathan da zu sein.

All die leisen und lauten Stimmen in meinem Kopf habe ich unbeachtet gelassen, ihnen keine Aufmerksamkeit geschenkt. Lenkten sie mich doch nur unnötigerweise von dem ab, was wirklich wichtig war.

Ich muss gähnen.

»Hast du heute Nacht auch so schlecht geschlafen? Ich habe überhaupt kein Auge zubekommen. Ständig ist mir der Konflikt durch den Kopf gegangen, und ich habe überlegt, ob es etwas geändert hätte, wenn ich früher auf dem Parkplatz gewesen wäre. Vielleicht wäre der Streit zwischen den Jungs dann nicht so eskaliert. Weißt du eigentlich, was der Grund war?«, fragt Aria. Dann beißt sie in ihre Margherita-Pizza. Der Käse hängt in langen Fäden zwischen ihrem Mund und der Pizza.

»Ich glaube, es ging um Sammys Fahrrad«, versuche ich den Abend noch einmal Revue passieren zu lassen.

Aria schaut mich irritiert an. »Echt, jetzt?«, fragt sie schließlich ungläubig. »Das alles nur wegen eines Bikes? Das kann doch nicht deren Ernst sein.«

»Doch. Sammy war offenbar mit dem pinken Rad seiner Mom unterwegs. Lucas hat einen blöden Spruch gemacht. Was daraus wurde, wissen wir ja.«

Meine Freundin überlegt kurz, nimmt einen riesigen Schluck ihrer Coke und meint dann: »Dieser Lucas ist echt einer von den Kerlen, die nur Ärger bedeuten. Es war nett von dir, dass du ihn mit zum Poetry Slam genommen hast. Ich glaube, er hat noch nicht so viele Freunde hier an der Schule. Aber in Zukunft solltest du dich ganz dringend von ihm fernhalten.«

Ich nicke schuldergeben, und bei ihren Worten fallen mir meine Gedanken von gestern Abend wieder ein. Aria hat bisher noch kein böses Wort zu mir gesagt. Natürlich waren meine Befürchtungen unbegründet: Meine Freundin denkt nicht schlecht über mich, wendet sich nicht von mir ab, weil ich mit Lucas unterwegs war. Sie hat ihn durchschaut. Vermutlich hätte sie auf ihr Bauchgefühl gehört und wäre an meiner Stelle nicht mit ihm zum Poetry Slam gekommen.

Hätte ich doch auch nur auf die vernünftige Stimme in mir vertraut … Doch der Wunsch überwog, meiner Freundin für den Abend nicht absagen zu müssen. Zu groß war meine Angst, wie das enden würde, wenn ich Aria immer wieder absagen oder sie auf einen anderen Termin vertrösten müsste.

Wobei … Ist Aria so ein Mensch? Mittlerweile glaube ich, dass sie bedingungslos zu mir hält. Ich nehme mir wieder einmal vor, in Zukunft noch ehrlicher zu ihr zu sein und mich ihr mehr zu öffnen.

So gehe ich mit Sicherheit auch Ärger aus dem Weg. Und davon habe ich dank Lucas jetzt wahrlich genug an der Backe.

Dad besteht darauf, dass ich sofort nach der Schule nach Hause komme, dort angekommen auf mein Zimmer gehe und erst zum Abendessen im Esszimmer erscheine. Er macht keinen Hehl daraus, wie wütend ihn die Nachricht über seine minderjährige Tochter gemacht hat, die mitten in der Nacht Zeugin einer Schlägerei wurde. Und mein Dad kann verdammt nachtragend sein. Hausarrest bis 2022 ist also keine bloße Androhung, die irgendwann im Sand verläuft, sondern bittere Realität.

Alles, was ich auf mich genommen habe, um nur einmal den Willen meiner Eltern zu umgehen und einen unbekümmerten Abend mit meiner Freundin zu verbringen, war also vollkommen umsonst. Denn in der nächsten Zeit wird es keine Treffen dieser Art mehr geben. Von nun an stehe ich unter noch schärferer Beobachtung als vorher.

Besonders schade finde ich, neben der Tatsache keine

Zeit mehr mit Aria außerhalb der Schule verbringen zu können, dass das gestern Abend mein erster und einziger Live-Poetry-Slam für vermutlich sehr lange Zeit gewesen ist. Noch nie zuvor habe ich Menschen in aller Öffentlichkeit so ausführlich und ohne dabei ein Blatt vor den Mund zu nehmen, über ihre Gefühle reden hören. Das ist neu für mich.

Auf der einen Seite haben mich die Darbietungen ein wenig verunsichert. Zeitweise habe ich mich sogar etwas unwohl in meiner Haut gefühlt. Auf der anderen Seite konnte ich aber nicht genug von den rhythmischen Versen bekommen.

Ich würde das vermutlich nie so hinbekommen. Mein Blick gleitet hinüber zu Aria, die den letzten Bissen ihrer Pizza gerade in den Mund schiebt und mit einem großen Schluck Coke hinunterspült.

»Sorry, ich muss gleich los. Ich treffe mich noch mit einer Freundin vor der nächsten Stunde. Wir wollen beim nächsten Poetry Slam zusammen auftreten.« Aria zieht sich ihre Strickjacke über, schultert ihren schwarzen Jansport-Rucksack und greift nach ihrem Tablett. Den Vanillepudding stellt sie derweil mit einem Augenzwinkern und einem Teelöffel vor mich auf den Tisch.

»Danke dir! Und das hört sich echt cool an!«, sage ich mit Wehmut in der Stimme.

Ich beneide diese andere Freundin von Aria darum, dass sie sich traut, mit ihr gemeinsam auf die Bühne zu gehen. Ich beneide sie außerdem darum, dass sie jetzt noch Zeit mit ihr verbringen kann, während ich trübsinnig meinen Gedanken nachhänge und auf den erlösenden Gongschlag warte.

Auf Arias Lippen breitet sich ein Lächeln aus. »Komm doch zu unserem Auftritt. Er findet am Ende des Monats wieder im Blackstone's Café statt! Es würde mir viel bedeuten, wenn du zuschauen würdest.«

Bei ihren letzten Worten durchflutet Wärme meinen Körper. Gleichzeitig bildet sich ein Kloß in meinem Hals. Das Allerletzte, was ich jetzt möchte, ist, meine Freundin vor den Kopf zu stoßen und ihr erklären zu müssen, dass mein Dad mich vermutlich bis zum Abschlussball nicht mehr aus dem Haus lässt. Wobei ich mir nicht einmal sicher bin, ob er beim Ball eine Ausnahme machen wird. Denn 2022 ist noch weit weg …

Während ich hier gerade in der Cafeteria sitze, schart sich vermutlich gerade ein Sondereinsatzkommando um meinen Dad und beratschlagt mit ihm gemeinsam, was man als Statement auf das Video im Netz an die Presse herausgeben könnte. Als unbeteiligte Zuschauerin werde ich wohl kaum durchgehen, nachdem man mich eindeutig dabei erkennen kann, wie ich mich um Nathan kümmere …

Ich unterdrücke einen Seufzer, und statt Aria ehrlich zu sagen, wie meine Situation gerade aussieht, erwidere ich: »Schreibst du mir noch das genaue Datum? Ich werde alles versuchen, um kommen zu können.« So viel zu den guten Vorsätzen …

»Das wäre wirklich schön.« Aria lächelt mich glücklich an, ehe sie sich von mir verabschiedet und mich allein in dem Taubenschlag zurücklässt.

Heute kommt es mir besonders laut in der Cafeteria vor. Vielleicht ertrage ich die vielen lachenden Stimmen und ohrenbetäubenden Schreie heute aber auch einfach nicht so gut wie an anderen Tagen.

Der Schlafmangel macht sich allmählich bemerkbar. Ich trinke einen großen Schluck Wasser aus meiner Flasche. Die Lunchbox liegt noch immer unberührt vor mir.

Als ich Arias Vanillepudding gelöffelt habe, ziehe ich meinen Zeichenblock aus der Tasche, den ich gemeinsam mit meinem Erdkundebuch schon vor der Mittagspause aus meinem Spind geholt habe. Ein rechteckig gefaltetes Stück Papier fällt zu Boden und bleibt zwischen meinen Füßen liegen.

Schnell blicke ich mich zu allen Seiten hin um, ehe ich mich danach bücke und den Zettel vom Boden aufhebe. Von mir ist er ganz sicher nicht. Hat jemand ihn durch den Schlitz in meiner Spindtür geworfen? Erinnerungen werden wach. Doch gleichzeitig fordert mich mein Verstand zur Vorsicht auf. Was, wenn der Brief von Lucas ist? Was, wenn er ein weiteres Treffen mit mir will?

Ich halte das Stück Papier nur jeweils mit Daumen und Zeigefinger ganz am Rand fest. Als könnte mich jede intensivere Berührung mit dem Blatt mit einem hochansteckenden Virus infizieren.

Mein Virus heißt Angst. Und die kenne ich schon mein ganzes Leben. Doch in diese Angst mischt sich jetzt auch etwas anderes: Neugier. Ich will wissen, was auf dem gefalteten Stück Papier steht. Außerdem habe ich die Hoffnung, dass der Brief gar nicht von Lucas ist, sondern von einem ganz anderen Jungen. Einem, mit dunkelbraunen undurchdringlichen Augen. Einem, dem ich heute schon gefühlt fünfmal begegnet bin.

Mit zittrigen Händen falte ich das karierte Papier auseinander. Blaue Tinte auf weißem Grund. Die Schrift kommt mir bekannt vor. Erleichtert atme ich durch. Er ist nicht von Lucas.

Als ich Nathans wenige Zeilen lese, macht sich jedoch Ernüchterung in mir breit.

> Wir müssen uns heute Nachmittag dringend noch mal
> in der Bibliothek wegen des Referats treffen.
> Es gibt noch ein paar Dinge zu besprechen.
> Nathan

Nathan macht sich nicht mal die Mühe, sein Schreiben mit einer Anrede zu versehen, geschweige denn, mir darin liebe Grüße auszurichten. Das, was ich da lese, ist so kalt und distanziert wie ein Brief der Finanzbehörde. Fehlen nur die vielen hieroglyphenartigen Paragraphenangaben.

Aber was habe ich erwartet? Dass er mir für meine Hilfe dankt, mir schreibt, wie wichtig es für ihn war, dass ich bei ihm geblieben bin, um seinen Kopf in meinen Schoß zu betten und ihn doof anzustarren? Denn nichts weiter habe ich getan.

Ich habe weder die Wunde an seinem Auge versorgt, noch mich darum gekümmert, dass Sammy und Lucas endlich voneinander ablassen. Die Einzige, die tatkräftig eingeschritten und ihren Mund aufgemacht hat, war Aria.

Mal wieder stand ich vollkommen neben mir. Die Stimmen in meinem Kopf riefen wild durcheinander und forderten mich auf, endlich von hier zu verschwinden, zu helfen, dazwischenzugehen … Ich blieb. Jedoch ohne in irgendeiner nennenswerten Form in das Geschehen einzugreifen. Als passive Beobachterin am Rande, wenn man so will, die panisch darauf hofft, dass alles ganz schnell vorbei ist und sie endlich nach Hause gehen kann.

Ich schäme mich. Aria und Nathan haben ihr Möglichstes getan, um Sammy und Lucas davon abzubringen, wie zwei Wahnsinnige aufeinander einzuschlagen, während ich nur tatenlos danebenstand. Aber die Angst vor dem Ungewissen und der viele Hass, der diesen Platz verseucht hat, waren so lähmend …

Immer und immer wieder lese ich Nathans Nachricht. Nahezu verbissen versuche ich durch vehementes Anstarren jedes einzelnen Buchstaben einen tieferen Sinn hinter den einzelnen Zeilen zu finden. Aber da ist nichts. Es ist, was es ist: Eine mehr oder minder höfliche Aufforderung mich heute Nachmittag in der Bibliothek einzufinden. Nicht mehr und nicht weniger.

Enttäuscht falte ich den Zettel wieder zusammen und befördere ihn zurück in meinen Rucksack. Ich werde Mortimer Bescheid geben müssen, dass ich noch weitere schulische Verpflichtungen habe und er mich deshalb erst später abholen kann. Bleibt nur zu hoffen, dass meine Eltern darin nicht einen Versuch sehen, mich schon am ersten Tag ihrem strikten Hausarrest zu widersetzen. Das fehlt mir gerade noch.

Weiß Nathan eigentlich, was er mir mit einer solchen Nachricht aufbürdet? Nein, vermutlich nicht. Woher auch? Er glaubt wahrscheinlich, ich könnte zu Hause ein und ausgehen, wie ich will.

Ein weiterer Gedanke huscht wie ein Schatten durch meine Gehirnwindungen. Was, wenn Nathan nur so abweisend in seinem Brief klang, weil er es nicht gut fand, dass ich gestern ausgerechnet mit Lucas beim Poetry Slam aufgetaucht bin? Aber das ist lächerlich.

Und wenn es doch so ist?

Nathan kann nicht wissen, dass Lucas meine einzige Chance war, aus meinem Elternhaus wegzukommen. Wie auch? Er hat keine Ahnung von mir, kennt mich und mein Leben überhaupt nicht.

Und ich bin mir nicht sicher, ob er daran etwas ändern möchte. Wobei seine Blicke, die er mir zuwirft, wenn wir uns im Unterricht oder auf dem Flur treffen, eine andere Sprache sprechen …

Kapitel 26

Nathan

Was zur Hölle mache ich hier überhaupt? Das ist doch totaler Schwachsinn. Olivia wird sofort checken, dass es mir kein bisschen um dieses dämliche Referat geht. Wobei ich allmählich wirklich mal in die Pötte kommen und es vorbereiten sollte. Schließlich rückt der Termin immer näher.

Aber irgendwie ist seit einiger Zeit einfach verdammt viel los in meinem Leben. Und wenn ich nicht unterwegs bin, kreisen meine Gedanken doch immer nur um ein Mädchen, von dem ich nicht mal weiß, ob sie mich überhaupt mag.

Auf der einen Seite ist da dieser ständige Augenkontakt zwischen Olivia und mir. Ich habe das Gefühl, dass wir uns allein heute schon mindestens fünfmal begegnet sind.

Jedes Mal findet mein innerer Sensor sie, egal, wie viele Menschen noch so um sie herumschwirren.

Und ich schwöre, dass wir auf irgendeine total verrückte Art und Weise miteinander kommunizieren. Wie das funktioniert, kann ich nicht erklären. Vielleicht ist es auch gar nichts … Keine Ahnung.

Ich raufe mir das Haar, fahre mir anschließend mit den Händen übers Gesicht. Die Nacht hat ihre Spuren hinterlassen. Und damit meine ich nicht nur mein Auge.

Schlagartig liege ich wieder auf dem kalten Parkplatz. Olivia bettet meinen Kopf auf ihrem Schoß, sieht mich besorgt aus weit aufgerissenen Augen an. Ich versuche ihrem Blick standzuhalten, schaffe es allerdings nicht, weil meine Lider sich unter den Schmerzen selbst schließen. So beschissen das auch alles war und so dämlich sich das jetzt auch anhören mag, aber Olivias Nähe habe ich dennoch irgendwie genossen.

Denn auf der anderen Seite ist da etwas an ihr, das sie furchtbar unnahbar erscheinen lässt. Ich bin mir nicht sicher, ob es etwas mit mir zu tun hat. Olivia ist wie ein Mysterium, das man nicht entschlüsseln kann. Hat man ein Rätsel gelöst, offenbart sich direkt das nächste.

Wie bestellt und nicht abgeholt, sitze ich neben der Regalreihe für amerikanische Geschichte. Alibimäßig könnte ich mir zumindest mal ein Buch hernehmen und wahllos darin blättern. Mrs Noack, die Bibliothekarin, die in diesem Raum Aufsicht führt, schaut mich schon argwöhnisch an, als warte sie nur darauf, dass ich eine Coke-Dose aus dem Rucksack ziehe oder anderweitig negativ auffalle.

Zum gefühlt hundertsten Mal starre ich auf meine Armbanduhr. Unnachgiebig schreitet der Sekundenzeiger voran. Olivia sollte längst da sein. Vielleicht hat sie meinen Brief ja gar nicht gefunden oder musste schon weg?

Ich schüttle zum wiederholten Mal meinen Kopf und ernte damit erneut die Aufmerksamkeit der Bibliothekarin, die zu meiner Linken Bücher von einem Wagen in die Regale aufräumt.

Ständig suche ich Ausreden für ein Mädchen, das, seit ich es kenne, noch kaum einen Satz mit mir gewechselt hat. Ich kenne sie kaum, und dennoch ist da etwas zwischen uns. Nicht wirklich greifbar. Und dennoch so präsent, dass es mich schier um den Verstand bringt.

Ich öffne den Reißverschluss meines Rucksacks und ziehe einen Block, eines der Bücher, die ich für das Desch-Referat noch im Spind finden konnte, und mein Federmäppchen heraus. Das Teil begleitet mich seit der ersten Klasse, aber irgendwie kann ich mich nicht davon trennen. Vielleicht weil damals all meine Klassenkameraden unterschrieben haben. Es hängen viele Erinnerungen an dem alten Teil.

Mrs Noack neben mir wirkt nun ein wenig beruhigter. Nachdem ich das Buch sogar aufgeschlagen habe und vorgebe, darin zu lesen, ist sie nicht länger in meiner Nähe zu sehen.

Langsam werde ich echt nervös. Wird Olivia noch kommen oder mache ich mich hier vor mir selbst zum Volldeppen?

Ein kleiner Teil von mir hofft sogar, dass sie nicht kommt. Denn was genau will ich ihr überhaupt sagen? Dass es mich gestört hat, wie sie gestern neben Lucas gestanden hat? Dass ich gerne wüsste, was zwischen ihnen läuft?

Aber es muss sein. Ich muss mit ihr sprechen. Und wenn ich überhaupt eine Chance habe, mit Olivia zu reden, dann hier. Schließlich glaubt sie, es ginge um unser Referat. Wenn ich den Garten oder das Schulcafé in meinem Brief vorgeschlagen hätte, würde sie mit sehr großer Wahrscheinlichkeit gar nicht erst auftauchen.

So wie jetzt?, fragt mich meine innere Stimme ziemlich sarkastisch und lacht sich dabei hämisch ins Fäustchen.

Ich will ihr widersprechen, lasse es aber, weil sie ja irgendwie recht hat. Was tue ich hier überhaupt?

Schon befördern meine Hände Block, Buch und Federmäppchen ganz von selbst zurück in meine Tasche. Vielleicht sollte ich doch noch ein paar Minuten warten oder besser noch meine Hausaufgaben hier machen? Dann bin ich wenigstens beschäftigt …

Wem will ich hier eigentlich etwas vormachen?

Als ich Zarge für Zarge meines Rucksacks schließe, ist es Gewissheit. Olivia hat mich sitzenlassen oder den Zettel nicht entdeckt. So oder so, mein Versuch, mit ihr zu sprechen, ist kläglich gescheitert.

Schwungvoll erhebe ich mich von meinem Platz, schultere meine Tasche und erblicke im selben Moment Olivia, die keine fünf Meter von mir entfernt zwischen den Fachbüchern für Biologie und Physik steht. *Was macht sie denn dort?*, frage ich mich unwillkürlich, als hätte sie die ganze Zeit nur am falschen Ort auf mich gewartet.

Doch ein Blick genügt, um zu verstehen, dass ihr Zuspätkommen nicht daran liegt, dass sie nicht wusste, wo wir uns treffen. Sie sieht mich an, senkt dann ihren Blick gen Boden. Wie sie da so verletzlich vor mir steht, möchte ich sie am liebsten in die Arme nehmen, ihr sagen, dass ich für sie da bin. Wie soll ich ihr klarmachen, dass ich einer von den Guten bin?

»Hey«, begrüße ich Olivia zaghaft, die wie ein verängstigtes Rehkitz vor mir steht.

Ihre Augen weiten sich, und sofort bin ich mir nicht mehr sicher, ob diese besondere Verbindung zwischen uns wirklich existiert. Vielleicht habe ich mir das nur eingebildet. Vielleicht ist da ja wirklich was zwischen ihr und Lucas, und ich habe keine Chance mehr bei ihr.

»Hey«, flüstert sie kaum hörbar, und ein kaum sichtbares Lächeln umspielt ihre Lippen. Mein Herz macht einen Luftsprung. Damit kann ich arbeiten!

Ich schiebe einen der vier Stühle vom Tisch weg, sodass Olivia daran Platz nehmen kann. Für den Bruchteil einer Sekunde zögert sie noch, dann nimmt sie mein Angebot aber an und setzt sich hin.

Zunächst bin ich versucht, mich direkt neben sie zu setzen. Aber dann werde ich mir dessen bewusst, dass das keine gute Idee ist. Denn wie ein schreckhaftes Tier würde Olivia vermutlich die Flucht antreten.

»Hattest du schon Zeit, dich mit deinem Teil des Referats zu befassen?«, frage ich behutsam und mit leiser Stimme, sodass ich Mrs Noack nicht neuerlich auf den Plan rufe. Die Situation ist auch so schon sehr heikel.

Anstatt mir zu antworten, schüttelt Olivia nur leicht den Kopf, während sie ihren Rucksack vor sich auf dem Schoß wie einen Schutzschild ausrichtet. Ihre Körpersprache ist eindeutig. Sie will eigentlich gar nicht hier sein. Dennoch ist sie gekommen.

»Beim Vorbereiten habe ich mir überlegt, dass die Biografie von Joseph Desch vor der Vorstellung seiner Dechiffriermaschine kommen sollte.«

Verdammt! Was rede ich da eigentlich? Ich klinge wie ein Klugscheißer, der sich seit Tagen mit keinem anderen Thema außer dem Referat für den Geschichtsunterricht beschäftigt hat.

Olivias Blick haftet an meinem bunt umrandeten Auge.

»Tut es noch weh?«, fragt sie dann plötzlich.

Ich bin so unvorbereitet, dass ich einen Moment brauche, bis ich etwas erwidern kann. Es soll cool und ein wenig humorvoll klingen. Raus kommt schließlich: »Geht schon.«

Innerlich schlage ich mir gegen die Stirn. Echt, jetzt? *Geht schon?* Ist das wirklich alles, was ich auf Lager habe?

Olivia nickt und geht nicht weiter darauf ein.

Ich bereue es, den Moment ungenutzt verstrichen gelassen zu haben. Aber was hätte ich denn sagen sollen? *Ach, übrigens, wo wir gerade davon reden, warum bist du gestern überhaupt mit Lucas, diesem Vollpfosten, bei der Veranstaltung aufgetaucht? Ich wäre auch gern mit dir dorthin gegangen …*

Sosehr ich diese Worte gern aussprechen würde, ist mir dennoch bewusst, dass ich es langsamer angehen muss, wenn ich Olivias Vertrauen für mich gewinnen will. Aber das braucht Zeit.

»Olivia, ich …«, bricht es schließlich doch aus mir heraus.

Mit großen Augen sieht sie mich an. Doch ich sehe keine Furcht mehr darin. Wenn ich ihren Blick richtig deute, dann ist er erwartungsvoll. Erwartungsvoll ist gut, denke ich mir und beuge mich noch ein wenig aus meiner

Komfortzone heraus, in der ich es mir viel zu lange bequem gemacht habe. Nicht ganz freiwillig. Aber das spielt jetzt keine Rolle.

»Geht es dir gut?« Meine Stimme hat keine besondere Betonung, klingt weder überaus besorgt noch sehr interessiert. Ich bemühe mich, die Frage wie beiläufig einzustreuen.

Olivia zuckt kaum merklich mit den Schultern, während ich ein grimmiges »Schsch« von Mrs Noack auf meine Frage zur Antwort kriege. Offenbar hat sie mich noch immer auf dem Radar.

Ein paar Jungs vom Basketballteam marschieren laut lachend in den hinteren Bereich der Bücherei. Endlich wendet sich Mrs Noack von uns ab. Die Gelegenheit sollte ich nutzen.

»Was war das gestern …? Warum bist du ausgerechnet mit Lucas gekommen?«, bringe ich die Frage, die mich seit gestern Abend permanent beschäftigt, endlich auf den Tisch.

Es fühlt sich ein wenig so an, als würde da gerade eine riesige Last von mir abfallen. Ich kann es kaum glauben, wie gut es sich anfühlt, offen anzusprechen, was mich bewegt. Schließlich muss ich ja noch immer Angst haben, Olivia könnte das Gefühl haben, dass ich ihr zu nahegetreten bin, aufstehen und gehen. Dann war's das. Eine zweite Chance wird sie mir nicht geben. Wofür auch immer.

Olivia sieht mich lange Zeit einfach nur an, sodass ich allmählich wirklich das Gefühl bekomme, weit über das Ziel hinausgeschossen zu sein.

»Er stand gestern Nachmittag einfach vor meiner Tür«, sagt sie schließlich, als würde das alles erklären.

»Du wolltest also gar nicht …«

Ich kann meine Frage nicht einmal beenden, da schüttelt sie schon heftig den Kopf.

»Lucas ist nicht mein Typ.«

Olivia spricht ganz leise. Und dennoch hat ihre Aussage in meinen Ohren die Lautstärke eines Feuerwerks.

»Oh«, erwidere ich daher wenig geistreich.

Aber es braucht einen Moment, bis ich Olivias Bekenntnis verdaut habe. Bevor sie hier aufgekreuzt ist, hielt ich es schon für nahezu aussichtslos, dass sie mehr als drei, vier Worte mit mir wechseln würde. Darüber sind wir bereits hinaus. Und sie ist geblieben. Noch.

Olivia scheint sich mittlerweile auch über die Tragweite ihrer Worte bewusst zu werden. An ihrem Rucksack krallt sie sich wie an einer Rettungsboje fest.

»Gut«, sage ich schließlich und versuche mir dabei nicht anmerken zu lassen, wie sehr mich ihre Antwort freut. Dennoch stiehlt sich ein kaum merkliches Lächeln auf meine Lippen.

Schnell blicke ich ganz angestrengt hinüber zu einer Regalreihe mit Büchern, weil ich nicht weiß, was ich jetzt sagen soll.

»Gibt es sonst noch etwas zu besprechen?«, fragt Olivia ziemlich souverän, während mir noch immer keine passenden Worte einfallen.

So fühlt sich das also an, denke ich bei mir.

»Ähm, nicht wirklich … Ich wollte nur …« … Zeit mit dir verbringen? … fragen, wie es zwischen Lucas und dir aussieht? … wissen, wie es dir geht? »… fragen, ob du vielleicht mal Lust hättest, mit mir auszugehen?«

Autsch!

Kaum dass die Frage meinen Mund verlassen hat, möchte ich mir auch schon auf die Zunge beißen.

Habe ich das gerade wirklich laut ausgesprochen? Was ist nur los mit mir?

»Ich …«, beginnt Olivia zu sprechen.

Das erste Mal, seit ich sie kenne, wünsche ich mir, dass sie einfach stumm bleibt, mich nur ansieht, sich ihren Teil denkt und wir schnellstmöglich die Bibliothek in unterschiedliche Richtungen verlassen können. Aber den Gefallen tut sie mir leider nicht.

» … kann nicht.«

Die beiden Worte fühlen sich wie Donnerschläge an. Sie rütteln mich wach. *Du bist abgeblitzt*, erscheint es in Neongelb vor meinem geistigen Auge.

Am liebsten würde ich aufspringen und einfach abhauen. Aber wie soll ich das anstellen, ohne als kompletter Vollidiot dazustehen?

Die Jungs des Basketballteams sind verdächtig ruhig geworden. Wahrscheinlich haben sie jedes Wort mitangehört. Oh Mann, ich kann mir genau vorstellen, was nun passieren wird: Flüsterpost vom Feinsten einmal durch die ganze Schule. Ich mag die Jungs echt gern, aber Geheimnisse für sich zu behalten, gehört nicht zu ihren Stärken.

»Okay, ich denke, wir haben dann alles besprochen«, wiegle ich ab, schultere meinen Rucksack erneut und will nur raus hier.

»Nathan«, höre ich Olivia leise sagen. Ihre Stimme ist so brüchig wie hauchdünnes Glas.

Doch ich kann mich auf gar keinen Fall noch mal zu ihr umdrehen. Ich muss hier weg. So schnell wie möglich.

Als die Tür hinter mir schwer ins Schloss fällt, endet ein Kapitel, das noch gar nicht richtig begonnen hatte.

Wie konnte ich mich nur so sehr in Olivia täuschen, ihre Signale vollkommen falsch deuten? Oder habe ich einfach nicht richtig hingesehen? Habe ich die vielen intensiven Blicke falsch gedeutet? Etwas hineininterpretiert, was so nie da war?

Kapitel 27

Olivia

»Du siehst mir heute ganz eindeutig nach einer heißen Schokolade aus«, meint Aria mit einem strahlenden Lächeln im Gesicht und zwei dampfenden braunen Plastikbechern in der Hand.

»Wie hast du mich gefunden?«

Statt mich in die Cafeteria an unseren Stammplatz zu setzen, habe ich mich hier in den Schulgarten auf meine Bank verkrochen. Auf keinen Fall möchte ich Nathan in die Arme laufen und seinen enttäuschten Blick auf mir spüren.

Zwei ganze Tag liegt der Zwischenfall in der Bibliothek nun schon zurück. Zwei quälende Tage, in denen ich mir unendlich oft gewünscht habe, die Zeit zurückdrehen zu können.

Kaum dass ich an Nathan denke, sehe ich seinen zutiefst niedergeschlagenen Gesichtsausdruck deutlich vor mir. Dabei wollte ich ihn nicht zurückweisen oder gar verletzen. Alles, was ich wollte, war ihm klarzumachen, dass meine Eltern mir bis ans Ende der Highschoolzeit Hausarrest aufgebrummt haben und ich mich deshalb nicht mit ihm treffen kann.

»Ähm, Süße. Wo sollst du denn sonst sein, als an deinem Lieblingsplatz?« Aria lächelt noch immer und reicht mir dabei einen der beiden Kakaobecher.

»Danke«, sage ich und meine dabei nicht nur die heiße Schokolade.

»Magst du mit mir drüber reden?« Aria klingt weder fordernd noch neugierig, während sie sich neben mich auf die Bank setzt.

»Nathan«, sprudelt es auch schon aus mir heraus, als hätte ich nur auf diesen Moment gewartet.

Aria wackelt mit ihren Brauen. »Nathan, also«, sagt sie nach einer Weile, in der ich erst noch den Mut finden muss, über das zu reden, was zwischen uns vorgefallen ist. Ich habe mir vorgenommen, noch offener zu meiner Freundin zu sein – und das tue ich jetzt.

»Nach dem Streit zwischen Sammy und Lucas hat Nathan mich am Folgetag um ein Treffen in der Bibliothek gebeten, um noch etwas wegen des Referats bei Mrs Reinolds zu besprechen. Und irgendwie haben wir dann gar nicht über das Referat gesprochen. Stattdessen hat er mich gefragt, ob ich mal mit ihm ausgehen möchte«, fasse ich so gut es geht zusammen.

Denn kaum dass ich darüber spreche, schnürt sich mir auch schon die Kehle zu.

»Und das fandest du … gut? Oder nicht?«, tastet Aria sich vorsichtig heran.

»Dad hat mir bis zum Schuljahresende Hausarrest gegeben«, offenbare ich meiner Freundin schließlich, denn diesen Fakt habe ich ja auch ihr bisher verschwiegen.

Aria öffnet ihren Mund und reißt die Augen weit auf. »Wegen der Sache am Poetry-Slam-Abend?«, hakt sie nach.

Ich nicke traurig.

»Oh, Shit!«, bringt Aria die Situation treffend auf den Punkt.

»Als ich dann auf Nathans Frage meinte, ich könne nicht, hat er das irgendwie total in den falschen Hals gekriegt, hat sofort seine Sachen gepackt und ist verschwunden. Seither haben wir kein Wort mehr miteinander geredet. Woran ich aber den meisten Anteil habe, da ich ihm weitestgehend aus dem Weg gehe.«

Aria sieht mich noch immer mit offenstehendem Mund an. »Und dir kam nicht in den Sinn, ihn noch mal darauf anzusprechen, um die Sache ein für alle Mal aus der Welt zu räumen? Für mich hört sich das so an, als wäre das Ganze nur ein Missverständnis gewesen. Nathan weiß ja nichts von deinem Hausarrest, wenn ich dich richtig verstehe. Er muss also denken, du hättest ihn abblitzen lassen. Was ihn ziemlich gekränkt haben dürfte.« Auf meinen irritierten Blick ergänzt Aria schließlich: »Nathan ist keiner von diesen Angebertypen, die sich mit ihren sportlichen Leistungen und einem Überschuss an Testosteron profilieren müssen. Er ist intelligent, engagiert und dabei auch noch verdammt gutaussehend. Aber bisher hatte er noch nie eine Freundin. Ich kann mich nicht mal daran erinnern, dass er je eine gefragt hätte, ob sie mit ihm ausgehen möchte.«

Ich nehme einen Schluck des nicht mehr ganz so heißen Getränks und lasse mir Arias Worte durch den Kopf gehen. Dabei nehme ich aus dem Augenwinkel eine Bewegung wahr. Alarmiert blicke ich mich zu allen Seiten hin um, aber da ist niemand. Wahrscheinlich habe ich mir das alles nur eingebildet. Meine Nerven sind mal wieder heillos überlastet.

»Klar, wäre es das Einfachste, zu Nathan hinzugehen und ihm meine Situation zu schildern. Aber dann müsste ich ihm auch erklären, dass mein Dad solche Ansagen nicht einfach so macht. Er zieht das eiskalt durch, Aria. Ich werde bis zum Schuljahresende von unserem Chauffeur zur Schule gebracht und im Anschluss an den Unterricht auf direktem Weg wieder nach Hause gefahren. Die Nachmittage verbringe ich auf meinem Zimmer. Nur zum Abendessen gehe ich runter. Ich … werde nicht mal zu deinem Poetry-Slam-Abend kommen können.«

Aria sieht mich mitleidig an. »Und du meinst nicht, dass du noch mal mit deinen Eltern darüber sprechen kannst? Schließlich hast du den Streit zwischen Sammy und Lucas ja nicht provoziert und dein Zuspätkommen hatte ja nichts damit zu tun, dass du die Zeit vergessen hast. Du warst einfach zur falschen Zeit am falschen Ort …«

In Arias optimistischen Worten klingt das alles so simpel. Als müsste ich einfach nur einen guten Moment bei meinem Dad abpassen, um ihm zu erklären, wie es zu alldem gekommen ist.

Die Realität ist allerdings eine andere. Dads Wort ist in

Stein gemeißelt. Wenn ich auch nur den Versuch wagen würde, seine Entscheidung anzuzweifeln, würde das alles nur noch schlimmer machen.

Dad kann es nicht leiden, wenn man ihm Widerworte gibt. Er bleibt seinem Standpunkt und seinen einmal gefällten Urteilen treu. Das ist für ihn selbstverständlich. Denn wie sollte er sonst vor seinen Wählern als Respektsperson dastehen, die einmal gegebene Wahlversprechen auch einhält?

Bei Dad stoße ich auf Granit. Da brauche ich es gar nicht zu versuchen.

Allerdings erschien mir Mom ein wenig über das hohe Strafmaß verwundert gewesen zu sein. Wenn ich mich an den Moment zurückerinnere, dann kam es mir sogar fast so vor, als hätte sie ihm widersprechen wollen. Der Mund stand schon offen. Doch dann entschied sie sich, aus welchen Gründen auch immer, dagegen und schloss ihn wieder.

»Dad ist in diesen Angelegenheiten ziemlich rigoros. Ich sehe da wenig Chancen, ihn umzustimmen. Außerdem würde er es ohnehin nicht sonderlich gut finden, wenn ich mit Nathan ausgehen würde.«

Aria hebt fragend eine Augenbraue. »Wieso denn das?«

»Dad und Nathan sind von Grund auf verschieden. Nathan hat doch diesen Blog, auf dem er über Umweltschutz und Nachhaltigkeit schreibt. Da schrillen bei mir alle Alarmglocken. Für Dad sind das alles irgendwelche Fanatiker, die der Wirtschaft des Landes schaden wollen. Außerdem hat Dad die Videoaufnahmen von dem Vorfall mit Lucas. Er würde Nathan mit Sicherheit darauf erkennen, und fände es sicher alles andere als gut, wenn ich mich mit ihm treffe.«

Aria macht ein zerknirschtes Gesicht. »Das hört sich tatsächlich nicht so aufgeschlossen an. Da gebe ich dir recht.« Dann überlegt sie kurz. »Du könntest Nathan doch hier an der Schule treffen«, meint sie dann und zwinkert mir zu.

»Das wird auch eher schwierig. Als ich vor zwei Tagen schon später kam, nachdem Nathan mich spontan noch mal sehen wollte, ist Dad ziemlich sauer gewesen. Er meinte, ein Referat könnte jeder der Beteiligten allein vorbereiten. Dafür bräuchte es keine Treffen. Ab sofort darf ich nur länger an der Schule bleiben, wenn es eine schulische Veranstaltung ist, an der ich zwingend teilnehmen muss. Bei allem anderen sehe ich da echt schwarz.«

Mit hängenden Schultern sitze ich neben Aria, die sich noch immer nicht mit den Gegebenheiten abfinden will.

»Aber da muss es doch noch eine andere Lösung geben.«

»Das ist lieb von dir, dass du dich so für mich einsetzt. Aber die Sache ist nun mal so: Am Ende ist es vermutlich sogar ganz gut, dass Nathan glaubt, ich würde nicht mit ihm ausgehen wollen. Auf diese Weise kriegt Dad keinen cholerischen Anfall, und ich stehe nicht zwischen den Stühlen.«

Aria nimmt einen Schluck aus ihrem Becher. »Ist er denn oft so?«, fragt sie so behutsam, als wüsste sie, dass sie sich gerade auf sehr dünnes Eis begibt.

Ich zucke mit den Schultern. »Dad ist eigentlich immer so. Ich kenne ihn gar nicht anders.«

»Hast du denn nie versucht, dich gegen ihn aufzulehnen, ihm klarzumachen, dass du ein eigenständiger Mensch bist? Sei mir nicht böse, aber wie du dort hinter deinem Dad bei der Veranstaltung in St. Anne gestanden hast, hast du mich mehr an eine Marionette als an einen freien Menschen erinnert.«

Es ist hart, hören zu müssen, wie ich auf Aria bei unserer ersten Begegnung gewirkt habe. Gleichzeitig trifft ihre Beschreibung den Nagel ziemlich genau auf den Kopf. Ich bin nichts anderes als eine Aufziehpuppe, die im entscheidenden Moment zu lächeln und ein freundliches »Danke« von sich zu geben hat.

Ich senke den Kopf und schaue auf meine Füße. »Bei meinem Dad ist Rebellion zwecklos … Und er weiß genau, welche Strafen besonders schmerzen. Als ich von der Privatschule geflogen bin, hat Dad mir meine ganzen Malsachen wegnehmen lassen. Bis heute.« Meine Stimme ist leise und am Ende fast nur noch ein Flüstern.

»Deshalb zeichnest du nur auf deinem Collegeblock. Ich habe mich schon gefragt, warum du kein besseres Equipment hast, wenn du so gerne malst. Und übrigens auch beneidenswert gut!«

Bei Arias Worten lächle ich sie resigniert an. »Danke, das ist lieb. Aber weißt du, für Dad ist meine Malerei nichts als Zeitverschwendung. In seinen Augen sollte ich mich vielmehr mit dem politischen Geschehen in der Welt auseinandersetzen und meine Noten in den naturwissenschaftlichen Fächern aufbessern. Na ja, was Mathe, Physik und Co. angeht, hat er sogar recht. Aber sie gehören einfach nicht zu meinen Lieblingsfächern.«

Aria muss lachen. »Ich frage mich, wer diese Fächer überhaupt mag.«

»Mein Dad war ziemlich gut darin. Irgendwie bildet er sich ein, dass ich das dann auch gut können müsste. In seinen Augen ist das alles auch total simpel, und ich stelle mich einfach nur zu doof an.«

»Oje, das klingt ja wirklich nicht gut … Ach, Süße. Das tut mir wirklich leid zu hören.« Aria seufzt.

»Wie ist das bei euch?«, wage ich einen für mich ungewohnten Vorstoß. »Dein Dad ist doch auch in der Politik.«

»Anders«, meint Aria und lächelt dankbar dabei. »Dad würde mich nie dazu zwingen, etwas zu tun, was ich partout nicht möchte. Er stellt mir vollkommen frei, welchen Weg ich nach der Schule einschlagen möchte. Wir haben ein ziemlich gutes Verhältnis. Und er liest mir förmlich jeden Wunsch von den Augen ab. Aber das liegt zu einem Großteil sicher daran, dass meine Mom gestorben ist, als ich noch sehr klein war. Wenn ich mich richtig erinnere, dann war er früher auch sehr ehrgeizig. Mom und er hatten sich deshalb oft in den Haaren. Zumindest gehört dieses Bild zu einem meiner frühesten Kindheitserinnerungen.« Sie seufzt leicht. Doch schon im nächsten Moment hat sie sich wieder gefangen und strahlt mit ihrem Aria-Lächeln in meine Richtung. Es ist so warm wie die Strahlen der Sonne. »Heute versucht Dad mit seiner Politik das Leben der ärmeren Menschen etwas erträglicher zu machen, kämpft für ein faires Sozialsystem und so was. Was nicht immer leicht ist.«

Ich lege meine Hand auf Arias. »Das klingt nach einem echt tollen Dad«, sage ich, ohne Neid zu spüren.

Jeder hat sein Päckchen zu tragen.

Ich wüsste nicht, was ich täte, wenn ich plötzlich nur

noch mit Dad allein wäre. Mom war lange Zeit eine Art Vermittlerin zwischen uns. Sie ist mit mir auf den Spielplatz gegangen, hat sich Zeit für mich genommen, um im Blackstone's Café heiße Schokolade zu trinken und dazu leckere Brownies zu naschen.

Wenn ich einmal die vielen unschönen Szenen der letzten Jahre beiseiteschiebe und mich gedanklich Schritt für Schritt in die Untiefen meiner Vergangenheit vorwage, dann sehe ich dort auch viele Lichtmomente. Mom mit weit aufgerissenen Armen kniend im Gras, während ich so schnell wie nur möglich auf sie zu renne. Sie fängt mich auf. Das hat sie immer getan. Damals zumindest.

Denn irgendwann war nichts mehr so, wie ich es kannte. Die gemeinsamen Ausflüge mit meiner Mom wurden immer weniger, bis sie komplett ausblieben. Zu Hause schien ich plötzlich ein störender Faktor zu sein, der Dreck und Schmutz verursachte, da stand, ging oder saß, wo er nicht stehen, gehen oder sitzen sollte und sowieso an allem schuld war, was schiefging.

Anfangs habe ich mich noch sehr schwer mit dieser neuen Rolle getan. Ich habe es einfach nicht verstanden. Vor allem, weil ich wusste, wie anders es vorher gewesen war. Was für eine liebevolle und innige Beziehung meine Mom und ich zueinander hatten. Doch nach und nach verblasste diese Erinnerung. Bis ich irgendwann gar nicht mehr sagen konnte, ob es sich dabei um die Realität oder bloß einen Traum gehandelt hat. Seit ich bei dem Poetry Slam war, kommt sie jedoch allmählich wieder. Irgendwie ein schönes Gefühl. Auch, wenn es nur eine Erinnerung ist.

»Das ist er auch. Aber wie gesagt, ich wüsste nicht, ob

es damals ein Umdenken bei ihm gegeben hätte, wenn Mom nicht gestorben wäre«, erwidert Aria jetzt und durchbricht meine Gedanken.

»Ach, Aria, ich komme mir furchtbar doof vor, dich hier mit meinen winzigen Problemen zu nerven, während du deine komplette Kindheit ohne deine Mom verbringen musstest …«

Aber meine Freundin winkt ab. »Es ist wirklich okay für mich. Mittlerweile habe ich gelernt, mit meinem Schicksal zu leben. Und ich bin wirklich kein besonders trauriger Mensch. Ich liebe das Leben und die Möglichkeiten, die es mir schenkt. Du bist diejenige von uns beiden, um die ich mir gerade mehr Sorgen mache, denn deine Probleme sind alles andere als winzig.« Sie zögert kurz. »Ich glaube, ich habe da eine Idee!«, verkündet Aria dann so laut, dass ich zusammenzucke.

»Die da wäre?«, frage ich perplex.

»Du darfst nur länger von zu Hause wegbleiben, wenn es sich dabei um eine Veranstaltung der Schule handelt. Richtig?«

»Ähm, ja. So ist es«, bestätige ich meiner Freundin. Ich habe keinen blassen Schimmer, worauf sie hinausmöchte.

»Dann habe ich die perfekte Idee.« Aria strahlt übers ganze Gesicht, als sie erklärt: »Marjorie war das mit dem nächsten Poetry Slam in so kurzer Zeit ein bisschen viel. Mir zuliebe hätte sie es trotzdem getan. Aber was wäre denn geeigneter für einen Dichterwettbewerb, als ihn hier an der Schule stattfinden zu lassen? Ich spreche mit den Lehrern! Wir sollten für die Veranstaltung einen Freitagnachmittag in den nächsten drei Wochen ins Auge fassen. Und der Termin sollte für die Abschlussklasse bindend sein. Jeder muss einen kleinen Beitrag zum Poetry Slam leisten.«

»J-jeder?«, stottere ich, einem Herzinfarkt nahe.

»Jeder!«, betont Aria. »Sonst hat das Event für deinen Dad vielleicht noch einen viel zu freudigen Charakter.« Sie zwinkert mir zu.

»Die Idee ist echt gut, aber das schaffe ich auf gar keinen Fall. Ich bekomme jetzt schon Schweißausbrüche, wenn ich an das Referat mit Nathan denke. Und da ist es nur mein Geschichtskurs, vor dem ich frei sprechen muss. Wie soll ich mich da bitte vor die ganze Schule stellen? Das geht nicht. Das schaffe ich nie im Leben.«

Meine letzten Worte klingen nicht mehr nur beunruhigt, nein sie verdeutlichen ziemlich gut die innere Unruhe in mir. Die Panik, die mit jedem Wort mehr in mir aufsteigt und meinen ganzen Körper in Alarmbereitschaft versetzt.

Allein die Vorstellung, dort vor der versammelten Schule auf der Bühne der Turnhalle zu stehen, lässt mich kaum noch einen klaren Gedanken fassen. Ich spüre, wie sich mir die Kehle zuschnürt und mein Puls davongaloppiert.

Aria legt ihren Arm um meine Schultern. »Ich verspreche dir, dass ich mit dir üben und immer für dich da sein werde.« Sie drückt mich fest an sich. »Aber jetzt denk doch nicht nur an diesen winzigen Auftritt, sondern an die Möglichkeit, die sich dir dort bietet. Wenn wir es geschickt anstellen und Nathans und dein Beitrag zeitlich eng beieinander liegen, dann könnt ihr den Rest des Nachmittags nutzen, um euch auszusprechen.«

»Das würdest du für mich tun?« Ich muss schlucken, weil ich so unendlich froh bin, dass es Aria gibt.

»Natürlich mache ich das für dich. Du bist doch meine Freundin.«

Es tut so gut zu wissen, dass sie für mich da ist. Und es tut gut zu wissen, endlich jemanden zu haben, mit dem ich über all meine Probleme sprechen kann.

Ein zentnerschwerer Stein fällt mir vom Herzen und plumpst wie eine Granate vor mir auf den Boden. Ihre Sprengkraft ist gewaltig. Eine plötzliche Leichtigkeit stellt sich unvermittelt ein.

Doch dann holen die Selbstzweifel mich ein. Niemals kann ich mich auf die Bühne stellen und einen selbstgeschriebenen Text vortragen. Das schaffe ich nie im Leben.

»Ich weiß es wirklich zu schätzen, was du da für mich machen willst. Aber ich …«

Ohne Vorwarnung zieht mich Aria noch fester an sich in eine Umarmung. Mir bleibt fast die Luft weg. Sie streicht mir einfühlsam über den Rücken. »Ich weiß, dass du das schaffen kannst, Olivia. Da steckt so viel mehr in dir, als du glaubst. Wann genau willst du anfangen, dein Leben selbst in die Hände zu nehmen?« Sie löst sich wieder ein wenig von mir und sieht mir fest in die Augen.

»Ich weiß nicht, … das ist …«

»Ich finde jetzt ist ein verdammt guter Augenblick. Was meinst du?«

Wieder strahlt sie mit der Nachmittagssonne um die Wette. Aria ist zuversichtlich, dass ich es schaffen kann. Sie reicht mir symbolisch eine Hand aus dem Dunkel heraus. Aber es fällt mir schwer, danach zu greifen und mich meinen größten Ängsten zu stellen.

Was Aria da von mir verlangt, ist so viel. Mein ganzes bisheriges Leben lang stand es außer Frage, dass ich über mich selbst bestimme. Und das soll sich wie durch ein Wunder an einem unbedeutenden Nachmittag auf der alten Holzbank im Schulgarten ändern?

Was genau soll denn plötzlich anders sein? Was genau hat sich verändert? Ich bin schließlich noch immer das unsichere Mädchen, das nicht weiß, wie es vor einer größeren Ansammlung von Menschen frei sprechen soll. Das schon beim Gedanken daran Herzrasen bekommt und am liebsten weit weglaufen möchte.

Aber in Arias Blick schwingt diese Zuversicht mit, die mich auffordert, neue Wege zu gehen, mich selbst aus einer anderen Perspektive wahrzunehmen. Tief in mir drinnen spüre ich den unbedingten Willen, es zumindest einmal zu versuchen. Scheitern ist keine Schande. Was aber, wenn man es nicht mal versucht?

»Hilfst du mir wirklich bei meinem Poetry Slam?«, frage ich zögerlich.

Wenn ich nur daran denke, vor der gesamten Schule etwas über mich preiszugeben, was noch keiner weiß – okay, so schwer ist das wirklich nicht, da die meisten Leute rein gar nichts über mich wissen –, dreht sich mir der Magen um.

Zur Antwort nimmt mich Aria noch mal ganz fest in ihre Arme. »Du wirst sehen, es wird ganz toll werden. Glaub nur ein bisschen mehr an dich. Dann geht der Rest von ganz allein.«

Arias Vertrauen möchte ich mal haben. Aber vielleicht hat sie ja recht. Vielleicht brauche ich einfach ein wenig mehr Vertrauen in mich.

Schon dieser Gedanke ist ein riesiger Schritt für mich. Ich wage mich aus meinem Schattendasein heraus. Noch nicht besonders weit. Aber auch dieser winzige Schritt ist gut. Und wichtig. Denn wenn man den ersten Schritt nicht wagt, können auch keine weiteren folgen.

Also nehme ich all meinen Mut zusammen, überhöre die eingeschüchterte Stimme in mir und lächle Aria mit all der Zuversicht an, die ich habe. Es wird vermutlich nicht mehr als ein angedeutetes Lächeln sein. Aber Aria sieht es. Und sie nickt.

Plötzlich weiß ich ganz genau: Das ist ein Anfang. Ein Anfang, auf den sich aufbauen lässt. Mit Aria an meiner Seite kann ich es schaffen.

Und wer weiß? Am Ende gehe ich vielleicht noch einen weiteren Schritt und noch einen. Bis ich mich gar nicht mehr umsehe und die Schritte nicht mehr zähle. Und letztlich an meinem Ziel ankomme.

Kapitel 28

Nathan

»Sammy, was machst du denn hier?«

Als ich mein Fahrrad in der Garage abgestellt habe, sehe ich einen Schatten auf der Veranda vorbeihuschen. Erst als ich die drei Stufen zur Eingangstür überwinde, erkenne ich, wer dort vor unserem Haus herumlungert.

»Was ich hier mache?«, schreit Sammy und klingt dabei, als müsste ich ganz genau wissen, warum er hier ist.

Fieberhaft überlege ich, ob ich einen Termin mit ihm vergessen habe. Hatten wir uns zusätzlich zum Lernen verabredet? Oder wollte Sammy noch mal mit mir über die Sache am Poetry-Slam-Abend reden? Gedanklich wandere ich die letzten Tage in meiner Erinnerung zurück. Aber da ist nichts.

»Willst du mit reinkommen?«, frage ich, weil ich weiß,

wie aufmerksam Mrs Lovegood, unsere Nachbarin von schräg gegenüber, ist. Die alte Frau hat außer ihren zwei Perserkatzen niemanden, und ihr entgeht wirklich nichts, was in unserer Straße passiert.

Da ich nicht möchte, dass meine Unterhaltung mit Sammy ihre Aufmerksamkeit auf sich zieht, öffne ich die Tür zu unserem Haus und bitte ihn hinein. Meine Eltern sind noch bis zum frühen Abend auf der Arbeit. Wir sollten also ungestört reden können.

»Möchtest du etwas trinken?«, frage ich Sammy, der mich ansieht, als hätte ich nicht mehr alle Latten am Zaun. »Coke, Wasser, Snapple Zitrone oder Pfirsich?«, füge ich ruhig hinzu.

Schließlich kenne ich diese dunkle Seite an Sammy, die jeden Moment zu explodieren droht. Wenn ich nicht möchte, dass es so weit kommt, muss ich unbedingt ganz cool bleiben und Sammy zeigen, dass es überhaupt keinen Grund gibt, auszurasten.

»Die Bullen waren noch mal da«, vermeldet Sammy und klingt dabei noch immer sehr aufgebracht.

»Warum denn das?«, frage ich alarmiert und reiche Sammy, der keinen Wunsch geäußert hat, eine kalte Coke.

»Das frage ich mich auch«, erklärt er mit zusammengekniffenen Augen. Durchdringend sieht er mich dabei an, als warte er nur darauf, dass ich ein falsches Wort sage.

»Was wollten sie denn von dir? Gab es noch Formalitäten zu klären? Haben wir irgendetwas vergessen anzugeben?«

Sammy knallt die Dose so laut auf unseren Wohnzimmertisch, dass ich Angst haben muss, das Glas ist zerbrochen. »Irgendjemand hat die Bullen auf den Trichter gebracht, mein Fahrrad wäre geklaut.«

»Ist es das denn?« Ich halte Sammys Blick stand.

»Bullshit, Mann! Glaubst du nicht, dass, wenn ich mir ein Fahrrad besorgen würde, es dann nicht etwas cooler wäre? Ich meine, du bist das Teil selbst gefahren. Es quietscht. Und es ist verdammt noch mal *pink.*«

Abwehrend hebe ich die Hände in die Höhe, als Sammys Stimme von Silbe zu Silbe immer lauter wird. Mrs Lovegood hat verdammt gute Ohren. Wenn Sammy weiterhin so laut ist, wird sie jeden Moment vor der Tür stehen, klingeln und fragen, ob etwas passiert ist. Und das könnte ich gerade überhaupt nicht gebrauchen.

»Ist ja schon gut. Warum denkst du, dass dich jemand angeschwärzt hat?«, versuche ich der Sache auf den Grund zu gehen.

Sammy öffnet die Dose. Ein zischender Laut ist zu hören. Er nimmt einen Schluck und stellt sie dann wieder auf dem Glastisch ab. Diesmal mit weit weniger Schwung. Offenbar scheint er sich allmählich zu beruhigen. Gut so.

»Findest du es nicht irgendwie komisch, dass ich wegen der Schlägerei mit diesem Vollidioten aus deiner Schule auf die Wache muss, dort verhört und dann wieder entlassen werde, nur, damit wenige Tage später die Cops noch mal bei mir klingeln und mich nach dem Rad fragen? Mann, die haben sogar die Fahrgestellnummer prüfen lassen, um festzustellen, ob es als gestohlen gemeldet wurde.«

»Gab es denn einen begründeten Verdacht? Haben sie irgendetwas dazu gesagt?«, hake ich nach.

Sammy verzieht das Gesicht angewidert. »Ganz ehrlich, Mann. Für mich ist die Sache sowas von klar. Lucas, dieser Wichser, will mir eins auswischen, weil ich ihm eine fette Platzwunde mitten im Gesicht verpasst habe. Reicht ihm wohl noch nicht, dass die Bullen mich gefilzt haben.« Sammy ist aufgebracht und atmet schwer.

»Warte mal«, erwidere ich. »Das ist eine echt krasse Anschuldigung.« Ich frage mich, ob Lucas zu so etwas wirklich im Stande wäre. Andererseits … »Erinnerst du dich noch, wie es zu dem Streit mit Lucas und dir kam?«

Sammy sieht zu Boden, konzentriert sich auf einen Punkt, als würde er dort vor sich einen Film ablaufen sehen, in dem ihm die Ereignisse des besagten Abends noch mal vor Augen geführt werden.

Nach einer Weile sieht er zu mir auf.

»Fuck! Natürlich. Er muss es gewesen sein! Das ist der Beweis.«

Schon steht er wieder auf, und ich hab alle Hände voll damit zu tun, ihn davon abzuhalten, wie ein Irrer an mir vorbeizurennen und Lucas zur Rechenschaft zu ziehen. Genau auf diese Reaktion hat der doch nur gewartet. Ich frage mich, warum Lucas das macht. Was hat er denn davon, Sammy an die Cops auszuliefern?

Gekränkte Eitelkeit vermutlich. Der Typ stolziert seit Tagen wie ein aufgeblasener Gockel durch die Schule. Jedem, der ihn nach dem Pflaster oberhalb seines Auges gefragt hat, hat er nur allzu bereitwillig von der Schlägerei mit Sammy erzählt. Besonders vor den Mädchen hat er damit versucht, Eindruck zu schinden. Und das ist ihm sogar unverständlicherweise öfter gelungen, als ich gedacht hätte.

Auf mein Veilchen hat mich zum Glück keiner angesprochen. Aber ich trage es auch nicht wie eine Trophäe mit mir herum. Wann immer es geht, setze ich eine Sonnenbrille auf. In wenigen Tagen sollte man davon hoffentlich nichts mehr sehen.

»Sammy, warte!«, versuche ich ihn zu beruhigen.

»Was?«

Mit funkelnden Augen sieht er mich an. Es fehlt nicht mehr viel, und seine Wut wird sich gegen mich richten. Dennoch bemühe ich mich darum, Ruhe zu bewahren und Sammy von einer Dummheit abzuhalten, die ihn im Ernstfall seine Zukunft kosten wird.

Mir bleibt nur diese eine Chance. Mehr wird mir Sammy nicht geben. Wenn ich es jetzt nicht schaffe, ihn von seinem Vorhaben abzubekommen, dann war's das vielleicht. Dann war alles, was wir schon gemeinsam geschafft haben, vollkommen umsonst.

Sein Versagen ist auch mein Versagen. Irgendwie.

Doch am Ende ist Sammy selbst für seine Taten verantwortlich. Ich werde nicht immer danebenstehen können, um ihm zu sagen, was richtig und was falsch ist. Das kann und will ich gar nicht leisten.

Was ich möchte, ist, ihm klarzumachen, dass es nichts bringt, immer gleich rotzusehen und die Fäuste sprechen zu lassen. Sammy muss lernen, mit seiner inneren Wut umzugehen. Es wird immer wieder Typen wie Lucas geben, die ihn aus der Reserve locken und ihn provozieren werden. Ich sollte Sammy also nicht nur davon abhalten, Lucas irgendwo aufzulauern und ihm was auch immer anzutun. Nein, wenn ich ihm wirklich helfen möchte, dann braucht er ein Ventil für seine Wut.

»Wenn du jetzt gehst, dann hat Lucas genau das erreicht, was er wollte. Der wartet doch nur auf seine Chance, um es dir heimzuzahlen. Wenn du jetzt losziehst, um dich auf die Suche nach ihm zu machen, dann läufst du ihm geradewegs in die Falle.«

Sammy steht mit geballten Fäusten neben mir. Seine Kieferknochen mahlen. Er sieht mich angespannt an. Es vergeht eine ganze Weile, in der wir uns stumm gegenüberstehen.

»Was schlägst du also vor?« Seine Worte klingen gepresst. Es kostet ihn viel Kraft, mich nach einer Alternative zu fragen. Ganz so, als wäre er eine bereits gezündete Rakete, die von ihrem ursprünglichen Ziel abgebracht werden soll. Kein leichtes Unterfangen …

»Wir sollten mal gemeinsam zum Judo gehen«, schlage ich vor.

»Judo?«

Sammy sieht mich an, als hätte ich eine Schraube locker.

»Es wird dir gefallen«, sage ich schnell, um ihn von meiner Idee zu überzeugen.

Denn je länger ich darüber nachdenke, desto sicherer bin ich mir, dass es genau das ist, was Sammy gerade braucht. Beim Sport kann er sich verausgaben, ohne dabei Gefahr zu laufen, seine überschüssige Energie könnte ihn ins Gefängnis bringen.

Sammy zögert, schaut zur Tür. Ich spüre bereits, wie ich ihn verliere, wie er einen anderen Weg einschlagen will.

Komm schon, Sammy, sage ich stumm zu ihm und hoffe doch, dass er es hört.

Er soll sich nicht von mir bedrängt fühlen. Gleichzeitig weiß ich aber auch, dass ich jetzt auf gar keinen Fall nachgeben sollte. Wenn ich für Sammy da sein will, dann muss ich darauf hoffen, dass er mir das nötige Vertrauen entgegenbringt und selbst einsieht, dass ich recht habe.

Jede weitere Sekunde verstreicht quälend langsam. Sammy sieht zwischen der Tür und mir hin und her. Er hat noch keine Entscheidung getroffen. So viel ist sicher. Seine Miene ist undurchsichtig. Seine Gesichtszüge wirken verhärtet wie bei einer Statue. Nur seine Augen bewegen sich.

Die Situation ist zum Bersten gespannt. Wird Sammy sich weiter von seiner Wut treiben lassen, oder wird er einsehen, dass es falsch ist, Lucas aufzulauern, um ihm eins auszuwischen? Wird er verstehen, dass er ihm keinen Denkzettel verpassen darf, wenn er endlich aus dieser Spirale aus Wut und Aggressionen ausbrechen möchte? Und letztlich: Will er das überhaupt?

»Wann ist denn dieses Judo?«

Es ist nur eine Frage, und dennoch hüpft mein Herz in meinem Brustkorb wie verrückt auf und ab. Nach außen hin gebe ich mich tough, als hätte ich genau mit dieser Antwort gerechnet.

»Wir könnten gleich los. Der Trainer ist immer offen für neue Mitglieder. Er wird sich freuen, dich zu sehen. Was meinst du?«

Wieder huscht Sammys Blick zur Tür. Doch seine geballten Fäuste lösen sich langsam. Nach und nach fällt die Anspannung von ihm ab. Er wird ruhiger, atmet gleichmäßiger. Auch seine Gesichtsmuskeln lockern sich. Sammy lächelt zwar nicht, aber es ist dennoch ein Anfang. Ein Anfang, auf den wir aufbauen können. Wenn er nur will.

»Ich muss dann aber nicht immer da hin. Oder? Ich

werde mir das nur mal ansehen. Okay? Das heißt aber nicht, dass ich Lucas nicht dennoch eine verpasse, wenn ich ihn sehe.«

Sammys Nasenflügel blähen sich leicht auf. Die Wut hat er noch nicht unter Kontrolle gebracht. Es fällt ihm nicht leicht, über Lucas zu reden, ohne dabei die Beherrschung zu verlieren. Dennoch rechne ich ihm hoch an, dass er es versuchen will, dass er heute nicht mit dieser Wut im Bauch auf die Suche nach Lucas geht.

Beschwichtigend hebe ich die Hände in die Höhe. »Das ist ganz allein deine Entscheidung, Sammy.«

Mein Freund wendet seinen Blick nun endgültig von der Tür ab. Er sieht mir fest in die Augen. Dann nickt er mir kaum merklich zu. Ich sehe es dennoch. Und freue mich wahnsinnig darüber.

»Könnten wir noch was essen? Ich sterbe vor Hunger.«

»Das erklärt einiges«, sage ich und ernte darauf Sammys verwunderten Gesichtsausdruck.

»Was soll das heißen?«, fragt er mit leicht gereizter Stimme.

»Sandwich?«, erwidere ich diplomatisch.

»Hört sich gut an«, sagt Sammy, und als ich mich abwende, um unseren Snack vorzubereiten, fügt er hinzu: »Danke, Mann. Für alles.«

Kapitel 29

Olivia

»Mist!«

Dieser Morgen ist prädestiniert dafür, einer dieser Tage zu werden, an denen man besser im Bett geblieben wäre.

Zuerst verbrenne ich mir beim Frühstück meine Zunge an der heißen Schokolade. Dann fällt dabei auch noch ein Tropfen auf meine weiße Bluse, woraufhin Mom herumzetert, wie ich wieder rumlaufe.

Und zur Krönung komme ich jetzt dank der verstreuten Zettel auf dem Boden, die gerade noch lose in meinem Block lagen, zu spät zum Unterricht. Nachsitzen und damit Ärger mit meinen Eltern ist also auch schon wieder vorprogrammiert.

Seufzend lasse ich mich auf die Knie fallen und versuche die Papierflut vom Boden aufzuklauben. Gar nicht so einfach, wenn währenddessen überall Füße um einen herumlaufen, die einen jeden Moment auf die Finger treten könnten. Auch wird der ein oder andere Zettel weggeweht. Bald schon ist der überwiegende Teil des Korridors mit meinen geistigen Ergüssen gepflastert. Wie peinlich!

Ich kann nur hoffen, dass niemand so genau hinsieht. Auf den Blättern sind ein paar von mir gezeichnete Bilder und Porträts, die ich nur ungern jemandem zeigen möchte. Außerdem meine ersten Versuche für den Poetry Slam …

Es hat sehr lange gedauert, bis ich mich überhaupt dazu durchringen konnte, mich mit dem Gedicht zu befassen. Der Gedanke, dass ich es auf der Bühne vor Publikum wiedergeben soll, lähmt mich total. Und langsam aber sicher läuft mir die Zeit davon.

Denn Aria hat ihr Versprechen gehalten: Sie hat tatsächlich alle Hebel in Bewegung gesetzt und dafür gesorgt, dass der nächste Poetry Slam an der Beaufort High stattfinden wird. Nur für Schülerinnen und Schüler dieser Schule. Verpflichtend für den Abschlussjahrgang. Die niedrigeren Jahrgangsstufen haben auch die Möglichkeit an dem Event teilzunehmen, wenn sie möchten. Freiwillig. Allerdings ist die Teilnehmerzahl begrenzt.

Freiwillig. Nie im Leben würde ich mich freiwillig vor eine solche Menschenmasse stellen, um vor ihr zu sprechen. Ich würde meinen Platz sehr gerne abgeben …

»Aua!«, stöhne ich schmerzerfüllt auf, als ich unvermittelt mit jemandem zusammenstoße. Sofort fängt mein Kopf an zu dröhnen, und ich plumpse unsanft auf meinen Hosenboden. Die Stelle auf der Stirn, die gerade in Mitleidenschaft gezogen wurde, pocht unangenehm. Ich streiche mit der Hand darüber. Das gibt mit Sicherheit ein gewaltiges Horn.

Demnächst bin ich dann wohl nur noch das viel belächelte schweigende Einhorn. Hey, zumindest kein Freak mehr!

»Verdammt!«, ruft in diesem Moment eine mir ziemlich bekannte Stimme. »Ich hätte es besser wissen müssen.«

Noch immer halte ich meine Hand auf die Stirn und blicke in die Richtung, aus der die Stimme kam.

Mein fragender Blick reicht schon aus, damit Nathan weiterspricht. »Erster Schultag. Parkplatz. Wagentür. Na, macht's da klick?«

Kaum dass Nathan geendet hat, flackern auch schon die Bilder von unserem ersten Aufeinandertreffen vor meinem geistigen Auge auf.

Das zwischen uns ist schon merkwürdig. Aber eins kann man nicht leugnen: Oft hat es mit einem großen Knall zu tun, wenn wir uns begegnen. Wie gerade eben. Mein Kopf fühlt sich an, als würde er jeden Moment platzen. Nathan hat wirklich einen Dickschädel. Aber das hätte ich schon vor unserem Zusammenprall sagen können.

»Das war doch etwas ganz anderes. Da habe ich dich nicht gesehen«, versuche ich mich zu rechtfertigen und ein für alle Mal einen Strich unter diese leidige Geschichte zu setzen.

»Ach, und jetzt bist du mit voller Absicht mit mir zusammengestoßen. Oder was?«

Auf Nathans Lippen bildet sich ein wissendes neckisches Lächeln, das mir vorher noch nie an ihm aufgefallen ist. Zwar komme ich fast um vor Schmerzen, aber gleichzeitig freue ich mich wahnsinnig darüber, dass wir so nun miteinander sprechen müssen. Ich weiß nicht, ob ich sonst den Mut gefunden hätte, auf ihn zuzugehen.

Für einen schrecklichen Moment habe ich mich an mein erstes Aufeinandertreffen mit Lucas erinnert gefühlt. Zum Glück war es diesmal Nathan und nicht Lucas, mit dem ich zusammengestoßen bin.

»Nein, natürlich nicht. Ich habe ja nur versucht meine Blätter … Was machst du überhaupt hier unten auf dem Boden?«

Habe ich das gerade wirklich gesagt?

Nathan kniet eine Armlänge von mir entfernt auf dem Fußboden und hebt abwehrend die Hände in die Höhe.

»Ich wollte nur helfen. Mehr nicht.«

»D-das ist s-sehr nett von dir«, rudere ich zurück.

Ich spüre bereits, wie ich gleich wieder in mein altes Muster verfallen werde. Das Stottern ist der Anfang. Wo es enden wird, weiß ich genau. Aber ich kämpfe dagegen an. Mit all den Worten, die ich mir dort auf den vielen Zetteln von der Seele geschrieben habe. Wie schützende Soldaten flankieren sie mich. Meine intimsten Gedanken. Meine Sehnsüchte. Meine Hoffnungen und Träume.

»Was ist das eigentlich?«, fragt Nathan neugierig, während er sich wahllos eines der vielen Blätter greift.

Wie eine Wahnsinnige versuche ich ihm den Zettel aus der Hand zu reißen. Fehlt nur noch, dass ich wie Gollum aus *Der Herr der Ringe* nach meinem Schatz rufe.

»Bin ich das?«

Nathan dreht das Papier in meine Richtung, und ich erröte schlagartig. Nathans große einfühlsame Augen, sein nachdenklicher Blick und das kleine Grübchen am Kinn …

Wieder versuche ich, ihm das Bild wegzunehmen. Doch noch ehe ich den Zettel zu fassen bekomme, saust er in die Lüfte, und ich greife ins Leere. Dabei taumle ich und wäre sicher gefallen, wäre da nicht Nathan gewesen.

Der Duft von frischer Minze vermischt mit einem Hauch Fahrradöl steigt mir in die Nase. Eine Stimme in mir fordert mich auf, schnellstmöglich Abstand zwischen uns zu bringen. *Das ist nicht gut. Nein, das hier ist ganz und gar nicht gut.* Schließlich sind wir nicht allein. Und auch wenn wir allein wären, wüsste ich nicht, ob es eine gute Idee wäre, mit meiner Wange an Nathans Brust zu lehnen.

Mit aller Macht versuche ich mich von ihm loszureißen, doch es will mir einfach nicht gelingen. Weder kann ich mich der Wärme, die von seinem Körper ausgeht, noch der Geborgenheit, die ich in diesem Moment verspüre, entziehen. Es geht einfach nicht.

Die nächsten Sekunden verstreichen. Ich halte meine Lider geschlossen. Nathans Herz schlägt gleichmäßig in seiner Brust. Der Ton wirkt beruhigend auf mich. Es ist ein bisschen wie das Ankommen nach einer langen Reise, die Gewissheit endlich am Ziel angelangt zu sein.

»Olivia?«, höre ich Nathan meinen Namen sagen.

Zur Antwort presse ich meine Lider noch ein wenig fester zu. Als könnte ich auf diese Weise verhindern, was nun unweigerlich folgen wird.

»Kann ich das Bild haben?« Nathans Stimme ist ganz dicht an meinem Ohr. Er flüstert seine Worte. Eine Gänsehaut überzieht meinen Körper vom Scheitel bis zur Fußsohle. Das Gefühl ist mir neu. Aber es fühlt sich so gut an.

Nur sehr widerwillig löse ich mich von ihm. Kaum dass ich seine Wärme nicht mehr spüre, wird mir auch schon kalt. Zum Schutz ziehe ich meine Strickjacke etwas enger um meinen Körper und verschränke meine Arme um meine Mitte. Vorsichtig öffne ich die Augen und hebe meinen Blick in seine Richtung. Ich erwarte, dass Nathan mich verwundert oder gar abschätzig ansieht.

Doch sein Blick ist weder irritiert noch abfällig oder spöttisch. Ganz im Gegenteil … Noch immer hält er mein Bild wie einen Schatz ganz fest in seiner Hand, als hätte er Angst, es fallen zu lassen und es in dem Meer an Blättern nicht mehr wiederzufinden.

Die Schritte der Menschen um uns herum verhallen im Korridor. Die Stimmen nehmen ab. Doch ich nehme sie ohnehin längst nicht mehr wahr … Jetzt gibt es nur Nathan und mich. Alles andere spielt keine Rolle mehr. Nur dieser Moment zählt.

Mein ganzer Körper sehnt sich danach, ihm noch einmal nahe zu sein, ihn zu spüren, zu riechen, sogar zu schmecken. Doch ich halte mich zurück. Dies wäre mit Sicherheit weder der passende Ort noch die passende Zeit dafür.

Ich weiß nicht, wo diese starken Gefühle so plötzlich herkommen. Ich weiß nur, dass sie da sind.

In diesem Augenblick mache ich mir keine Gedanken darüber, was sein könnte oder was war. Es fühlt sich ein bisschen so an, als hätte alles, was vor diesem Zwischenfall auf dem Fußboden des Schulflurs war, keine Bedeutung mehr.

Mit der freien Hand fängt Nathan plötzlich an, die losen Zettel auf dem Boden aufzusammeln. Der Unterricht beginnt in den nächsten Minuten. Wir sollten uns beeilen. Aber es fällt mir verdammt schwer, mich zu konzentrieren.

Alibimäßig greife auch ich nach den Blättern, um sie alle wieder in meinem Block zu verstauen. Aber eigentlich habe ich nur Augen für Nathan. Was denkt er gerade? Ob er diesen magischen Moment zwischen uns wohl auch gespürt hat? Oder habe ich mir das am Ende alles nur eingebildet?

»Denn Träume sind das einzige was bleibt, wenn die Welt sich vor dir verneigt und alles um dich herum sich in Dunkelheit hüllt«,

liest Nathan einen meiner Verse laut vor, der auf dem Zettel zu seiner Rechten geschrieben steht.

Mein Herz setzt einen Schlag aus, als ich seine Stimme meine Worte aussprechen höre. Er soll nicht meine intimsten Gedanken lesen. Oh Gott! Wie peinlich. Ich möchte am liebsten im Erdboden versinken, ich muss …

»Das hört sich gut an. Ist das von dir?«, unterbricht Nathan meine Gedanken.

Darauf war ich nicht vorbereitet, dass Nathan gut findet, was ich mir die letzten Tage bis spät in die Nacht ausgedacht habe. Viele meiner Versuche sind im Papierkorb gelandet. Nur die wenigsten durften in meinem Block bleiben. Und die, von denen ich nicht sicher war, ob sie mir überhaupt gefielen, ließ ich lose darin, um sie jederzeit einfach wegwerfen zu können. Oder eben wie gerade eben auf dem Schulflur zu verlieren. Welche Ironie des Schicksals!

»Nein, in meiner Freizeit wühle ich ganz gern in den Papierkörben anderer Leute und schaue, was ich davon verwenden kann.«

Ich zucke regelrecht zusammen, als Nathan laut loslacht und der Ton an den Wänden des leeren Flurs widerhallt. Erst jetzt wird mir bewusst, dass wir tatsächlich ganz allein sind.

»Du bist witzig«, stellt Nathan fest.

Ich erröte bei seinen Worten, wenn überhaupt möglich, noch eine Spur mehr. Wieder ist dieses verschmitzte Lächeln auf Nathans Lippen zu sehen. Er sieht mich erwartungsvoll an, aber ich habe keinen blassen Schimmer, was ich antworten soll.

»Was ist nun?«, fragt er plötzlich, und ich verstehe nicht.

»Was genau meinst du?«

Wieder hebt er das Porträt in die Höhe. »Kann ich es nun haben?«

Was denkt Nathan von dem Bild? Findet er es wirklich gut? Und macht er sich womöglich Gedanken darüber, warum ich ihn überhaupt gezeichnet habe? Ich male nur sehr wenige Porträts. Meistens male ich Landschaften oder Tiere. Generell zeichne ich Menschen nur aus dem Gedächtnis heraus. Und dafür muss ich sie gut kennen.

Ich nicke kurz und mache mich dann sofort wieder ans Aufsammeln. Es sind nur noch wenige Blätter auf dem Boden verstreut.

Als ich aufstehe, reicht mir Nathan sein Bündel. Unsere Hände berühren sich dabei. Mein ganzer Körper fühlt sich an, als hätte er einen Stromschlag abbekommen. Viel zu lange ruhen seine Finger auf meinen, während wir uns tief in die Augen sehen.

»Wir sollten Mrs Reinolds nicht länger warten lassen.« Nathan grinst mich verschwörerisch an.

Verlegen beeile ich mich, die Blätter zurück in meinen Block zu legen und alles in meinem Rucksack zu verstauen. Dann greife ich mir noch mein Geschichtsbuch aus meinem Spind, bevor Nathan und ich Seite an Seite zum Unterricht gehen.

»Na, wie schön, dass Sie uns auch noch mit Ihrer Anwesenheit beehren. Jetzt wüsste ich zu gerne, was vorgefallen ist. Ansonsten sehe ich mich leider gezwungen, Sie beide nachsitzen zu lassen«, tönt Mrs Reinolds mit in die Hüften gestemmten Händen, als wir das Klassenzimmer betreten. Sie schaut drein, als hätte sie soeben in eine saure Zitrone gebissen.

»Uns kam ein Unfall dazwischen«, erwidert Nathan, ganz die Ruhe selbst, und wirft mir dabei einen vielsagenden Blick zu.

Mrs Reinolds mustert uns von oben bis unten. »Brauchen Sie einen Arzt? Was ist denn passiert?«

Unsere Geschichtslehrerin klingt besorgt. Schon bekomme ich ein schlechtes Gewissen.

»Es ist alles bestens«, erwidert Nathan mit einem Lächeln und zwinkert mir zu, während wir zu unseren Plätzen gehen.

Ich blicke dabei in verwunderte Gesichter und sehe ein paar Mädchen miteinander tuscheln.

Aber in diesem Augenblick ist mir das alles egal.

Messenger

Nathan: Hey, Olivia!

Olivia: Hey, wie geht's dir?

Nathan: Ich wollte mich noch mal für das Bild bedanken 🙏 Es ist echt cool 😍

Olivia: Das freut mich 😊 Hast du schon einen Platz gefunden, wo du es hinhängen willst?

Nathan: Ich überlege noch 😅 Aber wenn ich ehrlich bin, hab ich momentan nicht so den Kopf frei, um mir über solche Sachen Gedanken zu machen.

Olivia: Nicht?

Nathan: Ich muss ständig an dieses eine Mädchen denken. Sie ist ziemlich cool, musst du wissen 😊

Olivia: Was ist denn so cool an ihr?

Nathan: Sie hat einen ganz ähnlichen Humor wie ich, ist klug und kann echt verdammt gut zeichnen ✍

Olivia: Das hört sich nach einem ziemlich tollen Mädchen an.

Nathan: Das ist sie auch. Ist nur die Frage, ob sie mich auch mag ... Aber ich langweile dich bestimmt.

Olivia: Das tust du ganz und gar nicht. Ich verschenke nicht nur selbstgezeichnete Porträts, ich kann auch ganz gut zuhören.

Nathan: Das merke ich mir.

Olivia: Ja, das solltest du auch. Unbedingt.

Nathan: Ach, und Olivia?

Olivia: Ja?

Nathan: Danke.

Olivia: Wofür?

Nathan: Für das Bild.

Olivia: Du hast dich doch schon dafür bedankt 😅

Nathan: Ach, tatsächlich? Siehst du, was dieses Mädchen mit mir macht?

Olivia: Oje, vielleicht solltest du jetzt lieber schlafen? 😅

Nathan: Schlaf gut, Olivia. Irgendwie freu ich mich auf den morgigen Schultag. Komisch, oder?

Olivia: Nein, das ist gar nicht komisch. Mir geht es da nämlich seit vorgestern ganz ähnlich. Meine Eltern haben mir nämlich bis zum Schuljahresende Hausarrest aufgebrummt 🙁 Von mir aus könnte von daher an jedem Tag Schule sein 😅

Nathan: Das tut mir leid.

Olivia: Braucht es nicht. Zum Glück ist ja Schule.

Nathan: Ja, zum Glück.

Olivia: Bis morgen.

Nathan: Bis morgen und schlaf gut.

Olivia: Du auch. Ich hoffe, das Mädchen, das dir ständig durch die Gedanken schwirrt, lässt dich in Ruhe schlafen.

Nathan: Ich hoffe nicht. Ich mag sie nämlich. Sehr sogar 😍

Kapitel 30

Nathan

Einige Tage nach Olivias und meinem Zusammenstoß im Schulflur legt sich auf dem Weg in die Bibliothek eine Hand schwer von hinten auf meine Schulter.

Ich bleibe stehen, drehe mich um und blicke geradewegs in das arrogant grinsende Gesicht von Lucas.

»Was gibt's?«, frage ich kurz und knapp, denn jeder Berührungspunkt mit diesem Idioten ist zu viel.

»Lass deine Finger von Olivia! Das Treffen mit ihr solltest du lieber vergessen«, kommt er gleich auf den Punkt. Zumindest in dieser Hinsicht sind wir einer Meinung.

Während mich Lucas selbstgefällig angrinst, spüre ich eine Wut in meinem Bauch auflodern. Was denkt dieser Typ eigentlich, wer er ist, mir Vorschreibungen machen zu können, mit wem ich mich treffe und mit wem nicht?

Woher weiß er überhaupt, dass Olivia und ich uns in der Bücherei verabredet haben? Ich habe es niemandem erzählt, und Olivia wird es ihm sicher auch nicht auf die Nase gebunden haben. Merkwürdig.

Lucas wird mir von Mal zu Mal suspekter. Seit er an der Schule ist, schleicht er wie ein Schatten um Olivia herum. Dafür bringt er sich weder besonders in den Unterricht ein, noch scheint er wirklich Freunde zu haben.

Wenn es nach mir ginge, dann könnte dieser Kerl am anderen Ende des Landes oder am besten gleich auf dem Mond zur Schule gehen. Seit der Sache mit Sammy habe ich ihn sowas von gefressen …

»Sonst noch was?« Ich sollte es lassen, ihn einfach wie Luft behandeln und weitergehen. Aber ich will Lucas auf keinen Fall das Gefühl geben, er könnte mir vorschreiben, was ich zu tun oder zu lassen habe. Und viel wichtiger: Was bildet er sich ein, so über Olivia bestimmen zu können?

Zur Antwort lächelt Lucas noch immer breit und kaut währenddessen seelenruhig Kaugummi. Wieder klopft er mir auf die Schulter. Nur diesmal sieht er mir dabei in die Augen. »Hör besser auf mich! Sonst könnte es dir am Ende noch leidtun.«

Seine Augenbrauen schnellen einmal vielsagend in die Höhe, dann macht er auf dem Absatz kehrt und verschwindet wieder dorthin, von wo er gekommen ist. Nicht ganz. Leider. Wahrscheinlich ist er auf dem Weg zum Parkplatz, um in sein protziges Cabrio einzusteigen und nach Hause zu fahren. Schon morgen wird er wieder hier sein.

Erst jetzt spüre ich, wie sich meine Hände zwischenzeitlich zu Fäusten geballt haben. Ich löse meine Finger aus der verkrampften Haltung und schüttle leicht den Kopf, wie um die letzten Minuten aus meinem Gedächtnis zu löschen. Dann atme ich zwei, drei Mal bewusst ein und aus, um die Unruhe in mir wegzuschieben, und setze meinen Weg Richtung Bibliothek fort.

Das Letzte, was Olivia jetzt gebrauchen kann, ist einen aufgewühlten Freund, der sie nur noch mehr aus der Ruhe bringt, als sie es ohnehin schon ist. Sie braucht Zuspruch. Obwohl sie den eigentlich überhaupt nicht nötig hat. Sie ist klug und versteht total viel von unserem Referatsthema. Aber ich weiß mittlerweile, dass sie schreckliche Angst davor hat, es vor der ganzen Klasse zu präsentieren. Und noch viel mehr Sorgen bereitet ihr der Poetry Slam. Dabei war schon der kurze Ausschnitt, den ich auf einem ihrer Zettel bei unserem Zusammenstoß gelesen habe, so genial. Jedes ihrer Worte trifft mich mitten ins Herz …

Seit der Aktion mit der Blätterflut auf dem Flur haben wir in der Schule nur ein paarmal miteinander geredet. Nach wie vor spricht Olivia wenig, und meist macht sie den Eindruck, als würde sie sich nicht wohl dabei fühlen, wenn wir von allen beobachtet werden, während wir miteinander reden.

Also schreiben wir uns viel per Messenger. Und das ist richtig schön, denn ich habe das Gefühl, dass sie sich schriftlich viel mehr öffnen kann und es ihr leichter fällt, sich zu unterhalten. Ich schreibe unheimlich gern mit ihr und hoffe, dass sie inzwischen gemerkt hat, dass ich sie mag. Trotz meiner eher unbeholfenen Flirt-Versuche …

Bisher habe ich es noch nicht gewagt, sie anzurufen. Irgendwie fehlt mir noch das Gespür dafür, ob sie das gut finden würde oder nicht.

Denn trotz der allmählichen Annäherung ist das Konstrukt zwischen uns fragil. Es gibt Themen, die ich nicht von alleine ansprechen würde. Wie beispielsweise das Verhältnis zwischen ihr und ihren Eltern. Ich glaube, Olivia möchte nicht mit mir darüber sprechen. Also dränge ich sie auch nicht dazu. Nur leider flackert in meinem Gedächtnis immer wieder das Erlebnis dort auf dem Schulparkplatz auf, von dem ich unfreiwillig Zeuge wurde. Noch immer kann ich die harschen Worte hören, mit denen Olivias Dad sie bedacht hat.

Ich kann mich nicht daran erinnern, dass meine Eltern je so lieblos mit mir umgegangen wären. Aber vielleicht sehe ich das alles ja auch total falsch. Irgendwann wird Olivia mir das Vertrauen schenken, das nötig ist, damit sie mir mehr von sich und ihrer Familie erzählen kann. Da bin ich mir ganz sicher. Und bis dahin muss ich mich gedulden.

Ein paar kostbare Dinge weiß ich mittlerweile schon über sie: Olivia ist einfach perfekt, so wie sie ist. Sie ist intelligent, kann gut zuhören, liest total gerne und hat mir schon einige tolle Musiktipps gegeben. Ich bin so dankbar dafür, dass sie mir diese Chance gibt. Denn irgendwas sagt mir, dass sie nicht bereit ist, sich jedem so zu öffnen.

Endlich komme ich an der Bibliothek an. Meine Hand legt sich auf die kalte Klinke der Tür, und als ich sie öffne, sehe ich Olivia nur ein paar Schritte vom Eingang entfernt etwas verlassen zwischen zwei Regalreihen stehen. Wie lange sie wohl dort schon auf mich wartet? Sofort bekomme ich ein schlechtes Gewissen …

»Hey! Sorry, mir kam noch etwas dazwischen«, begrüße ich sie und versuche mir dabei nicht anmerken zu lassen, was gerade vorgefallen ist.

Olivia lächelt, aber ich kann ihr ansehen, dass sie sich in den letzten paar Minuten ständig Gedanken darüber gemacht hat, ob ich wohl überhaupt kommen würde. Schon tut es mir noch mehr leid, dass ich sie viel zu lange habe warten lassen. Und es tut mir leid, dass ich Lucas nicht mit mehr Nachdruck meine Meinung gegeigt habe.

»Hey«, sagt sie dann und schiebt sich dabei verlegen eine Haarsträhne hinters Ohr.

Wir setzen uns auf die Stühle, die zwischen den beiden Regalreihen an einem Tisch stehen. Heute Nachmittag scheint die Bücherei wie ausgestorben zu sein. Bisher sind mir keine weiteren Schüler aufgefallen. Aber im Grunde habe ich eh nur Augen für Olivia.

»Hast du deinen letzten Feinschliff an deinem Part des Referats gestern Abend noch gemacht?«

Olivia sieht noch immer verunsichert aus. Sie zögert mit ihrer Antwort. Und ich habe schon Angst, mit meiner Zuspätkommaktion die Sache zwischen uns vermasselt zu haben. Auch wenn ich noch immer nicht sagen kann, was das zwischen uns ist.

Olivia zieht einen Zettel aus einer mit Gummibändern umspannten Mappe und reicht ihn mir, ohne etwas zu sagen. Die Anspannung ist ihr deutlich vom Gesicht abzulesen. Ich möchte sie ihr nehmen und ihr sagen, dass alles in Ordnung ist. Dass es nur ein blödes Referat ist und sie das ganz sicher sehr gut machen wird. Dafür muss ich ihre Notizen gar nicht erst gesehen haben.

Als ich meinen Blick auf das Papier richte, stutze ich.

Dort steht nichts über die Desch-Bombe. Ganz im Gegenteil …

»Olivia, ist das …«, setze ich an.

Sie nickt. »Mein Beitrag für den Poetry Slam«, sagt sie leise und schaut mir dabei nicht in die Augen.

Ich starre sie an. Überwältigt, dass sie mir den Text einfach so in die Hand gedrückt hat. Das ist … wow.

Als mein Blick über die Zeilen fliegt, breitet sich ein überwältigendes Gefühl in meinem Körper aus. Ihre Worte sind einfach perfekt. Noch perfekter, als sie es in dem kleinen Ausschnitt, den ich zufällig gelesen habe, waren.

Auch wenn Olivia mir sicher nicht glauben wird, bin ich mir ganz sicher, dass sie mit ihrem Gedicht die Herzen der gesamten Schule im Sturm erobern wird. Ihre größte Angst ist es, dass die Leute einfach zu lachen beginnen könnten, wenn sie mit ihrem Vortrag beginnt. Aber das ist lächerlich. Niemand wird sich über sie lustig machen.

»Wow! Das ist wirklich … gut geworden. Ich kann es kaum erwarten, dich das Gedicht vortragen zu hören.«

Olivia lächelt zurückhaltend. Nur kurz, dann fallen ihre Mundwinkel auch schon wieder herunter.

»Was?«, hake ich sofort nach.

»Das sagst du doch nur, weil …« Mitten im Satz bricht sie ab und greift nach dem Zettel in meiner Hand. Doch ich gebe ihn ihr nicht.

»Weil?«

»Na ja, weil wir uns ganz gut verstehen. Denke ich.«

Olivia schaut unschlüssig zwischen mir und dem Blatt Papier in meiner Hand hin und her. Von ihren Augen kann ich ablesen, wie wichtig ihr ihre geschriebenen Zeilen sind. Das ist ein gutes Zeichen.

Anstatt sie weiter zappeln zu lassen, überreiche ich ihr das Gedicht wieder. Unsere Hände berühren sich dabei, bleiben aneinander hängen, als würden sie wie zwei gegensätzlich gepolte Magnete voneinander angezogen werden. Wir wehren uns nicht dagegen.

Am liebsten würde ich sie in meine Arme ziehen, ihr sagen, wie wichtig sie mir ist und sie endlich küssen. Aber irgendwie bin ich mir nicht sicher, ob sie es auch will. Und ich will auf gar keinen Fall eine Grenze übertreten und sie dadurch verschrecken. Stattdessen frage ich nur: »Tun wir das?«

Olivias Fingerspitzen lösen sich von meinen. Schon fürchte ich, dass ich etwas Falsches gesagt haben könnte …

»Ich … Ich hätte jetzt Lust auf eine heiße Schokolade«, sagt sie plötzlich wie aus heiterem Himmel.

»In der Bibliothek sind Getränke verboten«, gebe ich den Inhalt der gefühlt fünfzig aufgehängten Schilder um uns wieder.

Olivia lacht. Und das erste Mal an diesem Tag wirkt es frei und unbeschwert.

»Wir müssen die heiße Schokolade ja nicht zwangsläufig hier trinken. Der Schulgarten ist ganz schön«, schlägt sie vor.

Mein Herz macht einen Luftsprung. Ich tue es ihm gleich und hüpfe mit einem Satz von meinem Stuhl auf. »Worauf warten wir dann noch?«

Olivia schüttelt lächelnd den Kopf.

Aus einem Reflex heraus reiche ich ihr meine Hand, und schon im nächsten Moment fürchte ich, dass das ein Fehler war. Aber zu meiner Überraschung legt sie bereitwillig die ihre hinein. Wieder macht mein Herz einen Hüpfer.

Hand in Hand laufen wir an Mrs Noack vorbei, die wie immer ein wachsames Auge auf alles und jeden hat.

Olivia versteift sich ein wenig neben mir. Auch im Korridor lasse ich ihre Hand nicht los. Und sie versucht auch nicht, sie mir wieder zu entwenden. Ihre Finger sind ganz kalt. Eine heiße Schokolade ist also längst überfällig.

»Hey, ihr beiden.« Aria steht nur wenige Schritte vor uns auf Höhe des Getränkeautomaten.

Panisch entzieht mir Olivia ihre Hand, und wieder erkenne ich, wie zerbrechlich unsere Verbindung ist. Aria ist ihre beste Freundin, und doch darf sie uns nicht zusammen sehen.

»Was machst du denn noch hier?« Olivias Worte klingen ein wenig vorwurfsvoll.

»Ich wollte mir eben noch eine heiße Schokolade holen«, erklärt Aria lächelnd und wirft ein paar Münzen in den Automaten.

Nachdem sie ihr Getränk gewählt hat, erwacht die Maschine zum Leben, und ein ohrenbetäubendes Rattern ist zu hören. In der Schule geht das Gerücht, dass das Gerät älter als der Direktor sein soll. Und das hat was zu heißen. Schließlich wird der im nächsten Jahr pensioniert.

»Möchtest du vielleicht mit uns raus in den Garten?«, meint Olivia, als das Geräusch verklungen ist.

Doch Aria winkt ab. »Ich muss gleich los … zum Tennis.«

»Dann viel Spaß dabei«, erwidere ich schnell, bevor Aria es sich noch mal anders überlegen kann.

Es ist nicht so, dass ich sie nicht leiden könnte. Ganz

im Gegenteil. Aria ist klug und total nett. Außerdem kennen wir uns schon seit dem Kindergarten. Aber die Chance, die sich mir da gerade bietet, werde ich vermutlich so schnell nicht wiederbekommen. Ich sehne mich so sehr nach gemeinsamer Zeit mit Olivia, dass es schon wehtut.

»Du spielst doch schon länger nicht mehr.« Olivia sieht ihre Freundin verwundert an.

»Ich habe wieder damit angefangen«, erklärt Aria, hebt ihre Hand zum Gruß und ist schneller weg, als wir Tschüss sagen können.

»Bleibt es bei der heißen Schokolade?«, frage ich schnell, um Olivia nicht auf den Gedanken zu bringen, ihrer Freundin nachzugehen.

»Sehr gerne«, erwidert sie mit einem Lächeln auf den Lippen, und ich bin froh, dass alles gut zwischen uns ist.

Als Olivia ihren braunen Becher in Händen hält, ziehe ich mir einen Kaffee. Gestern Abend war ich wieder mit Sammy beim Judo und habe das Koffein gerade echt nötig, weil es ziemlich spät geworden ist. Seit ich ihn das erste Mal mitgenommen habe, geht er jetzt regelmäßig einmal die Woche mit mir hin.

Die Zeit wird zeigen, ob es etwas bringt. Aber auf mich macht Sammy schon einen viel relaxteren Eindruck. Vielleicht hat er im Judo sein Ventil gefunden. Ich hoffe es jedenfalls.

Olivia und ich schlendern jetzt Seite an Seite nach draußen in den Garten. Leider halten wir uns dabei nicht länger an den Händen. Doch ich versuche mir meine Enttäuschung nicht anmerken zu lassen, weil ich Olivia nicht bedrängen will.

Olivia läuft zielstrebig auf etwas zu, das sich hinter den

riesigen Bäumen befindet. Ich folge ihr, ohne nachzufragen.

»Eine Bank«, stelle ich fest.

Olivia grinst. »Ja. Eine Bank. Wollen wir uns setzen?«

»Sehr gerne«, erwidere ich schnell.

Der übrige Garten scheint leer zu sein. Ich kann mein Glück kaum fassen. Nun werden wir beide also ganz für uns allein sein. Vielleicht gibt es nun ja die Gelegenheit, endlich einmal ganz offen miteinander zu reden.

Olivia schielt auf ihre Uhr. »Leider habe ich nicht mehr lange Zeit. Mortimer holt mich gleich ab.«

Schon sehe ich meine Chancen wieder schwinden.

»Oh.«

»Nathan, ich wollte …« Dann stockt sie mal wieder mitten im Satz, sieht mir lange in die Augen.

Ich weiß nicht, ob ich sie ermutigen soll weiterzusprechen oder ihr besser zu verstehen gebe, dass es okay ist, wie es ist.

»Olivia, ich kann das so nicht mehr«, platzt es plötzlich aus mir heraus.

Oh, Mist! Viel zu harsch, viel zu laut. Ich sehe, wie sie zusammenzuckt. Das wollte ich nicht. Ich will schon wieder zurückrudern, da nimmt Olivia mir meinen Becher aus der Hand und stellt ihn neben ihren auf die Bank.

Ihre eben noch so kalten Hände fühlen sich warm an, als sie sie mir auf die Wangen legt. Wie in Zeitlupe bewegt sich ihr Gesicht auf meins zu. Meine Atmung setzt aus …

Kurz bevor sich unsere Lippen berühren, schließt sie ihre Augen, und ich tue es ihr gleich. Als ihr Mund auf den meinen trifft, verlieren all die quälenden Fragen an Bedeutung. Nur das hier zählt. Alles andere ist egal.

Vorsichtig lege ich meine Hände um ihre Taille. Jeden Moment rechne ich damit, dass sie sich von mir losreißt oder dass ich aus einem wunderschönen Traum aufwache. Doch nichts davon passiert.

Olivia legt ihre Hände in meinen Nacken. Erst ganz zaghaft. Dann bestimmter. Der Kuss wird intensiver und bleibt doch zärtlich. Ganz vorsichtig lassen wir nach einigen Momenten voneinander ab. Olivias Lippen sind gerötet. Ihr Brustkorb hebt und senkt sich viel zu schnell. Sie sieht unsicher drein. Als wüsste sie nicht, ob sie einen Fehler begangen hat.

»Das war …«, setze ich an.

»Tut mir leid«, entschuldigt sie sich da auch schon. »Ich wollte dich nicht …«

»Du wolltest mich also gar nicht küssen?«, frage ich mit einem Lächeln auf den Lippen.

Olivia fährt sich durch ihr langes rotes Haar. Ihre Wangen glühen, und das Grün ihrer Augen habe ich noch nie so leuchten gesehen. Es erinnert mich an türkisblaues Meer, wenn die Sonnenstrahlen darauf tänzeln.

»Doch«, sagt sie schließlich. »Ich wollte dich nur nicht überrumpeln. Das ist alles.« Sie wirkt regelrecht durcheinander von ihrer eigenen Courage und den Gefühlen, die meinen sicher ganz ähnlich sind.

Ich beuge mich ein Stück weit zu ihr vor, hebe sanft ihr Kinn mit meinem Zeigefinger an, damit sie mir in die Augen sieht. »Du darfst mich sehr gerne so oft überrumpeln, wie du nur möchtest.«

Olivias Mundwinkel schieben sich lächelnd nach oben.

Sie blinzelt scheu. Doch schon im nächsten Moment liegen unsere Lippen wieder aufeinander.

»Was war das?« Plötzlich löst Olivia sich von mir und sieht sich nach allen Seiten hin um.

Ich zucke mit den Schultern. »Was hast du denn gehört?«, frage ich.

»Ein Rascheln.« Dann deutet sie hinter uns. »Da hinten. Siehst du da jemanden?«

»Das war bestimmt nur ein Vogel«, versuche ich Olivia zu beruhigen, die plötzlich ganz blass um die Nase geworden ist.

Sie sieht ängstlich zwischen den Sträuchern und Gebüschen hindurch. Dann fällt ihr Blick auf ihre Armbanduhr.

»Mist! Mortimer wartet auf mich. Ich muss sofort los, wenn ich mir keinen Ärger einhandeln will. Mein Dad …« Dann löst sie abrupt ihren Blick von mir. »Ich muss jetzt wirklich gehen.«

»Was wird er tun, falls du zu spät kommst?«, wage ich schließlich das unausgesprochene Geheimnis, das wie eine Backsteinmauer zwischen uns steht, zu sprengen.

Ich kann und will nicht länger mitansehen müssen, wie Olivia das, was auch immer sie dort in ihrem Zuhause erwartet, mit sich allein ausmachen muss. Wieder flackert das Bild ihres cholerischen, herrischen Dads vor meinem inneren Auge auf. Dort auf dem Parkplatz der Schule und auf der Bühne in St. Anne.

Der Mann strahlt eine Kälte aus, die ich bisher noch an keinem Menschen wahrgenommen habe. Er wirkt angsteinflößend und mächtig. Ein Politiker, der ohne Skrupel über Leichen geht, um an sein Ziel zu kommen.

Wieder sieht Olivia auf ihre Uhr. Hin- und hergerissen

zwischen dem Wunsch, mir eine Antwort zu geben, und der Pflicht, Mortimer nicht länger warten zu lassen, hadert sie mit sich, was sie tun soll.

Diese Unruhe umfängt schließlich auch mich. Olivia soll wegen mir keine Probleme bekommen. Aber ich muss wissen, was in ihrer Familie vor sich geht. Ich muss es wissen, damit ich ihr helfen kann.

»Mein Dad ist streng und … manchmal etwas unkontrolliert«, sagt Olivia schließlich so leise, dass ich ihre Worte kaum verstehe.

Sie legt ihre Hände in den Schoß. Ihr Blick gleitet zu Boden. Ich kann ihr Gesicht nicht erkennen. Ihr langes rotes Haar fällt davor.

»Schlägt er dich?«, frage ich alarmiert und gehe damit in die Offensive.

Olivia schüttelt vehement den Kopf. »Nein, körperlich hat er mir noch nie wehgetan. Aber es gibt andere Mittel und Wege einem Menschen Leid zuzufügen.«

Olivia hebt ihren Kopf. Ihre Augen sind gerötet. Tränen benetzen ihre Wangen. Ich möchte sie in meine Arme nehmen, für sie da sein. Aber ich spüre, dass sie mir noch etwas sagen will. Und ich will sie nicht davon abhalten, sich mir anzuvertrauen.

»Ich kann mich nicht daran erinnern, dass mein Dad mich je in den Arm genommen hätte. Und auch bei meiner Mom ist das verdammt lange her. Ich weiß gar nicht mehr, ob es wahr ist oder ob ich mir das nur eingebildet habe.«

Bei Olivias Worten überzieht eine Gänsehaut meinen Körper. Meine Eltern umarmen mich bis heute täglich – bevor es in die Schule geht, wenn sie stolz auf mich sind oder ich ihren Zuspruch brauche. Ich kann mir nicht vorstellen, wie ein Mensch ohne diese Liebe leben kann.

»Aber Dad ist nun mal so. Er ist auf seinen Job fokussiert. Da bleibt nicht viel Platz für anderes. Mom und er waren auch schon seit Langem nicht mehr einfach nur aus, weil sie zusammen essen gehen wollten. Wenn die beiden ausgehen, dann ist es eine Spendengala oder ein Wohltätigkeitsball.« Dann wird Olivia noch eine Spur nachdenklicher. »Ich kann mich gar nicht mehr daran erinnern, wann Mom das letzte Mal gelacht hat.«

»Soll ich mal mit ihnen reden? Meinst du es bringt was, wenn ich mitkomme und …«

Olivia schüttelt heftig den Kopf. »Dad darf auf gar keinen Fall erfahren, dass es dich gibt.«

Ihre Worte fühlen sich wie ein Dolchstoß mitten ins Herz an. Ich bemühe mich, die Fassung zu bewahren, aber es fällt mir sehr schwer, mir nicht anmerken zu lassen, wie sehr mich die Worte des Mädchens, das ich so sehr mag, getroffen haben.

»Wie genau stellst du dir das denn vor? Soll ich mir einen Tarnumhang besorgen?« Ich versuche witzig zu klingen, aber meine Worte verfehlen offenbar ihre Wirkung.

Olivia sieht betrübt drein.

Schon bereue ich es wieder, dass ich überhaupt auf das Thema zu sprechen gekommen bin. Warum habe ich nicht einfach die Klappe halten können? Olivia steht doch ohnehin schon unter Zeitdruck. Es ist kein guter Moment für solch ein tiefgründiges Gespräch.

Aber gleichzeitig frage ich mich, wann der Augenblick richtig gewesen wäre – hier mal eine gestohlene halbe Stunde, dort wenige Minuten. Ich hatte zwar noch nie eine Beziehung, aber ich weiß, dass man Zeit miteinander verbringen sollte. Und dann ist da ja auch noch ihr Hausarrest. Das macht alles so viel schwerer. Ich weiß nicht, ob wir in näherer Zukunft überhaupt die Chance haben werden, uns näher kennenzulernen. Dabei möchte ich so gern für sie da sein. Jetzt noch mehr, seit ich weiß, wie gefühlskalt ihre Eltern sie behandeln.

Innerlich fühle ich mich zerrissen zwischen dem Willen, Olivia den Rücken zu stärken, für sie da zu sein und der Angst mit meiner bloßen Anwesenheit schon etwas zerstören zu können. Ich will ihr Leben nicht komplizierter machen, als es ohnehin bereits zu sein scheint. Aber ich will auch nicht ohne sie leben.

»Ich muss jetzt leider wirklich los.«

Olivia wischt sich die Tränen aus dem Gesicht. Sie sieht aus wie ein Häufchen Elend, und ich bin irgendwie dafür verantwortlich. Warum konnte ich diesen wunderschönen Moment zwischen uns nicht einfach genießen? Ich hasse mich dafür, dass sie wegen mir weinen musste.

»Olivia, ich ... schreibe dir später«, sage ich schnell, während sie bereits aufgesprungen ist, nach ihrem Rucksack gegriffen hat und zurück zum Eingang der Schule spurtet.

Soll ich ihr nachgehen? Oder macht das am Ende alles nur noch viel schlimmer? Ich fühle mich plötzlich furchtbar überfordert mit allem. Der Wunsch zu handeln und für Olivia da zu sein, ist schier übermächtig. Gleichzeitig sitze ich reglos auf dieser Bank hier und bin unfähig, einen klaren Gedanken zu fassen.

Ich nehme einen Schluck von meinem mittlerweile kalten Kaffee und bleibe einfach nur sitzen, starre dämlich vor mich hin und zermartere mir das Hirn über alles und nichts.

Als ich mich nach einer gefühlten Unendlichkeit durch die Korridore der Schule zum Parkplatz schlängele, erwarten mich dort zwei platte Reifen.

Lucas!, ist mein erster Gedanke. Er macht seine Drohung also wahr. Vermutlich hat er mitbekommen, dass Olivia und ich uns getroffen haben. Plötzlich fühle ich mich beobachtet, blicke mich zu allen Seiten hin um. Was für 'ne Scheiße.

Voller Wut trete ich nach meinem Fahrrad, als wäre es für alles verantwortlich, was heute passiert ist. Die kaputten Reifen setzen dem Ganzen die Krone auf. Aber Lucas wird es nicht gelingen, mich so zu provozieren, dass ich ihm einen Denkzettel verpassen möchte.

Ich bleibe standhaft. So wie Sammy. Außerdem habe ich gerade ganz andere Probleme als Lucas.

Ohne auch nur noch einen weiteren Gedanken an ihn zu verschwenden, nehme ich das Reparaturkit aus meinem Rucksack und flicke meine Reifen.

Kapitel 31

Olivia

Wieder einmal weiß ich nicht, was mich erwartet, wenn ich die Tür zu dem Haus öffne, das mir schon lange nicht mehr das Gefühl von Geborgenheit eines warmen Nests vermitteln kann.

Vielleicht tue ich ihm aber auch unrecht. Schemenhaft kann ich mich an ein kleines Planschbecken im Garten erinnern. Mom, die nur ihre Füße reinhält und mir eine Geschichte von Pooh dem Bären erzählt. Aber das liegt lange zurück.

Ein anderes Bild schiebt sich in mein Bewusstsein. Ich muss an Nathan denken. An seinen ernüchterten Gesichtsausdruck. Es hat mir fast das Herz gebrochen, ihm zu sagen, dass er für meinen Dad besser nicht existieren sollte. Wird er es verstehen? Kann man es überhaupt verstehen, wenn man das Leben, das ich lebe, nicht kennt?

In meinen Augen kribbelt es verräterisch. Aber ich will nicht schon wieder weinen. Nicht, wenn ich Dad über den Weg laufen könnte. Wenn ich mich recht erinnere, dann ist er heute Morgen zu irgendeinem wichtigen Termin nach New York aufgebrochen. Aber man kann ja nie wissen.

Mom und Dad haben sich deshalb in die Haare bekommen. Sie wollte unbedingt mit, und Dad hielt ihr vor, sie wolle dort nur Shoppen gehen, um ihren ohnehin bereits überfüllten Kleiderschrank noch weiter zu bestücken. Irgendwann bin ich einfach aufgestanden und habe gemeint, ich müsse jetzt zur Schule.

Als ich das Haus betrete, höre ich keinen Laut. Heute ist Rosalias freier Tag. An diesem fährt sie oft zu ihrer Schwester, die rund zweihundert Meilen von Beaufort entfernt wohnt. Sie wird mich also nicht fragen, ob ich Hunger habe oder ob in der Schule etwas Besonderes vorgefallen ist.

Vielleicht ist es besser so. Ich muss jetzt erstmal in Ruhe über alles nachdenken, mir Gedanken darüber machen, was da gerade zwischen Nathan und mir passiert ist und wie es weitergehen kann. Er wird nicht ewig auf mich warten. Und ich werde nicht ewig die Kraft haben, mich gegen meine Eltern zu stellen.

Plötzlich hastet Mom mit einer großen Reisetasche über die weiße Marmortreppe nach unten. Das Klackern ihrer Heels ist ohrenbetäubend.

Ihr Haar ist wirr. Ein paar Strähnen haben sich aus ihrem perfekten Dutt gelöst. Als sie merkt, dass sie nicht allein ist, weiten sich ihre Augen. Sie hält in der Bewegung inne und starrt mich an.

Auch auf die Entfernung hin kann ich gut erkennen, wie sehr sie es aus der Bahn wirft, dass ich plötzlich vor ihr stehe. Offenbar hat sie noch nicht mit mir gerechnet. Was mich wiederum wundert.

Innerlich wappne ich mich für eine Schimpftirade. Schließlich habe ich es heute nicht pünktlich nach Hause geschafft.

Aber irgendetwas sagt mir, dass Mom mich nicht danach fragen wird. Ungewöhnlich fahrig und aufgewühlt wirkt sie auf mich. Es scheint etwas vorgefallen zu sein, dass sie sehr mitgenommen hat. Das schauspielerische Talent meiner Mom, das ihr in der Vergangenheit nur zu oft dabei geholfen hat, eine Fassade aufzubauen, scheint sie verlassen zu haben. Die Maske auf ihrem Gesicht wirkt verrutscht. Zum Vorschein kommt eine Frau, die verdammt viel Ähnlichkeit mit meiner Mom von früher hat.

»Mom?!«

Sie steht noch immer wenige Meter von mir entfernt auf der Treppe. Wie zur Salzsäule erstarrt, blickt sie zu mir, unsicher darüber, ob sie gehen oder stehenbleiben soll. Was hat sie bloß vor?

»Mom?«, versuche ich abermals zu ihr durchzudringen.

Sie wischt sich bei meinen Worten mit dem Handrücken etwas aus dem Gesicht. Sind das Tränen? Was ist nur los? So kenne ich sie gar nicht. Die Frau, die in den letzten Jahren zum Eisblock mutiert ist, steht vollkommen neben sich.

»Ich muss für ein paar Tage verreisen«, höre ich sie in diesem Moment mit vor Tränen erstickter Stimme sagen.

»Wohin? Warum so plötzlich? Was ist denn passiert?«

Ich spüre, dass jetzt der Zeitpunkt gekommen ist, Fragen zu stellen, nachzubohren und nicht alles wie ein Kind hinzunehmen. Auch wenn ich ein bisschen Angst vor den Konsequenzen habe. Denn noch weiß ich nicht, wie ich die Frau dort auf der Treppe, die mir in den letzten Jahren immer fremder geworden ist, einschätzen soll. Ist das am Ende alles nur Show?

»Dein Dad und ich …«, beginnt sie mit zittriger Stimme zu sprechen, während ich mich dazu entschließe, auf sie zuzugehen. Nicht nur mit meinen Worten, sondern auch körperlich.

Schritt für Schritt laufe ich hinüber zur Treppe und erkenne erst jetzt, wie mitgenommen sie wirklich aussieht. Ihre Augen sind gerötet und sehen angeschwollen aus. Hoffnungslosigkeit schwingt in ihrem Blick mit.

»Wir werden uns trennen«, sagt sie und bricht sogleich in einen lauten Schluchzer aus. »Ich kann das alles nicht mehr. Es ist einfach zu viel für mich.« Als sie geendet hat, lässt sie sich schwer auf die Stufe fallen und bleibt sitzen. Ihre Tasche poltert die Treppe hinunter und kommt neben mir zum Stehen.

Mom hat die Hände vor ihr Gesicht geschlagen und weint so bitterlich, wie ich es noch nie erlebt habe. Das ist keine Show.

Am liebsten würde ich sie in den Arm nehmen, so wie sie es früher bei mir getan hat, wenn ich mir das Knie beim Fahrradfahren aufgeschlagen habe. Ich will sie trösten und ihr sagen, dass alles wieder gut wird, für sie da sein, ihr zuhören und helfen …

Doch da ist auch die Erinnerung an die letzten Jahre.

Ihre Unnahbarkeit und die vielen meist tadelnden Worte. *Mach das nicht. Tu das nicht. Wie siehst nur wieder aus, Olivia? Ist das dein Ernst? Das kannst du auf gar keinen Fall anziehen! Warum bist du nur immer so unscheinbar? Du bist uns keine Hilfe, Olivia. Du stehst nur im Weg rum, Olivia …*

Ihre Worte sind so präsent, als hätte sie sie gerade erst ausgesprochen. Mein Magen schrumpft auf die Größe einer Erbse zusammen. Es schmerzt mich, Mom so traurig zu sehen. Doch ich fühle mich gleichzeitig vollkommen überfordert mit der Situation. Wie gelähmt stehe ich unterhalb der Treppe und zähle in Gedanken die einzelnen Stufen, die ich überwinden müsste, um bei ihr zu sein. Vierzehn. Es sind vierzehn Stufen bis zu meiner Mom.

Schließlich fasse ich mir ein Herz, stelle meinen Rucksack neben Moms Reisetasche und gehe Stufe für Stufe zu ihr nach oben.

Sie bemerkt zunächst gar nicht, wie ich mich neben sie setze. Erst als ich meine Hand auf ihre Schulter lege, wird sie auf mich aufmerksam. Als hätte Mom nur darauf gewartet, dreht sie sich zu mir um und lehnt sich an mich.

Ich umarme sie ganz fest. Ein merkwürdiges Gefühl. Warm und ungewohnt. Ich kann mich nicht daran erinnern, wann wir uns das letzte Mal so in den Armen gelegen haben.

Man kann sich an so viele erste Male im Leben erinnern. Das erste Mal bei einem Baseballspiel, der erste Kinobesuch oder wie man das erste Mal mit wackligen Beinen auf der Eisbahn stand. Auch der heutige Kuss mit Nathan wird für mich unvergesslich bleiben.

Bei letzten Malen wird es schon viel schwieriger, sie zeitlich zu benennen.

Wann haben Mom und ich uns das letzte Mal gesagt, dass wir uns liebhaben? Wann hat sie mich das letzte Mal angelächelt und mir gesagt, dass ich alles schaffen kann, dass sie stolz auf das ist, was aus mir geworden ist? Wann hat sie aufgehört zu lächeln? Und wann genau ist all das zerbrochen, was wir einmal Familie nannten?

»Mom!«

Sie schluchzt ein letztes Mal, wischt sich mit ihren zittrigen Fingern über die von Mascara verschmierten Wangen. Mom versucht sich zu fassen, atmet tief durch und blinzelt mehrfach, um dem Drang zu widerstehen, gleich wieder los zu weinen. Ich kenne das Gefühl nur zu gut von mir selbst.

»Der Karrierewunsch deines Dads ist mittlerweile so übermächtig geworden, dass er nichts und niemanden mehr sieht.« Moms Worte klingen verbittert.

Ich sage nichts, höre aufmerksam zu. Doch währenddessen wächst das Bedürfnis, ihr zu sagen, dass es mir so vorkommt, als hätten sie beide schon vor langer Zeit aufgehört, mich zu sehen. Eigentlich bin ich mir nicht mal sicher, ob mein Dad mich je wirklich wahrgenommen hat.

»Was hast du jetzt vor?«, frage ich mit brüchiger Stimme.

Ich bin kein Kind mehr und kann schon lange eins und eins zusammenzählen – der verstörte Blick, als sie mich an der Tür erblickte, die gepackte Reisetasche, auf der meine Augen jetzt ruhen …

Mom legt ihre Hand auf meine. Sie ist eiskalt. Die Nähe ist ungewohnt. Dennoch widerstehe ich dem Bedürfnis, sie ihr gleich wieder zu entreißen. Ich halte der

Kälte stand, so wie ich es auch in den vergangenen Jahren getan habe.

»Ich muss ein paar Tage weg, mir über einige Dinge klarwerden. So, wie das alles hier gerade läuft, kann es auf gar keinen Fall mehr weitergehen. Allerdings weiß ich nicht ...«

Sie bricht mitten im Satz ab und sieht mich mit ihren geröteten Augen eindringlich an. Ihre Hand löst sich von meiner. Ich möchte protestieren, sie fragen, ob das etwas mit dem Streit vom Frühstück zu tun hat, unterlasse es jedoch, als sie sie auf meine Wange legt. Sie ist noch immer kalt, aber allmählich beginnt sie sich zu erwärmen.

»Du willst mich hier allein zurücklassen?« Meine Worte klingen vorwurfsvoll. Und das sollten sie auch. Ich bin fassungslos, dass sie auch nur mit dem Gedanken spielt, mich hier mir selbst zu überlassen. Wie kann sie nur gehen wollen, ohne mich mitzunehmen? Bedeute ich ihr denn rein gar nichts?

Sie hat es nicht gesagt. Mit keinem Wort. Aber das muss sie auch gar nicht. Ihr Blick spricht Bände. Er erzählt mir, wie sehr es ihr leidtut, dass sie die Zeit allerdings für sich selbst benötigt und sich eine Lösung ausdenken will, wie sie mich hier rausholen kann. Ganz so, als säße ich auf Alcatraz fest und sie müsste sich erst einen Plan zurechtlegen, um mich von der Gefängnisinsel zu befreien.

Aber ich bin nicht auf Alcatraz. Ich sitze direkt neben ihr. Sie muss mich doch sehen. Es gibt keine Ketten, die mich an das Haus binden. Schon gleich gar nicht an Dad.

»Es ist kompliziert«, weicht sie mir aus.

So wie es Erwachsene immer tun, wenn sie meinen, ihre Kinder wären nicht in der Lage dazu, zu verstehen, warum sie so handeln, wie sie es nun mal tun. Dabei verstehen wir alles. In meinen Augen entzieht sich Mom gerade ihrer Verantwortung und einem klärenden Gespräch mit Dad.

Ich weiß nicht, worüber sie heute Morgen noch gesprochen haben, nachdem ich aus der Tür war. Das, was ich bis dahin mitbekommen habe, war nichts Außergewöhnliches für die beiden.

Schon seit einigen Jahren habe ich das Gefühl, dass meine Eltern sich entweder streiten oder sich nur ganz oberflächlich über ihr Leben unterhalten. Ganz so, als gäbe es ein *Wir* nicht mehr.

Dann und wann habe ich mich gefragt, warum sie überhaupt noch zusammen sind. Warum Mom nicht einfach ihre Sachen packt, so wie sie es heute getan hat, und geht.

»Das ist nicht fair, Mom«, bringe ich das erste Mal meine eigene Meinung zur Sprache.

Ich kann mich nicht daran erinnern, wann ich meinen Eltern gegenüber das letzte Mal Widerworte gegeben habe. Es muss schon sehr lange zurückliegen.

Moms Blick gleitet Treppenstufe für Treppenstufe nach unten und bleibt an ihrer gepackten Tasche hängen. Innerlich scheint sie mit sich zu ringen, was sie nun tun soll. Ich erwarte fast, dass sie mich ohne eine weitere Erklärung hier sitzenlässt und einfach geht. Doch stattdessen stimmt sie mir zu.

»Du hast recht. Das ist es wirklich nicht«, sagt sie nach einigen Sekunden des Schweigens mit zittriger Stimme. »Aber ich weiß gerade überhaupt nicht, wo mir der Kopf steht, was ich tun und was ich besser lassen sollte. Ich weiß nur, wenn ich dich mitnehme, dann wird dein Vater außer sich sein vor Wut. Er wird Himmel und Hölle in Bewegung setzen, bis wir wieder da sind. So kann ich immerhin vorgeben, bei irgendeiner Wohltätigkeitssache eingespannt zu sein, die ihm wichtig ist. Wenn du plötzlich weg bist, wird er misstrauisch werden, und dann …«

Endlich löst sie den Blick von der mächtig protzigen Reisetasche da unten auf dem Boden. Gucci, Versace oder Dior. Irgendein namhafter Designer wird es sicher sein.

Ich habe mir nie etwas aus diesen Dingen gemacht. Alles, was ich je haben wollte, war eine ganz normale Familie. Es gab Tage und Wochen in meinem Leben, in denen ich mir immer wieder die Frage gestellt habe: Warum bist du so anders? Warum überschütten deine Eltern dich nicht mit Liebe, so wie du es bei anderen Familien gesehen hast? Warum kommst du dir ständig wie ein Störpartikel vor, der hier nichts verloren hat? Und warum geben dir deine Eltern das Gefühl, nicht genug zu sein?

Im Laufe der Zeit habe ich mir eigene Antworten ausgedacht. Manchmal habe ich es auf den vielen Stress geschoben, den mein Dad wegen seiner Arbeit hat. Dann wieder bildete ich mir ein, dass sie mich eben anders lieben, als andere Kinder von ihren Eltern geliebt werden. Ich machte mir viele Gedanken darüber und dachte mir Geschichten dazu aus.

Ich war so gut darin, dass ich es irgendwann sogar selbst geglaubt habe. Es gab Zeiten, da hat mich dieses vermeintliche Wissen getröstet, mir geholfen, nach vorne zu blicken und mir einen gewissen Halt im Leben gegeben. Dann wieder hat es mich noch weiter hinuntergezogen, als es der Wahrheit wohl kaum möglich gewesen wäre.

»Warum ist Dad, so wie er ist?«, spreche ich schließlich das erste Mal in meinem Leben die Frage aus, die mich Jahr für Jahr innerlich immer mehr aufgefressen hat.

Es kostet mich einiges an Überwindung. Schließlich wird sich jetzt vielleicht endgültig klären, warum meine Kindheit so lieblos verlaufen ist. Dann wird mir nicht mehr die Möglichkeit bleiben, mich hinter irgendwelchen Ausreden zu verstecken, mir meine Welt bunter zu machen, als sie wirklich ist.

Dennoch weiß ich, dass ich endlich Gewissheit brauche. Ich bin fast erwachsen, beende bald die Schule und möchte dann mein eigenes Leben leben. Vielleicht sogar mit Nathan, wenn er mir nach heute überhaupt noch mal eine Chance gibt.

Aber die werden wir nicht bekommen, wenn ich mich lieber hinter irgendwelchen erfundenen Geschichten in Sicherheit wähne, anstatt mich der Wahrheit zu stellen. Als wäre Moms Reisetasche eine Art Warnsignal, das mich wachrüttelt und mir sagen will, dass es so nicht weitergeht, steht sie noch immer in meinem Sichtfeld. Wie nichts anderes verkörpert sie meinen Wunsch, meine Sachen zu packen und alles hinter mir zu lassen, was mich in der Vergangenheit so unendlich traurig gemacht und mir das Gefühl von Nichtigkeit gegeben hat.

Mom lächelt milde, fährt mir mit ihrem Handrücken über die Wange. Noch immer zittern ihre Finger. Und zusehends werde auch ich unruhiger, überlege, ob ich wirklich darauf vorbereitet bin, was nun unausweichlich folgen wird.

Meine Fantasie begibt sich wieder auf ihre eigenen Wege, macht sich Gedanken, überlegt und verwirft wieder.

»Als ich deinen Dad vor fast fünfundzwanzig Jahren kennenlernte, war er ganz anders«, holt Mom weit aus.

Heimlich, still und leise stiehlt sich ein Lächeln auf ihre Lippen. An dem Ort, an dem sie sich gerade in Gedanken befindet, muss es besonders schön gewesen sein.

Vielleicht hat sie sich ja auch nur allzu gerne in all den Jahren hinter einer Erinnerung versteckt, von der sie erst jetzt versteht, wie wenig sie ihrer gegenwärtigen Realität entspricht.

»Richard und ich haben uns am Campus kennengelernt«, erklärt sie weiter.

Ich muss schlucken. Bisher war das Kennenlernen meiner Eltern für mich ein großes Mysterium. Nie haben sie darüber auch nur ein Wort verloren.

»Bevor ich mich dazu entschieden habe, mich als Schauspielerin zu versuchen, habe ich genau wie dein Dad Jura studiert.«

Bei ihren Worten mache ich große Augen.

Mom macht einen glucksenden Laut. »Das hättest du wohl nicht gedacht, was?«

Ich schüttle den Kopf.

»Ich habe das Studium nie beendet, und später war dein Dad der Fachanwalt mit Ambitionen für die Politik, der Star der Familie. Mit einem abgebrochenen Jurastudium hätte ich da sicher nicht glänzen können.«

»Du hättest auch gar nicht damit glänzen müssen. Nicht alles, was man mal im Leben gemacht hat, muss unweigerlich zu einer Kandidatur zum Gouverneur führen.

Auch Misserfolge gehören dazu. Genauso wie ein abgebrochenes Jurastudium.«

Mom sieht mich eindringlich an. »Wann bist du nur so erwachsen und weise geworden?«

Kaum dass sie ihre Frage gestellt hat, sieht sie bekümmert drein. Ich sehe es ihr an ihrem traurigen Blick an, wie ihr gerade klar wird, worum sie sich selbst und uns beide gebracht hat. Und ich habe Mitleid mit ihr.

»Wie war Dad denn nun?«, lenke ich das Gespräch wieder auf das ursprüngliche Thema zurück.

»Richard kam aus einem eher ärmlichen Elternhaus. Aber sprich ihn bloß nie darauf an. Das ist ein Punkt in seiner Vita, mit dem er nur ganz schlecht zurechtkommt. Er hat alles dafür getan, dass er nach und nach verblasst ist. Seit nunmehr fünfzehn Jahren hat er den Kontakt zu seinen Eltern bewusst abgebrochen«, offenbart mir Mom.

»Dann leben meine Großeltern womöglich noch?« Wieder muss ich schlucken, und ein dicker Kloß bildet sich in meiner Kehle. Ich spüre, wie mein Herz anfängt, rasend schnell zu klopfen.

Mom nickt.

Ich bin geschockt über diese Information. Wie kann ein Sohn nur die Existenz seiner Eltern leugnen? Behaupten, dass sie nicht mehr leben … Das ist …

Dann muss ich an meine eigene Familie denken. Wie wird es irgendwann bei mir sein? Werde ich mich ebenfalls von Mom und Dad lossagen? Auch wenn die Gründe sicher andere wären …

»Sie wohnen in Rocky Ford, einem winzigen Kaff in Georgia mit gerade einmal hundertdreißig Einwohnern.« Als Mom spürt, dass ich sehnsüchtig auf mehr Details warte, zückt sie ihr Handy. »Beverly und Albert sind Farmer.« Sie streckt mir das Display entgegen, und ich sehe zwei warmherzig aussehenden älteren Menschen ins Gesicht. Um ihre Augen und die Mundpartie haben sie unzählige Falten. Sie müssen in ihrem Leben viel gelacht haben.

»Sie sehen sehr nett aus«, beeile ich mich zu sagen.

»Das sind sie auch. Ich finde es sehr schade, dass dein Dad sie von einem Tag auf den anderen wie eine unbedeutende Randnotiz aus unserem Leben gestrichen hat. Aber irgendwann war sein Eifer und der unbedingte Wille, ganz groß rauszukommen, so übermächtig, dass nichts und niemand dagegen ankommen konnte. Nicht mal die eigene Familie«

Als ich merke, dass Mom abermals Tränen in die Augen steigen, frage ich schnell: »Aber wie ist es denn eigentlich dazu gekommen?«

Mom blinzelt ein paarmal.

»Dein Dad hatte ein Stipendium für sein Studium, da er es sich sonst nicht hätte leisten können. Wie gesagt, deine Großeltern sind einfache Farmer und leben mehr oder minder von der Hand in den Mund. Richard war einer dieser zielstrebigen Jungs, die noch in der Bibliothek sitzen, wenn andere von der Party nach Hause gehen.«

Mom lächelt. Sie ist wieder in der Vergangenheit. Und sie scheint diese Erinnerung sehr zu genießen. Ob sie sich wohl fragt, wo genau ihr Leben die falsche Abzweigung genommen hat? Ob sie sich wohl fragt, was sie hätte tun können, damit sich Dad nicht zu einer tickenden Zeitbombe entwickelt?

Ihre Wangen röten sich, als sie weiterspricht.

»Richard und ich haben uns in einem Kurs über Strafrecht kennengelernt. Mir war der Kugelschreiber über das Pult nach unten weggerollt, und er hat mir seinen gegeben. Dabei hatte er nicht mal einen zweiten für sich dabei. Er meinte nur, er würde sich das alles auch so merken können. Das fand ich irgendwie aufmerksam von ihm. Und gleichzeitig fand ich ihn wahnsinnig interessant und attraktiv. Die Dinge nahmen ihren Lauf. Wir dateten uns, trafen uns auch außerhalb der Uni, und als dein Dad mit seinem Studium fertig war, bat er mich um meine Hand.«

Moms Blick schweift zu ihrem Ehering, der mit einem dicken fetten Diamanten bestückt ist.

»Das ist übrigens gar nicht mein richtiger Ehering«, offenbart sie mir schonungslos ehrlich. »Als wir heirateten, waren wir beide arm wie Kirchenmäuse. Dein Dad und ich hatten ganz einfache Goldringe, die wir in einem Second-Hand-Schmuckladen fanden.« Sie lacht. »Meiner war viel zu groß und musste erstmal angepasst werden. Aber zu unserer Hochzeit waren all unsere Freunde da. Der Tag wird mir für immer unvergessen bleiben. Uns gingen mitten in der Nacht die Getränke aus, und ein paar unserer Freunde sind los zur nächsten Tankstelle, um Nachschub zu organisieren. Freunde, mit denen wir nach und nach gebrochen haben, weil sie den Anforderungen deines Dads irgendwann nicht mehr genügt haben.«

Nun passiert es doch und einzelne Tränen fallen schwer aus Moms Augen hinunter auf die protzige Marmorstufe. Ich lege meine Hand auf ihren Rücken und kuschle mich ganz dicht an sie. Auch wenn ich nicht dieselben Erinnerungen teile wie sie, bin ich mir dennoch bewusst darüber, was sie verloren haben muss. Ich möchte mir nicht ausmalen, wie es wäre, von heute auf Morgen den Kontakt zu Aria oder Nathan abbrechen zu müssen.

»Richard war zielstrebig. Während wir anderen noch überhaupt nicht wussten, was wir mit unserem Leben anfangen wollten, hatte dein Dad schon einen Fünf-Jahres-Plan, an dem er mit aller Verbissenheit festhielt. Bis zu deiner Geburt war dein Dad aber dennoch ein sehr liebevoller und warmherziger Mensch. Erst danach veränderte sich etwas in ihm.«

Diese Aussage trifft mich mitten ins Herz. »Was soll das bedeuten, Mom? Bin ich etwa schuld daran, dass …« Meine Stimme bricht.

Mom sieht in mein zutiefst erschüttertes Gesicht und rudert schnell zurück. »Nein, nein, das hat nichts mit dir zu tun. Aber als du auf der Welt warst, hat er Panik bekommen. Er muss sich an seine eigene sehr entbehrungsreiche Kindheit erinnert haben. Als du zu einem Zeitpunkt geboren wurdest, an dem er noch kein politisches Amt bekleidete, wurde er noch verbissener, als ich es je für möglich gehalten habe. Richard hat tagein, tagaus nur noch an seiner Karriere gearbeitet. Wenn ich ihn bat, das Wochenende mit uns zu verbringen, hat er mich angesehen, als wäre ich nicht bei klarem Verstand und wüsste nicht, worum ich ihn da bat. Schließlich musste er dafür sorgen, dass es seinem Kind nie an etwas mangelte. Der Gedanke hat ihn schier wahnsinnig gemacht.« Mom streckt ihre Hände in die Höhe. »Und trotz allem, was er bisher erreicht hat, kann er einfach nicht damit aufhören. Er will immer weiter hoch hinaus. Sein Karrierewunsch ist mittlerweile schon krankhaft.«

Ich schlucke schwer gegen den Kloß in meinem Hals

an, der immer größer wird. Aus dem Wunsch heraus, für mich eine sichere Zukunft zu gestalten, hat Dad also so gehandelt, wie er es in all den Jahren tat. Kann das wirklich sein? Warum hat er denn nie bemerkt, dass mir das alles hier überhaupt nicht wichtig ist? Dass ich viel lieber mehr Zeit mit ihm und Mom verbracht hätte, als an all dem Geld zu ersticken?

»Warum sind wir irgendwann nicht mehr zusammen ins Blackstone's Café gegangen, Mom?«

Um diese Frage stellen zu können, muss ich all meinen Mut zusammennehmen. Aber ich spüre, dass jetzt der richtige Zeitpunkt dafür gekommen ist.

Mom sieht bekümmert drein. Mit ihren Händen umklammert sie die kalte Treppenstufe, als würde sie daran etwas Halt finden wollen.

»Bevor du in die Vorschule kamst, hattest du zu Hause schon eine Nanny, die Chinesisch mit dir gesprochen hat. Deinem Dad war es wichtig, dass du von Anfang an die bestmögliche Ausbildung bekommst, damit dir später alle Türen offenstehen. Er hat sich regelrecht in dieses Thema verrannt. In der Vorschule hat sich das Blatt dann gewendet. Wir waren zum ersten Mal zum Entwicklungsgespräch dort, und die äußerst engagierte Lehrerin zeigte uns voller Stolz deine ersten Bilder. Ich war gerührt und habe sofort das Talent darin gesehen. Nur dein Dad ist bei dem Anblick schier ausgeflippt. Was man mit Kunst denn später mal verdienen könnte, wollte er von der mehr als verwunderten Lehrerin wissen. Und wie sie die Zeit, die du dort verbringst, nur so falsch nutzen konnte. Nie zuvor habe ich ihn so ausfällig in der Öffentlichkeit erlebt und auch nie mehr danach. Aber von diesem Tag an stand eins fest: Du musstest die Vorschule wechseln, und das Gekritzel, wie dein Dad es nannte, fand von nun an nur noch in deinem Zimmer statt. Wochenlang lag er mir damit in den Ohren, wie ich dich verweichlicht hätte und du später mal ein unselbstständiger Mensch werden würdest. Dabei warst du gerade mal in der Vorschule. Aber irgendwann, wenn man das ständig gesagt bekommt, dann geht man eben nicht mehr ins Blackstone's Café.«

Nun bin ich diejenige, die gegen die Tränen anblinzelt. Mom nimmt mich ganz fest in ihre Arme, und ich fühle mich wieder wie das kleine Kind von damals, das geliebt wurde.

Nun brechen bei mir alle Dämme. Wie konnte es nur so weit kommen? Ich bin fassungslos und geschockt darüber, mit welcher Härte Dad gegen mein vermeintliches Talent vorgegangen ist. Und das bis heute. Dabei hat er mich nie gefragt, ob ich später einmal mein Geld damit verdienen möchte oder wie viel das Zeichnen und Malen mir bedeutet.

Die Kunst ist ein Teil von mir. Wenn ich nicht malen kann, dann fehlt mir etwas in meinem Leben. Aber das heißt noch lange nicht, dass ich irgendwann einmal professionelle Künstlerin werden möchte. Vielleicht werde ich ja Lehrerin oder Bibliothekarin und zeichne in meiner Freizeit.

Je länger ich über die Ängste und Ansprüche meines Dads nachdenke, desto weniger kann ich fassen, dass ein erwachsener Mann allen Ernstes so hart gegen sein eigenes Kind vorgeht. Auch wenn er es nach seinen Maßstäben nur gut meint. Er muss doch gespürt haben, dass sein

Kind nicht nur eine fundierte Ausbildung benötigt, um gedeihen zu können.

Vielleicht kann ich mich aber auch einfach nicht in ihn hineinversetzen. Vielleicht trennen uns Welten voneinander.

»Als ich heute Morgen erfahren habe, dass dein Dad dein Handy überwachen lässt und dir zudem auch noch diesen Lucas auf den Hals gehetzt hat, damit er ihm Bericht darüber erstattet, was du den Tag über in der Highschool so treibst, sind bei mir alle Sicherungen durchgebrannt. Bis zum heutigen Tag habe ich mich von ihm einlullen lassen und ihm geglaubt, dass all seine Entscheidungen dich betreffend nur zu deinem Besten sind. Aber dass er dich jetzt bespitzeln lässt, hat für mich nichts mehr mit berechtigter Sorge zu tun. Das tut er einzig und allein, um sein Image nicht zu gefährden. Genau das habe ich ihm beim Frühstück an den Kopf geworfen, kaum dass du den Raum verlassen hattest. Erst hat er versucht sich herauszureden, hat große Reden geschwungen. Doch dann hat er sich so in Rage geredet, bis er sich verplappert hat.«

Fassungslos starre ich meine Mom an, während ich das Gefühl habe, mein Kreislauf könnte jeden Moment versagen. Mir wird heiß und kalt. Alles auf einmal. Bilder schießen mir wie zuckende Blitze durch den Kopf. Mir wird schwindelig. Mein Magen möchte rebellieren. Doch ich kämpfe dagegen an. Das kann nicht sein … So weit würde doch selbst Dad nicht gehen. Oder …?

»Dad hat Lucas auf mich angesetzt? Und er hat mein Handy überwachen lassen?«, presse ich hervor. Auch wenn ich gehört habe, was Mom mir gerade gesagt hat, kann ich es schlichtweg nicht fassen.

Dass Dad ein Kontrollfreak ist, steht außer Frage. Aber nie hätte ich erwartet, dass er so weit gehen würde, einen Mitschüler auf mich anzusetzen. Und dann hat er auch noch mein Handy ausspioniert. Das ist so … Verdammt, das ist privat. Viel privater als privat. Es ist mein Handy. Mein Leben.

Sie nickt. »Ja, das hat er. Aber ich kann dich zumindest teilweise beruhigen. Die Handyüberwachung habe ich umgehend stoppen lassen.«

Während jede von uns ihren Gedanken nachhängt, entsteht ein Moment des Schweigens, der mich mehr aufwühlt, als all die zuvor gesagten Worte.

»Was machen wir denn jetzt?« Die Sorge in meiner Stimme lässt sich nicht länger unterdrücken.

Mom zieht mich abermals in eine Umarmung. »Das weiß ich nicht, mein Schatz. Aber eins verspreche ich dir.« Dabei löst sie sich wieder ein wenig von mir und schaut mir fest in die Augen. »Von nun an gehen wir wieder öfter ins Blackstone's Café.«

Tränen strömen mir über die Wangen. Ich halte sie nicht davon ab, blinzle sie nicht weg.

Denn das erste Mal an diesem Tag sind es Freudentränen.

Messenger

16:23 Uhr
Nathan: Hey, Olivia. Ist alles klar bei dir?

18:03 Uhr
Nathan: Ich wollte nur mal hören, wie es dir geht.

20:57 Uhr
Nathan: Ich hoffe, es ist alles okay bei dir. Mache mir ein wenig Sorgen um dich. Melde dich doch kurz, wenn's geht.

23:37 Uhr
Nathan: Schlaf gut! Du hast bestimmt einen stressigen Tag hinter dir. Bis morgen in der Schule.

Kapitel 32

Nathan

»Na, wie fühlt man sich als Fußabtreter der Nation?«

Lucas taucht wie aus dem Nichts plötzlich neben meinem Spind auf und lehnt sich lässig gegen die Wand.

Ruhig nehme ich die Bücher heraus, die ich für die nächste Stunde brauche, und schenke ihm keinerlei Beachtung. Lucas ist wie eine Schlange, die nur darauf wartet, ihre tödlichen Giftzähne in ihrem nächsten Opfer zu versenken.

»Wohin willst du denn so eilig?«

Lucas kann oder will einfach nicht kapieren, dass ich keinen Bock habe, mit ihm zu sprechen. Wie eine Klette bleibt er an mir dran und folgt mir auf Schritt und Tritt. Ich kämpfe gegen die aufkeimende Wut in meinem Inneren an.

Nowitzki ragt plötzlich aus der Masse heraus und steht mitten im Flur. Er grüßt mich und wirft dabei einen vielsagenden Blick auf Lucas. Es dauert einen Moment, bis ich mein Lächeln anschmeißen kann. Mit seinen Augen fragt er mich, ob der Kerl in meinem Windschatten mir Probleme bereitet. Ich versuche ihm klarzumachen, dass alles bestens ist. Denn das Letzte, was ich möchte, ist, Lucas noch mehr Beachtung zu schenken, als er ohnehin schon einfordert.

»Es tut mir echt leid, dass Olivia dich so abblitzen lässt. Ich meine, gerade jetzt, wo du doch so viel für sie tust. Das Mädchen sollte ein bisschen mehr Dankbarkeit zeigen. Findest du nicht?«

Von der Schlange verwandelt er sich wie bei einem Computergame in einen Skorpion und versucht mir seinen Stachel zwischen die Rippen zu jagen. Genau dort, wo mein Herz sitzt.

Noch immer beachte ich ihn nicht, laufe weiter und werfe keinen Blick zurück. Und auch wenn ich mich nach außen hin cool gebe, regen seine Worte mich zum Nachdenken an.

Seit gestern Nachmittag im Schulgarten hatten Olivia und ich noch keine Gelegenheit miteinander zu reden.

Ich habe mir schon sonst was ausgemalt und mir furchtbare Sorgen um sie gemacht. Fast hätte ich mir mitten in der Nacht mein Bike geschnappt und wäre zu ihr gefahren, weil sie nicht auf meine Nachrichten geantwortet hat. Aber dann war ich mir nicht sicher, ob ich ihr mit dieser Aktion nicht noch mehr Probleme bereiten würde. Vielleicht sind ihre Eltern ja sauer auf sie, weil sie wegen mir zu spät gekommen ist, und haben ihr das Handy abgenommen. Tausend Dinge gingen mir den halben Abend und während der Nacht durch den Kopf. Ständig habe ich mit mir gerungen, ob ich fahren oder doch lieber zu Hause bleiben soll.

Aber als ich Olivia heute Morgen nur kurz auf dem Parkplatz mit Aria lachen gehört habe, wusste ich, dass meine Sorge unbegründet war.

»Hey, hast du nicht Bio?«, fragt Lucas in meinem Rücken.

Verdammt! Ich bin in die komplett falsche Richtung gelaufen. Und das alles nur wegen dem Idioten!, versuche ich meine Wut auf Lucas abzuwälzen. Eine Wut, von der ich genau weiß, dass sie eigentlich aus Enttäuschung und Zurückweisung gespeist ist. Und von der ich nicht weiß, ob ich sie noch lange ertragen kann.

Ohne Lucas etwas zu erwidern, drehe ich um und laufe in die entgegengesetzte Richtung los. Mit gesenktem Kopf gehe ich an ihm vorbei und vermeide dabei jeden Blickkontakt. Dennoch kann ich mir sein dämliches Grinsen gut vorstellen. Ich brauche es gar nicht zu sehen, um zu wissen, wie sehr der Typ diesen Moment auskostet.

Warum hat Lucas mich bloß so auf dem Kieker? Liegt es wirklich nur an Olivia? Aber wieso hat er sich dann mit Sammy angelegt?

Wahrscheinlich hat er es sich einfach zur Aufgabe gemacht, mich in den Wahnsinn zu treiben. Herzlichen Glückwunsch auch, es ist dir bald gelungen.

Innerlich verdrehe ich die Augen, als ich erneut an meinem Spind vorbeimarschiere. Den nächsten Flur links und dann die dritte Tür rechts. Da ist das Klassenzimmer von Mrs Henris. Mein Ziel. Dann wird Lucas sich auf seinen

Platz setzen und mich endlich in Ruhe lassen. Zumindest zeitweise.

Doch meine Gedanken werden weiter kreisen. Da bin ich mir ganz sicher. Was ist das zwischen Olivia und mir? Hat sie wirklich Hausarrest? Muss sie wirklich immer direkt nach der Schule nach Hause? Oder ist das alles nur vorgeschoben, um nicht so viel Zeit mit mir verbringen zu müssen?

Quatsch! Das ist Unsinn. Warum sollte sie mich küssen und dann lieber wieder auf Abstand gehen wollen? Das ergibt doch alles überhaupt keinen Sinn.

Schwer lasse ich mich auf meinen Stuhl fallen. Olivia ist noch nicht da. Mein Blick scannt den kompletten Raum ab. Nichts.

Lucas dreht sich mit einem wissenden Lächeln auf den Lippen zu mir um. Er fokussiert mich und gibt mir zu verstehen, dass er mich im Auge behalten wird.

Kurz bevor Mrs Henris den Raum betritt, kommt auch Olivia herein. Ich erwarte das niedergeschlagene Mädchen, das jeden Tag mit sich und ihrer Umwelt ringt, das nicht weiß, wo es hingehört und nur unsicher und äußerst vorsichtig den Blick vom Boden hebt. Aber dieses Mädchen übertritt heute nicht die Schwelle des Klassenzimmers.

Olivias Mundwinkel sind leicht nach oben gebogen. Auch auf die Entfernung hin kann ich das Leuchten ihrer Augen erkennen. Sie wirkt unnatürlich gelöst und fröhlich. So habe ich sie bisher noch nie erlebt. Was ist bloß vorgefallen?

Auf der einen Seite freue ich mich furchtbar für sie. Auf der anderen Seite steigt Panik in mir auf. Wer oder was ist für ihre gute Laune verantwortlich? Ich kann es schließlich nicht gewesen sein. Als wir uns gestern Nachmittag voneinander verabschiedet haben, ging es ihr schließlich nicht so gut.

Zielstrebig läuft sie zu ihrem Platz. Mrs Henris schließt in diesem Moment die Tür und beginnt sogleich mit dem Unterricht.

Olivia legt ihr Buch auf den Tisch und holt ihr Federmäppchen aus dem Rucksack. Dabei gleitet ihr Blick zu mir. Sie lächelt mich zuversichtlich an, und die Unruhe in mir weicht zusehends.

Es ist also alles gut zwischen uns, rede ich mir ein. Später werden wir sicher Gelegenheit dazu finden, uns nochmal zu unterhalten. Dann wird sich dieses blöde Missverständnis, das zwischen uns steht, sicher schnell beheben lassen.

Nach und nach entspanne ich mich ein wenig. Der Tag hat zwar beschissen begonnen, aber er hat noch Potenzial, um besser zu werden.

Da segelt ein winziger weißer Zettel auf meinen Tisch. So unerwartet, dass ich nicht mal gesehen habe, aus welcher Richtung er kam. Ich zögere einen Moment, bis ich ihn öffne. Kam er vielleicht sogar von Olivia? Nein, das hätte ich bemerkt. Oder?

Neugier und Ungeduld zwingen mich schließlich dazu, das Stück Papier zu öffnen und einen Blick hineinzuwerfen.

In großen schwarzen Lettern steht darauf geschrieben:

DAD DARF AUF GAR KEINEN FALL ERFAHREN, DASS ES DICH GIBT.

Geschockt blicke ich nach vorne zu Olivia. Doch diese folgt Mrs Henris' Unterricht. Von ihr kann der Zettel also nicht kommen.

Aber von wem ist er dann? Wer kann davon wissen? Und woher? Gestern im Schulgarten waren wir allein. Also muss Olivia mit irgendjemandem darüber gesprochen haben. Aber mit wem bloß? Wem könnte sie dieses intime Detail unseres Gesprächs anvertraut haben? Sofort fällt mir Aria ein. Aber sie ist nicht in diesem Kurs.

Wieder blicke ich auf die mahnenden Buchstaben auf dem Stück Papier in meiner Hand. Der Zettel bewegt sich. Ich zittere leicht. Als mir plötzlich ein Gedanke kommt …

Ich schaue nach vorne zu Lucas und sehe geradewegs in sein hämisch grinsendes Gesicht.

Kapitel 33

Olivia

Arias Augen huschen über die Zeilen meines Gedichts. Der Lärm in der Cafeteria scheint sie gar nicht zu stören. Ihr Gesicht wirkt konzentriert, in der Hand hält sie einen Stift. Sie sagt kein Wort. Schon seit einigen Minuten nicht.

Unsicher überlege ich, ob das jetzt ein gutes oder eher ein schlechtes Zeichen ist. Ich würde sie gerne danach fragen, allerdings möchte ich sie nur ungern unterbrechen. Falls Aria es doof finden sollte, wird sie mir bestimmt helfen, es besser zu machen.

»Dieser Vers hier ist echt richtig, richtig gut.« Sie hebt ihren Blick von dem Papier, dreht ihren Kopf in meine Richtung und sieht mir geradewegs in die Augen. »Du bist dir ganz sicher, dass du das vorher noch nie gemacht hast?«

Ich muss bei Arias Worten und ihrem detektivischen Blick lachen. »Ganz sicher«, erkläre ich schließlich.

Aria nimmt einen großen Schluck ihrer heißen Schokolade. Die kleinen bunten Mini-Marshmallows, die ich heute Morgen bei Rosalia in der Küche gefunden habe, hat sie bereits gegessen. Meine treiben dagegen noch immer auf der Oberfläche und saugen sich mit Flüssigkeit voll. So mochte ich sie als Kind am liebsten. Mal sehen, ob das heute auch noch der Fall ist.

Seit ich meine Mom gestern auf der Treppe vorgefunden habe, scheint mein Leben sich grundlegend zu verändern. Ständig schweifen meine Gedanken in die Vergangenheit auf der Suche nach Glücksmomenten, die ich unbedingt zu neuem Leben erwecken will. Ein Besuch mit meiner Mom im Blackstone's Café steht dabei ganz weit oben auf meiner Liste.

Aber es gibt auch so ganz banale Dinge, wie eine Runde draußen im Pool zu drehen. Das habe ich seit Jahren nicht mehr gemacht.

Das alles fühlt sich so ein bisschen wie ein verfrühtes Weihnachtsgeschenk an. Noch überwiegt die Freude über die Annäherung an meine Mom und das wohlige Gefühl der Geborgenheit, das ich in ihrer Gegenwart verspürt habe. Aber ich bin mir durchaus im Klaren darüber, dass Dad nicht ewig in New York sein wird. Schon bald kommt er zurück, und meine Eltern stehen dann vor einem Wendepunkt in ihrem Leben.

Mom hat mir versichert, dass sie sich nicht mehr von ihm einlullen lassen will. Die Sache mit Lucas hat sie endgültig wachgerüttelt. Es macht mich noch immer fassungslos, wozu Dad in der Lage ist. Und Lucas? Warum hat er sich von meinem Dad für die Sache einspannen lassen? Was hat er davon?

Ich versuche jedenfalls, Lucas' aus dem Weg zu gehen.

Aber eins nach dem anderen. Jetzt gilt es erstmal, mein Gedicht für den am Freitag stattfindenden Poetry Slam in der Schule zu perfektionieren.

Noch immer fährt Aria mit ihrem Bleistift über meine Zeilen. Bisher hat sie ihn noch nicht angesetzt.

»Sorry, aber da kann ich wirklich nichts mehr machen«, meint sie in diesem Augenblick und legt ihren Stift neben das Papier auf den Tisch.

Mit großen Augen starre ich sie an. Eben meinte sie doch noch, dass ihr eine Stelle besonders gut gefallen habe. Ist der Rest wirklich so schlecht, dass man nichts mehr daran ändern kann?

Unruhig sehe ich zwischen den Zeilen, die ich bereits hunderte Male gelesen und verbessert habe, und Aria hin und her. Sie wird mich jetzt doch nicht einfach im Stich lassen. Oder? Aria hat mir doch versprochen, dass sie mir helfen würde. Was soll ich denn jetzt bloß machen?

Es sind nur noch wenige Tage, um mir ein komplett neues Gedicht auszudenken. Und ich bin mir nicht sicher, ob mir das noch einmal gelingen wird. Denn die Worte, die Aria gerade gelesen hat, waren mir so nahe. Ganz so, als wären sie ein Teil von mir, den ich lange wie einen Schatz in meinem Inneren gehütet habe und den ich endlich öffne, um ihn mit meinen Mitmenschen zu teilen.

»Was soll ich denn jetzt bloß machen?«, bringe ich

meine innere Unruhe schließlich auf den Punkt. »Aria, du musst mir helfen. Bitte!«

Doch meine Freundin schüttelt nur mit dem Kopf.

Ich fühle mich, als würde man mir den Boden unter den Füßen wegziehen. Das kann sie doch nicht einfach so machen.

»Es gibt nichts, wobei ich dir helfen könnte, Olivia«, sagt Aria mit fester Stimme. Doch ihre Gesichtszüge sind ganz weich.

»Ich verstehe das nicht. Soll ich vielleicht noch mal einen neuen Versuch starten? Oder wäre es nicht besser, wenn ich es ganz ließe?«, werfe ich noch ein, als ich spüre, wie mir der Mut endgültig schwindet.

Wie konnte ich nur glauben, dass das, was ich da niedergeschrieben habe, nur im Entferntesten gut sein könnte? Plötzlich höre ich die Stimme meines Dads in meinem Kopf, wie sie mir erklärt, dass ich zu nichts tauge und es zu nichts bringen werde, wenn ich mich nicht endlich anstrenge und meine Ziele mit mehr Hartnäckigkeit verfolge.

»Auf gar keinen Fall!«, unterbricht Aria meine Gedanken und sieht mich jetzt doch eine Spur ernster an. »Du wirst dieses Gedicht vortragen, Olivia Walsh. Ich persönlich werde deinen kleinen süßen Hintern auf diese verdammte Bühne scheuchen, wenn es sein muss. Denn das, was ich da in Händen halte …«, sie greift nach dem Zettel, auf dem mein Gedicht steht, »… ist das Beste, was ich je gelesen habe.«

Bei Arias Worten schlage ich mir die Hände vor den Mund und sofort schießen mir Tränen in die Augen. So unverhofft trifft mich die Anerkennung meiner Freundin.

»Ach, Süße«, sagt sie bedauernd und nimmt mich

schnell in ihre Arme. »Ich wollte doch nicht, dass du weinen musst.« Einfühlsam streicht sie mir über den Rücken.

Ich bin viel zu aufgewühlt, um etwas erwidern zu können. Seit ich mich gestern mit meiner Mom aussprechen konnte, fühle ich mich irgendwie so leicht. Als wäre all der Ballast der vergangenen Jahre einfach so von mir abgefallen. Ein irre tolles Gefühl. Aber irgendwie kann ich noch nicht so richtig daran glauben, dass es für mich jetzt wirklich bergauf gehen könnte. Zu groß ist die Angst davor, wieder in den Abgrund gezerrt zu werden. Ich weiß nicht, ob ich das da unten noch mal aushalten könnte.

»Olivia«, höre ich da eine Stimme in meinem Rücken sagen.

Es ist Nathan. Viel zu schnell löse ich mich von meiner besten Freundin. Aber sie lächelt verschmitzt. Also nimmt sie es mir sicher nicht übel.

Ich strahle übers ganze Gesicht, als ich mich zu Nathan umdrehe. Doch das Lächeln auf meinen Lippen erstirbt, als ich seinen Gesichtsausdruck sehe. Enttäuschung und Wut spiegeln sich in seiner Miene wider.

Mein Blick wird starr, und ich ahne bereits, dass das, was nun unweigerlich folgen muss, meinem Höhenflug einen gewaltigen Dämpfer verpassen wird.

»Können wir vielleicht kurz mal unter vier Augen sprechen?«, meint er mit fester Stimme an Aria gewandt.

»Ich wollte eh gerade gehen«, behauptet sie.

Nathan und Aria tauschen Blicke. Ich kann es spüren, auch wenn ich Aria gerade nicht sehen kann. Als sie aufbricht, schiebt sie ihren Stuhl an den Tisch. Das Geräusch ist ohrenbetäubend.

Aber viel schlimmer ist das Schweigen zwischen Nathan und mir. Es fühlt sich ein wenig nach der Stille vor einem gewaltigen Sturm an. Gleich wird es über mir hereinbrechen, und ich habe keine Chance ihm zu entkommen.

Aria reicht mir meinen Zettel. Sie hat mein Gedicht gefaltet. »Ich glaub an dich«, höre ich sie mir zum Abschied in mein Ohr flüstern.

Ihre Worte klingen, als müsste ich mich gleich in die Kammer des Schreckens begeben und mich dort meinem schlimmsten Albtraum stellen. Und ich befürchte, genau so etwas steht mir nun bevor.

Um Nathan und mich herum geht es zu wie in einem Taubenschlag. Schüler kommen und gehen, balancieren Tabletts durch die Gegend, halten mitten im Weg inne, weil sie jemandem begegnet sind, den sie schon mindestens seit der zweiten Schulstunde nicht mehr gesehen haben, lachen, schäkern und unterhalten sich angeregt.

Nathan sieht zu Boden, während er sich mit der Hand durchs Haar fährt. Er scheint nicht sicher zu sein, wie er das hier beginnen soll.

»Was ist das zwischen uns?«, fragt er mich schließlich ganz direkt. Sein Blick ist nun in meine Augen gerichtet.

Diese Frage ist so allumfänglich, dass ich im ersten Moment gar nicht weiß, wie ich darauf reagieren soll. Wie soll ich etwas benennen, das sich tief in meinem Herzen abspielt und für das ich noch keine Worte gefunden habe? Wie soll ich Nathan klarmachen, was er mir bedeutet, wo wir uns doch kaum kennen?

Nun bin ich diejenige, die seinem Blick ausweicht. Ich ertrage den vorwurfsvollen Ausdruck in seinen Augen nicht. Ebenso wie das Gefühl, das er in mir weckt. Das hier ist so verdammt falsch. Merkt er das denn nicht?

»Können wir vielleicht nach draußen gehen?« Meine Stimme klingt flehentlich. Verpufft ist die Hochstimmung von eben.

Nathan sagt nichts, sondern nickt nur.

Schweigend laufen wir nebeneinanderher in den Garten. Die Stimmung zwischen uns könnte nicht eisiger sein. Dabei weiß ich überhaupt nicht, was passiert sein könnte. In Gedanken versuche ich Revue passieren zu lassen, was gestern zwischen uns vorgefallen ist. Ich erinnere mich an unseren ersten Kuss und diese innige Verbindung, die ich dabei gespürt habe.

Als wir bei unserer Bank angelangt sind, setzen wir uns und halten dabei ein wenig Abstand voneinander. Eines der frechen Eichhörnchen, die sich hier manchmal blicken lassen, sitzt einige Meter vor uns im Gras und wartet gespannt ab, was nun folgen wird.

»Ich frage dich noch einmal: Was ist das zwischen uns, Olivia?«, erhebt Nathan plötzlich das Wort.

Ich zucke beim Klang seiner Stimme leicht zusammen.

»Wie meinst du das?«, stelle ich ihm eine Gegenfrage.

Er verdreht die Augen. »Du weißt ganz genau, worauf ich hinausmöchte. Was willst du von mir, Olivia? Ist das hier eher etwas Lockeres für dich? Läuft nebenher noch etwas mit einem anderen? Beispielsweise mit … Lucas?«

Mir verschlägt es die Sprache, als ich Nathan seinen Vorwurf laut aussprechen höre.

»Was?«, blaffe ich ihm mit ungewohnter Härte in der Stimme entgegen. »Wie kommst du denn bitte darauf, dass zwischen Lucas und mir etwas laufen würde?«

Ich bin geschockt über seine Unterstellung, kann kaum einen klaren Gedanken fassen. Wie kann er nur von mir denken, dass ich etwas mit Lucas hätte? Lucas! Ich meine, er war doch auch dort auf dem Parkplatz. Er hat doch gesehen, was Lucas für ein Typ ist. Er muss doch wissen, dass ich nie und nimmer etwas mit ihm anfangen würde. Wie kann er also nur so etwas von mir denken?

»Na ja, ich fand es schon etwas merkwürdig, dass du ausgerechnet mit ihm zum Poetry-Slam-Abend ins Blackstone's Café gekommen bist. Und dann bekomme ich heute eine Nachricht von ihm mit dem exakten Wortlaut unserer Unterhaltung gestern. Hast du ihm alles brühwarm erzählt?« Wut und Traurigkeit mischen sich in seine Worte.

»Was? Wie kommst du darauf, dass ich zu Lucas gegangen sein könnte, um ihm alles brühwarm zu erzählen? Wie kannst du das nur von mir denken, Nathan? Ich dachte ...« Weiter komme ich nicht, weil sich in diesem Moment ein riesiger Kloß in meinem Hals bildet. *Woher weiß Lucas überhaupt davon?*

»Was dachtest du? Was ist das zwischen uns, Olivia?« Nathan rauft sich mit den Händen das Haar. Dann sieht er mir mit einer Mischung aus Verzweiflung und tiefer Traurigkeit in die Augen. »Ich fühle mich zu dir hingezogen, Olivia«, offenbart er mir schließlich, und mir stockt bei seinen Worten der Atem. »Ganz oft habe ich das Gefühl, dass es dir auch so mit mir geht. Dann wieder denke ich, dass uns Welten voneinander trennen und du nur darauf wartest, einen Besseren zu finden.«

Bisher habe ich noch nie einen so tiefen Einblick in Nathans Gefühlswelt bekommen. Ich glaube, jetzt ist der

Moment gekommen, in dem wir beide nur noch Gewissheit wollen.

»Was meinst du damit? Ich verstehe dich nicht, Nathan. Zwischen Lucas und mir ist rein gar nichts gelaufen, und da wird auch nie etwas sein. Das schwöre ich dir.«

Ich will nach Nathans Hand greifen, doch er entzieht sie mir.

»Weißt du eigentlich, wie viele Stunden und Tage ich in der letzten Zeit damit zugebracht habe, über dich nachzudenken? Lange habe ich geglaubt, dass ich das ewig so machen könnte. Dass ich dem Ungewissen die Stirn bieten kann, solange ich nur weiß, dass etwas zwischen uns ist, wofür es sich zu kämpfen lohnt. Aber heute … da bin ich mir nicht mehr sicher, Olivia.«

Bei Nathans Worten bricht mein Herz in tausend Einzelteile. Ich kann förmlich hören, wie es aus meiner Brust springt und auf dem harten Boden der Realität zerschellt.

»Aber was kann ich denn nur tun, um dir zu beweisen, dass mir auch etwas an dir liegt?« Meine Verzweiflung spiegelt sich im Klang meiner Stimme wider. »Sag es mir, und ich werde es machen«, flehe ich ihn an.

Die Vorstellung, Nathan könnte sich schon in wenigen Sekunden von mir abwenden, ist wie ein Schlag in die Magengegend. Jetzt, da sich doch offenbar alles in meinem Leben mehr und mehr dem Besseren zuwendet, darf es nicht sein, dass ich Nathan verliere. Bitte nicht!

Aber ich kann nicht so einfach aus meiner Haut. Seit vielen Jahren habe ich gelernt, wie wichtig es ist, vorsichtig zu sein und nicht zu viel von mir preiszugeben. Mein Schutzmantel hat mich vor Schaden bewahrt und mir dabei geholfen, nicht verloren zu gehen. Sollen all die Maßnahmen, die ich ergriffen habe, um in dieser Welt bestehen zu können, jetzt dazu führen, dass Nathan und ich nicht zusammen sein können?

Er muss doch spüren, dass ich nie etwas mit Lucas anfangen würde. *Nein, das kann er nicht*, widerspricht mir meine innere Stimme. *Woher auch? Ihr beiden kennt euch kaum. Und du, Olivia, sprichst sehr wenig bis selten über das, was dich beschäftigt oder dir Angst macht. Woher soll Nathan also wissen, dass du lieber über brennende Kohlen gehen würdest, als Lucas zu daten? Nathan weiß nur das, was er mit eigenen Augen gesehen hat.*

»Ich weiß es nicht … Ich weiß nur, dass ich so nicht weitermachen kann. Alles, was mich umgibt, ist in Nebel versunken. Ich weiß nicht mehr, was ich will und was ich brauche. Es fällt mir schwer, mich längere Zeit auf etwas zu konzentrieren, weil ich ständig an dich denken muss und nicht weiß, ob es dir auch so geht.«

Tränen laufen mir über die Wangen. »Aber mir geht es doch genauso wie dir. Ich möchte am liebsten so viel Zeit wie nur möglich mit dir verbringen, mit dir Händchen haltend durch die Schule spazieren und mir eine heiße Schokolade mit dir teilen.«

Für meine Verhältnisse wage ich mich gerade sehr weit aus meiner Komfortzone heraus. Und dennoch tue ich es, da ich spüre, dass Nathan bereits eine Entscheidung für sich getroffen hat. Es gibt kaum noch eine Chance, ihn davon abzubringen. Also lege ich alles in die Waagschale, was mir geblieben ist.

Nathan überlegt, sieht mich an, wendet den Blick dann wieder ab. Wie gebannt starrt er auf das Gras unter unseren Füßen, als könnte er ihm beim Wachsen zusehen. Seine Hände umklammern den Rand der Bank. Schon lässt er sie wieder los und fährt sich mit den Handflächen übers Gesicht.

»Olivia, es ist ja nicht nur, dass Lucas über den Inhalt unseres Gesprächs Bescheid wusste. Wenn ich ehrlich bin, geht es um das, was du gesagt hast. Um das, was auch in Lucas' Nachricht stand …«

Als ich ihn daraufhin fragend ansehe, ergänzt er: »Du meintest, dein Dad dürfe auf gar keinen Fall je erfahren, dass es mich überhaupt gibt. Und sosehr ich verstehen kann … Nein, das stimmt so nicht. Denn eigentlich kann ich überhaupt nicht nachvollziehen, warum du diesen Satz gesagt hast. Ja, deine Eltern sind streng und haben offenbar ein paar Ansichten, die echt verrückt sind. Aber du sprichst auch darüber nicht mit mir. Ich weiß einfach nicht …« Er zögert. Nur kurz. Dann hält er mir die Spitze seines Messers an die Brust und stößt zu. »Ich sehe einfach keine Zukunft für uns beide, Olivia. Wie soll das gehen? Sollen wir unsere Beziehung dann für immer geheim halten? Bevor wir noch mehr investieren, als wir ohnehin schon getan haben, sollten wir hier wohl besser einen Schlussstrich ziehen. Vielleicht hat es einfach nicht sollen sein.«

Sturzbäche ergießen sich über meine Wangen, während Nathan ohne ein weiteres Wort aufsteht und zurück ins Schulgebäude läuft.

Kapitel 34

Nathan

»Sorry, Bro, aber ich kann mir das nicht länger mitansehen. Was ist bloß los mit dir?« Sammy bindet den Gürtel seines Judoanzugs zu. In der weißen Robe wirkt er tiefenentspannt und total motiviert.

Ganz im Gegensatz zu mir.

Schon bereue ich es, dass ich überhaupt zum Training gegangen bin. Aber irgendwie habe ich mir eingebildet, dass ich hier auf andere Gedanken kommen würde. Als könnte ich verkleidet mit dem dämlichen weißen Bademantel und der passenden Hose all das überdecken, was heute geschehen ist.

Falsch gedacht! Auch nach all den Stunden kann ich noch immer nur an Olivia denken. An ihre vom Weinen geröteten Augen, an die Hoffnungslosigkeit in ihrem Blick und den Schmerz, der ihr Gesicht gezeichnet hat, als ich ihr erklärt habe, dass ich für uns beide keine gemeinsame Zukunft sehe.

Kaum dass ich vorhin zurück im Schulgebäude war, habe ich meine Entscheidung auch schon bereut. Dennoch wusste ich, dass ich nicht zurückkonnte. Olivia ist Olivia. Sie wird nicht von heute auf morgen plötzlich aus sich herauskommen und mir frei von der Seele weg erzählen, wie es ihr geht. Aber wie soll ich dann, verdammt noch mal, wissen, was in ihr vorgeht? Ich bin kein beschissener Gedankenleser … Alles, was ich bin, reicht einfach nicht. Vor allem nicht für ihren Dad, der auf keinen Fall etwas von mir erfahren darf.

»Ich hatte einen ziemlich beschissenen Tag. Reicht das?«

Als ich mich ebenfalls umgezogen habe, pfeffere ich meinen Rucksack unter die Garderobe. Dabei lasse ich all die angestaute Wut in meinem Inneren nach draußen.

»Bro, wenn ich dich so ansehe, dann habe ich das Gefühl, ich gucke in den Spiegel und sehe dort mich. Aber nicht mein Ich von heute, sondern von vor ein paar Wochen. Bevor ich mit dem Judo angefangen habe.« Sammy sieht mich durchdringend an.

Mein erster Impuls ist, ihn zu fragen, für wen er sich hält. Doch noch ehe die Worte mir über die Lippen kommen können, spüre ich ganz deutlich, wie falsch sie sind. Dann will ich ihm sagen, dass er keine Vergleiche zwischen uns ziehen soll, da wir ganz unterschiedlich sind. Auch diesen Gedanken verwerfe ich schnell wieder, da ich weiß, dass Sammy recht hat.

Während er seine Gefühle zusehends besser im Zaum

hält und sich nicht mehr provozieren lässt, scheine ich mich immer mehr zu einem hochexplosiven Pulverfass zu entwickeln. Aber liegt das wirklich an Olivia?

Zum ersten Mal versuche ich jetzt, mit ein wenig Abstand auf meine Situation zu schauen, um klarer sehen zu können und nicht mehr ständig daran denken zu müssen, dass ich es verbockt habe.

Es kostet mich viel Kraft, aber nach und nach gelingt es mir. Wenn auch nicht ganz mit dem Erfolg, den ich mir gewünscht hätte. Mit meinen Händen halte ich mich an den Enden meines braunen Gürtels fest, um daran ein wenig Halt zu finden.

»Mach dir keine Sorgen um mich. Bei mir ist wirklich alles bestens«, lüge ich und wage es dabei nicht, Sammy in die Augen zu schauen.

Ein wissendes Lachen ertönt und hallt durch die Umkleide. Wir sind allein. Der Rest der Mannschaft ist bereits in der Halle. Wenn wir hier noch weiter debattieren, dann werden sie ohne uns beginnen.

»Ich kenne dieses *bestens* nur zu gut«, erklärt Sammy mir nun in ruhigem sachlichen Tonfall. Dann legt er seine Hand auf meine Schulter.

Sammy hat sich in den letzten Wochen sehr verändert. Er trainiert wie ein Wahnsinniger. Es ist ein bisschen so, als hätte er nur auf die Möglichkeit gewartet, sich endlich behaupten zu können. Judo macht mit ihm gemeinsam so viel mehr Spaß. Außerdem bin ich so unglaublich stolz auf ihn. *Habe ich ihm das überhaupt schon mal gesagt?*, durchzuckt mich der Gedanke.

Bei keiner Stunde hat er bisher gefehlt. Für gewöhnlich legt er noch vor allen anderen die Matten in der Halle fürs

Training aus und räumt im Anschluss daran auch allein wieder auf. Als müsste er für irgendwas Buße tun oder sich erkenntlich zeigen.

Als ich nicht reagiere, fügt Sammy hinzu: »Willst du mir nicht sagen, was passiert ist? Vielleicht fühlt es sich danach besser an. Wenn nicht, dann sprechen wir nicht weiter darüber. Okay?«

Es klingt nach einem fairen Angebot. Und irgendwie weiß ich auch, dass es das einzige ist, das ich mir vorstellen könnte, anzunehmen. Mit meinen Eltern kann ich über das ganze Chaos in meinem Inneren nicht sprechen. Die machen sich ohnehin schon wieder viel zu viele Sorgen um mich.

Aber ich kann ihnen keinen Vorwurf machen. Schließlich können sie nicht verstehen, was mit mir los ist, warum ich mich nur schwerlich aufraffen kann, mich beim Abendessen am Tisch ins Gespräch einzubringen oder mich die meiste Zeit über in meinem Zimmer verkrieche.

Sammy kennt die Dämonen, die mich umtreiben, auch wenn seine andere Namen tragen. Aber das spielt im Grunde keine Rolle. Ich muss nur den Anfang für die Unordnung in meinem Kopf finden.

»Olivia … Ich meine Lucas … Fuck!« Die Worte sprudeln ohne Sinn und Verstand aus meinem Mund.

»Wenn Lucas im Spiel ist, Bro, dann kann ich dir das mit dem *alles bestens* echt nicht abkaufen. Was hat er gemacht?«

Ich warte schon auf dieses Funkeln in Sammys Augen, das mir signalisiert, dass er gleich austicken und jemandem ein paar Schläge androhen wird. Aber das Funkeln bleibt aus. Sammy ist die Ruhe selbst.

»Lucas hat mich heute provoziert, indem er mir gesteckt hat, dass er etwas aus einem sehr intimen Gespräch zwischen Olivia und mir weiß, was er nur von ihr oder mir wissen kann. Und …«

»… jetzt bist du der Meinung, Olivia hat es ihm gesteckt«, vollendet Sammy meinen Satz.

Ich nicke mit vor der Brust verschränkten Armen. Meine Kieferknochen beginnen zu mahlen.

»Hast du dir mal überlegt, ob es auch eine andere Erklärung dafür geben könnte? Wo habt ihr beiden denn miteinander gesprochen?«

»Ausgeschlossen! Wir waren im Schulgarten. Da war weit und breit niemand zu sehen«, sage ich schnell.

Sammy überlegt. »Gibt es in diesem Garten nicht auch Hecken, Bäume oder irgendwelche Büsche, hinter denen man sich perfekt verstecken könnte?«

Ich will schon verneinen, als mir ein Erinnerungsfetzen durchs Gedächtnis weht. Das Knacken im Geäst. Dieses Rascheln. War es wirklich ein Eichhörnchen? Was, wenn es gar kein Tier war, das für das Geräusch verantwortlich gewesen ist? Was, wenn es ein Mensch war, der dort hinter uns Stellung bezogen hat, um uns zu belauschen?

»Fuck! Daran habe ich ja noch gar nicht gedacht. Ich war so besessen davon, dass Olivia es Lucas gesagt haben muss, dass ich überhaupt keinen Gedanken an etwas anderes verschwendet habe. Wenn das stimmt, dann …«

»… hast du ihr verdammt unrecht getan«, beendet Sammy abermals meinen Satz und trifft damit mitten ins Schwarze.

Sammy hat recht. Wenn das wirklich stimmen sollte, dann habe ich Olivia vollkommen zu Unrecht verdächtigt.

Nicht nur das. Ich habe mit ihr Schluss gemacht, noch bevor das zwischen uns etwas werden konnte. Das wird sie mir sicher nie verzeihen.

Und jetzt?

Bist du dir wirklich sicher, dass es so gewesen ist?, regt sich eine zweifelnde Stimme in mir. *Wäre es dir tatsächlich nicht aufgefallen, wenn Lucas hinter euch gestanden und euch belauscht hätte?*

Meine Antwort ist eindeutig: Ich weiß es nicht. Krampfhaft versuche ich mich an die Atmosphäre im Schulgarten zu erinnern. Immer wieder klopfe ich mir mit der Faust gegen die Stirn. Aber sobald ich mich mental dorthin zurückversetzt habe, sehe ich immer nur Olivia. Ich hatte nur Augen für sie. Was um uns herum passierte, ist total an mir vorbeigegangen.

»Hey!«, meint Sammy, als er bemerkt, wie sehr ich innerlich mit mir ringe. »Es gibt für alles eine Lösung. Am besten rufst du sie nach dem Training an, und ihr verabredet euch.«

Wenn es doch nur so einfach wäre!, denke ich bei mir. Bisher haben wir uns nur Nachrichten geschickt und uns an der Schule getroffen. Olivias Hausarrest wurde noch nicht aufgehoben, soweit ich weiß. Sie wird nicht einfach irgendwohin gehen dürfen, wo wir ungestört miteinander reden können. Irgendwas sagt mir, dass sie das im Moment auch gar nicht möchte. Dafür habe ich mich viel zu sehr danebenbenommen.

»Ich hab es verkackt«, offenbare ich Sammy meine Hoffnungslosigkeit schonungslos ehrlich.

Sammy legt mir wieder eine Hand auf die Schulter.

»Und weißt du, was das Schlimmste daran ist?«, frage ich meinen Freund, der mich erwartungsvoll ansieht.

»Ich bin kein bisschen besser als Lucas.«

Sammy will mir widersprechen, doch ich bremse ihn aus: »Ist schon gut. Lass uns jetzt erstmal in die Halle gehen und trainieren. Vielleicht kommt mir ja währenddessen eine Idee, wie ich Olivia davon überzeugen kann, mir noch mal eine Chance zu geben.«

Sammy lächelt mir beschwichtigend zu. »Das wird sie ganz sicher, Mann.«

Dankbar erwidere ich Sammys Lächeln. So zuversichtlich wie er bin ich allerdings nicht. Denn ich habe es so richtig verbockt. Anstatt Olivia das Gefühl zu geben, dass ich ihr vertraue und sich nichts und niemand zwischen uns drängen kann, lasse ich mich von diesem Idioten Lucas so lange bearbeiten, bis ich selbst einen Keil zwischen das Mädchen, das ich so mag, und mich selbst treibe.

Aber es wäre falsch, die Schuld allein bei Lucas zu suchen. Auch wenn er seinen Teil dazu beigetragen hat, dass ich plötzlich unsicher wurde und nicht mehr wusste, was der Wahrheit entspricht oder nicht. Letztlich bin ich derjenige gewesen, der Olivia vorgeworfen hat, mit Lucas gesprochen und dabei intime Details unserer Unterhaltung preisgegeben zu haben. Dafür ist nicht Lucas verantwortlich. Sondern einzig und allein ich selbst. Dieser Tatsache muss ich mich jetzt erstmal stellen, bevor ich weiß, wie es weitergehen könnte.

Am besten bevor sich der dichte Nebel, der mir zusehends die klare Sicht nimmt, noch weiter verdichtet.

Kapitel 35

Olivia

Zum wiederholten Mal versuche ich Aria zu erreichen. Auch wenn ich weiß, dass sie den Nachmittag mit der Organisation des Schul-Poetry-Slams zubringen wird, hatte ich dennoch Hoffnung, sie wenigstens kurz sprechen zu können.

Seit dem Gespräch mit Nathan habe ich das Gefühl, ein riesiger Steinbrocken läge auf meiner Brust. Die letzte Schulstunde habe ich weinend auf der Toilette verbracht und den Unterricht geschwänzt. Das wird sicher noch Ärger mit meinen Eltern geben. Nachsitzen werde ich dafür vermutlich auch noch müssen. Und dann ist morgen schon dieses dämliche Referat, das ich gemeinsam mit Nathan halten muss.

»Das ist die Mailbox von Aria McGinster. Ich bin im

Moment leider nicht erreichbar, rufe aber gerne zurück …«

Mit voller Wucht werfe ich mein Smartphone auf mein Bett. Wofür hat man die Dinger überhaupt, wenn sie einem überhaupt nicht helfen können und man mit ihnen sogar auf Schritt und Tritt überwacht werden kann? Was mache ich denn jetzt? Ich kann auf gar keinen Fall mehr auf die Beaufort High gehen. Das ist ausgeschlossen. Allein der Gedanke, ich könnte Nathan dort noch mal über den Weg laufen, treibt mir abermals die Tränen in die Augen.

Wie kann er denn nur ernsthaft glauben, dass ich Lucas etwas von uns erzählt hätte? Warum hat er mir nicht mal die Chance gegeben, ihm die Sache zu erklären? Von Dads Abmachung mit Lucas und seinem Auftrag mich zu beschatten, von der Überwachung meines Handys … Wenn er mir doch nur kurz zugehört hätte, dann wäre das Missverständnis längst aus der Welt geschafft.

Aber je länger ich darüber nachdenke, desto mehr komme ich zu der Überzeugung, dass es Nathan nicht nur um die Sache mit Lucas ging. Er ist es leid, dass wir nicht so zusammen sein können, wie es andere Pärchen sind. Ich kann seine Wut und Unsicherheit darüber verstehen. Auch wenn ich mir etwas mehr Vertrauen von ihm gewünscht hätte.

Mein Leben beginnt sich doch gerade erst zu verändern. Dad hat mit der Sache mit Lucas und der Überwachung meines Handys eine Grenze überschritten. Mom wird das nicht so einfach hinnehmen. Sie hat ihn bereits am Telefon damit konfrontiert. Ich brauche nur noch etwas Zeit.

Mir schwirrt der Kopf bei all diesen wirren Gedanken. Schwer lasse ich mich auf mein Bett fallen und starre an die weiße Zimmerdecke, als stünden da die Antworten auf all meine Fragen geschrieben. Doch da ist nichts.

Wenige Minuten später klopft es an meiner Tür. Erschrocken springe ich auf und versuche meine Bettdecke glatt zu streichen, während ich »Herein!« rufe.

Ich blicke mich in meinem Zimmer um. Es sieht grauenvoll aus. Der Abfalleimer quillt von den zerknüllten Zetteln über, auf denen ich meine Gedanken für das Poetry-Slam-Gedicht niedergeschrieben habe. Auf meinem Schreibtisch türmen sich Bücher und Hefte für das Desch-Referat. Unter meinem Schreibtisch fällt mir ein Zettel ins Auge, auf dem ich Nathan gezeichnet habe. Verdammt! Das sollte ich auf gar keinen Fall dort liegenlassen. Doch zu spät. Die Tür öffnet sich bereits, und Mom kommt herein.

»Hey, Schatz, ich wollte mal hören, ob alles okay bei dir ist. Mortimer meinte, du wärst mit geröteten Augen ins Auto gestiegen. Ist etwas passiert? Möchtest du vielleicht mit mir darüber sprechen? Hat es vielleicht etwas mit deiner neuen Freundin zu tun? Wie hieß sie denn noch gleich? Aria, oder?«

Vollkommen überrumpelt starre ich meine Mom regungslos an. Es dauert einen Augenblick, bis ich kapiere, dass das hier nicht nur ein Traum ist.

»Aber wenn ich dich störe, dann kann ich auch wieder gehen«, sagt sie unsicher und sieht dabei zur Tür.

Die Situation ist neu. Für uns beide. Das gestern auf der Treppe war ein Anfang. Aber es liegt noch ein langer

Weg vor uns. Wir beide wissen nicht so genau, was wir sagen oder machen sollen, starren uns nur unbeholfen an.

Mein Blick fällt auf das Stück Papier unter meinem Schreibtisch.

»Nein, bleib bitte!«, flehe ich Mom förmlich an, bevor sie mich mit meinen Gedanken wieder alleinlassen kann.

Ein angedeutetes Lächeln zeichnet sich auf ihren Lippen ab. Nicht zu optimistisch. Aber dennoch: Es ist deutlich erkennbar.

»Ich wollte mich noch bei dir entschuldigen. Es war nicht richtig von mir, dir den Kontakt mit Aria zu verbieten. Ich hätte …«, sie nimmt sich einen Moment, um die richtigen Worte zu finden, »… in der Situation weniger an deinen Dad denken sollen, anstatt an dich. Und daran, dass du endlich Anschluss findest und kurz davorstehst, dein eigenes Leben zu leben …«

Meine Augen füllen sich schlagartig erneut mit Tränen.

Mom kommt zu mir und nimmt mich in die Arme. Ich kann nicht glauben, dass das hier passiert. Es fühlt sich so gut an, endlich verstanden zu werden.

Einige Sekunden vergehen, in denen wir einfach so dastehen und uns fest in den Armen halten. Als wir uns voneinander lösen, fällt mein Blick auf den Boden – und damit auf den wirklichen Grund für meine geröteten Augen bei Mortimer im Auto.

Mom folgt meinem Blick und geht auf das Bild am Boden zu. Noch ehe ich etwas sagen kann, greift sie danach und hebt es auf. Lange sieht sie es sich an.

»Schon als kleines Mädchen hast du es geschafft, die Menschen mit deinen Bildern zu erreichen.«

»Ach, tatsächlich?«, hake ich nach.

Mom nickt und wischt sich ein paar Tränen aus den Augen. »Ich hätte nie zulassen dürfen, dass dein Dad dein Talent so mit Füßen tritt, nur weil er dich lieber als Physikerin oder Politikerin gesehen hätte.« Sie zieht ein Taschentuch aus ihrer legeren Jeans.

Ich kann mich gar nicht mehr daran erinnern, wann ich sie das letzte Mal in einer Jeans gesehen habe. Für gewöhnlich trägt Mom teure Etuikleider. Heute hat sie sich hingegen für eine einfache Hose mit einer roséfarbenen Bluse entschieden. Ihr Haar hat sie weder zu einem hohen strengen Dutt hochgesteckt, noch Locken hineingezaubert. Der lockere Pferdeschwanz macht sie um Jahre jünger. Genau wie der zärtliche Ausdruck auf ihrem Gesicht. Verschwunden ist diese Verbissenheit in ihren Zügen. Wie schnell sie sich innerhalb so kurzer Zeit gewandelt hat … Als hätte sie sich eine Maske vom Gesicht gerissen und endlich ihr wahres, viel zu lang unterdrücktes Ich zum Vorschein gebracht.

Mom schluchzt auf und wischt sich eilig über das Gesicht. *Schwäche zeigen ist nicht gut*, gehen mir Dads Worte durch den Kopf. Dad würde jetzt vermutlich vor Wut toben. Aber er ist nicht da. Nur Mom und ich. Und dieses Bild von Nathan in ihrer Hand.

»Wer ist der Junge?«, fragt sie nach einer Weile. »Bedeutet er dir etwas?« Mein Blick muss so entsetzt sein, dass Mom nur wissend nickt. »Er sieht sehr nett aus. Geht er mit dir auf die Beaufort High?«

Ich mache den Fehler und schaue bei Moms Worten auf den Zettel in ihrer Hand. Und noch ehe ich weiß, wie mir geschieht, kullern mir die ersten Tränen über die

Wangen. Mom reicht mir nun auch ein Taschentuch und klopft auf den freien Platz neben ihr auf meinem Bett.

Kaum dass ich mich hingesetzt habe, zieht Mom mich in eine enge Umarmung. Ein Geruch aus Sommerblumen und Cookies umhüllt sie. Verschwunden ist der schwere Duft ihres sündhaft teuren Parfüms.

»Ist dieser Junge der Grund dafür, dass du heute mit geröteten Augen in die Limousine gestiegen bist?«

Erst will ich nicken, dann mit dem Kopf schütteln. Letztlich zucke ich mit den Schultern. So einfach ist das nicht. Es ist nicht Nathans Schuld. Ebenso wenig wie meine.

»Nathan glaubt, dass ich Lucas etwas von einem sehr persönlichen Gespräch zwischen uns weitererzählt hätte.«

Mom zieht ihre Stirn kraus. »Ist Lucas der Junge, den Dad …«

Ich nicke schnell, weil ich nicht möchte, dass Mom Dads Tat noch einmal zur Sprache bringt und ich mich dann damit auch noch auseinandersetzen muss. Der Zeitpunkt wird kommen. Aber gerade schaffe ich es nicht, mir darüber auch noch Gedanken zu machen.

Mom versteht mich zum Glück und führt ihren Gedanken nicht weiter. Stattdessen fragt sie: »Aber das hast du nicht. Oder?«

»Nein! Natürlich, nicht! Das würde ich nie tun«, sage ich schnell. Dann mit etwas Verzögerung: »Nathan ist mir wichtig.«

»Ich verstehe«, antwortet Mom. »Und was willst du jetzt machen?«

Zerknirscht zucke ich abermals mit den Schultern. Ich

fühle mich so hilflos. »Ich weiß es nicht«, erwidere ich ganz ehrlich.

Als mein Magen lautstark zu rumoren beginnt, meint sie: »Was hältst du davon, wenn wir gleich ins Blackstone's Café gehen, dort etwas zu Abend essen und uns gemeinsam einen Schlachtplan überlegen?«

Mom klingt selbstbewusst und aufmunternd. Bei der Leichtigkeit in ihrer Stimme bekomme ich sogar das Gefühl, dass es für jedes Problem eine Lösung geben muss. Sei es auch noch so groß.

»Das klingt nach einem echt guten Plan.«

Doch bevor wir Arm in Arm die kalte weiße Marmortreppe nach unten gehen können, muss ich unsere Stimmung ein wenig trüben.

»Weißt du, wann Dad wieder nach Hause kommen wird?«

Moms Lächeln gefriert bei meinen Worten auf ihren Lippen. Doch sie fängt sich schnell wieder. »Voraussichtlich am Wochenende«, meint sie dann.

Für gewöhnlich weiß Mom immer ganz genau, wann er wo ist. Dass sie es diesmal nicht weiß, lässt tief blicken.

Der Gedanke ist befremdlich.

»Aber du brauchst keine Angst zu haben«, eröffnet sie mir mit fester Stimme. »Wir werden das ein für alle Mal klären. Ich werde deinem Dad die Pistole auf die Brust setzen und ihn mit meinen Bedingungen konfrontieren. Wenn er darauf nicht eingehen möchte, dann schnappe ich mir dich, und wir beide verschwinden von hier. Ich hab eine gute Anwältin. Wir schaffen es auch ohne ihn. Da bin ich mir ganz sicher.«

Kapitel 36

Nathan

»Die Enigma ist eine Maschine, die im Zweiten Weltkrieg von der Wehrmacht zur Verschlüsselung ihrer Nachrichten verwendet wurde. Joseph Desch erfand eine Dechiffriermaschine, um diese Meldungen von den U-Booten der Deutschen abzufangen. Die sogenannte Desch-Bombe tickte dabei so laut, dass sie an eine Bombe erinnerte«, referiert Olivia mit leicht zittriger Stimme.

Uns trennen nur wenige Zentimeter voneinander. Ich müsste meine Hand nur ausstrecken, um sie zu berühren. Doch das tue ich natürlich nicht vor der ganzen Klasse. Stattdessen klammere ich mich an meinem Blatt Papier fest und suche mir einen Punkt in Mrs Reinolds Klassenzimmer, den ich fixieren kann.

Viel lieber würde ich zu Olivia blicken, ihr sagen, wie

gut sie sich schlägt und sie in dem, was sie macht, bekräftigen. Doch auch das tue ich nicht. All das passiert nur in meinem Kopf.

Wir haben vor der Stunde kein Wort miteinander gewechselt. Zunächst wusste ich nicht, wie ich ein Gespräch zwischen uns in Gang hätte bringen sollen, dann ertönte auch schon der Gong, und Mrs Reinolds bat uns nach vorne vor die Klasse.

Mein Teil des Referats kam mir eher lieblos über die Lippen. Für gewöhnlich setze ich mich mit einem Thema so tiefgründig auseinander, dass ich nachts davon träume und mir tagsüber darüber Gedanken mache, wie ich es präsentieren könnte. Doch seit ich Olivia kenne, nimmt sie jeden noch so winzigen Raum in meinem Kopf und meinem Herzen für sich ein.

Nach dem Judotraining habe ich versucht, sie auf dem Handy zu erreichen. Das allererste Mal. Sie ging allerdings nicht ran. Es war schon weit nach zehn Uhr. Vielleicht hat sie zu dem Zeitpunkt ja schon geschlafen. Wer weiß? Vielleicht wollte sie aber auch einfach nicht mit mir reden.

Diese und ähnlich quälende Gedanken haben mich durch die Nacht begleitet. Ständig ist mir Olivias trauriges Gesicht vor meinem geistigen Auge erschienen. Die großen grünen Augen, der Schmerz und die bittere Enttäuschung darin, die einzig und allein auf mein Konto gehen.

Die Klasse klatscht verhalten. Ich sehe in müde und desinteressierte Gesichter.

»Das haben Sie beide wirklich sehr gut gemacht«, behauptet Mrs Reinolds.

Mein Blick sucht Olivias Augen. Sie lächelt befreit. Doch sie sieht nicht zu mir. Ich kann deutlich spüren, wie ihr eine riesige Last von den Schultern genommen wurde. Ihr ganzes Gesicht strahlt Erleichterung aus. Dieses Mal ist sie selbst dafür verantwortlich. Sie hat sich richtig tapfer geschlagen und ist viel souveräner aufgetreten, als ich vermutet hätte.

»Gibt es noch Fragen?« Mrs Reinolds wendet den Blick von uns beiden ab und schaut in den Raum.

Zunächst meldet sich niemand. Dann schnellt eine Hand in die Höhe.

Lucas.

Unsere Geschichtslehrerin bedeutet ihm zu sprechen.

»Wie lief es denn so in der Vorbereitungsphase? Gab es Probleme? Oder seid ihr beiden euch vielleicht sogar etwas nähergekommen?«

Albernes Gekicher hallt durch den Raum. Unweigerlich muss ich mich fragen, wie man mit siebzehn Jahren noch so kindisch sein kann? Schon spüre ich, wie die Wut in mir hochkocht und ich Lucas irgendeine spitze Bemerkung entgegenschleudern will. Gleiches mit Gleichem vergelten und so.

Aber Olivia kommt mir zuvor. »Auf dem Gebiet der Desch-Bombe sind wir uns ziemlich nahegekommen«, erwidert sie schlagfertig.

Als ich kapiere, was sie da eben gesagt hat, huscht ein Lächeln über meine Lippen. Ich senke den Blick und grinse den gesprenkelten Linoleumboden an. Das ist die einzige Art und Weise, wie wir Lucas begegnen sollten: mit Humor. Jede weitere Gefühlsregung hat dieser Idiot überhaupt nicht verdient. Olivia hat das verstanden.

»Wenn es keine weiteren Fragen zum Thema gibt,

dann würde ich die Referenten jetzt wieder auf ihre Plätze entlassen.«

Mrs Reinolds schaut tadelnd in Lucas' Richtung. Der hebt abwehrend die Hände in die Höhe, als könnte er kein Wässerchen trüben. Von unseren übrigen Mitschülern kommt weder eine Frage noch ein dämlicher Scherz. Die meisten sind vermutlich noch nicht mal richtig wach.

Bevor ich zurück an meinen Platz gehe, möchte ich noch den USB-Stick mit der Präsentation vom Laptop ziehen. Doch Olivia kommt mir zuvor. Als unsere Hände sich berühren, schaut sie mir das erste Mal an diesem Tag in die Augen. Unsere Finger liegen noch immer aufeinander, während ihr Blick zu sprechen beginnt.

Die Hochstimmung, die sich eben noch in ihren Augen widergespiegelt hat, verblasst. Ihr Blick wird trübe und verdunkelt sich. Dann löst sie die Verbindung zwischen uns, sieht erst zu Boden und dann zu dem Stick. Ihre Hand schnellt in die Höhe, als hätte sie sich soeben an mir verbrannt.

Ich weiß nicht, was ich machen soll. Das alles passiert so schnell. Außerdem haben wir verdammt viele Zuschauer und nicht die Möglichkeit, über das zu sprechen, was zwischen uns steht und da auf gar keinen Fall hingehört. Es kostet mich viel Kraft zu schweigen.

Am liebsten würde ich mich sofort bei Olivia für alles entschuldigen. Ich möchte ihr sagen, dass ich ihr natürlich mehr Glauben schenke, als diesem Idioten Lucas. Und dass ich selbst ein totaler Idiot war, weil ich mich von ihm provozieren habe lassen, anstatt die Angelegenheit ganz sachlich auf den Tisch zu bringen und ihr zuzuhören.

Aber wenn es um Olivia geht, dann ist nichts ganz

sachlich. Bevor ich sie kennenglernt habe, war ich Mr Sachlich persönlich. Es gab kaum etwas, was mich auf die Palme gebracht hat oder mich aus der Bahn warf.

Weil ich so mit mir selbst beschäftigt bin, bemerke ich erst viel zu spät, dass Olivia bereits auf dem Weg zu ihrem Platz ist. Schnell löse ich den Stick vom Laptop und überlasse Mrs Reinolds wieder das Feld.

»Das war ein gelungener Einblick in die Geheimnisse von Deschs Dechiffriermethode. Dann geht es jetzt weiter mit …«

Sosehr ich mich auch bemühe, dem Unterricht zu folgen, es will mir einfach nicht gelingen. Meine Gedanken driften immer wieder ab und bleiben an einem ganz bestimmten Mädchen hängen. Nur mit Mühe kann ich mich dagegen wehren, immerzu in Olivias Richtung zu starren.

Akribisch halte ich die Uhr im Blick. Nicht mehr lange, und die Stunde ist zu Ende. Dann muss ich all meinen Mut zusammennehmen und versuchen, mit Olivia zu reden. Ich kann auf gar keinen Fall nach Hause gehen, ohne ihr vorher gesagt zu haben, wie leid mir das alles tut.

Als Olivia meinen Anruf gestern Abend nicht entgegengenommen hat, habe ich lange überlegt, ob ich ihr eine Nachricht schreiben sollte. Ich habe mich letztlich dagegen entschieden, weil ich der Meinung war, dass ich ihr dabei in die Augen sehen sollte, wenn ich mich bei ihr entschuldige. Insofern war es also vielleicht sogar ganz gut, dass sie nicht rangegangen ist.

Der Gong ertönt. Die Stunde ist zu Ende. Mrs Reinolds versucht über das immer lauter werdende Stimmengewirr hinweg auf die Hausaufgaben für die nächste Stunde aufmerksam zu machen. Mit nur mäßigem Erfolg. Die ersten verlassen bereits den Raum, wieder andere packen ihre Bücher und Hefte in ihre Rucksäcke. Die nächste Klasse drängt ins Zimmer.

Hastig verstaue ich meine Sachen in meiner Tasche und springe auf. Olivia ist bereits zur Tür raus. Fieberhaft versuche ich zu überlegen, was sie jetzt haben könnte. Mathe, Physik? Verdammt, ich habe keine Ahnung! Wie ein Scanner gleitet mein Blick über die Menschenmassen im Flur. Nur mühevoll komme ich durch die Tür.

»Olivia, warte!«, schreie ich auf gut Glück.

Da sehe ich plötzlich ihren roten Zopf in der Menge. Olivia bleibt stehen und dreht sich zu mir um.

»Hey«, sage ich wenig einfallsreich, als ich mich endlich an den anderen vorbeigedrängelt habe und bei Olivia ankomme.

Ihre Wangen sind leicht gerötet, und ihre Augen fragen mich still, was jetzt passieren wird. Ich will mich endlich entschuldigen. Doch mir fehlt der beschissene Anfang.

»Ähm, also … Was ich sagen wollte …«, stammle ich unbeholfen und fahre mir zigtausend Mal mit den Händen durchs Haar.

Olivia sieht mich abwartend an. »Ich muss gleich weiter. Vielleicht können wir ja später reden?«, sagt sie schließlich, als wollte sie mir die Chance geben, mich erstmal zu sammeln. Möglicherweise hat sie auch nur Angst, zu spät zur nächsten Stunde zu kommen.

Ein »Es tut mir leid!« schleicht sich über meine Lippen. Das ist ein guter Anfang, wie ich finde. Und er kommt mir gerade noch rechtzeitig.

Olivia lächelt mich verhalten an. Ihre Hände krallt sie

in die Riemen ihres Rucksacks. Dann gleitet ihr Blick zu Boden.

»Ich hätte Lucas nicht mehr Glauben schenken dürfen als dir. Das war ein verdammt großer Fehler, und ich möchte mich aufrichtig dafür entschuldigen.«

Meine Hände fangen an zu schwitzen, und mir wird heiß und kalt. Und wieder merke ich, wie wichtig Olivia mir ist, wie wichtig es mir ist, dieses blöde Missverständnis zwischen uns aus der Welt zu schaffen.

Während ich noch überlege, was ich noch sagen oder tun könnte, stellt sie sich auf ihre Zehenspitzen, legt mir ihre Hände auf die Wangen und küsst mich auf den Mund. Der Moment ist längst vergangen, bis ich ihn realisiert habe. Dementsprechend perplex sehe ich sie nun an.

»Ich nehme deine Entschuldigung an. Aber bevor ich weiter zu Kunst gehe, muss ich mich auch noch bei dir entschuldigen. Es war nicht richtig von mir, dir zu sagen, dass mein Dad nichts von dir erfahren darf. Ich hatte meine Gründe dafür, aber ich kann mir mittlerweile sehr gut vorstellen, wie du dich in diesem Moment gefühlt haben musst.«

Mein Herz macht einen Sprung bei ihren Worten. Damit hätte ich nicht gerechnet.

»Was Lucas anbelangt, muss ich dir auch noch etwas erzählen. Vielleicht hast du ja später Lust, mit mir ins Blackstone's Café zu gehen?«, fragt sie eine Spur nervöser, während sie sich auf die Unterlippe beißt.

Eigentlich will ich sie fragen, wie es sein kann, dass sie sich trotz Hausarrests mit mir verabredet. Ich möchte sie fragen, was vorgefallen ist, dass sie den Nachmittag nun mit mir verbringen kann. Der Hauch eines Zweifels mischt sich in meine Gedanken, und eine zynische Stimme fragt: *Konnte sie sich vielleicht in all der Zeit immer mit dir verabreden, wollte es aber aus irgendeinem unerfindlichen Grund nicht?*

Doch anstatt diesen Unruhe stiftenden Gedanken mehr Raum zu geben, schüttle ich sie schnell von mir ab und erwidere: »Sehr gerne!«

Olivia strahlt übers ganze Gesicht und wirft mir über die Schulter ein »Dann bis später« zu, ehe sie um die nächste Ecke abbiegt und verschwunden ist.

Kapitel 37

Olivia

Es ist kurz vor zwanzig Uhr. In wenigen Minuten wird Nathan kommen, um mich abzuholen. Mein Herz schlägt mir allein beim Gedanken an mein erstes wirkliches Date bis zum Hals.

Zum gefühlt hundertsten Mal betrachte ich mein Outfit im Spiegel. Ich habe mich heute für eine hochgeschnittene Jeans mit Schlitzen auf Kniehöhe und ein weites blaues Shirt mit V-Ausschnitt entschieden. Die Jeans ist ganz neu und nach diesem Abend sollte ich sie auf jeden Fall verbrennen, wenn ich nicht möchte, dass Dad sie je sieht. Er würde ausrasten, wenn er wüsste, wie ich heute Abend nach Downtown fahre.

Aber Dad ist zum Glück noch nicht zurück. Ich spüre, wie die Anspannung, die sich beim Gedanken an ihn wie ein steifes Korsett um mich gelegt hat, wieder abflaut. Mit jedem weiteren Atemzug wird es besser. Ein letzter prüfender Blick in den Spiegel, ehe ich auf mein Smartphone linse.

Eine Nachricht von Aria. Ich habe die letzten Minuten so laut Musik in meinem Zimmer gehört, dass ich das Klingeln meines Handys gar nicht gehört habe. Schnell entsperre ich das Display und lese:

Hey Olivia, ich wünsche dir heute Abend ganz viel Spaß und hoffe, dass ihr beiden jetzt endlich alle Missverständnisse zwischen euch klären könnt.

Ich schicke Aria ein:

Ich danke dir! 🖤

Meine Freundin musste sich in epischer Breite anhören, was alles zwischen Nathan und mir schiefgelaufen ist. Aber sie hat es geduldig ertragen. Mehr noch. Wenn ich daran zurückdenke, dann bin ich der vollen Überzeugung, dass sie es gern getan hat. Ebenso würde ich ihr zuhören und ihr Mut zusprechen, wenn sie Hilfe brauchen würde. Ich hoffe, sie weiß das.

Vor meinem Zimmer sind Geräusche zu hören. Jemand läuft über den Flur. Bestimmt Mom, die schauen will, ob ich schon fertig bin.

Mit einem strahlenden Lächeln auf den Lippen reiße ich die Tür auf und starre in Dads zornige Miene.

»Was ist hier los und …« Dabei sieht er an mir herunter. »Was zum Teufel hast du überhaupt an? Kann man denn nicht einmal für ein paar Tage aus dem Haus sein, ohne dass hier das Chaos ausbricht und jeder macht, was er will?«

Der grollende Ton von Dads Stimme versetzt mich in eine Schockstarre. Anstatt ihm endlich einmal meine Meinung zu sagen, starre ich ihn nur mit leicht geöffnetem Mund an. Mein Magen rumort, während sich meine Gedanken überschlagen.

Nathan wird jeden Moment hier sein. Dad wird mir eine riesige Szene vor ihm machen und mir verbieten, mit ihm auszugehen. Warum ist er überhaupt heute schon zurückgekommen?

»Was ist hier los?«, fragt Mom in Dads Rücken.

Ich kann sie nicht sehen, höre nur ihre Stimme.

Dad wendet sich zu ihr um und deutet dabei auf mich. »Bist du dafür verantwortlich?«, fragt er mit bebender Stimme. Wie ein Vulkan steht er kurz vor dem Ausbruch. Es braucht nicht mehr viel, und er wird explodieren. Hier. Direkt vor meinem Zimmer.

»Wenn du unsere wunderschöne und intelligente Tochter meinst, dann ja«, antwortet Mom selbstbewusst.

Ich versuche an den breiten Schultern meines Dads vorbei zu linsen, um sie zu sehen. Aber es gelingt mir nicht.

»Was soll das Geschwafel? Und wie kannst du nur zulassen, dass sie sich heute mit diesem Rowdy Nathan trifft? Als Lucas mich davon in Kenntnis gesetzt hat, bin ich gleich in die nächste Maschine gestiegen.«

Dad hat sich vollkommen in Rage geredet. Seine Stimme überschlägt sich.

»Richard, wir sollten alles Weitere unter vier Augen besprechen. Und wenn du möchtest, dass das hier zwischen uns bleibt und nicht an die Öffentlichkeit dringt, dann solltest du dich allmählich beruhigen und mir zuhören.«

Dad lehnt sich schwer gegen den Türrahmen. Das erste Mal sehe ich nun auch Mom. Sie schaut ihn fest an und hält einen Gegenstand in ihrer linken Hand. Ein Aufnahmegerät, wenn mich nicht alles täuscht.

»Was zur Hölle …«, flucht Dad.

In diesem Moment klingelt es an der Tür.

Nathan!

»Richard, du wirst deiner Tochter jetzt einen schönen Abend wünschen«, sagt Mom.

»Das werde ich ganz bestimmt nicht tun!«, ätzt Dad zurück.

Mom drückt auf den Abspielknopf des Aufnahmegeräts und konfrontiert Dad mit dem eben Gesagten.

»Dann bin ich gespannt, was deine Wähler von diesem cholerischen Anfall halten werden. Ob sie dir wohl immer noch ihre Stimme geben werden?«

Mom klingt wie die Ruhe selbst. Sie hat diesen Augenblick offenbar geprobt und sich ausgiebig darauf vorbereitet. Ich bin wahnsinnig stolz auf sie.

»Du …«, setzt mein Dad mit einer Mischung aus Verzweiflung und Wut an. Ein Hauch von Anerkennung schwingt in seiner Stimme mit, wenn auch nur winzig klein. Fieberhaft schaut er zwischen uns beiden hin und her. Verwirrung und Unsicherheit stehen Dad deutlich ins Gesicht geschrieben. Offenbar hat er nicht mit diesem Gegenwind gerechnet. Warum auch? Bisher konnte er ja tun und lassen, was er wollte. Aber Mom scheint fest entschlossen zu sein, dass es damit jetzt vorbei ist.

Und wenn ich Dads Gesichtsausdruck richtig deute, dann wird er sich in diesem Moment genau dieser Tatsache bewusst.

Es klingelt erneut an der Tür. Ich schaue hilfesuchend zu Mom hinüber, die mir bekräftigend zunickt. Dennoch greife ich nur sehr zögerlich nach meiner Tasche. Ich kenne Dad zu gut, verharre noch einen weiteren Moment, in dem ich innerlich mit mir ringe. Ich kann Mom doch so nicht allein lassen!

Gehen oder bleiben?

»Mach dir keine Sorgen um mich, mein Schatz. Du kannst problemlos gehen. Ein Anruf, und die Cops sind hier. Ich habe eine alte Freundin bei der Polizei, die sich furchtbar gefreut hat, mir in dieser Angelegenheit beistehen zu können. Vor allem nachdem du, Richard, erst vor Kurzem hinter vorgehaltener Hand mit einem Kollegen über Frauen bei der Polizei gesprochen hast und dabei kein gutes Haar an unseren Polizistinnen gelassen hast. Glaubst du wirklich, dass solche Äußerungen in der Öffentlichkeit unbemerkt bleiben?«

Ich zögere noch immer, ehe es wieder klingelt und Mom mir zu verstehen gibt, dass ich meine Chance nun beim Schopf packen sollte.

Vorsichtig zwänge ich mich an Dad vorbei aus dem Zimmer. Dabei versuche ich einen möglichst großen Abstand zwischen uns zu halten. Irgendwie habe ich Sorge, er könnte doch noch nach mir greifen und mich vom Gehen abhalten.

Doch er steht nur regungslos da. So kenne ich ihn überhaupt nicht. Wenn ich meinen Dad nicht vor wenigen Minuten erst vollkommen in Rage erlebt hätte, könnte er mir fast leidtun. Aber seine lauten Worte hallen noch immer dumpf durch meinen Kopf. Mitleid ist nicht.

Als ich an Dad vorbeigeschlüpft bin, mache ich kurz Halt bei Mom. Sie streicht mir über die Wangen und lässt ihre Hände schließlich über meine Arme bis zu meinen Fingern gleiten.

»Ich wünsche dir einen wunderschönen Abend, mein Schatz. Hab ganz viel Spaß!« Mom lächelt mich an. Dann drückt sie mir einen Kuss auf die Stirn.

»Das kommt ja überhaupt nicht in Frage«, mischt Dad sich neuerlich aufbrausend ein. »Der Typ ist kein guter Umgang für unsere Tochter«, behauptet er, ohne Nathan überhaupt zu kennen.

Das ist so typisch für ihn.

Mom reagiert gar nicht auf das Gesagte von Dad, sondern wendet sich wieder an mich: »Olivia, du solltest jetzt besser gehen.«

Es klingelt abermals. Wenn ich jetzt nicht gehe, dann wird Nathan bestimmt wieder fahren. Ich schaue meine Mom fragend an, sie nickt mir zu.

»Ich komme hier wirklich allein klar.« Dann sieht sie zu Dad, dessen Kieferknochen aufeinander mahlen.

Ich wage es kaum, Dad in die Augen zu blicken. Bevor er in einen neuerlichen Wutausbruch verfällt, gehe ich schnell den Flur entlang zur Treppe. Ich renne fast, als ich das kühle Geländer mit den Fingerspitzen berühre.

Nichts hält mich davon zurück, diesen Abend mit Nathan zu verbringen. Das erste Mal bin ich sogar bereit dazu, für eine Sache zu kämpfen. Ähnlich, wie es Mom eben getan hat. Sie kämpft für mich. Für sich. Für uns.

Als ich ganz außer Puste an der Tür ankomme und sie aufreiße, strahlt mich Nathan erleichtert an.

»Ich dachte schon, du hättest es dir anders überlegt.«

Ich schüttle den Kopf. »Mein Dad kam eben erst von einer Geschäftsreise zurück und ...«

»Olivia!«, höre ich Dad in diesem Moment in meinem Rücken sagen.

Mir bleibt das Herz bei der Nennung meines Namens fast stehen. Panik wallt in mir auf. Er wird doch nicht ...

Nathan blickt in seine Richtung.

Starr vor Schreck dauert es einen Moment, bis ich mich zu Dad umdrehen kann. »Ja?«, frage ich mit zittriger Stimme.

Mein Dad schaut mich lange an. Sein stechender Blick wandert zu Nathan und dann wieder zurück zu mir. Die gelöste Krawatte und das aus der Hose hängende Hemd lassen ihn aussehen, als hätte er gerade einen harten Kampf hinter sich gebracht. Sein Gesicht wirkt wie versteinert, während sich seine Hände zu Fäusten geballt haben. Seine Kieferknochen mahlen noch immer.

Weitere quälend langsam verstreichende Sekunden stehen wir uns so gegenüber. Ich mache mir Gedanken darüber, was Nathan wohl von uns denken wird.

»Ich ...«, beginnt mein Dad nur zögerlich zu sprechen, »wünsche euch viel Spaß.«

Es dauert einige Sekunden bis ich realisiert habe, was er da gerade gesagt hat.

Nathan reagiert um einiges schneller. »Vielen Dank, Mr Walsh«, sagt er neben mir.

Dad sieht mich durchdringend an. Dann nickt er knapp und wendet sich ab.

Kapitel 38

Nathan

Als ich die Tür ins Schloss ziehe, bemerke ich, wie Olivia einmal tief durchatmet, als wäre sie furchtbar erleichtert über irgendetwas.

»Ist alles okay bei dir?«, frage ich zur Sicherheit.

Es gab da eben eine winzig kleine Schrecksekunde, in der ich nicht wusste, ob ihr Dad gleich die Schrotflinte zücken und mich vom Grundstück jagen würde. Dennoch bin ich ruhig geblieben. Ich habe sogar noch freundlich gelächelt, während ich dort im Türrahmen stand und darauf wartete, dass neben mir die ersten Kugeln einschlagen. Wie er da oben auf der Empore stand und uns so eindringlich angestarrt hat, war ziemlich einschüchternd. Ich hätte nicht damit gerechnet, dass er uns dann einfach nur einen schönen Abend wünscht. Das war echt merkwürdig.

»Ja. Alles gut«, antwortet Olivia einsilbig.

So ganz kaufe ich ihr das nicht ab. Es scheint irgendwas vorgefallen zu sein. Aber wenn ich eins gelernt habe, dann, dass Olivia von ganz alleine mit mir redet, wenn ihr danach ist.

Als wir beim alten Mustang meiner Mom ankommen, halte ich ihr ganz gentlemanlike die Wagentür auf. Olivia schenkt mir dafür ein Lächeln, und ich habe das Gefühl, dass der Abend ab jetzt nur noch besser werden kann.

Das ist unser erstes richtiges Date. Bei diesem Gedanken kann ich mir ein Grinsen nicht verkneifen.

»Was für Musik hörst du gerne?«, frage ich Olivia, nachdem ich den Motor gestartet habe.

»Radio ist okay. Ich möchte mich eh lieber mit dir unterhalten«, sagt sie mit einem vorsichtigen Lächeln auf den Lippen.

Ich kann nicht anders und muss wieder breit grinsen.

»Sorry für gerade eben«, entschuldigt sich Olivia, kaum dass ich den Wagen an dem gusseisernen Tor vorbei auf die Straße gelenkt habe.

Ich winke ab, tue so, als wäre das nicht das erste Mal, dass mich ein Dad beim Abholen seiner Tochter mit Blicken über den Jordan geschickt hätte.

»Dad war bis heute auf einer Geschäftsreise und …«, dann bricht sie mitten im Satz ab.

Mein Blick ist auf die Fahrbahn gerichtet, während ich darauf warte, dass sie den Faden wieder aufnimmt. Nicht beendete Sätze haben bei mir die Angewohnheit sich zu verselbständigen. Ich mache mir pausenlos Gedanken darüber, was wohl mit ihrem Dad sein könnte und blicke ein ums andere Mal zu ihr rüber, um nachzusehen, ob sie den Satz wohl doch noch beenden wird.

Gleichzeitig möchte ich sie auf gar keinen Fall drängen. Wenn sie reden möchte, dann wird sie das tun. Vielleicht vertraut sie mir noch nicht so sehr, dass sie mir alles anvertrauen kann. Der Gedanke bohrt sich wie ein Pfeil in mein Herz.

Schon sind da wieder diese Zweifel und Ängste, die im Hintergrund gelauert und nur auf ein Zeichen gewartet haben. Sie versuchen mir einzureden, dass Olivia und ich nie zueinander finden werden, dass es immer etwas geben wird, das zwischen uns steht. Dass wir einfach zu verschieden sind.

Während ich in einem kleinen Haus mit Veranda aufgewachsen bin, lebt sie in einem Palast. Meine Eltern sind einfache Leute und hassen es, im Rampenlicht zu stehen. Und ich? Ich bin ich. Je länger ich in Olivias schweigender Gegenwart verbringe, desto mehr bin ich der Ansicht, dass das nicht reichen kann.

»Mom hat Dad heute das erste Mal die Stirn geboten. Sie ist für mich eingestanden und hat ihm klipp und klar zu verstehen gegeben, dass sie es nicht weiter dulden wird, wie er uns schikaniert und an der kurzen Leine hält. Sie war so tough. Das hätte ich nie von ihr erwartet«, bricht Olivia plötzlich das Schweigen.

Bei dieser Offenbarung verschwinden meine Zweifel wieder in den Hintergrund. Das gerade scheint ein einschneidender Moment in Olivias Leben gewesen zu sein. Eine richtig große Sache.

»Das ist doch gut, oder?«, bestärke ich sie darin, sich mir weiter zu öffnen. Der eingeschlagene Weg ist gut.

Jetzt ist es nur noch wichtig, dass sie nicht auf der Hälfte der Strecke stehenbleibt und umkehrt.

»Ich denke schon«, höre ich Olivia sagen. Sie hängt ihren Gedanken nach. Ihre Stirn liegt in Falten, und ihre Augen wirken abwesend. Ganz so, als könnte sie etwas sehen, was mir verborgen bleibt.

Wenige Minuten später fahre ich auf den Parkplatz beim Blackstone's Café. Erinnerungen an einen ganz bestimmten Abend werden wach.

Dort unter der Laterne standen unsere Räder …

Ich schüttle leicht mit dem Kopf, um mich der unschönen Gedanken zu entledigen.

»Wie geht es Sammy?«, fragt Olivia in diesem Augenblick. Sie muss offenbar auch gerade an den Poetry-Slam-Abend denken.

»Er macht sich ziemlich gut. Seine Noten werden besser. Seine Versetzung ist nicht mehr gefährdet. Und er hat im Judo endlich die Möglichkeit gefunden, seine überschüssige Energie freizusetzen«, berichte ich ihr mit einem Hauch von Stolz in der Stimme.

Was Sammy in der Kürze der Zeit geleistet hat, ist wirklich atemberaubend. Er hat eine komplette Kehrtwendung hingelegt und endlich kapiert, dass es so, wie es bisher bei ihm gelaufen ist, nicht weitergehen kann. Er ist einsichtig und bemüht. Und beim Sport hat er bisher nur Zuspruch bekommen. Die Teamkollegen stehen voll und ganz hinter ihm und freuen sich über sein Engagement.

»Das freut mich sehr für ihn. Vor allem, wenn man bedenkt, dass Lucas das fast zerstört hätte.«

Meine Muskeln versteifen sich allein schon bei der

Nennung dieses Namens. Lucas ist für mich wie das rote Tuch für einen Stier.

»Wollen wir reingehen?«, wechsle ich schnell das Thema, denn gerade fühle ich mich noch nicht bereit, um mit ihr über Lucas zu sprechen. Zu schnell kocht die Wut in mir hoch.

Olivia nickt, und ich eile auf ihre Seite des Wagens, um ihr die Tür zu öffnen. Sie lächelt mich erneut dankbar an, als ich ihr die Hand reiche und ihr beim Aussteigen helfe.

Im Blackstone's Café herrscht um diese Uhrzeit reges Treiben. Die meisten Tische sind belegt, und auf den großen Fernsehern, die über der Bar angebracht sind, läuft ein Footballspiel. Die Menge tobt. Und ich überlege, ob es wirklich eine gute Idee war, hierherzukommen.

Vorsichtig lasse ich meinen Blick zu Olivia hinüberschweifen und versuche dabei von ihrem Gesicht abzulesen, wie sie zu der Sache hier steht. Ihre Miene ist undurchsichtig. Aber es sieht nicht so aus, als wäre es ihr unangenehm, hier zu sein.

»Da hinten ist noch ein freier Tisch. Wollen wir den nehmen?« Olivia deutet mit ihrem Finger in die Richtung.

»Der ist perfekt«, sage ich schnell.

Vor allem, weil er weit von der Bar und den begeisterten Sportzuschauern entfernt ist. Dort hinten werden wir vielleicht sogar die Möglichkeit haben, uns ungestört zu unterhalten.

Der Duft von gebratenen Burgern, frischen Tomaten, Käse und frittierten Pommes liegt in der Luft. Mir läuft das Wasser im Mund zusammen. Irgendwie konnte ich den Nachmittag über nichts essen, so aufgeregt war ich wegen des ersten offiziellen Dates mit Olivia.

Eine Kellnerin kommt zu uns und legt uns die Speisekarten auf den Tisch.

»Darf ich euch schon etwas zu trinken bringen?«, fragt sie freundlich.

»Eine Coke für mich, bitte«, höre ich Olivia sagen.

»Für mich bitte auch«, schließe ich mich ihr an. »Weißt du schon, was du essen willst?«

Olivia ist ganz vertieft in das Menü. »Es gab hier früher ein Sandwich mit Truthahn, Avocado und gegrilltem Käse. Aber ich kann es nicht mehr finden. Wahrscheinlich wurde es von der Karte genommen«, meint sie mit hängenden Schultern.

»Wir können ja fragen. Vielleicht gibt es das Sandwich noch«, versuche ich sie aufzumuntern.

»Gute Idee!«, meint Olivia daraufhin und lächelt mir zu.

Als die Kellnerin uns die Getränke bringt, packt Olivia die Gelegenheit beim Schopfe und fragt nach, ob es ihr Lieblingsessen noch gibt. Die Kellnerin lächelt wissend und meint dann, dass es zwar von der Karte genommen wurde, sie aber sicher sei, dass sie Olivia ihr Sandwich bringen könne.

Ich bestelle mir einen Cheeseburger mit Pommes. Die Gerüche hier im Café sind so intensiv, dass mein Magen sofort zu knurren anfängt.

»Du wolltest mir noch etwas zu Lucas sagen«, lenke ich das Gespräch auf das unausweichliche Thema, das noch zwischen uns steht. Aber bevor ich mir beim Essen den Appetit verderbe, möchte ich das Thema am liebsten vorher abgehandelt und mit einem großen Schluck Coke die Kehle hinuntergespült haben.

Olivia greift nach der Serviette auf ihrem Platzdeckchen, nimmt das Besteck herunter und nestelt mit ihren Fingern daran herum. Sie wirkt nervös.

»Mein Dad hat Lucas beauftragt, ein Auge auf mich zu haben. Und er hat mein Handy überwachen lassen«, erklärt sie mir mit gesenkter Stimme.

»Er hat was?«, schreie ich beinahe. Es kostet mich einiges an Beherrschung, mich wieder einzukriegen.

Olivia zuckt unvermittelt zusammen. Das war eindeutig zu laut. Dabei wollte ich das gar nicht. Die Worte sind so schnell aus meinem Mund gesprungen, dass ich weder ihren Sinn noch ihre Lautstärke irgendwie hätte regulieren können.

Fassungslos starre ich auf die Serviette in Olivias Händen und versuche mir einen Reim auf ihre Aussage zu machen. Warum sollte ein Vater seine Tochter bespitzeln lassen? Eine Tochter, die jeden Tag brav zur Schule fährt und im Anschluss an den Unterricht wieder nach Hause geht. Ich verstehe das einfach nicht.

»Warum hat er das getan?«, frage ich nun in viel ruhigerem Tonfall.

»Dad ist … Offenbar hatte er Angst, ich könnte an einer öffentlichen Schule in schlechte Kreise kommen oder mich mit Menschen abgeben, die seinem Status nicht entsprechen«, meint Olivia mit Blick auf das Tuch in ihrer Hand.

»So wie ich«, erwidere ich mit fester Stimme.

Das ist der Beweis. Der Beweis, weshalb ihr Dad nichts von mir erfahren sollte. Er hat etwas gegen mich. Er wird immer etwas gegen mich haben. Egal, was ich auch tue, Olivia und ich werden einfach nicht zusammen sein können. Wie auch? Wenn ihr Dad schon jemanden auf sie angesetzt, der uns nachspioniert und dauernd daran arbeitet, einen Keil zwischen uns zu jagen?

Plötzlich komme ich mir furchtbar dämlich vor. Wieso ist mir nicht aufgefallen, dass Lucas nur da war, um Unruhe zu stiften? Warum habe ich ihm die Macht über mich gegeben, mich aus dem Gleichgewicht zu bringen?

»Was? Nein!« Olivias Worte klingen ungewohnt bestimmt.

»Bist du dir da sicher? Ich meine, ich verkörpere offenbar alles, was dein Vater niemals neben dir dulden wird … Und wer weiß, welches Bild Lucas ihm von mir vermittelt hat …«

Olivia schaut mich unsicher an, als wüsste sie nicht, was sie darauf antworten soll. Dabei ist das, was sie zu sagen hat, vermutlich ohnehin unerheblich, wenn ihr Dad bereits entschieden hat, dass wir beide keinen Kontakt zueinander haben dürfen. Auf der anderen Seite frage ich mich nun allerdings, warum er mich mit ihr hat ausgehen lassen. Dann ändert sich Olivias Gesichtsausdruck, und plötzlich sieht sie viel selbstbewusster aus.

»Für mich, Nathan, bist du, so wie du bist, genau richtig. Egal, was Dad von dir hält oder über dich sagt, meine Meinung über dich wird er damit nicht ändern können.« Sie macht eine kurze Pause und sieht mich währenddessen durchdringend an. »Und ich bin ganz sicher, dass Mom dir nur allzu bereitwillig eine Chance geben wird, sobald sie dich erstmal richtig kennengelernt hat.«

Olivia klingt zuversichtlich. Und ich würde ihr ja auch gerne glauben. Doch dann muss ich wieder daran denken, wie sie mir selbst auferlegt hat, für ihren Dad unsichtbar zu sein. Ist die Meinung ihrer Mom wirklich so anders? Kann Olivia sich von den Ansichten ihrer Eltern lossagen? Ich frage mich aufs Neue, ob das mit uns jemals eine Chance haben kann.

»So, da hätten wir einen Cheeseburger und das Avocado-Truthahn-Sandwich mit gegrilltem Käse«, sagt in diesem Augenblick die Bedienung und unterbricht meine negativen Gedanken. Sie stellt die Teller auf unseren Platzdeckchen ab. »Guten Appetit, ihr beiden!«

Wir bedanken uns und starren dann beide unsere Portionen an. Der Hunger ist mir plötzlich gänzlich vergangen. Dummerweise haben wir es nicht geschafft, das leidige Thema Lucas noch vor dem Essen abzuhandeln. Wobei Lucas mittlerweile gar nicht mehr mein größtes Problem ist.

»Das mit uns wird nichts, oder?«, fragt Olivia in diesem Moment mit zutiefst trauriger Stimme.

Mir bricht fast das Herz. Jetzt, wo sie den Gedanken, den ich gerade selbst hatte, laut ausspricht, möchte ich ihr sagen, dass es immer einen Weg gibt. Dass wir ihn finden und gemeinsam gehen werden. Aber ich möchte sie nicht anlügen. Das hat Olivia nicht verdient. Gleichzeitig bin ich kein Wahrsager. Ich habe keine Kristallkugel, mit der ich in die Zukunft blicken kann. Ich bin nur Nathan Johnson, ein siebzehnjähriger Highschoolschüler, der das erste Mal in seinem Leben wirklich verliebt ist. Und der fürchtet, dass das Mädchen, das er liebt, recht hat.

Aber ich will Olivia nicht offen zustimmen. Dann wäre es besiegelt. Aus und vorbei. Deshalb fällt meine Antwort recht banal aus.

Ich zucke mit den Schultern. »Ich weiß es nicht«, bringe ich meine Verzweiflung auf den Punkt.

»Ich würde es trotzdem gerne versuchen.« Olivia sieht mir fest in die Augen, als würde sie mir klarmachen wollen, dass sie auf gar keinen Fall so schnell aufgeben wird.

Das imponiert mir. Gleichzeitig muss ich mich fragen, was aus meinem Kampfgeist geworden ist. Warum will ich so schnell aufgeben? Die Kids in St. Anne würde ich jetzt ermutigen, weiterzumachen und alles zu geben … Es ist immer einfacher, anderen gute Ratschläge mit auf den Weg zu geben, als sich selbst daran zu halten. Wenn es klappt, kann man stolz auf sich sein. Wenn nicht, dann hat man es wenigstens versucht.

Für dieses zwischenmenschliche Wasauchimmer brauche ich Durchhaltevermögen und Ehrgeiz, auch auf die Gefahr hin, dass ich scheitern könnte.

Das ist neu für mich. In der Vergangenheit war ich nur allzu oft erfolgsverwöhnt, habe mit nicht übermäßig großem Aufwand gute Noten nach Hause gebracht und meine Eltern stolz gemacht.

Meine Freizeit ist ebenso von vielen Erfolgsmomenten gespickt. Ob im Sport oder bei meiner zweiten großen Leidenschaft, dem Thema Umwelt. Wenn es einen neuen Eintrag auf meinem Blog gibt, bekomme ich viel Zuspruch von Gleichgesinnten. Manchmal auch offene Attacken. Aber die spielen sich im Netz ab. Nicht in der wirklichen Welt. Ich weiß sie zu nehmen und kann gut mit ihnen umgehen.

Aus einem Impuls heraus greife ich nach Olivias Hand. »Ich auch«, bricht es aus mir heraus.

Sie lächelt mich verlegen an.

Dann starren wir beide wieder auf das Essen auf unseren Tellern.

»Hast du Hunger?«, frage ich.

Olivia schüttelt den Kopf.

»Was hältst du dann davon, wenn wir es mitnehmen und ich dir meinen Lieblingsplatz zeige?«

»Das klingt nach einem richtig guten Vorschlag«, meint Olivia daraufhin. Ihre Augen beginnen zu strahlen. Verschwunden ist der trübe Ausdruck darin, und Erleichterung macht sich in mir breit.

Zuversicht flutet meinen Körper. Wir werden es schaffen. Wir müssen einfach.

Kapitel 39

Olivia

Kaum dass wir aus dem Wagen gestiegen sind, riecht es nach Wasser. Die Luft ist ganz klar. Der Wind geht leicht. Ich fröstle ein wenig und ziehe mir meine Jeansjacke über.

»Ist dir kalt?«, fragt Nathan in diesem Augenblick besorgt.

Ich winke ab. »Alles bestens.«

Das Letzte, was ich möchte, ist, dass Nathan sich ständig Gedanken und Sorgen um mich macht. Ich kann spüren, dass das hier eine große Nummer für ihn ist. Schließlich zeigt man nicht jedem x-beliebigen Menschen seinen Lieblingsplatz.

Als Nathan mir aus dem Wagen geholfen hat, macht er sich im Kofferraum auf die Suche nach etwas.

»Kann ich helfen?« Ich stelle mich dicht neben ihn auf

die Zehenspitzen, um ebenfalls in das Innere des Mustangs blicken zu können.

»Aha! Da ist sie ja! Wusste ich es doch, dass Mom sie im Wagen liegen lassen hat!«, ruft Nathan triumphierend. »Meine Mom ist, was ihr Auto anbelangt, ziemlich unordentlich, wenn ich das so sagen darf. Manchmal fährt sie Altkleider oder Leergut einen halben Monat spazieren, ehe sie sich darum kümmert.« Dann zieht er eine Picknickdecke aus dem Auto. »Heute ist Moms Vergesslichkeit aber ein Glücksfall für uns.«

Er lacht und wirft mir die Decke zu. Dann holt er die Doggybags, die wir im Blackstone's Café mitgenommen haben, und lächelt mir voller Vorfreude zu. »Können wir los?«

»Wo geht's denn hin?« Ich spähe hinaus in die Dunkelheit. Einzelne Laternen erleuchten uns nur spärlich den ungewissen Weg.

»Sag bloß nicht, du warst noch nie am Henry C. Chambers Waterfront Park?«

Nathan kichert albern. Er scheint sich mächtig zu amüsieren, wirkt im Gegensatz zu eben im Restaurant total gelöst. Als hätte der Wind mit einer einzigen Böe seine schlechten Gedanken hinweggeweht. Ich warte noch auf eine ähnliche Wirkung bei mir. Doch noch bleibt sie aus. Dennoch bin ich zuversichtlich.

»Wenn ich je hier war, dann muss es echt ganz schön lange her sein«, offenbare ich ihm ehrlich.

Doch Nathan lässt sich davon nicht entmutigen. »Dann zeige ich dir den Park einfach. Hast du Lust?« Er wirkt aufgekratzt und voller Tatendrang.

Nathan greift nach meiner Hand und hält sie fest in

seiner. Mein Herz rast mir davon. Gleichzeitig schwebe ich über dem Boden. So leicht erscheint mir plötzlich alles. Was auch immer hier gerade passiert, es zeigt nun auch bei mir Wirkung.

Wir laufen einen schmalen gepflasterten Weg entlang zum Hafen. Ein paar Spaziergänger kommen uns entgegen. Ansonsten ist der Ort sehr friedlich und strahlt Ruhe aus. So, als wäre ich ständig hier. Vielleicht liegt es aber auch nicht am Ort, sondern an meinem Begleiter.

Als wir uns parallel zum Wasser bewegen, säumen rechts von uns Rosen berankte Holzgerüste den Weg. Darunter stehen einfache Holzbänke, und ich muss schlagartig an unseren Schulgarten denken.

Dann kommt mir ein anderer Gedanke: Schon morgen wird der große Tag sein. Der Poetry-Slam. Ich habe Mom gebeten zu kommen. Sie hat mir versprochen, da zu sein. Keine Ahnung, ob sie es jetzt noch schaffen wird, wo Dad wieder da ist.

Dad. Meine gute Stimmung trübt sich allein beim Gedanken an ihn. Wie es zu Hause wohl gerade aussieht? Streiten meine Eltern oder versuchen sie sich wieder anzunähern? Wird Mom Dad verlassen? Oder werden sie einen Weg finden, der beiden gerecht wird? Kann Dad damit leben, dass Mom ihn offen mit seinen Fehlern konfrontiert und nicht alles einfach so hinnimmt? Sollte ich nicht vielleicht besser bei ihr sein?

Was ist mit mir? Kann ich Dad denn überhaupt trauen, nach allem, was er getan hat? Lucas ist gefühlt nur die Spitze des Eisbergs. Können wir überhaupt je so etwas wie eine Familie sein?

Nathan nimmt mir die Decke aus der Hand und legt sie über die Bank. Unsere Blicke treffen sich.

»Worüber denkst du nach?«

Er bedeutet mir auf der Bank Platz zu nehmen und reicht mir meine Coke.

»Danke«, sage ich und folge seiner lieben Aufforderung. »Mom und Dad … Ich frage mich, ob die beiden klarkommen.« Meine Worte klingen für einen Außenstehenden vermutlich ziemlich nebulös.

»Manchmal muss man ein bisschen Vertrauen in die Dinge haben«, meint Nathan plötzlich ziemlich zuversichtlich, und ich spüre, wie ich mich bei seinen Worten entspanne.

Vermutlich hat er recht. Im Moment könnte ich wahrscheinlich ohnehin nichts machen, außer mich zwischen die Fronten zu stellen. Und, dass das besonders klug wäre, wage ich doch zu bezweifeln.

»Hast du Angst vor morgen?«, wechselt Nathan das Thema, ehe er sich in der braunen Papiertüte nach seinem Cheeseburger auf die Suche macht.

»Schon ein bisschen«, gestehe ich ihm und nehme die Schachtel mit meinem Sandwich entgegen, die mir Nathan gerade reicht.

Mit diesem Gefühl im Bauch, das sich immer dann einstellt, wenn ich mich mit einer Situation konfrontiert sehe, die ich nur schwerlich meistern kann, lege ich die Schachtel auf meinen Schoß. Der Hunger ist mir gerade total vergangen. Schade um das leckere Sandwich.

»Wenn du möchtest, komm ich mit auf die Bühne und halte deine Hand.«

Ich lache aus einem Reflex heraus, verstumme allerdings gleich wieder, als ich Nathans Blick sehe. Er meint das, was er gesagt hat, ernst. Schon komme ich mir furchtbar dumm vor.

»Das ist sehr lieb von dir«, beeile ich mich zu sagen, bevor die Stimmung kippen kann.

Aber das tut sie nicht. Nathan beißt in seinen eiskalten Burger und grinst dabei so glücklich, dass ich mich auch nicht länger mit trüben Gedanken quälen möchte. Das hier ist mein erstes Date. Ich will mich später nicht zurückerinnern und dabei daran denken müssen, dass ich zwar mit dem Körper anwesend war, mir währenddessen aber Gedanken über Gott und die Welt gemacht habe. Das wäre Nathan gegenüber nicht fair. Und mir auch nicht.

»Das ist also dein Lieblingsplatz?«, stelle ich nach einigen Minuten fest.

Ein paar kleinere Yachten stehen im Hafen. Sie schaukeln mit jeder Welle wie diese kleinen gelben Quietscheenten in der Badewanne. Über uns funkeln gefühlt eine Million Sterne. Der Ort hat wirklich etwas Magisches an sich.

»Zumindest einer davon«, sagt Nathan in diesem Moment und erntet dafür einen fragenden Blick von mir.

»Du hast gleich mehrere?«, hake ich nach, während ich darüber nachdenke, was wohl mein Lieblingsort sein könnte.

Er nickt.

»Wenn du magst, dann zeige ich sie dir nach und nach alle. Was meinst du?«

Nathan legt seine Hand auf meine. Ein warmes Kribbeln macht sich an der Stelle, an der er meine Haut berührt, bemerkbar. Nur wenige Sekunden später kribbelt mein ganzer Körper. Ganz so, als hätte ich zu viel Brause gegessen.

Nathan beugt sich etwas zu mir herüber. Er wird mich gleich küssen. Es wird gleich passieren. *Panik!* Dabei ist es gar nicht unser erstes Mal. Und dennoch ist da plötzlich diese Unruhe in mir. Mein Herz rast, während mein Puls dumpf in meinen Ohren rauscht. Was muss ich jetzt machen? Wie geht das mit dem Küssen noch mal? Ich fühle mich schrecklich unvorbereitet für diesen zweiten ersten Kuss.

Da plötzlich treffen unsere Lippen aufeinander. Nathan ist dabei ganz vorsichtig. Prüfend sieht er mich an, ob ich es auch will. Ich schließe meine Augen und gebe mich diesem kribbelnden Nathan-ist-mir-ganz-nah-Gefühl hin, atme einmal tief durch und küsse ihn dann innig.

Unsere Lippen bewegen sich aufeinander, als wüssten sie genau, was zu tun ist. Als wüsste ich genau, was zu tun ist. Und es fühlt sich so gut an. All die Zweifel sind verschwunden. Die Panik ist abgeflaut.

Nathan legt seine Hände auf meine Wangen und küsst mich so intensiv, dass mir im Sitzen ganz schwindelig wird. Seine Küsse sind voller Wärme und Vertrautheit.

Nur widerwillig löse ich mich nach einigen Minuten, um Luft zu holen.

Ich muss grinsen. Wahrscheinlich sehe ich aus wie eine dieser Comicfiguren, die ihren übergroßen Kopf in Händen hält und Herzchenaugen hat.

»Klingt nach einem guten Plan«, erwidere ich, während mir eine Erkenntnis kommt.

Ich brauche gar keinen bestimmten Lieblingsort. Solange ich nur bei Nathan sein kann. Er ist mein Lieblingsort.

Kapitel 40

Nathan

Der Saal ist brechend voll. Nicht nur die Schüler der Highschool und deren Eltern sind gekommen. Wenn ich mich so im Raum umsehe, dann scheint es fast so, dass ganz Beaufort sich in dieser Turnhalle versammelt hat.

Gemeinsam mit den übrigen Vortragenden sitzen Olivia, Aria und ich in der ersten Reihe. Aria sitzt links von Olivia und hält ihre Hand. Ich kümmere mich derweil um die rechte. Sie ist so kalt und zittrig, dass ich nur hoffen kann, dass Olivia der Mut nicht verlässt und sie die Sache durchzieht.

»Wie lange will Direktor Springfield sich denn noch mit Lob überschütten? Der Typ hat rein gar nichts für die Veranstaltung getan, außer irgendwo seine Unterschrift auf ein Stück Papier zu setzen, damit der Poetry Slam heute hier stattfinden kann«, höre ich Aria in diesem Moment sagen.

Olivia erwidert nichts. Sie nimmt die Worte offenbar gar nicht zur Kenntnis. Sie scheint so mit sich selbst beschäftigt zu sein, dass sie alles und jeden um sich herum ausblendet.

Ich reibe ihre kalten Finger, in der Hoffnung, sie damit etwas aufzuwärmen und ihr das Gefühl mit auf den Weg geben zu können, dass sie alles schaffen kann. Der Abend mit ihr gestern war so wunderschön. Wir waren uns so nah, wie noch nie zuvor. Ich habe mich so unglaublich wohl in ihrer Gegenwart gefühlt. Vergessen waren die Zweifel und Ängste. Plötzlich wusste ich, dass das zwischen uns beiden etwas ganz Besonderes ist und ich es mit meinen ständigen Überlegungen nur kaputtmache. Manchmal muss man sich einfach hineinfallen lassen – das haben wir getan, und der Abend war einfach perfekt.

»... und so möchte ich Sie alle sehr gerne an die Anfänge dieser Schule erinnern«, sagt Direktor Springfield in diesem Augenblick.

Ein Raunen geht durch die Menge. Von Begeisterungsstürmen kann dabei jedoch keine Rede sein. Aria öffnet ihren Mund. Ihre Augen sind unnatürlich geweitet. Jede Wette, dass sie jeden Moment aufspringen und auf die Bühne rennen wird, um Direktor Springfield das Mikro aus der Hand zu reißen. Die Vorstellung ist zu komisch. Dennoch verkneife ich mir ein Lachen.

Olivias Miene hat sich derweil nicht verändert. Sie schwitzt noch immer Blut und Wasser. Die Ärmste! Sie tut mir wirklich schrecklich leid. Dabei dachte ich wirklich, die Tatsache, dass ihre Mom hier ist, würde ihr Mut machen.

Doch wenn ich sie mir so anschaue, wie sie dort neben mir auf ihrem Stuhl kauert und sich auf die Unterlippe beißt, bin ich mittlerweile der Überzeugung, dass genau das Gegenteil der Fall ist.

Ich blicke mich über meine Schulter nach hinten hin um. Mein Blick fällt auf Olivias Mom. Sie ist ziemlich leger gekleidet: ein einfacher hellblauer Strickpullover und Bluejeans. Das Outfit nimmt ihr die übliche Strenge und lässt sie irgendwie viel jünger erscheinen.

Als Emma Walsh meinen Blick auffängt, zwinkert sie mir zu. So als spürte sie genau, dass ich ein wenig Aufmunterung dringend gebrauchen kann.

Ich nicke dankbar und wende mich wieder Direktor Springfield zu, dessen Rede so langweilig ist, dass sicher mittlerweile die ganze Halle darauf hofft, dass es endlich losgeht.

»... deshalb übergebe ich an dieser Stelle an die Organisatorin der Veranstaltung: Aria McGinster ...«

Tosender Applaus geht durch die Reihen. Vereinzelt ist sogar ein erleichterter Ausruf zu hören, als die überlange Rede unseres Schuloberhaupts endlich geendet hat und der lustige Teil des Abends eingeläutet werden kann. Zumindest für diejenigen im Saal, die nicht auf die Bühne müssen.

Ich sehe mich zu meiner Rechten und Linken hin um. Es gibt sicher einige Mitschülerinnen und Mitschüler, die sich auf diesen Auftritt freuen. Die meisten sehen dem Event gelassen entgegen, ziehen es durch und setzen dann einen Haken auf ihrer To-do-Liste.

Olivia gehört definitiv nicht dazu. Starr vor Schreck schaut sie nach vorn auf die Bühne, auf der sich Aria gerade einfindet, um Direktor Springfield ein für alle Mal von der Bühne zu fegen. Nett und freundlich, sogar mit einem Lächeln auf den Lippen, übernimmt sie das Mikrofon.

»Ihr Lieben, heute ist einer dieser ganz besonderen Tage, an die wir uns noch unser ganzes Leben erinnern werden«, beginnt Aria ihre Rede und erntet dafür erneut begeisterten Applaus.

Direktor Springfield kann einem da fast schon leidtun.

Wieder schaue ich nach hinten, um ein Gefühl für das Publikum zu bekommen. Ein Großteil scheint sich auf die kommenden Darbietungen zu freuen. Ich sehe in gespannte und vorfreudige Gesichter.

Die meisten der Menschen sind mir bekannt. Wenn auch nicht persönlich. Beaufort ist echt ein Nest. Jeder kennt jeden. Ich will mich schon wieder nach vorne umdrehen, als ich im Augenwinkel bemerke, wie eine Hand in die Höhe schnellt.

Sammy. Er grinst und zwinkert mir vielsagend zu. Ich habe ihn vorhin beim Reinkommen gar nicht bemerkt. Ein warmes Gefühl macht sich in meiner Brust breit, als ich ihn erblicke.

Als auf der Bühne die erste Darbietung beginnt, ist der Saal plötzlich mucksmäuschenstill.

Olivia schaut noch immer so entsetzt drein, als erwarte sie jeden Moment, von den vier apokalyptischen Reitern abgeholt zu werden. Ihre Fingernägel haben sich mittlerweile regelrecht in mein Fleisch gebohrt. Ich ertrage den Schmerz, weil ich hoffe, dass es Olivia hilft, wenn sie sich so an mir festhalten kann.

Aria verschwindet hinter der Bühne, und Jamie, ein Junge mit rabenschwarzen Haaren, positioniert sich vor dem Mikro. Seine langen Gitarrenspielerfinger umklammern es krampfhaft, und als er zu sprechen beginnt, ist ein schriller Laut zu hören. Offenbar stand er zu nah vor dem Mikro.

Ein erschrockener Aufschrei geht durch die Reihen. Einige der Zuschauer legen sich reflexartig schützend die Hände auf die Ohren.

Nur Olivia schaut noch immer wie gebannt nach vorne, als würde dort hinter Jamie schon ihr Schafott vorbereitet.

Als Jamie geendet hat, applaudieren wir alle brav. Für den Ersten hat er sich definitiv gut geschlagen, aber ich vermute, dass da noch Luft nach oben ist. Da ich außer dem Poetry Slam im Blackstone's Café keine Vergleichsmöglichkeiten habe, weiß ich nicht, ob und wie die Luft nach oben noch aussehen wird.

Aria taucht plötzlich wie aus dem Nichts hinter Jamie auf, nimmt ihm das Mikrofon aus der Hand, würdigt seine Performance mit ein paar netten Worten und kündigt dann auch schon Olivia an.

Deren Finger verkrallen sich bei der Nennung ihres Namens noch mehr in meiner Haut. Dennoch lächle ich ihr aufmunternd zu.

»Das wird ganz wunderbar laufen«, spreche ich ihr Mut zu. »Ich weiß, wie viel Arbeit du in deinen Beitrag gesteckt hast. Ich weiß, wie viel in dir steckt, Olivia«, feuere ich sie an. »Es wird Zeit, dass die Leute da draußen auch endlich sehen, wer du wirklich bist. Gib ihnen die Chance, dich endlich kennenzulernen! Ich glaube an dich!«

Kapitel 41

Olivia

Mein Kopf ist leicht geneigt, während ich Nathans Worten lausche. Er ist so lieb zu mir. Und das, obwohl ich mit meinen Fingernägeln vermutlich schon bis zu seinen Knochen durchgedrungen bin. Er muss mich wirklich mögen.

Es gibt diese eine Sorte von Jungs, die damit prahlt, was sie alles für ihr Mädchen tut. Diese Typen werden für gewöhnlich in der Öffentlichkeit nie müde, noch eine Schippe draufzulegen. Wenn es aber hart auf hart kommt, dann sind sie weg. Wie eine Seifenblase, die zerplatzt. *Plopp!*

Und dann gibt es Jungs wie Nathan, die nicht viel Wind um sich und ihre Person machen. Die sich nicht profilieren müssen, um zu zeigen, wer sie sind und was sie können. Sie sind einfach da, wenn man sie braucht. Prahlerisches Getue ist ihnen gänzlich fremd.

Am liebsten würde ich weiter Nathans Hand festhalten, aufstehen und so schnell wie möglich von hier verschwinden. Aber das geht nicht. Und das aus vielerlei Gründen.

Einerseits möchte ich Aria und Nathan nicht enttäuschen. Die beiden haben mir so viel Zuspruch gegeben, mir mit Rat und Tat zur Seite gestanden. Es wäre mehr als undankbar, wenn ich jetzt einfach abhauen würde.

Andererseits ist meine Mom hier. Ich linse verstohlen über Nathans Schulter nach hinten. Da ist sie. Mom lächelt freundlich in die Runde. Nicht dieses aufgesetzte, Wählerstimmen heischende Lächeln. Nein, das warme von früher. Das, wonach ich mich in all den Jahren so sehr gesehnt habe. Als sie meinen Blick bemerkt, winkt sie mir fröhlich zu, und ihre Lippen formen ein »Viel Glück!«. Ich lächle dankbar zurück und spüre, wie Moms Anwesenheit mir Kraft gibt.

Erst gestern Abend hat sie mir offenbart, dass sie sich von Dad trennen will. Er ist daraufhin gleich ins Hotel umgezogen. Seine größte Sorge ist nun, dass die Medien oder seine Kollegen Wind davon bekommen. Er wahrt den Schein, als wäre das im Moment das Wichtigste für ihn.

Es ist ein sehr mutiger Schritt, den Mom da gehen will. Aber ich bin sicher, dass sie das Richtige tut. Ich bin so furchtbar stolz auf sie. Dennoch kann ich auch ihre Sorgen gut nachempfinden. Aber ich werde bei ihr sein. Zusammen sind wir stark. Und, vor allem: Wir werden endlich glücklich sein können. Etwas, womit ich schon lange nicht mehr gerechnet hatte.

Ich atme einmal tief durch, während Nathan mir bedeutet, dass ich jetzt besser auf die Bühne gehen sollte. Ein weiterer tiefer Atemzug, dann löse ich meine Hand von seiner und stelle mich auf wacklige Beine. Unter Garantie werden sie jeden Moment wie Streichhölzer unter mir zusammenbrechen. Nathan gibt mir mit den Augen ein »Wird schon schiefgehen« mit auf den Weg, während ich den ersten Schritt auf die Bühne zu mache. Unverständlicherweise tragen mich meine Beine sogar. Nichts knackt oder knarzt.

Drei Stufen sind es hoch zu Aria. Drei Stufen, auf denen ich es nicht wage, nach rechts oder links zu blicken, so aufgeregt bin ich. Mein Herz schlägt einen harten Beat gegen meine Rippen. Bestimmt kann man es sogar von außen sehen.

Auf der Bühne selbst kommt mir die Distanz zwischen Aria und mir schier unendlich vor. Ich laufe und laufe und kann sie doch nicht erreichen. Irgendwann stehe ich dann doch vor ihr. Sie sieht mich aufmunternd mit diesem warmen Aria-Lächeln an, und tatsächlich wird mir etwas leichter ums Herz.

»Du schaffst das!«, sagt sie und reicht mir dann das Mikro. »Und weißt du auch, warum?«

Ich schüttle den Kopf.

»Weil du ein verdammt gutes Gedicht geschrieben hast! Das ist das einzige, was in diesem Augenblick zählt. Alles andere ist egal. Also blende die Zuschauer da unten am besten einfach aus, mach dein Ding und genieß es!«

Genießen? Meine Kehle fühlt sich eng an, und mir bleibt die Luft weg. Wie soll ich auf diese Weise nur ein verständliches Wort über die Lippen bringen?

Aria schubst mich zärtlich aber bestimmt in den Lichtkegel des Scheinwerfers. Das erste Mal sehe ich hinunter zu den vielen Stuhlreihen, die wir heute Vormittag gemeinsam mit den übrigen Schülern aufgestellt haben. Bis auf die erste Reihe kann ich kein Gesicht erkennen. Das Licht blendet mich.

Nathan hebt seine beiden Hände in die Höhe. Zeige- und Mittelfinger sind überkreuzt. Er will mir Mut zusprechen. Er glaubt an mich. Also will ich ihm den Gefallen tun und auch an mich glauben. Und wenn es nur dieses eine Mal ist.

Mit zittrigen Fingern umklammere ich das Mikrofon und atme tief durch. Keine Ahnung, ob es etwas bringt. Aber einen Versuch ist es wert. Für den Bruchteil einer Sekunde überlege ich, ob ich den Zettel mit dem Gedicht, der sich in meiner Hosentasche befindet, herausholen soll. Dann entscheide ich mich dagegen.

Ich hebe das Mikrofon so weit in die Höhe, dass ich gut hineinsprechen kann. Meine Hand zittert noch immer. Aber davon werde ich mich jetzt nicht abhalten lassen. Ich kann das.

So ein Quatsch! Natürlich kannst du es nicht, höre ich eine Stimme tief in mir drinnen sagen. Sie ist dumpf, klingt hohl. Und augenblicklich verstummen all die guten Vorsätze und positiven Motivationsschübe. Zweifel nagen an mir, und die Stimme rät mir eindringlich dazu, endlich von hier zu verschwinden.

Meine Finger verkrampfen sich, während ich Nathan in der ersten Reihe fixiere. Er lächelt. Er schaut mich nicht auffordernd an. Sein Gesicht strahlt Zuversicht aus. Je länger ich zu ihm blicke, desto leiser wird die Stimme in mir.

Ich beruhige mich immer mehr, bis ich endlich zu sprechen beginnen kann.

Zeile um Zeile, Vers um Vers bringe ich plötzlich ganz leicht über die Lippen. Meine durchs Mikrofon in den Saal verbreiteten Worte hören sich merkwürdig an. Und dennoch bin ich es. Nach jedem weiteren Wort, das mir problemlos gelingt, fühle ich mich immer befreiter und erleichterter.

Ich kann das. Ich kann es wirklich.

Es ist nicht nur ein hohles Versprechen meiner Freunde. Nein, es ist Gewissheit, was hier gerade passiert. Ich, Olivia Walsh, stehe mit einem Mikrofon vor verdammt vielen Menschen und schütte ihnen mein Herz aus. Ich spreche von dem Wunsch mehr zu sein, als das introvertierte, stille Mädchen, das kaum den Mund aufbekommt. Von der Sehnsucht nach Verständnis und Akzeptanz. Von einer Vergangenheit, von der ich schon gar nicht mehr weiß, ob sie echt ist oder nur ein Produkt meiner Fantasie.

Je länger ich spreche, desto leichter fällt es mir. Meine Stimme will die Geschwindigkeit erhöhen, aber meine Vernunft hält sie davon zurück, damit jedes meiner Worte nicht an Bedeutung verliert.

Ohne Stimme ist ein Mensch wie ein Schatten, der sich je nach Sonnenstand vergrößert oder gar ganz verschwindet. Er ist da. Und dann wieder nicht. Aber es scheint kaum jemanden zu interessieren. Erst unsere Worte machen uns zu dem, was wir sind. Durch sie können wir einen Weg finden, zu unseren Mitmenschen Kontakt aufzunehmen, ihnen von uns zu erzählen und Missstände anzuprangern.

Mit jeder weiteren Zeile denke ich überhaupt nicht

mehr über die Menschen hier im Publikum nach. Ich blende alles nach und nach aus. Es gibt nur mich, das Mikrofon und diesen Augenblick. Ein schwerer Ballast fällt Stein für Stein von mir ab, bis ich am Ende ganz befreit dastehe.

»Das Reden fällt mir schwer
Doch ich will es so sehr,
Will euch sagen,
es endlich wagen,
Mein Leben neu gestalten,
damit die alten
fiesen Gedanken
endlich für immer abdanken.«

Und dann halte ich kurz inne. Gleich wird ein weiterer Vers folgen, um den ich mein Gedicht erst gestern Abend ergänzt habe. Weder Aria, Nathan noch Mom kennen ihn. Ich spüre die Aufregung in mir. Doch diesmal ist es anders. Diesmal weiß ich, dass ich es einfach tun muss. Ich muss den drei wichtigsten Menschen in meinem Leben sagen, wie frei, losgelöst und glücklich ich mich in ihrer Gegenwart fühle. Ich muss einfach.

»Aria, Mom, Nathan, ihr drei
Versteht mich zum Glück auch vollkommen wortfrei.
Doch ich muss diesen Schritt hier gehen,
damit ihr sehen
und verstehen könnt:
Bei jedem von euch fühl ich mich schlussendlich
Ein bisschen unendlich.«

Kaum dass die letzte Silbe aus meinem Mund erklungen ist, senke ich das Mikrofon und schließe die Augen. Ich atme tief ein und wieder aus. Das, was ich eben getan habe, fühlt sich gut an. Und egal, was gleich passieren wird, ich werde mir diesen Moment durch nichts und niemanden kaputtmachen lassen.

Applaus brandet auf. Ähnlich dem von Jamie eben. Aber irgendetwas ist anders. Es dauert einige Sekunden, bis ich den Mut finde, meine Lider zu öffnen.

Kaum dass meine Augen geöffnet sind, kann ich es sehen. Die Zuschauer der ersten Reihe sind aufgestanden. Meine Mitschülerinnen und Mitschüler. Alle. Ohne Ausnahme. Tränen steigen in mir auf, als ich den Kopf ein wenig zur Seite neige, um nicht mehr von dem Scheinwerferlicht geblendet zu werden.

Als ich sehe, dass alle Menschen dort unten in der Turnhalle aufgestanden sind, um mir Beifall zu klatschen, fängt mein ganzer Körper an zu zittern, während ich mir die linke Hand vor den Mund schlage.

Es dauert mindestens zehn weitere Sekunden bis ich das alles überhaupt realisiert habe. Zunächst glaube ich an einen Traum. Erst Aria, die neben mir erscheint, um mir das Mikrofon abzunehmen und den nächsten Teilnehmer anzukündigen, gibt mir Gewissheit, dass ich nicht träume.

Sie sagt etwas, aber ich kann es wegen des ohrenbetäubenden Lärms nicht richtig verstehen. Aber das ist auch gar nicht weiter schlimm. Mit ihrem Lächeln zeigt sie mir auch so, wie stolz sie auf mich ist.

Unten angekommen, nimmt mich Nathan in die Arme. Ich fühle mich geborgen und glücklich. Ein Zustand, den ich mir von nun an immer wünsche.

»Das war einfach nur großartig. Du warst unglaublich«, sagt er mir ins Ohr und jagt mir damit eine Gänsehaut nach der anderen über den Körper.

Als Nathan sich von mir löst, blicke ich in die lächelnden Gesichter meiner Mitschüler. Ich kann die Anerkennung darin erkennen. Und Hoffnung macht sich in mir breit. Vielleicht werden sie ja von heute an nicht mehr nur das schüchterne Mädchen in mir sehen, das kaum ein Wort über die Lippen bringt.

Tränen kullern mir über die Wangen. Endlich ist es mir gelungen, frei zu sprechen. Vor all diesen Menschen hier. Ich habe kein einziges Mal gestottert. Niemand hat gelacht. Niemand hat mich für meine Worte verspottet.

Es fühlt sich wie ein Anfang an. Der Beginn eines neuen Kapitels.

Mom, Aria und Nathan sind an meiner Seite, glauben an mich und werden mich auf meinem Weg begleiten. Sie werden für mich da sein, wie ich für sie da sein werde.

Dieses Gefühl ist so atemberaubend schön, dass ich gar nicht weiß, wie mir geschieht. In einem Augenblick will ich weinen, dann lachen und die ganze Welt umarmen. Es ist ein guter Tag. Einer von der Sorte, an die ich mich immer erinnern werde, ohne mich fragen zu müssen, ob es sich dabei vielleicht um einen Traum handelt.

ENDE

Danksagung

Mit „Mit dir bin ich unendlich" habe ich mir einen weiteren kleinen Traum erfüllt. Jugendbücher zu schreiben, bedeutet mir sehr viel. Es ist zu einem Teil meiner DNA geworden.

Dass dieser Traum nun schon zum zweiten Mal Wirklichkeit werden konnte, verdanke ich einer Reihe wundervoller Menschen, die mich den Weg über begleitet haben.

Allen voran möchte ich meinen Agentinnen Kristina Langenbuch und Gesa Weiß dafür danken, dass sie an Olivia & Nathan geglaubt haben und im Entwicklungsprozess immer ein offenes Ohr für mich hatten. Es ist wundervoll, dass auch dieses Buch wieder ein Zuhause im ONE Verlag gefunden hat. DANKE hierfür.

DANKE Katharina für die richtig guten Lektoratsdurchgänge, die Olivia & Nathan erst zu dem gemacht haben, was sie nun sind. Hoffentlich werden sie unendlich. Das würde mich für die beiden sehr freuen. Schon heute freue ich mich auf weitere Projekte mit dir, liebe Katharina.

Bedanken möchte ich mich weiter bei meinen wundervollen Würzburger Kolleginnen Angela Kirchner, Julia Hanel und Kristina Moninger, sowie bei meinen Kolleginnen Marah Woolf, Katharina Herzog und Hannah Siebern. Wann immer ich Rat von euch benötige, mir in einer Sache unsicher bin oder einfach nur jemanden brauche, der mir zuhört: Ihr hattet allesamt immer ein offenes Ohr für mich. DANKE hierfür.

Gewidmet habe ich dieses Buch meinen Eltern, die sich vor fünfzig Jahren auf einen Weg gemacht haben, der mir eine bessere Zukunft bescheren sollte. Ohne ihren Mut, wäre ich heute vielleicht nicht dazu in der Lage, meine Leidenschaft zum Beruf zu machen. Eure Liebe ist unendlich und ich DANKE euch jeden Tag dafür.

Vielen Dank auch an meine Familie, die mich mit Kaffee und Nahrung versorgt hat, wann immer ich in meiner kleinen Schreibblase gefangen war. Mein Mann verdient einen besonders großen DANK, da er nicht nur die Kinder gehütet, sondern auch Wäscheberge beseitigt und mir Mut zugesprochen hat, wann immer ich zu zweifeln begann.

Und dann bleibt mir noch ein riesiges DANKESCHÖN für meine Leserinnen und Leser. Ich danke euch von Herzen dafür, dass ihr euch für Olivias & Nathans Geschichte entschieden habt. Außerdem hoffe ich, ihr hattet eine schöne Zeit mit den beiden. Vielen lieben Dank, dass ihr meine Geschichten lest, rezensiert und anderen davon erzählt. Das ist für mich nicht selbstverständlich. Fühlt euch gedrückt!

Liebe Grüße
Mila

Eine berührende Geschichte über die heilende Kraft der Liebe

Mila Summers
VERLOREN SIND
WIR NUR ALLEIN
Roman
DEU
432 Seiten
ISBN 978-3-8466-0094-8

Nach einem schweren Schicksalsschlag zieht die 17-jährige Sky mit ihrer Mutter auf eine Ranch nach Texas – weit weg von ihrer alten Heimat Boston. Weit weg von allem, was ihr je etwas bedeutet hat. Sky fühlt sich so verloren wie nie zuvor und lässt niemanden an sich heran. Vor allem nicht Jeff, der sich als ihr Beschützer aufspielt und ihr mit seiner guten Laune gehörig auf die Nerven geht. Und doch kommt mit jedem Moment, den die beiden zusammen verbringen, zaghaft wieder mehr Licht in Skys Leben. Aber schon bald merkt Sky, dass Jeff gar nicht der Sonnyboy ist, für den ihn alle halten – auch er hat unsichtbare Narben. Können die beiden sich gegenseitig retten?

Wenn aus Freundschaft Liebe wird

Cameron Lund
VERY FIRST TIME
Mein Masterplan
in Sachen Liebe
Aus dem amerikanischen
Englisch von
Freyja Melsted
416 Seiten
ISBN 978-3-8466-0107-5

Die 18-jährige Keely steht kurz vor ihrem Highschool-Abschluss, und sie freut sich schon riesig auf das Collegeleben. Doch eins ist für sie klar: Bevor es so weit ist, will sie endlich ihr erstes Mal hinter sich zu bringen. Auf keinen Fall kann sie sich am College als Anfängerin in Sachen Sex outen. Ein Plan muss her, und Keely beschließt, dass für das erste Mal niemand besser geeignet ist als ihr bester Freund Andrew. Immerhin kennen die beiden sich schon ewig, also werden ihnen bestimmt keine Gefühle im Weg stehen. Oder etwa doch?

ONE

Gefühlschaos zwischen Social Media und Reallife

Marisa Kanter
WHAT I LIKE
ABOUT YOU
Mitten ins Herz
Übersetzt von
Barbara Röhl
480 Seiten
ISBN 978-3-8466-0105-1

Nash und Kels sind beste Freunde. Beide lieben sie Bücher und können über alles miteinander reden. Online. Denn im echten Leben haben die beiden sich noch nie gesehen. Allerdings gibt es da eine Sache, die Nash nicht weiß: Kels heißt eigentlich Halle. Online ist sie eine bekannte YA-Buchbloggerin und hat alles, was ihr im echten Leben fehlt: Freunde, eine tolle Community, Selbstvertrauen und natürlich Nash. Als Halle für ihr Abschlussjahr an eine neue Schule wechselt, steht plötzlich Nash vor ihr – da ist Chaos vorprogrammiert!

Leseprobe:
»What I like about you« von Marisa Kanter

Twitter-Archiv – vor drei Jahren

Nash Stevens @Nash_Stevens27 vor drei Stunden
Ankündigung: Ich starte auf Outside the Lines eine wöchentliche Web-Cartoon-Serie! Sie heißt REX, es geht um Dinosaurier, und ich würde mich freuen, wenn ihr mal reinsehen würdet. Posts werden freitags um 18 Uhr östliche Sommerzeit hochgeladen. Folge #1 ist jetzt online! https://bit.ly/33OWH4Y

|

Kels @OneTruePastry vor 55 Minuten
@Nash_Stevens27 Hi OMG Ich kann nicht mehr. So toll!

|

Kels @OneTruePastry vor 50 Minuten
ICH KANN NICHT GLAUBEN, DASS ERST EINE FOLGE RAUS IST, UND @Nash_Stevens27 HAT MICH JETZT SCHON ERLEDIGT?! Ich weiß mit absoluter Sicherheit, dass REX mir das Herz brechen UND meine neueste Sucht werden wird. Seht euch das an! https://bit.ly/33OWH4Y

|

Nash Stevens @Nash_Steves27 vor 6 Minuten
Wow, danke, @OneTruePastry!

Direktnachrichten

Nash Stevens
Hey – noch mal danke für das Shoutout! In den letzten zehn Minuten habe ich 150 neue Follower reinbekommen. Wie hast du das ANGESTELLT?

Zauberei!

Ich hatte nicht mal eine Ahnung, dass du meinen Blog liest.

Wegen deiner Besprechung habe ich MAUS gelesen, und es hat mein Leben verändert. Ehrlich.

Das ist das Netteste, was je jemand im Internet zu mir gesagt hat.

Gern geschehen! Kannst mich als Fan betrachten.

Glaube, du bist mein erster Fan. Niemand im Real Life weiß wirklich, dass ich das mache. Oder wusste. Schätze, jetzt wissen alle Bescheid.

Ja, so ist das im Internet. Mal daran gedacht, ein Pseudonym zu benutzen?

Wer sagt, dass das keins ist?

Okay, der geht an dich. Moment mal. Geht er nicht. Du hast das selbst angedeutet, als du meintest, jetzt wüsste jeder Bescheid.

🙈🙈🙈

Jetzt, wo du dich als KÜNSTLER geoutet hast und alles, muss ich einfach fragen ... hast du deinen Blog selbst designt?

Ich versuche meinen seit *Monaten* zu individualisieren, aber ich bin so beschissen in HTML, dass ich ihn am liebsten in die Luft jagen würde. Nichts kommt so raus, wie es in meinem Kopf aussieht.

Oh. Ich meine, ja, aber das ist nichts Besonderes. Ich kann dir ein paar von den Links schicken, mit denen ich angefangen habe, wenn du mir das Rezept für diese Red-Velvet-Cupcakes gibst, die du gestern hochgeladen hast.

LOL. Keine Chance.

Eins

Die Blumen sind verblüht, um mich herum sehe ich nur Orange, und auf der Suche nach einem Ladegerät für mein Handy habe ich die Sachen aus meinem Koffer im ganzen Zimmer verteilt. Überall liegen Klamotten. Ich meine überall. Man würde nicht darauf kommen, dass sich unter meinen in Haufen verstreuten Sachen weißer Teppich befindet. Aber ich hatte einen guten Grund für dieses Chaos.

Die – bisher – wichtigste E-Mail meines Lebens könnte bis 17 Uhr in meinem Posteingang aufschlagen, und ausgerechnet jetzt ist mein Handy tot.

Soweit ich weiß, könnte die Mail jetzt schon auf mich warten.

Betreff: Cover-Reveal von »Zwischen den Lügen lesen«: Du bist NICHT würdig.

Betreff: Wir haben den Cover-Reveal an »Entertainment Weekly« gegeben. Und wer bist du überhaupt?

Betreff: Wenn du glaubst, DAS wären viele Instagram-Follower …

Ich werfe eine letzte Wolljacke beiseite und entdecke … nichts. Der Koffer ist leer.

Ich blinzle. Mein Ladegerät ist nicht da. Aber wo könnte es sonst sein?

Ich weiß, dass es nicht in meiner Handtasche ist.

Trotzdem sehe ich ein drittes Mal darin nach.

Ich kann mir nicht mal eins ausleihen. Der Entschluss, bei Android zu bleiben, obwohl alle in meiner Familie iPhones haben, war wohl buchstäblich die schlechteste Entscheidung meines Lebens. Ich bin jetzt seit drei Stunden und dreiunddreißig Minuten offline, und ich kann mir ungefähr 333 Dinge vorstellen, die inzwischen passiert sein könnten. Mein Handy hat sein tragisches Ende gefunden, als es gerade dabei war, das Postfach zu aktualisieren; in der zehnten Stunde der zwölfstündigen, endlos scheinenden Fahrt von Charlotte, North Carolina, zu meinem neuesten provisorischen Zuhause in Middleton alias *Irgendwo im Nirgendwo*, Connecticut.

Ohne ein Ladegerät ist meine einzige Verbindung zum Reich des Normalen abgerissen. Stattdessen sitze ich hier fest, ohne Internet, mit verblühten Blumen, meinem absolut nicht wiederzuerkennenden Grandpa und orangefarbenen Wänden.

Ich hasse orange. Selbst beim Regenbogen wäre es mir lieber, wenn das Rot direkt zu Gelb springen würde.

Dabei habe ich mir dieses Orange selbst ausgesucht. Kurz nach unserer Ankunft bin ich in Tante Liz' Horror-Kinderzimmer aus den 1970ern marschiert und habe es in Beschlag genommen. Ich weiß, morgen früh werde ich das bereuen. Aber jetzt gerade brauche ich dieses Zimmer. Es ist die einzige Stelle, die sich noch so anfühlt wie das Haus meiner Großeltern. Alle anderen Räume sind renoviert und modern; überall stehen Glastische und unbequeme cremeweiße Möbel, und es wurde frisch gestrichen. Kein Garten mehr. Keine Bilder. Keine Bücher.

Grandma wäre entsetzt.

»*Halle.*«

Ich blicke auf. Ollie steht in der Tür und wedelt mit meinem Ladegerät.

»Keine Ahnung, wie das zwischen mein Zeug geraten ist«, sagt er.

Ich auch nicht. Aber das macht nichts. Es ist *hier.*

»Du bist mein *Held.*«

Ich schnappe mir mein Handy vom Boden und strecke die Hände aus, weil ich damit rechne, dass Ollie mir das Ladekabel zuwirft. Was er nicht tut. Stattdessen lehnt mein fünfzehnjähriger Bruder sich mit dem Rücken an den Türrahmen und lässt sich die hellbraunen Haare in die Augen fallen.

»Mom hat gleich den nächsten Heulanfall. Dad reagiert allergisch auf Scout. Und Gramps schimpft über den Aufstieg des Faschismus. Eben hat sie mich angesehen und gefragt: ›Hast du überhaupt eine Ahnung, was Faschismus ist?‹ Dabei weiß inzwischen jeder, der auch nur *eine* Gehirnzelle besitzt, was Faschismus ist. Habe ich natürlich nicht gesagt.«

Ich trete einen Schritt auf ihn zu und lege eine Hand auf seinen Arm. »*Ollie.*«

Er atmet genervt aus. »Das hier ist auch für mich schwer, okay? Ich brauche dich da unten.«

»Ich bin hier versackt«, sage ich. »Tut mir leid.«

»Alles sieht so anders aus«, meint Ollie.

»Ich weiß.«

»Grandpa trägt die gleichen *Nikes* wie ich.«

»Ich weiß.«

»Vielleicht war das hier …« Ollie lässt den Satz auslaufen, ohne ihn zu beenden.

Ein Fehler. So geht Ollies Gedanke zu Ende. Das weiß ich, weil ich dasselbe denke.

Ich drehe Grandmas Halskette mit dem Hamsa-Anhänger zwischen den Fingern. »Es ist erst ein halbes Jahr her.«

Ollie nickt. »Sollen wir deine Mails unten ansehen? Zusammen?«

»Gehen wir«, sage ich.

Ollie legt mir das Ladegerät in die Hand, und ich lächle. Ollie weiß über meinen Blog Bescheid. Er weiß, wie wichtig diese E-Mail ist. Er hat meine Bewerbung für den Cover-Reveal *fünfmal* gelesen, weil er der Beste ist. Er liest Young-Adult-Romane für mich, und ich bemühe mich seinetwegen, die Baseballtabellen zu verstehen. So sind wir einfach.

(…)